Die sieben Häupter

aufbau taschenbuch

Im Frühjahr 1223 wird ein Fremder schwer verletzt vor einem sächsischen Dorf aufgefunden. Er führt ein Säckchen aus dem fernen Cathay mit sich, dessen Inhalt er »Drachensamen« nennt. In seinen Fieberträumen spricht er vom Ende der Welt.

Der Minnesänger Ludger kann seinen Kopf nur retten, wenn er das Säckchen mit dem »Drachensamen« an seinen grausamen Erpresser übergibt. Doch noch weiß er nicht, daß eine bildschöne Witwe sein Wohl und sein Herz attackiert.

Macht und Gier, Minne und Leid, Gesetz und Tyrannei, Gott und Teufel treiben die Menschen im Jahre 1223 um, und würde das Geheimnis aus Cathay diese alte Welt nicht bis ins Fundament erschüttern, hätte die Liebe von Ludger und Roswitha eine Zukunft.

QuoVadis

Die sieben Häupter

Historischer Roman

von

Guido Dieckmann
Rebecca Gablé
Titus Müller
Helga Glaesener
Horst Bosetzky
Tessa Korber
Mani Beckmann
Malachy Hyde
Ruben Wickenhäuser
Richard Dübell
Belinda Rodik
Tanja Kinkel

aufbau taschenbuch

Herausgegeben von
Titus Müller und Ruben Wickenhäuser

FSC
Mix

ISBN 978-3-7466-2077-0

Aufbau Taschenbuch ist eine Marke der Aufbau Verlag GmbH & Co. KG

7. Auflage 2011

Umschlaggestaltung Dagmar & Torsten Lemme
unter Verwendung einer Abbildung von Giulio Clovio/Colonna Missale:
Berufung des Johannes, um 1532
Druck und Binden buchbuecher.de
Printed in Germany

www.aufbau-verlag.de

Und es erschien ein anderes Zeichen am Himmel: Siehe, ein großer roter Drache, der hatte sieben Häupter und zehn Hörner und auf seinen Häuptern sieben Kronen, und sein Schwanz fegte den dritten Teil der Sterne des Himmels hinweg und warf sie auf die Erde.

Offenbarung 12,3-4

Prolog

Ein sächsisches Dorf, im Jahre des Herrn 1223

Der Leib des Fremden war eine einzige Wunde.

Ethlind konnte ihre Abscheu kaum verbergen, als sie ihm die schmutzigen Binden von den geschwollenen Fußknöcheln löste. Oberhalb der Wade schien sich die wäßrige Haut mit dem groben Leinen zu einer grotesken Einheit aus Sehnen und Streifen verbunden zu haben. Faustgroße Flecken von Blut und Eiter drangen durch den Stoff und sonderten einen so widerlichen Geruch ab, daß es Ethlind beinahe den Magen umdrehte.

Der Mann drehte sich auf die Seite, krümmte sich und begann leise zu wimmern, dabei hatte sie ihn noch nicht einmal berührt. Die Tortur der Säuberung stand ihm noch bevor. Behutsam legte Ethlind ihre Hand auf seine Stirn. Seine Haut glühte wie ein funkensprühendes Kohlenbecken. Besorgt stellte sie fest, daß seine Augenlider unter ihren sanften Berührungen zuckten, als begehrten sie gegen die unfreiwillige Ohnmacht auf, die ihn nun bereits seit drei Tagen in einem Winkel der sächsischen Bauernkate auf sein Strohlager zwang.

»Ich brauche eine Schüssel Wasser«, rief Ethlind über die Schulter. Sie konnte ihre Dienstmagd im Dämmerlicht der kleinen Kammer kaum erkennen, denn draußen auf der Gasse war es noch zu hell für eine Lampe, und das Herdfeuer brannte, auf Befehl des Bauern, nur in der gemeinschaftlich genutzten Stube. Aber sie wußte, daß Bertha irgendwo im Schatten stand, lauernd wie eine Katze vor dem Mauseloch, und jede ihrer Bewegungen haargenau vermerkte. In der Stube klapperten Holzpantinen über den festgestampften Lehmboden. Ein mißmutiges Husten und Zischen war zu hören.

»Bring mir auch einen Schwamm, er liegt auf dem Wandbord, gleich hinter den irdenen Krügen«, befahl Ethlind mit strenger Stimme. Sie ahnte, daß es der jungen Magd ihres Vaters gegen den Strich ging, ausgerechnet ihr zu gehorchen. Immerhin schlief Bertha seit dem vergangenen Winter, der so hart gewesen war, daß zwölf Dorfbewohner und drei Knechte des Gutsherrn das Zeitliche gesegnet hatten, nicht mehr in der Gesindestube. Sie teilte das Bett des Bauern. Vermutlich rechnet sie sich gute Chancen aus, bald selbst auf dem Hof das Sagen zu haben, dachte Ethlind und verzog den Mund. Als Magd war auf Bertha kein Verlaß, dafür besaß sie jene Qualitäten, von denen die Männer in den Schenken schwärmten, sobald der heiße Würzwein ihren Körper erhitzte. Daß sie ein verschlagenes Biest war, interessierte weder ihren Vater noch die Knechte und Freibauern, denen Bertha im Laufe der vergangenen Monate schöne Augen gemacht hatte.

Ethlind biß sich auf die Unterlippe. Gewiß würde Bertha ihrem Vater heute abend brühwarm berichten, daß Ethlind ihr verboten hatte, zum Gutshaus hinaufzugehen, um seinen Auftrag auszuführen. Daß sie ihre Arbeit vernachlässigte, um mit diesem verlausten Vaganten zusammenzuhocken. Ihm die Wunden zu verbinden. Seinem Gestammel von fernen Ländern zu lauschen …

Ethlinds langer, geflochtener Haarzopf rauschte über die Decke, die sie zum Schutz vor der beißenden Februarkälte über den entblößten Oberkörper des Bewußtlosen gelegt hatte. Sie bestand aus zusammengenähten Kaninchenfellen und gehörte dem Hausherrn. Er war stolz auf diese Decke, zeigte sie überall herum, als versuche er mit ihrer Hilfe Ethlinds Chancen auf dem Heiratsmarkt zu verbessern. Nun aber hatte sie längst den Geruch des Kranken und seines Lagers angenommen. Und auch dafür würde ihr Vater sie verachten.

Sie erhob sich. Ihr war eingefallen, daß es noch einen kleinen Vorrat an Heilkräutern im Hause gab. Der alte Lurias, ein fahrender Krämer, der zweimal im Monat mit seinem Karren den Pfad zum Hofgut einschlug, hatte sie ihr vor Mariä Lichtmeß überlassen, damit sie dem Krampfhusten ihres Vaters zu Leibe rücken konnte. Einige der Arzneien bewahrte sie seitdem in versiegelten Zinnkrügen auf, die in einem Hohlraum zwischen den Schiebesteinen des Kellerfensters klemmten. Bertha wußte nichts von diesem Versteck, und dies war auch besser so.

»Ich gebe Euch etwas gegen das Fieber, sobald das dumme Ding aus dem Haus ist, Herr«, sagte sie leise. Sie warf ihren Zopf zurück, während sie sich von neuem über den Leib des jungen Mannes beugte. Als sie ihn im Graben vor dem Fallgatter des Dorfes aufgelesen hatte, war sein Gesicht unter der dicken Schicht aus geronnenem Blut, Staub und verkrustetem Schmutz kaum zu erkennen gewesen. Aber Ethlind hatte trotz dieses erbärmlichen Anblicks sofort gespürt, daß der Fremde kein gewöhnlicher Bettler oder Trunkenbold war. Er schien auch kein Bauer zu sein, jedenfalls keiner aus der Gegend, denn Ethlind kannte jedes Gehöft an der Straße nach Dessau, gleichgültig, ob es von freien Zinsbauern, wie ihrer Familie, oder Hörigen bewohnt wurde.

Die schlanken weißen Finger dieses Mannes hatten weder jemals einen Pflug geführt noch eine Forke in den Ackerboden geschlagen. Möglicherweise gehörte er dem Ritterstand an, oder er war ein Kaufmann, der auf dem Handelsweg nach Polen Wegelagerern zum Opfer gefallen war. Nun, da Kaiser und Papst sich unter den Edlen des Reiches Verbündete suchten, um ihren unheilvollen Machtstreit auszufechten, gab es kaum noch eine Landstraße, die für unbescholtene Reisende sicher war.

Während Bertha geräuschvoll in der Stube ihres Herrn hantierte, betrachtete Ethlind den Fiebernden. Seine Haut glänzte in dem schwachen Lichtstreifen, der durch die Kammertür drang, wie brüchiger Sandstein. Seine dunklen, gewellten Haare hatte Ethlind mit duftender Honigseife gewaschen, sorgfältig gekämmt und im Genick mit einem Lederriemen zusammengebunden. Den verfilzten schwarzgrauen Bart hatte sie ihm jedoch kurzerhand abgenommen. Sie fand, daß der Fremde trotz seiner entstellenden Blessuren gut aussah. Irgendwie südländisch, auch wenn sie nicht zu sagen vermochte, worauf sich ihr Gefühl begründete, denn sie hatte in ihrem jungen Leben den kleinen Weiler kaum verlassen. Doch wer, bei allen Heiligen, war er? Was hatten die sonderbaren Worte zu bedeuten, die er während seiner ersten Nacht in der Kate im Fiebertraum gerufen hatte?

Cathay … Mongolenpfad …

Energisch schüttelte sie diese Gedanken ab und drehte sich nach der jungen Magd um, die soeben in die Kammer gestapft kam. Bertha balancierte eine bis zum Rand gefüllte Holzschüssel in den Händen. Über ihrem Arm hingen mehrere Streifen Linnen. »Der Bursche ist nicht nur verwundet, sondern schwachsinnig, wenn du mich fragst«, sagte sie mit gerümpfter Nase. »Schwachsinnig oder versponnen wie du selbst und …«

»Dich fragt aber keiner! Stell gefälligst die Schüssel neben den Bettkasten, ehe das ganze Stroh aufweicht!«

Ethlind nahm den Schwamm, tauchte ihn in das eiskalte Wasser und beobachtete einen Augenblick lang gebannt, wie die einzelnen Tropfen unter ihren Händen zurück in die Schüssel perlten. »Du kannst gehen, Bertha. Ich brauche dich heute nicht mehr im Haus.« Kein Mensch braucht dich hier, setzte sie in Gedanken hinzu und lächelte, als die Magd beleidigt hinausging.

Plötzlich drang ein gequältes Seufzen an ihr Ohr. Dem Laut folgte ein Wort, undeutlich, wie das Glimmen eines Feuers, kurz bevor es erlischt. Ethlind hatte dasselbe Wort schon einmal vernommen, damals in der ersten Nacht ihrer Krankenwache. Aufgeregt starrte sie zum Lager des Fremden hinüber.

»Gebt ihm … den Samen des Drachen. Er ist … das Ende der Welt. Der Herr befiehlt …«

Da! Hatte er sie nicht soeben erst angesehen? Einen Herzschlag lang hatten sich ihre Blicke gekreuzt. Ethlind spürte seine Augen wie glühendes Eisen auf der nackten Haut. Es war, als habe das Fieber auch sie heimgesucht.

Die Lippen des Fremden öffneten und schlossen sich rhythmisch, als versuchte er zu kauen.

»Sterbt nicht, mein guter Herr«, flüsterte Ethlind voller Angst. »Ich will, daß Ihr bleibt.«

Er erwachte unter einem Himmelsdach aus rotem Stoff, der glänzte, als hätten sich tausend Sonnenstrahlen in ihm versteckt. Auch die Kissen und Decken, auf denen er lag, fühlten sich glatt und kühl an wie Metall, dabei waren sie zart und warm. Sein Körper duftete nach Orangenblüten, Jasmin und einigen Pflanzen und Früchten, die er nicht einmal kannte. Über ihm, an der Decke des Gemachs, schaukelten große bunte Lampen. Sie waren mit verschiedenen Tierbildern geschmückt und schimmerten durchsichtig wie Pergament. Er hatte nie zuvor etwas Schöneres gesehen, nicht in Ägypten und auch nicht in Persien.

Zwei hübsche, schmale Augen blickten ihn abschätzend an. Sie gehörten einem jungen Mädchen, das eine goldene Glocke in der Hand hielt. Sie war schmaler gebaut als die Mongolenmädchen, die er auf dem Markt der Hafenstadt Kaffa gesehen hatte, doch ihr Haar war ebenso dunkel und glatt. Einen Herzschlag lang sah die junge Frau auf die Glocke in ihrer Hand. Dann öffnete sie die Lippen, um ihn anzusprechen. Ihre Stimme klang süß wie

Engelsgesang, aber er verstand kein Wort von dem, was sie sagte. Erst als sie auf seine Kleider und den venezianischen Dolch zeigte, die auf einem herrlich geschnitzten Fußschemel neben dem Bett lagen, kehrte die Erinnerung zu ihm zurück. Er war nicht tot, nicht im Paradies.

Sein Herr, der Kaufmann, war tot. Er war in dessen Kleider geschlüpft. Sein eigentlicher Herr würde es ihm nie verzeihen, wenn er seine Mission nicht erfüllte. Also hatte er die Karten an sich genommen, um den Weg nach Cathay fortzusetzen.

Den langen Weg über den Mongolenpfad.

Bertha hatte sich bei Ethlinds Vater ausgeweint. Soviel stand fest. Als der Bauer gegen Abend in die Stube polterte und nach ihr rief, wußte Ethlind, daß sie sich etwas einfallen lassen mußte. Ärger lag in der Luft.

»Ich will den Kerl nicht länger in meinem Haus haben«, knurrte der Bauer, nachdem er einen flüchtigen Blick auf den Fremden geworfen hatte. »Hast du mich verstanden, Ethlind?« Er warf die knarrende Tür der Kammer ins Schloß und trat ihr entgegen. Ohne Vorwarnung packte er seine Tochter derb am Handgelenk. Seine Augen blitzten bedrohlich, während er sie hinter ihrem Webrahmen hervor und zum prasselnden Feuer zerrte.

»Bertha sollte auf mein Geheiß zum Haupthaus hinauf, um Ritter Hartmann von dem Fremden zu erzählen«, sagte er zornig und spuckte in die Glut. »Dafür hatte ich sie persönlich beim Vogt angemeldet. Der Bruder des Herrn ist nämlich zurückgekehrt. Er möchte den Frühling auf Gut Repgow verbringen und wüßte gewiß …«

»Herr Eike ist zurück?«

»Hab ich doch gesagt, Mädchen!« Der Bauer stieß Ethlind so kräftig von sich, daß sie taumelte und mit der Hüfte gegen die Kante des wuchtigen Eichentisches stieß. Ihr Schmerzensschrei schien ihn zur Besinnung zu bringen, denn er rührte sie nicht mehr an. Statt dessen ergriff er einen gefüllten Krug mit Buttermilch, der neben der steinernen Werkplatte stand, setzte ihn an und trank in so gierigen Zügen, daß sich die Flüssigkeit wie eine weiße Viper über sein Kinn schlängelte.

»Vielleicht ist der Kerl unter meiner Decke ja ein gemeiner Totschläger«, sagte er eine Weile später mürrisch. »Du kennst nicht einmal seinen Namen.« Er lachte höhnisch auf und wischte sich die Milch mit seinem Ärmel aus dem Gesicht. »*Cathay* wird er doch wohl nicht heißen, oder? Das ist kein Name für einen Christenmenschen!«

Ethlind schwieg. Es war sinnlos, mit ihrem Vater zu diskutieren. Besonders, wenn er gerade von Bertha kam und nach dem betörenden Gift roch, welches ihre scharfe Zunge ihm regelmäßig in die Ohren träufelte.

Cathay war, wenn sie den Worten eines Fiebernden glauben durfte, ein fernes Land unermeßlichen Reichtums. Es lag jenseits des Mongolenpfads, und kein Untertan des Kaisers hatte es bislang jemals betreten. Nachdem der Bauer sich mit einer Schüssel lauwarmen Gemüsebreis in seine Kammer zurückgezogen hatte, öffnete Ethlind die Falltür zum Vorratskeller und ließ sich geräuschlos in die Finsternis hinabgleiten. Sie mußte ihre Zinnkrüge holen, ehe das Fieber ihres Schützlings wieder anstieg. Anschließend schlich sie sich leise in die Kammer zurück. Draußen begann der Wind zu heulen und gegen die Holzläden zu wüten. Gewitterwolken teilten sich den grauen Himmel auf wie eine Kriegsbeute. Wenig später zuckten die ersten grellen Blitze durch die Winternacht.

Er hat von einem Mädchen phantasiert, dachte Ethlind fröstelnd. Sie versuchte, sich die wirre Beschreibung des Mannes ins Gedächtnis zurückzurufen. Ein Kleid aus fließendem Stoff, das im Glanz der Sonne geschillert habe wie der Flügel einer Libelle? Schmale schwarze Augen? Aber da war noch etwas anderes gewesen: Der Mann hatte vom Drachensamen gesprochen. Einem Samen, der die Macht besaß, das Ende der Welt heraufzubeschwören.

Er hatte sie also getäuscht. Nein, nicht er, die Kleider und Waffen seines Herrn waren es, die den Blick seiner Gastgeber vernebelten. Menschen sehen nur das, was sie wirklich sehen wollen, dachte er, während er sich von dem Alten, dem Vater seiner Wächterin, durch dessen Anwesen führen ließ. Der Alte hatte gewiß keinen so jungen Handelsmann erwartet, aber er stellte glücklicherweise nur wenige Fragen. Zum Dank für die großmütige Pflege wechselte der venezianische Dolch seines verstorbenen Dienstherrn den Besitzer.

Der alte Mann sprach ein paar Worte Persisch, so wie er selbst. Er erklärte ihm die Funktion der Sonnenuhr, der Garküchen und der hohen Mauern seines Handelshofes. Letztere sollten einen drohenden Angriff der Mongolen abwehren.

»Die Mauern allein werden Euch nicht vor der Horde des Khans retten«, ließ er den Alten nach dem Rundgang wissen. »Ihr braucht Waffen nötiger als Ingwer, Muskatnuß oder feine Teppiche.«

Zuletzt, nach einigem Zögern, führte sein Gastgeber ihn zu einem Haus, das ein wenig abseits der prächtigen Wohnpaläste in einem Garten stand. Es war rot angestrichen und besaß ein Dach aus Bambusstauden. Der alte Mann nannte es das «Haus des roten Drachen«.

»Heute, nach Einbruch der Dunkelheit, feiern wir den ersten Vollmondtag des neuen Jahres«, sagte der Alte fröhlich. »Du wirst miterleben, was der Samen des Drachen vermag!«

Auf Wunsch des Alten legte er ein Gewand aus blauer Seide an, um den Feiertag zu begehen. Daß dieser offenkundig heidnisch war, störte ihn dabei nicht im geringsten. In diesem Land besaß seine Kirche weder Macht noch Einfluß. Er genoß die lächelnden Gesichter der schwarzhaarigen Mädchen, den Strom des süßen Weines. Bis ein gewaltiger Donnerschlag den Erdboden erzittern ließ. Die Menge im Saal sprang auf, drängte hinaus auf die Aussichtsterrasse. Er ließ sich mitreißen, obgleich der Schreck ihm in alle Glieder gefahren war und seine Beine ihm den Dienst versagen wollten.

Ein Grollen und Zischen brandete auf. Es klang ihm in den Ohren, als öffnete sich der Himmel, um den ewigen Streit zwischen Gut und Böse vor seinen Augen auszufechten. Hoch über seinem Haupt leuchteten riesige Sterne auf. Begleitet von weiteren schweren Donnerschlägen, erschienen sie aus dem Nichts der Dunkelheit und verpufften in einem silbernen Regen. Über den Gärten stiegen Rauchsäulen auf. Die Apfelbäume des alten Gutsherrn schienen in Flammen zu stehen, aber keiner lief davon, um sie zu löschen. Die Menschen klatschten begeistert in die Hände und verneigten sich, bis die Ärmel ihrer seidenen Gewänder den Boden berührten.

Der junge Mann spürte, wie sein Herz schmerzhaft gegen die Rippen hämmerte. Mit geweiteten Pupillen starrte er in die Nacht hinaus. Er zuckte unter jedem Donnerschlag zusammen, doch er rührte sich nicht von der Stelle.

Und dann verließ der Drache sein Haus mit dem gewölbten Bambusdach. Er sah aus, wie die Priester ihn immer beschrieben hatten: rot wie loderndes Feuer, mit sieben schuppigen Häuptern und zehn Hörnern, welche die Luft zerrissen. Goldene Kronen schwebten in einem zuckenden Schweif über seinen Häuptern, und der Schwanz bewegte sich so schnell, daß er die goldenen und silbernen Sterne hinwegfegte und zur Erde warf.

Das Ende der Welt war über sie gekommen, und er war der einzige Mann, der in der Lage war, die Bedeutung des Drachens zu begreifen.

»Nun hast du gesehen, was geschieht, wenn der Drache sein Haus verläßt!« hörte er den Alten zu seiner Linken mit hoher Stimme wispern.

Ein gewaltiges Grollen erschütterte den Himmel, und Regen peitschte gegen das Flechtwerk der Bauernkate.

»Nein«, schrie der Fremde in grenzenloser Panik auf. »Die Saat ist verflucht!« Er saß senkrecht auf dem Strohsack und umklammerte seine Decke, als wäre sie ein lebendiges Raubtier, das bereit war, ihn mit Haut und Haaren zu verschlingen. Seine glasigen Augen fixierten die winzige Fensterluke, vor der sich die verkrüppelten Äste einer alten Linde im Sturmwind bogen.

Ethlind war sofort bei ihm. Sie hatte sich nahe dem Herdfeuer ein Lager zurechtgemacht. »Beruhigt Euch doch, Herr, Ihr hattet einen bösen Traum«, flüsterte sie, während sie sich vergeblich bemühte, den jungen Mann wieder in die Kissen zu drücken. »Ihr seid noch zu schwach. Eure Wunde am Bein ...«

»Wer zum Teufel bist du?« fiel er ihr ins Wort. Er starrte sie feindselig an, ließ es sich aber gefallen, daß Ethlind seine verkrampften Finger öffnete und ihm die Decke entwand. Er hatte die Felle auseinandergerissen. Es würde Tage dauern, bis ...

Unwichtig, befand sie. Sie tastete nach dem Tonbecher, den sie kurz vor Mitternacht vorsorglich noch einmal gefüllt hatte, und ließ den Fremden daraus trinken.

»Ihr seid in einem Dorf, das zum Grundbesitz der Herren von Repgow gehört.« Sie holte tief Luft, ehe sie leise hinzufügte: »Und mich nennt man Ethlind.«

»Meine Kleidung ... mein Beutel ...«, stammelte der Mann. »Hast du den Samen des Drachen gefunden, Mädchen?«

Ethlind verstand nicht sogleich, was er meinte. Der Mann hatte ein zerlumptes Wams getragen, als sie ihn gefunden hatte. Einen Beutel hatte er nicht bei sich gehabt. Als sie ihm dies so schonend wie möglich beibrachte, begann er sie anzuschreien, als wäre er toll geworden. Voller Angst wich sie zurück und bekreuzigte sich. Womöglich hatten ihr Vater und Bertha doch recht gehabt, und der Fremde war schwachsinnig. Unwillkürlich horchte sie, ob sich in dem Verschlag, den ihr Vater bewohnte, etwas regte. Doch es blieb alles still.

»Bitte hilf mir, Ethlind«, sagte der Fremde plötzlich unerwartet sanft. Sein weicher Akzent verstärkte sein Flehen. Er streckte die Hand nach ihr aus. »Hast du mein Wams und den Kapuzenmantel aufbewahrt?«

Sie nickte argwöhnisch.

»Trenne den Saum des Futters auf, unterhalb der Ärmelfalte. Willst du das für mich tun?«

Ethlind entwischte auf Zehenspitzen aus der Kammer. Im Holz der Feuerstelle bemerkte sie noch ein wenig Glut. Hastig entzündete sie eine Talgkerze und kehrte mit dieser in die kleine Schlafkammer zurück, wo der junge Mann sie bereits ungeduldig erwartete. Sie zog die Lumpen unter der Bettstatt hervor und warf sie auf die Decken, daß es staubte. Während sie die Nähte öffnete, spürte sie, wie der Fremde ihr seine Hand auf die Schulter legte. Er begann ihr offenes Haar zu zerwühlen. Ethlind wagte kaum, sich zu bewegen, und hoffte, daß die Naht sich ihren Nägeln noch recht lange widersetzen würde.

»Ich hab's gefunden«, rief sie nach einer Weile. »Ihr hattet recht, es ist ein Beutel!« Ethlind befühlte das weiche Leder mit ihren Fingerspitzen. Was, um alles in der Welt, konnte an dem Säckchen so kostbar sein? Die merkwürdigen, eckigen Schriftzeichen, die es trug? Sie nahm die Kerze vom Boden auf und führte sie an den Lederbeutel heran.

»Bist du wahnsinnig, Weib?«

Stöhnend warf sich der junge Mann über Ethlind und riß ihr den Beutel aus der Hand. »Fort mit der verdammten Kerze!«

Ethlind gehorchte erschrocken.

»Du mußt den Drachensamen aus dem Haus schaffen«, verlangte der Fremde mit schwacher Stimme. »Auf der Stelle!« Entkräftet ließ er sich auf das Kissen zurücksinken und hielt Ethlind den Beutel unter die Nase. »Ich will nicht, daß du dir den Tod ins Haus holst oder aus Unwissenheit das Jüngste Gericht entfesselst, nur weil du mir aus Barmherzigkeit geholfen hast. Vielleicht fällt dir ein Ort ein, an dem du den Beutel für mich verbergen kannst. Wenigstens so lange, bis ich kräftig genug bin, meine Reise fortzusetzen.«

Nirgendwo im Dorf gab es ein wirklich sicheres Versteck für die geheimnisvolle Gabe. Und wenn Ethlind ehrlich mit sich selber war, so wollte sie das Höllenzeug auch nicht in ihrem Keller, zwischen den Schiebesteinen, wissen. Selbst wenn es ein Vermögen wert gewesen wäre.

Sie wußte jedoch einen anderen Ort, wo niemand das Säckchen aus dem fernen Cathay finden würde. Weder Bertha noch ihr Vater oder irgendein anderer würde dort auf ihr Geheimnis stoßen.

Gegen Morgen ließ der Regen endlich nach. Ethlind band sich ein Wolltuch um den Kopf, verbarg den Beutel des Reisenden unter ihrem Kleid und stahl sich aus dem Haus. Ihr Vater schlief noch tief und fest. Möglicherweise war Bertha bei ihm. Der Fremde – sie hatte nicht einmal nach seinem Namen gefragt – war in einen unruhigen Dämmerschlaf gefallen. Sie mußte zurück sein, bevor er erwachte.

Auf dem Dreschplatz war noch alles still, als Ethlind durch die schmale Kuhpforte mit dem winzigen Türmchen schlüpfte. Ein Hund schlug an, doch er verstummte bereits nach wenigen Augenblicken. Irgendwo in der Nähe knarrte eine Scheunentür.

Ethlind schritt aus, ohne sich umzublicken. Eilig folgte sie dem aufgeweichten Trampelpfad, der hinter dem Anger zum Haus der Herren von Repgow führte.

Der rote Drache hatte sein Haus verlassen.

1. Kapitel

Burg Anhalt, April 1223

Na warte, du Schandmaul, das wirst du büßen!« drohte Henner und hob die Fäuste.

Groß wie Schinken, dachte der eher schmächtige Johann nervös. »Es ist niemals eine Schande, die Wahrheit auszusprechen.«

Damit war alles gesagt. Henner stürzte sich auf seinen Vetter, und Johann hatte gerade noch Zeit zu staunen, wie sehr der Angriff dem einer wütenden Wildsau glich, ehe er niedergewalzt wurde und die Schinkenfäuste auf seinen Kopf hinabfuhren. Er wehrte sich, so gut er konnte, plazierte hier und da einen Gegenschlag und traf Henner mit einem kräftigen Tritt am Schienbein, so daß er ihm einen wütenden Schrei entlockte, aber die schiere Masse seines Gegners drohte ihn zu überwältigen, schnürte ihm die Luft ab, und er bekam wirkliche Angst. Mit fest zugekniffenen Augen legte er die Arme um den Kopf und biß die Zähne zusammen.

»Halt, halt, halt. Ich glaube, das reicht, junger Herr.«

Johann vernahm die Stimme seines Retters nur wie von ferne, aber gleich darauf hörten die Schläge auf, und die erdrückende Last wich von seiner Brust.

Langsam setzte der Junge sich auf und wischte sich verstohlen mit dem Ärmel übers Gesicht, ehe er hochschaute.

Ludger von Repgow stand einen Schritt zur Linken und hatte Henner am Schopf gepackt. In der anderen Hand hielt er seine Laute. »Was denkt Ihr Euch nur dabei, am höchsten Feiertag des Jahres solch eine unwürdige Rauferei anzufangen?«

Henner, der aufgrund seiner Leibesfülle ohnehin schon keinen erkennbaren Hals besaß, zog den Kopf noch weiter zwischen die Schultern und schwieg trotzig.

Ludger ließ ihn los und betrachtete ihn kopfschüttelnd. »Ihr könnt froh sein, daß Vater Thaddäus das nicht gesehen hat.« Dann wandte er sich an Johann, zog ihn auf die Füße und spähte in das blasse, schmale Gesicht. »Ihr seht richtig gefährlich aus mit Eurer blutigen Nase, wißt Ihr. Johann von Brandenburg – der wehrhafte Recke.«

Der Zehnjährige lächelte stolz und tupfte sich mit dem Ärmel das Blut ab. Aber sogleich rann neues nach. »Ich hoffe nur, sie blutet nicht bis Pfingsten weiter.«

Ludger fuhr ihm über die blonden Engelslocken, die die Mägde so entzückten und ihre mütterlichen Gefühle weckten, daß Johann ständig vor ihren Zuwendungen auf der Flucht war. »Bestimmt nicht«, versicherte der junge Ritter. »Besorgt Euch ein feuchtes Tuch. Legt es ein Weilchen darauf. Das stillt die Blutung und verhindert, daß die Nase anschwillt.«

Der Kleine verzog den Mund. »Gut. Sie fühlt sich jetzt schon dick wie ein Kohlkopf an.«

Ludger lachte.

Der achtjährige Otto, der im Schatten einer nahen Linde gestanden und den Streit furchtsam beobachtet hatte, trat nun zu seinem Bruder und zupfte ihn am Ärmel. »Komm, Johann. In der Küche kriegen wir sicher ein Tuch.«

Johann verneigte sich artig vor Ludger. »Habt Dank, Herr.« Dann wandte er sich ab, ohne seinen Vetter noch eines Blickes zu würdigen, und ging zusammen mit Otto davon.

Ludger schaute ihnen einen Moment nach. Arme Waisen, dachte er und unterdrückte ein Seufzen. Er wußte schließlich, wie es war, ohne Vater aufzuwachsen. Es machte jeden Jungen verwundbar, selbst wenn er kein so großes Vermögen geerbt hatte und keiner so mächtigen Familie entstammte wie Johann und Otto von Brandenburg. Ohne Vater lief ein Knabe Gefahr, zum Spielball zu werden, den Interessen irgendeines Vormunds zum Opfer zu fallen. Er mußte immer auf der Hut sein, ständig kampfbereit, ohne je Rückendeckung zu haben.

»Ihr hattet kein Recht, Euch einzumischen, Repgow«, stieß Henner wütend hervor. »Und Ihr könnt sicher sein, daß mein Vater hiervon erfährt.«

Ludger legte die Maske der Höflichkeit ab und betrachtete den Erben seines Herrn mit unverhohlener Abscheu. »Das würde ich mir an deiner Stelle gut überlegen, du Rotzlümmel. Dein Vater hält große Stücke auf Rittertugenden. Und es ist nicht besonders ritterlich, über deinen Vetter herzufallen, der hier zu Ostern euer Gast ist, der ein Jahr jünger ist und obendrein höchstens halb soviel wiegt wie du.«

Henners feistes Pfannkuchengesicht lief rot an. »Aber Johann hat meinen Vater beleidigt! Er hat gesagt, Vater habe es auf sein Land und sein Vermögen abgesehen und würde keine Träne vergießen, wenn die Erben von Brandenburg morgen vom Blitz erschlagen würden!«

Johann hat ja so recht, dachte Ludger, aber das sprach er nicht aus. Er mochte oft unbedacht sein und Gefahr laufen, sich mit seinem Mundwerk in Schwierigkeiten zu bringen, aber er war nicht lebensmüde. »Es hätte dir dennoch gut zu Gesicht gestanden, deinem Vetter gegenüber Nachsicht zu üben. Wenn du ihm mit mehr brüderlicher Großmut begegnetest, könnte er vielleicht auch eher an die echte Zuneigung deines Vaters glauben. Er hat es wirklich nicht leicht, weißt du. Er ist doch im Grunde ganz allein auf der Welt und trägt obendrein die Verantwortung für seinen kleinen Bruder.«

Henner wandte desinteressiert den Blick ab und verschränkte die Arme vor der faßrunden Brust. Es war ganz und gar nicht seine Stärke, sich in andere Menschen hineinzuversetzen und

Anteil an ihren Nöten zu nehmen. Henner hatte nur Mitgefühl für Henner, seine Wünsche und Launen waren ihm oberstes Gesetz. In dieser Hinsicht glich der Junge seinem Vater, dem mächtigen Grafen Heinrich von Anhalt. »Nun, immerhin hat ihr Vater sie nicht bettelarm und hoch verschuldet zurückgelassen«, versetzte er gehässig. »Das Glück ist nicht allen beschieden, nicht wahr?«

Ludger nickte mit einem liebenswürdigen Lächeln. »Ich bin arm, das ist richtig, aber das werde ich nicht ewig sein, weißt du. Du hingegen bist eine häßliche fette Kröte, und ich habe Zweifel, ob sich daran je etwas ändern wird ...«

Henner bewegte sich schneller, als es der junge Ritter je für möglich gehalten hätte, riß seinen Dolch aus einer Scheide am Gürtel und führte damit einen tückischen Stoß auf Ludgers Nabelgegend. Der wich jedoch mühelos aus und lachte. »Oh, die Kröte hat einen Stachel, ja gibt's denn so etwas?« Doch in Wirklichkeit war er nicht wenig erschrocken. Es war ihm nicht neu, daß der Erbe seines Herrn unberechenbar und voller Heimtücke war, aber es war ihm nie in den Sinn gekommen, daß der elfjährige Bengel tatsächlich gefährlich sein könnte. Er ließ die Hand mit dem Dolch nicht aus den Augen, fing sie beim nächsten Stoß mit der Linken ab und bog sie nach hinten, so daß der Junge aufjaulte und die Klinge fallen ließ.

Ludger gab sein Handgelenk frei, hob den Dolch aus dem Gras auf und reichte ihn ihm mit einer spöttischen Verbeugung, die Laute immer noch in der rechten Hand. »Steck ihn weg. Und laß mich dir einen Rat geben: Es will gut überlegt sein, gegen wen man eine Klinge zieht. Du solltest dich zuvor immer fragen, ob es sich lohnt und ob du deinen Gegner besiegen kannst. Denn es mag ebenso dein Blut sein wie seins, das fließt. Hast du verstanden?«

Zornestränen schimmerten in Henners wäßrig blauen

Augen. Er brachte kein Wort heraus, riß Ludger die Waffe aus der Hand und stapfte davon. Im Gehen steckte er seinen Dolch zurück in die Scheide.

Ludger kehrte zu dem niedrigen, moosbewachsenen Mäuerchen nahe dem Pferdestall zurück, auf dem er gesessen und die Laute gespielt hatte, bevor er die kleinen Kampfhähne entdeckte, und nahm wieder Platz. Aber er spielte nicht weiter. Ebenso gedankenverloren wie liebevoll strich er über den schmalen Hals des Instruments, schaute zu der großen Backsteinhalle hinüber und wünschte plötzlich, sein Onkel Eike wäre noch hier.

Eike von Repgow war ein gelehrter, hochgeachteter Mann und gehörte zu Graf Heinrichs engsten Vertrauten. Vor einem knappen Jahr hatte er den Neffen im Haushalt des Grafen untergebracht, nachdem er erkannt hatte, daß Ludgers Liebe zum Lautenspiel und zu schönen Versen mehr als eine vorübergehende Laune war. Graf Heinrich von Anhalt war nicht nur ein mächtiger Reichsfürst, sondern ebenso ein gefeierter Dichter, der an seinem Hof gern Spielleute und Verseschmiede um sich sammelte, wann immer seine Zeit und die politische Lage es zuließen. Und Ludger war seinem Onkel dankbar. Endlich war er dem Stumpfsinn ihres bescheidenen heimischen Guts in Repgow entkommen, wo er sich seit der Rückkehr aus der Klosterschule wie lebendig begraben gefühlt hatte. Hier hatte er Musiker getroffen, von denen er viel lernen konnte, nicht zuletzt Graf Heinrich selbst. Aber Freunde hatte er nicht gefunden. Am Hof des Grafen gab es zuviel Neid und Mißgunst, zu viele Intrigen. Ludger fürchtete immer, in diesen Sumpf hineingezogen zu werden und darin zu ertrinken, wenn er hier irgendwem die Hand reichte.

Vermutlich war er gar zu vorsichtig. Es war ihm noch nie leichtgefallen, Vertrauen zu fassen. Er war es einfach gewohnt, allein zu sein. Sein Vater, Ludwig von Repgow, hatte wenige

Wochen vor Ludgers Geburt mit dem Grafen von Flandern das Kreuz genommen und war bei der Einnahme von Konstantinopel gefallen. Ludwigs junge Frau war bei der Geburt verblutet. So blieb Ludger allein zurück. Eine Geschichte, wie es zahlreiche gab. Und er hatte mehr Glück gehabt als viele andere, denn die beiden Brüder seines Vaters, vor allem sein Onkel Eike, hatten immer für ihn gesorgt. Ludger hatte nie gehungert, nie gefroren, hatte nie in Lumpen gehen müssen. Doch Onkel Hartmann, der älteste Bruder seines Vaters, war ein schroffer, manchmal tobsüchtiger Mann, der keine Zuneigung für seinen Neffen empfand und seine eigenen Söhne, die ihm ähnlich waren, vorzog. Onkel Eike hatte weder Frau noch Kinder und lebte allein für seine gelehrten Schriften und vor allem für das umfassende Rechtsbuch, welches er verfaßt hatte und gerade zu übersetzen begann. Darum hatte auch er seinem Neffen nie viel Zeit oder Aufmerksamkeit gewidmet, und so war Ludgers Kindheit eben meist eine einsame gewesen. Nicht, daß er seinem Onkel Eike irgend etwas vorwerfen würde, im Gegenteil. Aber er hegte immer die Hoffnung, daß sie sich vielleicht jetzt, da er selbst erwachsen war, näherkommen könnten, denn das Interesse an Rechtsgebräuchen und am geschriebenen Wort war ihnen gemein. Doch der Onkel war auf unbestimmte Zeit nach Repgow zurückgekehrt, um in Ruhe an der deutschen Übersetzung seines *Sachsenspiegel* zu arbeiten. Ludgers Angebot, ihn zu begleiten und ihm bei dieser schwierigen Aufgabe zu helfen, hatte der Onkel mit einem zerstreuten Kopfschütteln abgelehnt. »Nein, nein. Du bleibst hier, mein Junge. Tu das, was Kerle in deinem Alter heutzutage üblicherweise machen: Such dir eine Frau, die du anbeten kannst, und schreib ihr Verse.«

Ludger gestattete sich einen tiefen Seufzer und ein kleines, wehmütiges Lächeln. Wie immer hatte er getan, was sein Onkel ihm aufgetragen hatte. Er hegte allerdings Zweifel, daß

Eike von Repgow besonders erbaut wäre, sollte er je die Einzelheiten erfahren …

Anhalt war eine eher unbedeutende, nicht sehr große Anlage im östlichen Harz; der eigentliche Stammsitz der gräflichen Familie lag in Aschersleben. Doch Markgraf Albrecht »der Bär«, der Graf Heinrichs Großvater gewesen war, hatte solchen Gefallen an Anhalt gefunden, daß er die geschleifte Burg wieder aufbauen ließ, und zwar aus Backstein. Anfangs war seine »Ziegelfestung« vielerorts belächelt worden, aber inzwischen waren die Spötter verstummt. Denn während ihre eigenen Burgen verfielen oder deren Erhalt ihr Vermögen verschlang, stand Burg Anhalt nach mehr als fünfzig Jahren immer noch, hatte in diesen unruhigen, gesetzlosen Zeiten manchem Ansturm getrotzt und war obendrein hübsch anzusehen. Von all den vielen Burgen, die Graf Heinrich besaß, mochte Ludger diese am liebsten, und er war froh, daß der Haushalt das diesjährige Osterfest hier verbrachte. Die Fenster der großen Halle, wo man sich eine Stunde nach dem Hochamt zum Ostermahl versammelte, waren nicht groß, aber zahlreich, und das helle Frühlingslicht strömte herein.

Ludger saß an seinem Platz weit unten an einem der Seitentische, blinzelte, so daß die Sonnenreflexion auf den silbernen Bechern und Leuchtern zu Strahlenkränzen zerfloß, und lauschte mit mäßigem Interesse seinem Tischnachbarn, der ihm, seit sie Platz genommen hatten, ohne Unterlaß von einem endlosen Versepos vorschwärmte, das er schon vor längerer Zeit verfaßt, aber noch nicht ganz fertiggestellt hatte. Der Mann kam aus dem fernen Straßburg, war auf der Durchreise und hatte auf Einladung des Grafen hier ein paar Tage haltgemacht. Ludger hätte ihn gerne nach den Städten und Landschaften im Süden befragt, denn er hatte noch nichts von der Welt gesehen und war immer erpicht auf Geschichten aus der Fremde, doch der Kerl redete von nichts anderem als von Versmaßen und Reimformen und seiner verworrenen, unvollendeten Geschichte, in der sämtliche Frauen Isolde zu heißen schienen. Ludger langweilte sich bald und sehnte den ersten Gang herbei. Nach vierzig Tagen Fastenzeit konnte er sich kaum noch erinnern, wie Fleisch, Eier und Butter schmeckten.

Endlich erschien der Graf mit seiner Familie. Heinrich blieb einen Moment hinter seinem thronartigen Sessel auf der Estrade stehen, um den Haushalt und seine Gäste zu begrüßen und ihnen ein gesegnetes Osterfest zu wünschen. Ludger betrachtete ihn, wie immer hin- und hergerissen zwischen Bewunderung und Argwohn. Heinrich von Anhalt war kein junger Mann mehr, er mußte gewiß über fünfzig sein. Er war groß von Gestalt und – ganz im Gegensatz zu seinem Erstgeborenen – geradezu hager. Haar und Bart waren dunkel und von Silberfäden durchzogen, und er trug ein wadenlanges Gewand aus mitternachtsblauem Seidendamast, das seine natürliche Würde betonte. Seine langfingrigen Hände waren zu einer einladenden Geste erhoben, das huldvolle Lächeln wirkte natürlich, doch ebenso routiniert. Und es erreichte die Augen nicht, die so wässrig blau waren wie die seines Sohnes. Ludger wußte einfach nie, was er von diesem Mann zu halten hatte. Heinrich war stets freundlich zu ihm, von geradezu erlesener Höflichkeit. Aber Ludger konnte das Gefühl nicht abschütteln, daß dies nur eine Maske war, hinter die er noch nie geschaut hatte. Er schämte sich dieses Verdachtes, denn Graf Heinrich hatte ihn willig in seinen Haushalt aufgenommen und ihm gar eine Laute geschenkt. Ludger wußte selbst, es war undankbar und treulos, seinem Dienstherrn zu mißtrauen.

Heinrich machte einem Pagen ein Zeichen, der ihm den Sessel zurechtrückte, und der Graf nahm darauf Platz. Seine Gemahlin setzte sich an seine Seite und schenkte den an der Tafel Versammelten ihrerseits ein Lächeln.

Irmgard von Thüringen war höchsten halb so alt wie ihr Gemahl. Der Schleier und das straffe Gebinde, welches ihr Kinn umschloß, ließen wenig vom Gesicht frei, doch die Wangen zeugten von frischer, lilienweißer Haut und natürlichem Liebreiz. Auch ihre Gewänder waren kostbar: Eine lindgrüne Seidenkotte schimmerte unter einem ärmellosen Überkleid aus dunkelgrünem Damast, das in zahllosen schmalen Falten bis auf die Füße fiel. In der Taille war es mit einem geflochtenen Gürtel aus Goldbrokat gerafft, und wer diese Taille sah, konnte kaum glauben, daß die sechs Kinder, die der Gräfin folgten, alle ihre eigenen sein sollten. Und dennoch war es so: Mit vierzehn war Irmgard mit dem Grafen von Anhalt vermählt worden, hatte ihm ein knappes Jahr später seinen Erben und in den elf Jahren seither vier weitere Söhne und ein Töchterchen geschenkt.

Ludgers Tischnachbar unterbrach seinen Vortrag abrupt, starrte gebannt zu ihr hinüber und murmelte: »Welch eine Blume der *Courtoisie* hier im nördlichen Ödland der barbarischen Sachsen.«

Ludger bedachte ihn mit einem Stirnrunzeln. Er schätzte es nicht, wenn man ihn als Barbaren und seine Heimat als Ödland bezeichnete. »Ich bin beglückt, daß Ihr die Halle, wo man Euch aufnahm, für würdig befindet, Herr Gottfried«, erwiderte er ein wenig steif.

»*Touché*.« Der Dichter lächelte reumütig. »Welche Farbe hat ihr Haar?«

»Blond. Wie gesponnenes Gold.«

Gottfried hob den Becher, welchen sie teilten, an die Lippen. »Woher wißt Ihr das so genau?« fragte er und trank.

»Es ist die Farbe ihrer Wimpern und Brauen.«

»Verstehe. Nun, ich bin überzeugt, das grüne Seidenband an Eurer Laute paßt hervorragend zu Haar aus gesponnenem Gold.« Er wies auf das Instrument, das hinter Ludgers Platz an der Wand lehnte, und grinste anzüglich. »Werdet Ihr mir nach dem Essen etwas vorspielen?«

»Nein, lieber nicht. Ich bin noch nicht besonders gut.«

»Und bescheiden«, erkannte Gottfried überrascht. »Eine Eigenschaft, die man in unserem Beruf nur höchst selten antrifft.«

Ludger nahm ihm den Becher ab, trank ebenfalls und versteckte seinerseits ein Grinsen. Dieser Gottfried kannte seine eigenen Schwächen, das mußte man ihm lassen.

Unter vernehmlichem Raunen wurden Lammbraten und Speckpfannkuchen aufgetragen. Eine Weile widmeten sich alle den lang entbehrten Gaumenfreuden, doch als der ärgste Hunger gestillt war, erwachte die Neugierde des Fremden wieder. »Das ist also der gefürchtete Heinrich von Anhalt, der sich gegen den Staufer gestellt hat, der seinem Bruder, dem Herzog, und sogar dem mächtigen Erzbischof von Magdeburg das Leben schwermacht. Ist es wirklich wahr, daß er den Abt vom Kloster Nienburg hat blenden lassen?«

»Hm.« Ludger nickte. »Und wo er gerade dabei war, hat er ihm auch gleich noch ein Stück der Zunge abschneiden lassen.«

»Warum?«

Ludger hob gleichmütig die Schultern. »Ich nehme an, der Abt hatte irgendwas gesagt, was der Graf nicht hören wollte. Ehrlich gesagt, ich habe keine Ahnung. Es geschah vor vier Jahren, lange bevor ich herkam.«

Der Gast wischte versonnen sein Speisemesser am Tischtuch ab. »Und die acht Bälger an der hohen Tafel sind alle seine?«

»Nur sechs. Die kleinen Blonden sind Otto und Johann von Brandenburg.«

»Ah. Die markgräflichen Waisenknaben.«

»Ihr kennt Euch gut aus, Herr Gottfried.«

»Und der Fettkloß ist der Erstgeborene und seines Vaters ganzer Stolz?«

Ludger verzog das Gesicht und nickte. »Heinrich. Alle nennen ihn Henner. Alle außer seiner Mutter, die ihn verabscheut. Aber der Graf findet großen Gefallen an seinem Sohn, da habt Ihr völlig recht. Vermutlich, weil auch Henner zu denen zählt, die sich unbequemer Menschen am liebsten mit einer scharfen Klinge entledigen würden.«

Gottfried richtete sich auf und betrachtete ihn mit hochgezogenen Brauen. »Ihr habt eine lose Zunge, wenn Ihr mir die Bemerkung verzeihen wollt, Ludger von Repgow.«

»O ja. Ich weiß. Mein Onkel wird nie müde, mich ob der unabsehbaren Folgen zu warnen.«

Der Dichter winkte ab. »Ich hingegen beglückwünsche Euch zu Eurem Scharfblick. Eine wichtige Gabe in unserem Geschäft, denkt Ihr nicht?«

Nach dem Festmahl blieb der Großteil der Gesellschaft in der Halle, um noch einen Becher Wein zu trinken, von den kandierten Früchten zu naschen und den Liedvorträgen des Grafen und der übrigen anwesenden Dichter zu lauschen. Wegen des hohen Festes verzichteten die Sänger heute darauf, ihre jeweilige Angebetete zu preisen, und beschränkten sich auf fromme Themen. Nicht wenige der Lieder handelten vom heiligen, gerechten Krieg gegen die Heiden und von den frommen, tapferen Rittern, die ins Morgenland zogen, um ihn auszufechten. Ludger hatte für Kreuzzugsdichtung nicht viel übrig, weil der heilige, gerechte Krieg ihn den Vater gekostet hatte, und so verabschiedete er sich schließlich von seinem sonderbaren Tischnachbarn, um sich ein ruhiges Plätzchen zu suchen und selbst noch ein Weilchen zu spielen.

Sein Quartier lag in einem bescheidenen Kämmerlein im Dachgeschoß des Hauptgebäudes, und er teilte es mit zwei weiteren jungen Rittern aus dem Gefolge des Grafen. Aber da er sie beide in der Halle beim Würfelspiel gesehen hatte, war er zuversichtlich, die erhoffte Ruhe zu finden. Kaum hatte er sich zur Treppe gewandt, holte ihn jedoch ein sehr junger Knappe ein und faßte ihn schüchtern am Ärmel. »Vergebt mir, Herr Ludger, aber Vater Thaddäus wünscht Euch zu sprechen. Jetzt gleich, wenn es geht, läßt er ausrichten.«

Ludger runzelte die Stirn. »Was will er von mir?«

Der Junge schüttelte den Kopf. »Das hat er mir nicht gesagt. Könnt Ihr mitkommen?« fragte er mit bangem Blick. Vater Thaddäus flößte allen am Hof Respekt ein, aber vor allem die Knaben, die von ihm unterrichtet wurden, zitterten vor ihm.

»Natürlich.« Ludger folgte dem Jungen. Dieser führte ihn nicht zurück in die Halle, wie er erwartet hatte, sondern in den Hof hinaus. Der Himmel war unverändert blau, aber ein scharfer Wind war aufgekommen, der Ludger daran erinnerte, daß der Winter noch nicht lange vorüber war. Die Narzissen, die hier und da in spärlichen Büscheln im Gras standen, neigten sich in den kräftigen Böen.

Am westlichen Ende der inneren Mauer erhob sich das Torhaus, und dort erwartete Thaddäus ihn. Er hatte die Hände in die Ärmel seines makellosen schwarzen Habits gesteckt und erweckte den Anschein, er besitze die Geduld eines Engels. Der Stallknecht, der mit einem gesattelten Pferd an jeder Hand neben ihm wartete, trat hingegen rastlos von einem Fuß auf den anderen.

Ludger neigte ehrerbietig das Haupt vor dem Benediktiner. »Ihr habt nach mir geschickt, Vater?«

Thaddäus lächelte. »Ganz recht, mein Sohn. Mir kam plötzlich in den Sinn, wie erbaulich es wäre, ein Stück durch die Frühlingsluft zu reiten. Aber in diesen gefahrvollen Tagen täte ich das nur ungern ohne Begleitung. Wäret Ihr wohl so gut?«

»Selbstverständlich, Vater.« Ludger glaubte ihm kein Wort. Er wußte nicht viel über den Geistlichen, aber eines stand fest:

Thaddäus von Hildesheim war kein Mann, der sich plötzlichen Grillen hingab, und er war Ludger bislang auch nie als großer Pferdenarr aufgefallen. Kein Zweifel, der Mönch wollte irgend etwas von ihm.

Der Stallknecht hievte Thaddäus in den Sattel, während der junge Ritter sich ohne Hilfe aufs Pferd schwang, und dann ritten sie Seite an Seite durchs Tor.

Burg Anhalt lag inmitten dichter Tannenwälder auf der Kuppe eines steilen Hügels. Behutsam staksten die Tiere den felsigen Weg zwischen den beiden hohen Mauern entlang zum Ostende der Anlage, wo das Außentor lag. Ludger hatte schon oft gedacht, wie verflucht lästig es war, jedesmal den ganzen Weg von einem Ende der Burg zum anderen zurücklegen zu müssen, wenn man sie betreten oder verlassen wollte. Die entgegengesetzte Ausrichtung der Tore diente zweifellos dazu, mögliche Angreifer aufzuhalten, aber im Alltag war sie höchst unpraktisch.

Als sie die Wache am äußeren Tor passiert und den Fuß des Hügels erreicht hatten, fragte Ludger: »Haben wir ein bestimmtes Ziel, Vater?«

Der Mönch schüttelte den Kopf und machte eine vage Geste. »Laßt uns vom Dorf wegreiten. Ein Stück durch den Wald? Das Wiedererwachen der göttlichen Schöpfung begutachten? Das muß für einen Minnesänger wie Euch doch sehr anregend sein.«

Ludger errötete. »So würde ich mich nie zu nennen wagen.«

Thaddäus hob die Schultern. »Und dennoch höre ich, daß Ihr Fortschritte macht, wenn der Graf Euch gelegentlich nötigt, in der Halle vorzutragen.«

Ohne Eile ritten sie den schmalen Pfad zwischen den hohen Tannen entlang, in denen der Wind sang. Irgendwo klopfte ein Specht.

Ludger betrachtete seinen Begleiter verstohlen aus dem

Augenwinkel. Thaddäus von Hildesheim hatte die stämmige Statur und das rotwangige Gesicht eines Bauern, aber davon durfte man sich nicht täuschen lassen. Wie Ludger selbst war er Sproß eines Rittergeschlechts, außerdem war er ein weitgereister Mann und neben Ludgers Onkel Eike mit Sicherheit der größte Gelehrte im Gefolge des Grafen. Er diente ihm als politischer Berater, war der geistliche Beistand der Familie und unterrichtete die gräflichen Sprößlinge. Er war nicht nur Benediktiner, sondern auch Priester und hatte einige Jahre in Rom verbracht, ehe er dem Aufruf des Papstes gefolgt und zur Niederwerfung der Ketzer nach Südfrankreich gezogen war, wo er, so hatte Onkel Eike gehört, bei der Abschlachtung der Ungläubigen gelegentlich selbst mit Hand angelegt hatte. Schließlich war er in die Heimat zurückgekehrt und hatte am erzbischöflichen Hof in Magdeburg einen kometenhaften Aufstieg genommen, der jedoch ein jähes Ende fand, als er sich mit dem Erzbischof überwarf. Es war gewiß kein Zufall, daß er anschließend in den Dienst des Grafen getreten war, denn ihr Haß auf den Erzbischof machte sie zu Verbündeten.

»Wollt Ihr bis in meine Seele blicken, daß Ihr mich so lange anschaut?« fragte Thaddäus schließlich.

Ludger wandte hastig den Kopf ab und biß sich auf die Lippen. Er war sicher gewesen, seine heimliche Inspektion sei unbemerkt geblieben. »Ich bitte um Vergebung, Vater. Ich … mußte daran denken, wo Ihr schon überall gewesen seid und was Ihr alles erlebt haben mögt.«

»Seid Ihr etwa reiselustig, mein junger Freund?«

»Ja«, gestand Ludger ein wenig verlegen und fügte rasch hinzu: »Versteht mich nicht falsch. Ich bin gern im Dienst des Grafen. Das Leben hier ist besser und … geistvoller, als ich es mir je hätte träumen lassen. Aber manchmal frage ich mich, wie es wohl wäre, richtige Berge zu sehen. Oder eine fremde Sprache zu hören.«

»Nun, dafür bräuchtet Ihr nur nach Thüringen zu wandern«, warf Thaddäus trocken ein.

Ludger lachte. Es war ein Lachen reinen Frohsinns, das sich in den blaßblauen Frühlingshimmel erhob und mit dem Gezwitscher der Vögel vermischte. Er erinnerte sich später so genau an diesen Moment, weil es das letzte Mal war, daß er sich unbeschwert fühlte.

»Ihr müßt mich für einen hoffnungslosen Träumer halten«, mutmaßte er.

Der Mönch schüttelte den Kopf. »Es ist ganz natürlich, daß ein junger Heißsporn wie Ihr die Welt erkunden will. Im übrigen trifft es sich ausgesprochen gut, daß Euch die Wanderlust gepackt hat.«

»Wieso?« fragte Ludger verwundert.

»Dazu kommen wir noch.« Plötzlich klang der Geistliche sehr geschäftsmäßig. Er streckte eine rundliche Hand aus und wies nach rechts. »Da vorn ist eine Lichtung. Laßt uns dorthin reiten. Sie bietet Schutz vor dem Wind und ein wenig Sonne.«

Ludger folgte ihm wortlos. Eine eigentümliche Unruhe mischte sich in seine Neugierde.

Die Lichtung war mit Gras und braunem Farn vom Vorjahr bedeckt, und in der Mitte lag ein stiller Tümpel. Am Ufer saßen sie ab, Thaddäus reichte Ludger die Zügel seines Wallachs, und der junge Ritter band die Tiere an einen kleinen Holunderbaum, der schon erste, zarte Blätter zeigte.

Vater Thaddäus verfolgte versonnen den Flug einer Krähe, die schließlich am Rand der Lichtung auf einem Ast landete, ehe er die Arme verschränkte und bemerkte: »Ihr seid ein heller Kopf, Ludger von Repgow, nicht wahr? Darum wird es Euch nicht überraschen, wenn ich Euch sage, daß dieser Ausritt keine eitle Laune war.«

»Es überrascht mich nicht«, bestätigte Ludger.

»Mir lag daran, daß wir ungestört sind, denn es ist eine delikate Angelegenheit, die ich mit Euch zu erörtern habe. Oder genauer gesagt, mehrere delikate Angelegenheiten.«

Ludger spürte seine Hände feucht werden, aber er bemühte sich nach Kräften, sich nichts von seiner Nervosität anmerken zu lassen. »Ich bin ganz Ohr, Vater.«

»Ich möchte Euch auf eine kleine Reise schicken. Vorerst leider nicht in die Fremde, sondern erst einmal nach Hause, aber ich bin nicht sicher, ob Repgow schon das Ziel Eurer *Aventiure* sein wird, versteht Ihr?«

»Um ehrlich zu sein, nein.«

»Nun, das werdet Ihr gleich. Der Graf hat sein Einverständnis gegeben, daß ich Eure Dienste ein Weilchen in Anspruch nehme, denn diese Sache liegt vor allem in seinem Interesse.«

»Warum stehe ich dann vor Euch und nicht vor ihm?« fragte der junge Ritter.

Zum ersten Mal wich der Ausdruck von Gleichmut aus den Zügen des Priesters, und plötzlich verstand Ludger, warum die Knaben am Hof diesen Mann mehr fürchteten als den Teufel selbst. »Ihr wäret gut beraten, mir ein wenig mehr Respekt zu erweisen, Repgow.« Der Tonfall war unheilvoll, so daß Ludger einen heißen Stich verspürte. »Der Graf hat die ganze Angelegenheit in meine Hände gelegt«, fuhr der Geistliche fort. »Und darum werdet Ihr allein mir Bericht erstatten und niemandem sonst. Strikte Geheimhaltung ist von größter Wichtigkeit.«

Ludger nickte knapp. »Sagt mir nur, was ich tun soll. Meiner Verschwiegenheit könnt Ihr Euch gewiß sein.«

Der Mönch steckte die Hände in die Ärmel seiner Kutte, was ihm für einen Augenblick einen Anschein von Demut verlieh, der so gar nicht zu ihm passen wollte. Doch gleich darauf zog er die Rechte wieder aus dem linken Ärmel, wo offenbar eine kleine Tasche eingenäht war, und hielt sie Ludger ausgestreckt hin. Ein winziges Reliquiar aus getriebenem Silber lag darauf. »Ich bin überzeugt, daß auf Euch Verlaß ist, sonst wäret Ihr nicht hier. Aber ich fürchte, die Versicherung Eures Stillschweigens reicht nicht ganz. Ihr müßt schwören, vor niemandem je ein Wort dessen zu wiederholen, was hier heute gesprochen wird, ganz gleich, wie die Umstände sein mögen.«

Ludger nickte bereitwillig, wies aber mit dem Finger auf das Reliquiar und fragte: »Was ist das?«

»Ein Fingerknochen des heiligen Ägidius«, erklärte der Mönch mit unverhohlenem Stolz. Der Schutzpatron aller Narren, dachte der junge Ritter. Also genau der richtige für mich. Er legte zwei Finger der Linken auf die silberne Schatulle und hob die Rechte. »Ich schwöre.« Dann ließ er die Hände sinken. »Nun denn. Was ist es, das ich tun soll, Vater?«

»Ich möchte, daß Ihr etwas beschafft.«

Mit einemmal geriet Vater Thaddäus ins Stocken und wirkte eigentümlich unsicher, als wisse er nicht so recht, welche Worte er wählen sollte.

Ludger schaute ihn unverwandt an. »Das heißt, ich soll etwas stehlen, nehme ich an.«

Der Benediktiner sagte weder ja noch nein. »Es handelt sich um ein Geheimnis. Keine Worte auf Pergament, nicht die Lösung eines Rätsels, sondern ein … Ding. Doch das entscheidende ist, daß es ein Geheimnis ist. Der Bruder des Grafen, der Herzog von Sachsen, wollte es sich aus einem fernen Land herbringen lassen, aber sein Bote wurde … aufgehalten.«

»Von Euren Leuten«, mutmaßte Ludger. Was immer dieses Geheimnis sein mochte, es war gewiß von großem Wert, und allein die Tatsache, daß der Herzog von Sachsen es wollte, reichte aus, um auch Graf Heinrichs Interesse zu wecken. Die Brüder waren einander spinnefeind.

»Von wem auch immer«, entgegnete Thaddäus gleichgültig. »Der Bote ist nicht von Bedeutung, sondern nur das, was er bei sich trägt. Seine Spur verliert sich unweit von Repgow. Reitet hin. Solltet Ihr ihm begegnen, müßt Ihr feststellen, ob er es noch besitzt, und es um jeden Preis an Euch bringen. Seid versichert: Dieses Geheimnis ist von solcher Bedeutung und birgt so … entsetzliche Gefahren, daß beinah jedes Mittel recht erscheint, um es in die sicheren Hände der Kirche zu bringen. Was immer Ihr also tun müßt, um den Boten unschädlich zu machen, geschieht im Dienste der Kirche und zum Wohle ihrer Gläubigen, darum werde ich Euch Absolution erteilen. Versteht Ihr, was ich sage, mein Sohn?«

Thaddäus' mildes Lächeln machte Ludger schaudern. Er verstand ihn nur zu gut. Der junge Ritter verschränkte die Arme. »Sucht Euch einen anderen, Vater. Ich werde es nicht tun.«

»Was soll das heißen? Ich glaube, Ihr verkennt die Lage, Ihr Flegel. Ich bitte Euch nicht. Ich befehle es.«

»Und ich werde es trotzdem nicht tun.«

»Das würde ich mir an Eurer Stelle gut überlegen.«

»Es gibt nichts zu überlegen. Ich bin überzeugt, Ihr könnt mich beim Grafen in Ungnade stürzen, und gewiß werdet Ihr das tun. Aber ich werd's überleben. Doch dieses Geheimnis, was immer es sein mag, wird mich am Ende so überflüssig machen wie Herzog Albrechts Boten. Und unbequeme Mitwisser finden nur gar zu oft ein vorzeitiges Ende, ist es nicht so? Nein, vielen Dank. Ich habe dem Grafen einen Eid geleistet, für ihn zu kämpfen, wenn er es befiehlt, aber von Ränkespielen war nicht die Rede.«

Thaddäus machte einen Schritt auf ihn zu und lächelte frostig. »Wie ich sagte: Ein heller Kopf. Ich behaupte nicht, Eure Bedenken seien gänzlich unbegründet …«

»Das erleichtert mich.«

»… aber Ihr werdet es dennoch tun.«

»Wenn Ihr Euch da nur nicht täuscht.«

Thaddäus' Lächeln wurde eine Spur echter, als finde er Gefallen an diesem Wortwechsel. »Ihr sagtet, ich könne Euch beim Grafen in Ungnade stürzen, aber Ihr würdet es gewiß überleben. Nun, mein Sohn, ich fürchte, in genau diesem letzten Punkt irrt Ihr. Denn ich weiß, daß Ihr die angeblich so tugendsame Irmgard besprungen habt.«

Ludger spürte, wie sein Gesicht kalt wurde. Er brauchte sein Entsetzen nicht zu spielen. Kopfschüttelnd wich er einen Schritt zurück. »Wie … wie könnt Ihr es nur wagen, der Gräfin solch eine abscheuliche Sünde zu unterstellen?«

Thaddäus winkte gelangweilt ab. »Das Heucheln könnt Ihr Euch sparen, Bürschchen. Ich sagte, ich *weiß* es.«

Ludger stieß hörbar die Luft aus und ließ die Arme sinken. »Woher?« Es klang tonlos.

»Sie hat es gebeichtet.«

Oh, mein Gott, sie muß wahnsinnig sein, dachte Ludger fassungslos.

Es war in einer lauen Augustnacht im vergangenen Jahr passiert. Er hatte gerade angefangen, die ersten, noch ungeschickten Verse an sie zu richten. Und als er in der Nacht vor St. Bernhard allein Wache am Torhaus schob, hatte sie plötzlich vor ihm gestanden. Im ersten Moment hatte er sie gar nicht erkannt, denn sie trug das Haar offen. Selbst im fahlen Mondlicht schimmerte es wie gesponnenes Gold. Sie hatte ihn bei der Hand genommen und ins Torhaus geführt, ohne ein Wort. Wie ein Traumwandler war er ihr gefolgt. Drinnen war es nahezu finster gewesen, und als sie die Arme um seinen Hals schlang und sich an ihn preßte, hätte er sich einbilden können, es sei irgendeine leichtfertige Schäferstochter, die gekommen war, um ihm die einsame Nachtwache zu versüßen. Bis Irmgard die Lippen auf seine drückte. Nie zuvor hatte er so weiche Lippen gespürt. Ihr Kuß hatte ihn betört, und mit einem Gefühl der Verwegenheit hatte er seinen Mantel im Bodenstroh ausgebreitet und sie darauf hinabgezogen.

Es war eine seiner kostbarsten und gleichzeitig schrecklichsten Erinnerungen. In seinen kühnsten Träumen hätte er sich nie vorzustellen gewagt, sie könne ihn erhören. So etwas passierte einfach nicht. Er hatte nie begriffen, warum sie es getan oder wie sie es auch nur angestellt hatte, unbemerkt aus dem Schlafgemach und in den Hof zu gelangen. Es war einfach geschehen. Und er hatte immer gewußt, daß ihn das eines Tages teuer zu stehen kommen würde.

»Aber Ihr ... Ihr würdet das Beichtgeheimnis brechen«, wandte er matt ein.

Thaddäus nickte bedächtig. »Wollt Ihr wirklich Eurer Leben darauf verwetten, daß ich davor zurückschrecke?«

»Nein.« Ludger riß sich zusammen, sah Thaddäus einen Moment in die Augen und schüttelte den Kopf. »Ich möchte lieber nicht darauf wetten, daß Ihr vor *irgend etwas* zurückschreckt. Also? Was hat es auf sich mit diesem Geheimnis? Was ist es, wonach ich suche?«

Wieder schien Thaddäus unsicher, was er sagen oder wie er dies »Ding« beschreiben sollte. Für einen Augenblick kam es Ludger gar so vor, als sei es Furcht, mit welcher der Mönch rang. Schließlich schaute Thaddäus verstohlen über die Schulter, und obwohl weit und breit keine Menschenseele zu entdecken war, flüsterte er: »Drachensamen.«

2. Kapitel

Burg Meißen, April 1223

Drachensamen …«, murmelte Roswitha von Eichholz versonnen. Sie ließ sich das Wort auf der Zunge zergehen, knuffte ihr Kissen zurecht und setzte sich auf. »Was ist das?«

Bernhard von Aken sah sie mit großen Augen an. »Wie kommst du auf das Wort?«

Sie lächelte über seine entsetzte Miene, nahm sein Ohrläppchen zwischen die Zähne und flüsterte: »Du hast es im Schlaf gesagt, mein Bester.«

»Ach du meine Güte, das fehlte noch …«

»Also? Es klingt sehr geheimnisvoll. Was ist es?«

Bernhard richtete sich ebenfalls auf, lehnte den Rücken an das reichgeschnitzte Kopfteil des Bettes und schaute in den durchhängenden Baldachin hinauf. »Das kann ich dir nicht sagen.«

Sie hob die schmalen Schultern. »Nun, ich werde dich einfach noch einmal fragen, nachdem du wieder eingeschlafen bist.«

Plötzlich umklammerte seine Faust ihren Oberarm. »Vielleicht sollte ich dich lieber aus meinem Bett werfen«, knurrte er. »Dann wären meine Geheimnisse sicher, und du könntest sehen, wo du den Rest der Nacht bleibst.«

Roswitha lachte ungläubig. Ihr Herzschlag hatte sich ein wenig beschleunigt, und das Lachen fiel ihr nicht leicht. Denn natürlich glaubte sie ihm doch. Sie wußte, daß es ihm manchmal Vergnügen bereitete, sie beide daran zu erinnern, wie ausgeliefert sie ihm war. Und ihr einziger Schutz vor seinen

Demütigungen war, ihm niemals zu zeigen, wenn er ihr angst machte. »Oh, sei unbesorgt. Ich gönne dir deine Geheimnisse. Ich dachte nur, es würde dich erleichtern, mir von diesem Samen zu erzählen, der dich offenbar bis in deine Träume verfolgt.«

Er brummte versöhnlich und ließ sie los, antwortete aber nicht.

Roswitha atmete verstohlen auf. Es war ratsam, das Thema zu wechseln. Fröstelnd zog sie den Bettvorhang weiter zu. »Wieso müssen wir Ostern ausgerechnet in diesem abscheulichen, zugigen Kasten verbringen?«

»Es kann nicht schaden, die Meißener gelegentlich daran zu erinnern, daß es der Herzog von Sachsen ist, der die Regentschaft der Markgrafschaft Meißen innehat, und kein anderer.«

Mag sein, dachte sie. Aber die nasse Kälte, die von der Elbe zum Burgberg aufstieg, fand ihren Weg in jeden Winkel der alten Festung. »Was ist so wichtig an Meißen?«

»Meißen ist reich«, erklärte er knapp. »Und Herzog Albrecht braucht Geld.«

Sie nickte. Herzog Albrecht brauchte *immer* Geld, und seine Geldgier wurde nur noch von seinem Machthunger übertroffen. »Und wohin zieht der Hof als nächstes?«

Bernhard grinste träge. »Nach Brandenburg, schätze ich.«

»Verstehe. Der Herzog hat seinen begehrlichen Blick auf die Ländereien der armen Waisen Johann und Otto gerichtet. Genau wie der Graf, sein Bruder.«

»Du bist eine kluge Frau, Roswitha, aber gar zu leichtsinnig. So etwas denkt man höchstens. Man spricht es niemals laut aus.«

»Ach.« Sie winkte ungeduldig ab. »Ich habe nicht besonders viel zu verlieren, weißt du.«

»O doch. Diesen hübschen Kopf etwa.« Er zog sie an sich und küßte sie. Es war ein ziemlich roher Kuß, aber das machte ihr nichts mehr aus. Sie hatte sich an Bernhard von Aken und seine manchmal ungeschickten Gunstbeweise längst gewöhnt.

Sie verschränkte die Arme in seinem Nacken und preßte sich an ihn, vor allem, um ein wenig von seiner Körperwärme zu erhaschen. Er schien niemals zu frieren und strahlte selbst in den eisigsten Winternächten Wärme ab wie ein Kohlenbecken. »Wenn wir die Elbe hinunterfahren, kommen wir fast zu Hause vorbei«, murmelte sie sehnsüchtig. »Ob wir nicht ein paar Tage dort bleiben könnten?«

Bernhard legte eine seiner großen Hände auf ihre Brust, mit der anderen zerwühlte er die blonden Locken. »Zu Hause?« wiederholte er mit beinah sanftem Spott. »Wo soll das sein? Du hast kein Zuhause mehr, mein Täubchen, wann wirst du das endlich begreifen?«

Vor knapp zwei Jahren war Roswithas Gemahl Konrad, der ein bescheidenes Ritterlehen unweit eines kleinen Marktfleckens namens Dessau gehalten hatte, am Lungenfieber gestorben. Bernhard von Aken war mit einer Bande wilder Gesellen dort eingefallen, als Konrad kaum unter der Erde lag, und hatte sich das Gut mitsamt der sechzehnjährigen Witwe einverleibt.

Roswitha war eine realistische Frau. Sie wußte, es gab niemanden, an den sie sich hätte wenden können, niemanden, der an dem ihr widerfahrenen Unrecht das geringste Interesse zeigen würde. Es waren nun einmal gottlose Zeiten, und das einzige Gesetz im Land war das des Stärkeren. Also war sie mit Bernhard an den herzoglichen Hof gekommen und war fortan darauf bedacht, sich ihm unentbehrlich zu machen. Sie wußte, daß die Höflinge sie seine Hure nannten, aber das war ihr gleich. Sie hegte die Hoffnung, daß sie das nicht ewig bleiben würde. Denn es stand außer Zweifel, daß er eine gewisse Zuneigung für sie hegte, und bisher war er allen Bemühungen des Herzogs, ihn gewinnbringend zu verheiraten, geschickt ausgewichen.

Doch als er sie nun in die Kissen drückte und sich auf sie legte, merkte sie, daß er nicht so recht bei der Sache war, weniger lustvoll als sonst. Und nicht zum erstenmal kam ihr die Frage in den Sinn, was aus ihr werden sollte, wenn er ihrer eines Tages überdrüssig würde. Der Gedanke versetzte sie nahezu in Panik, und vielleicht war es diese unbestimmte Furcht, die ihre geheuchelte Leidenschaft heute so glaubwürdig machte. Jedenfalls klang das Grunzen, mit dem er sich schließlich von ihr wälzte, doch ausgesprochen zufrieden.

Wie lange noch? fragte sie sich. Wie lange werde ich es aushalten, in ständiger Angst zu leben?

Bernhard drehte sich auf den Rücken, schob sich eine Hand in den Nacken und sah wieder zum Baldachin des breiten Bettes hinauf. Mit einem nachlässigen Wink der freien Hand bedeutete er ihr, näher zu rücken, und sie legte den Kopf auf seine Schulter.

»Ich erwäge tatsächlich, den Hof für einige Tage zu verlassen und die Elbe hinabzufahren«, eröffnete er ihr unvermittelt.

»Wirklich? Wohin?«

»Das ist das Problem. Ich weiß nicht genau, wohin. Etwas ist verlorengegangen, und ich muß es suchen.«

Der Drachensamen, dachte sie, aber sie hütete sich, noch einmal davon anzufangen.

Bernhard regte sich unruhig. »Der Herzog ist in Nöten, Roswitha. Der Kaiser hat den Braunschweiger Welfen faktisch zum Herzog von Sachsen erklärt. Albrecht fürchtet um seine Position. Er hat viele Feinde: den Erzbischof von Magdeburg, nicht zuletzt seinen eigenen Bruder und noch einige andere. Wenn der Kaiser ihn fallenließe, könnte er wahrlich tief stürzen.«

Und du mit ihm, überlegte sie. Bernhard von Aken gehörte zu Albrechts engsten Vertrauten: Mühelos durchschaute er das Wirrwarr der politischen Verhältnisse und hatte seinem

Herrn schon so manches Mal mit List und Schläue einen Weg hindurchgebahnt. Er verwaltete verschiedene der herzoglichen Burgen und sorgte für deren Instandhaltung. Vor allem jedoch erledigte er unliebsame Aufgaben für Albrecht von Sachsen, war sein Mann fürs Grobe. Roswitha hegte den Verdacht, daß Bernhard in dieser Funktion allerhand finstere Geheimnisse über seinen Herrn erfahren hatte und sich dessen Verbundenheit dadurch für alle Zukunft sicher sein konnte. Doch Bernhards Macht stand und fiel mit der des Herzogs.

»Er hat lange nach etwas gesucht, womit er sich der Gunst des Kaisers dauerhaft versichern kann. Und weil er so ratlos war, habe ich Tor ihm von diesem verfluchten Pulver erzählt. Ich weiß, es wäre genau das Richtige, um Friedrich zu entzücken, denn der Kaiser hat eine Schwäche für Alchimie. Und mit diesem Pulver könnte er wahrhaftig zum Beherrscher der Christenheit werden. Ach, was rede ich. Zum Beherrscher der *Welt*. Nichts Geringeres ersehnt er sich.«

Roswitha setzte sich langsam auf. »Was ist das für ein Teufelszeug?«

Bernhard verzog das Gesicht wie im Schmerz. »Treffender kann man es wohl kaum bezeichnen.« Und endlich erzählte er ihr vom Drachensamen, wo er herkam und welche Zerstörungskraft ihm angeblich innewohne.

»Cathay ...«, wiederholte sie ungläubig. »Gibt es dieses Land wirklich? Ich dachte, es sei nur eine Sage.«

»Oh, das ist es zweifellos. Dennoch ist es wirklich. Ja, es gibt das Land, und es gibt auch das Zauberpulver. Der Herzog hatte mich beauftragt, ihm etwas davon zu beschaffen. Und ich habe einen meiner verläßlichsten Männer im Gefolge eines venezianischen Kaufmanns untergebracht, der nach Cathay reiste. Er war so endlos lange fort, daß ich ihn schon aufgegeben hatte, aber letzten Monat erhielt ich endlich Nachricht. Und jetzt ist er *verschwunden*.«

Roswitha hörte voller Erstaunen, daß Bernhard offenbar der Verzweiflung nahe war. So kannte sie ihn überhaupt nicht. Für gewöhnlich war Bernhard von Aken immer Herr der Lage, stand so weit über den Dingen, daß er die Welt höhnisch belächeln konnte.

»Also willst du die Elbe hinauf, um ihn zu suchen.«

Er nickte. »Nur wenn ich durchs Land reise und seltsame Fragen über einen Reisenden und ein Ledersäckchen stelle, wird es keinen Tag dauern, bis der Erzbischof von Magdeburg davon erfährt. Und dann heften sich seine Bluthunde an meine Fersen.«

»Vielleicht steckt der Erzbischof ja hinter dem Verschwinden deines Boten«, tippte sie.

Er schüttelte seufzend den Kopf. »Ich würde meine letzte Hufe darauf verwetten, daß Heinrich von Anhalt etwas damit zu tun hat.«

»Und wie kommst du darauf?«

»Weil sich die Spur meines Mannes ausgerechnet bei Repgow verliert. Und wir wissen schließlich, daß Heinrich von Anhalt und Eike von Repgow einander nahestehen wie Brüder, nicht wahr?«

»Nun, das halte ich für übertrieben«, murmelte sie abwesend.

»Woher willst ausgerechnet du das wissen?«

»Ich kenne Eike von Repgow. Er steht niemandem nahe wie ein Bruder, nicht einmal seinem Bruder.«

»Woher kennst du ihn?« fragte er verblüfft.

»Er war Schöffe, genau wie mein Vater. Sie sind oft zusammen von einem Gericht zum nächsten gereist.« Ihr Vater hatte sie, ihre Brüder und ihre Mutter manchmal mitgenommen, wenn er wochenlang unterwegs war, denn er war nicht gern so lange von seiner Familie getrennt. So kam es, daß Roswitha zwischen Saale und Elbe jeden Weiler, jeden Forst, jedes Steinchen kannte.

Sie nahm die Unterlippe zwischen die Zähne und sah Bernhard an. »Was würdest du tun, wenn ich dir deinen Drachensamen zurückbrächte?«

»Du?« Er lachte sie aus. »Und wie willst ausgerechnet du das anstellen?«

Sie lächelte, obwohl seine Geringschätzung sie wütend machte. »Nur mal angenommen, ich könnte es. Was würdest du tun, Bernhard?«

Er wurde mit einemmal ernst und schaute sie unsicher an. »Du meinst das wirklich?«

Sie neigte nachdenklich den Kopf zur Seite. »Na ja, warum nicht? Ich bin in der Gegend vielleicht nicht so bekannt wie du«, vor allem nicht so verhaßt, fügte sie in Gedanken hinzu. »Aber ich habe noch ein paar brauchbare Beziehungen. Ich denke, es wäre einen Versuch wert. Und ich werde weder den Argwohn des Erzbischofs noch den des Grafen erwecken, weil sie mich nicht kennen.«

Langsam fing er offenbar an, ihren Vorschlag ernstlich zu erwägen. »Wie willst du das anstellen? Du kannst unmöglich ohne Begleitung eine solche Reise antreten. Aber wir können uns keine weiteren Mitwisser leisten, verstehst du. Ich hätte eigentlich nicht einmal dir davon erzählen dürfen. Nein, eine Frau allein unterwegs in diesen Zeiten, das ist ausgeschlossen. Es wäre unschicklich und gefährlich.«

Sie verzog spöttisch den Mund. »Deine Sorge um meine Tugend ist rührend, Bernhard, aber ein bißchen verspätet, denkst du nicht? Keine Bange. Ich werde natürlich nicht als Frau, sondern als Knabe reisen. Du mußt mir nur ein Pferd besorgen. Um den Rest kümmere ich mich selbst.«

Er dachte eine Weile nach, das bärtige Kinn auf die Faust gestützt. Schließlich zuckte er die Schultern. »Roswitha, wenn du mir dieses Säckchen bringst, dann ...«

»Ja?«

»Dann ... ähm ... werde ich eine anständige Frau aus dir machen.«

»Indem du mich mit einem deiner leibeigenen Schweinehirten vermählst?«

»Ich meine, ich werde dich heiraten.«

Roswitha schlang die Arme um die Knie und lächelte.

Es war ihr nicht fremd, im Herrensitz zu reiten – da sie als einziges Mädchen mit drei flegelhaften Brüdern aufgewachsen war, hatte sie vernünftig reiten, auf Bäume klettern und Regenwürmer essen müssen, um zu überleben. Aber ihre neuen Kleider waren doch gänzlich ungewohnt, sie zwickten und scheuerten an den unmöglichsten Stellen.

Agnes von Österreich, die blutjunge Herzogin und Roswithas einzige Vertraute an diesem Hof, hatte ihr bei der Beschaffung der neuen Gewänder geholfen, ohne Fragen zu stellen. Agnes langweilte sich am Hof ihres mehr als doppelt so alten Gemahls, und jedes kleine Abenteuer war ihr willkommen. Von allen Knappen am Hof, die reich genug waren, um mehr als nur die Kleider zu besitzen, die sie am Leibe trugen, hatte sie ohne Angabe von Gründen ein Teil gefordert. So kam es, daß Roswitha nun die Wickelunterhosen eines dreizehnjährigen Rittersohns aus Köthen trug, Beinlinge eines Knaben aus Staßfurt, ein langärmeliges Wams aus Sindekume und so weiter und so fort. Das wadenlange Surkot, Mantel, Kapuze und knöchelhohe Lederschuhe vervollständigten ihr Kostüm.

Sie hatte sich die ohnehin nicht sehr üppige Brust straff gewickelt, und das schlichte braune Surkot war ihr ein wenig zu groß. Mit einem Ledergürtel gerafft, verbarg es ihre Formen hinreichend. Die verräterischen blonden Locken waren straff geflochten und aufgesteckt und unter der anliegenden Kapuze mit dem langen Zipfel verborgen. Sie hatte sich in Agnes' kostbarem Spiegel betrachtet und war zufrieden. Niemand würde sie behelligen oder überfallen, denn mit den zusammengewürfelten Kleidern und dem alten Klepper, den Bernhard ihr besorgt hatte, sah sie aus wie der Sohn irgendeines Bettelritters. So war es genau richtig.

Sie hatte Glück. Kurz nach ihrem Aufbruch am frühen Morgen fand sie einen Flußschiffer, der eine Ladung Salz und burgundischen Wein nach Magdeburg brachte. Er erklärte sich bereit, Roswitha und ihren Gaul für einen halben Silberpfennig bis nach Roßlau mitzunehmen, wenn »der junge Herr« des Nachts helfen wolle, die kostbare Fracht zu bewachen. Dankbar willigte Roswitha ein, und die Frau des Schiffers fütterte den mageren jungen Passagier voll mütterlicher Fürsorge mit geschmortem Fisch und Eintopf. Niemand an Bord warf Roswitha argwöhnische Blicke zu, niemand bezweifelte, daß sie der war, für den sie sich ausgab. Allmählich entspannte sie sich. Und als die Schifferin sie nach einem Namen fragte, nannte sie sich Konrad, nach ihrem toten Gemahl.

Die Fahrt auf dem Fluß verlief ereignislos, und sie kamen rasch voran. Das sächsische Tiefland entlang der Elbe war größtenteils bewaldet, und Roswitha war froh, daß sie den weiten Weg nicht zu Pferd zurücklegen mußte, denn der harte Winter war noch nicht lange vorüber, und in den Wäldern mußte man überall mit Wölfen rechnen.

Am frühen Nachmittag des zweiten Tages erreichten sie das Hafenstädtchen Roßlau. Roswitha verabschiedete sich von den Schiffersleuten, die freundlich genug waren, sie am südlichen Ufer abzusetzen. Von hier aus waren es noch etwa zehn Meilen nach Repgow, und sie brach umgehend auf, um ihr Ziel noch vor Einbruch der Dämmerung zu erreichen.

Bernhard von Aken hatte ihr alles berichtet, was er über den Drachensamen und den Verbleib seines Boten wußte. Der Mann war offenbar von Süden gekommen und unterwegs zur

Burg von Aken gewesen, deren Kastellan Bernhard war. Ein Ritter der Burg, der mit wichtigen Nachrichten für den Herzog in entgegengesetzter Richtung unterwegs gewesen war, hatte den Boten unweit von Repgow in einem Gasthaus getroffen, hatte ihn wiedererkannt und voller Neugier befragt, wo er denn so lange gesteckt habe. Doch der Bote war einsilbig und schien über irgend etwas beunruhigt zu sein. Er hatte lediglich gesagt, daß er am nächsten, spätestens am übernächsten Tag in Aken einzutreffen gedenke, und das war das letzte, was Bernhard gehört hatte.

Roswitha erreichte das Gasthaus bei schwindendem Tageslicht, band ihr Pferd vor der Tür an und trat in die Schankstube.

Der große, rechteckige Raum mit dem strohbedeckten Lehmboden war voll. Eine Geruchsmischung aus Rauch, verschüttetem Bier, gebratenem Speck und ungewaschenen Leibern schlug ihr entgegen. Lange Tische und Bänke standen entlang der Wände, an der Stirnwand, die der Tür gegenüberlag, qualmte ein großer Herd, über dem ein Kessel hing.

»Gott zum Gruße, Jungchen«, rief der fette Wirt leutselig und wischte sich die Hände an seinem schmuddeligen Kittel ab. »Und was können wir für dich tun?«

»Einen Krug Bier, ein warmes Essen und ein Plätzchen für die Nacht hätt' ich gern, wenn's recht ist.«

Der Wirt machte eine einladende Geste. »Mach's dir bequem. Eine Kammer hab' ich nicht mehr frei, aber du kannst hier im Bodenstroh schlafen. Ist auch preiswerter«, fügte er mit einem vielsagenden Blick auf die schäbigen, schlecht sitzenden Kleider des jungen Mannes hinzu.

Roswitha nickte und unterdrückte ein Seufzen. Ich wette, die Flöhe gibt's gar kostenlos, dachte sie verdrossen.

Sie suchte sich einen Platz in einer dämmrigen Ecke, möglichst weit weg vom qualmenden Herdfeuer. Eine Pilgerschar saß dort um den groben Holztisch, auf dessen Platte Brotkrumen und andere Essensreste in eingetrockneten Bierlachen verewigt waren. Die Pilger waren betrunken und erzählten einander unanständige Witze. Ihr grölendes Gelächter war ohrenbetäubend. Aber sie rückten bereitwillig für den Neuankömmling zusammen und behelligten ihn nicht.

Am Nachbartisch saßen eine Gruppe hiesiger Bauern und ein wenig abseits ein junger Ritter, dessen staubiger Mantel von einem Tag auf der Straße kündete. Er hatte den Kopf zurück gegen die Wand gelehnt und war offenbar eingeschlafen. Die Hände lagen auf einer verschrammten Laute, die in seinem Schoß ruhte. Hübscher Knabe, dachte Roswitha flüchtig, ehe sie den Blick unauffällig über die restlichen Männer am Tisch gleiten ließ. Die Bauern lauschten dem Schmied, der eine vermutlich erfundene Geschichte von einer Stute mit sechs Beinen und zwei Köpfen erzählte. Als er geendet hatte, grummelten die Männer; es klang mürrisch, beinah gefährlich.

»Ein schlechtes Omen«, erklärte ein untersetzter Mann mit wettergegerbtem Gesicht und Segelohren, die unter seinem formlosen Filzhut hervorragten. »Solche Mißgeburten mit zwei Köpfen. Schlechtes Omen, das sag' ich euch.«

»Wir brauchen keine himmlischen Zeichen, um zu wissen, daß die Zeiten finster sind«, stieß sein Nachbar höhnisch hervor.

Der mit den Segelohren nickte. »Die Zeiten sind finster«, bestätigte er. »Und als ob wir es nicht schwer genug hätten, mußte meine Ethlind, das dumme Luder, auch noch diesen Fremden ins Haus schaffen.«

»Und?« fragte der Schmied mit mäßigem Interesse. »Ist er inzwischen verreckt?«

»Von wegen«, knurrte Segelohr. »Spurlos verschwunden ist er, und das Luder mit ihm.«

Einen Moment herrschte verblüffte Stille, dann brachen die

Männer in Gelächter aus. »Durchgebrannt ist sie mit dem Kerl ...«, prustete einer. Und ein anderer krakeelte: »Da hast du die Mitgift gespart!«

Segelohr verzog das Gesicht und spuckte ins Stroh. »Von mir aus kann sie mit dem Halunken nach Cathay zurück, wo er angeblich hergekommen ist, mir ist es gleich. Meine Bertha brütet. Vielleicht krieg ich doch noch einen Sohn ...«

Die Nachricht gab Anlaß zu neuer Ausgelassenheit und weiteren Zoten, die verschwundene Tochter war auf einen Schlag vergessen.

Roswitha saß stockstill an ihrem Platz, hielt den Holzbecher, welchen der Wirt ihr gebracht hatte, in beiden Händen und starrte hinein. Ihr Herz hämmerte. Sie konnte ihr Glück kaum fassen. Noch keine Stunde war sie hier, und schon hatte sie die erste Spur gefunden ...

Die Erregung hatte ihr den Appetit verschlagen. Als der Wirt eine Schale mit fettem Hammeleintopf vor ihr auf den Tisch stellte, begann sie mechanisch zu essen, aber sie ließ Segelohr und seine Kumpane nicht aus den Augen.

Als die Männer sich erhoben, um heimzugehen, stand sie ebenfalls auf.

»He, wohin so eilig, junger Freund?« rief der Wirt stirnrunzelnd. »Du gehst hier nicht raus, eh du das Essen und das Bier bezahlt hast.«

Sie schnipste ihm eine kleine Münze zu, die er geschickt auffing. »Ich geh' nur den Gaul versorgen«, erklärte sie beschwichtigend. »Wo kann ich ihn unterstellen?«

»Der Stall ist links hinterm Haus, gleich neben der Kackbude«, erklärte er.

Roswitha fuhr leicht zusammen. Solche Worte benutzte man in ihrer Gegenwart für gewöhnlich nicht – nicht einmal Bernhard von Aken. Sie mußte sich ein Grinsen verbeißen, ging mit tief gesenktem Kopf zur Tür und schlüpfte hinaus.

Inzwischen war es Nacht geworden, doch das klare Wetter hielt, und der halbe Mond beleuchtete den kleinen Platz vor dem Gasthaus. Etwa zwanzig Schritte entfernt sah sie die Umrisse der Männer und folgte ihnen im Schatten der Ulmen, die den Weg säumten.

Segelohr war selbst bei Nacht unverkennbar. Ohne große Mühe heftete sie sich an seine Fersen. Er ging etwa hundert Schritte den Weg entlang und steuerte dann eine der Bauernkaten an, die ihn säumten.

Roswitha wartete, bis er im Haus verschwunden war. Dann schlich sie in den kleinen Hof, der dahinter lag. Sie hoffte, ein Fenster zu finden, durch das sie ins Innere spähen konnte. Geduckt tastete sie sich die Bretterwand entlang. Gerade hatte sie eine dunkle Fensteröffnung entdeckt, als sie von hinten gepackt wurde und sich eine große Hand über ihren Mund legte.

»Und wer magst du sein, daß du dich so brennend für einen Fremden aus Cathay interessierst?« fragte eine leise Stimme direkt an ihrem Ohr. Es war eine angenehme, junge Stimme, und sie sprach nicht einmal unfreundlich. Aber im nächsten Moment spürte Roswitha eine kalte Klinge an der Kehle.

3. Kapitel

Kloster Nienburg, April 1223

Sterne funkelten. Fledermäuse strichen um die Türme der Basilika. Wie Bleistaub erschwerte das Gesetz des blinden Abts das Atmen. Sie nannten ihn Greif, behaupteten, er könne durch Wände gehen und beherrsche jeden Stein, jede Pflanze im Garten und jedes Fenster. Ohne daß er zu sehen war, überwachte er das *summum silentium* der Klosterbrüder. Das Nachtgebet verflüchtigte sich zwischen den Balken an der Schlafsaaldecke, und die Mönche lagen stumm, als hätte man ihnen Knebel in die Münder gestopft. Stille, die von den Wänden dröhnte. Es ist Schweigen befohlen! drohten die Steine. Hütet eure Lippen! wisperten die Kräuter hinter dem Gartenzaun. Am südlichen Stadtrand knarrte die alte Mühle, erschöpft und machtlos.

Und doch war da Leben. Im Schatten der hohen Klostermauer legten sich zwei Finger auf einen fremden Mund. Flüstern: »Nur leise!«

»Warum das?«

Ein Stab deutete zum steinernen Haus hinauf.

»Wie soll er uns hier unten hören?«

»Kennst du nicht die Geschichte vom Blinden in Havelberg, der die heranschleichenden Lutizen Stunden vor ihrem Angriff bemerkte, und niemand wollte ihm glauben? Der Greif hockt dort am Fenster in der Schwärze, wir sehen ihn nicht, aber er lauscht ganz gewiß. Jedes Wort versteht er, ich fühle das.«

»Dann laß uns slawisch sprechen.« Der Jüngere wechselte die Sprache. »Wo hast du das Säckchen versteckt?«

»Denkst du, ich bin so dumm? Du erfährst es erst, wenn du deinen Teil der Abmachung erfüllt hast.«

»Es ist so gut wie getan.«

»Hat der Greif ihn befragt?«

»Drei Stunden lang. Er hat nichts aus ihm herausbekommen. Für morgen sind ihm Rutenschläge angedroht.«

Zögern. »Ich will es sehen.«

»Du möchtest dabeisein, wenn ich ihn töte?«

Keine Antwort.

»Meinetwegen. Ein schöner Anblick wird es aber nicht.«

Sie tasteten sich an der Mauer entlang. Die Schuhe knirschten, und das niedergetretene Gras raschelte.

»Warum habt ihr ihn überfallen?«

»Das geht dich nichts an.«

»Er kam aus Cathay. Sicher hatte er wertvolle Dinge bei sich.«

»Cathay! Woher …?«

»Ich habe den Cellerar bestochen, und der weiß es von der jungen Frau, die den Fremden hergebracht hat. Also, was für einen Schatz hat er vom Rand der Welt mitgebracht?«

»Wir haben nichts bei ihm gefunden.«

»Du dreckiger Lügner!«

Sie erreichten das Gästehaus. Sternenlicht kroch über eine Eichenholztür.

»Was, wenn er sie verriegelt hat?«

»Der Greif gestattet es nicht, daß sie Türen verriegeln.«

»Wie wirst du ihn …?«

Stumm zog der Gefragte einen Strick aus dem Kuttenärmel.

Der Ältere schluckte. Dann nickte er.

Sie schoben die Tür auf. Ein Sprung auf das Bettlager in der winzigen Kammer, Tasten, Wühlen. Der Strohsack war leer. Der Ältere krallte den Unterarm des Jüngeren. »Er weiß es. Er hat ihn fortschaffen lassen.«

»Spürst du …«

Zitterndes Einatmen. »Er schaut uns an.«

Die Männer fuhren herum. Aus Fensterlöchern glotzte das steinerne Haus. Sie stürzten voran, ihre Schultern rammten den Türrahmen. Pressen, Stolpern, Rennen. Hasen, den Wolfsschatten im Genick. Endlich verschluckte sie die Pforte in der Klostermauer.

Ein Nasenrücken, scharf wie eine Klinge, zeigte sich im linken oberen Fenster des Hauses. Darunter der Mund, bäuerisch hervorspringend. Vernarbte Augenhöhlen. Das träge Stück Fleisch, das einmal eine Zunge gewesen war, formte zwei Namen: »Dobresit. Tezlaw.« Augenbrauen zuckten über den leeren Augenhöhlen. Nuscheln, Zischen: »Dobresit, Dorfältester in Borgesdorf. Und Tezlaw, Stinker, Smurde, nahezu besitzlos. Ihr wolltet zum Fremden? Was habt ihr mit dieser Sache zu schaffen?«

Über der Basilika balgten sich die Fledermäuse um einen Nachtfalter. Sie flatterten, schrillten. Die Stille hob drohend die Klauen.

Wie oft mochten die langen, feingliedrigen Finger des Diebs schon in fremde Taschen gegriffen haben. Wie oft hatten sie Kaufleuten auf der Straße die Geldkatze vom Gürtel geschnitten, wie oft Truhen geöffnet und durchwühlt. Aber der Dieb schien aus der Übung gekommen zu sein. Er versuchte gar nicht erst, sich aus seiner mißlichen Lage zu befreien. »Machst es wohl immer so? Lauschst in Gasthäusern, horchst, ob jemand seinen Besitz rühmt, und dann schleichst du ihm nach und raubst ihn aus!« Ludger schob den Dolch am Hals des Diebs ein wenig höher. »Der Tod klopft dir auf die Schulter, Freund. Auf Diebstahl steht der Strang.«

»Nicht, wenn der Schaden geringer ist als drei Schillinge.«

»Ein rechtskundiger Dieb, Donnerwetter! Schätze aus Cathay werden wohl mehr wert sein, oder?«

Der Dieb zuckte zusammen. Er sagte rasch: »Und Ihr, habt Ihr vergessen, daß Mörder auf das Rad geflochten werden?«

Ludger lachte. Nicht nur kannte dieser Räuber die Gesetze, er bediente sich obendrein höfischer Umgangsformen. »Es ist kein Mord, denn ich habe Euch auf frischer Tat ertappt. Ihr brecht den Landfrieden. Ich kann Euch die Kehle durchschneiden und gehe straffrei aus.«

»Ihr braucht sieben Zeugen für meine Tat. Nur dann bleibt Ihr ungestraft.«

»Die sind rasch zur Stelle, wenn ich nur laut genug rufe. Und wozu Zeugen für den Tod eines Rechtlosen? Niemand wird mich verklagen.« Gab es unter den Räubern etwa neuerdings gelehrte, von Meistern unterrichtete Diebe? »Woher kennt Ihr das sächsische Recht so gut?«

»Ihr werdet nicht rufen.«

»Und warum nicht?«

»Wäre das Euer Ansinnen, dann hättet Ihr es schon längst getan.«

Der Kerl versuchte, die Zügel zu übernehmen. »Euer Name!« Ludger würde andere Saiten aufziehen.

»Konrad.«

»Abkunft!«

»Ich bin der Sohn eines verarmten Ritters aus Rietzmeck. Allerdings ist mein Vater –«

»Und zum Dieb seid Ihr geworden? Erzählt mir nicht, daß Ihr Hunger leidet, Konrad von Rietzmeck! Wie lange stehlt Ihr schon anderer Leute Habe?«

»Ich stehle nicht.«

»Jetzt auch noch eine dreiste Lüge! Meint Ihr, so könnt Ihr Euch retten?«

»Zuerst müßt Ihr das Eisen von meinem Hals nehmen. Dann sage ich Euch, was mein Begehr war.«

Trug der Dieb eine Klinge bei sich? Ludger tastete ihn mit

der freien Hand ab. Er war kräftig um die Brust, obwohl das Gesicht und die Hände es nicht vermuten ließen. Eine Waffe war nicht an ihm zu finden. Ein gewöhnlicher Räuber war das nicht. »Also gut.« Er nahm den Dolch herunter, hielt ihn stoßbereit. »Was sucht Ihr hier?«

»Die Geschichte des Bauern hat mich interessiert. Ich hatte vor, ihn zu belauschen, um den Verbleib der Tochter und des Fremden herauszufinden. Gute Geschichten sind Schätze. Es lassen sich vortreffliche Lieder daraus machen.«

»Ihr spielt und singt?«

»Ein wenig.«

Ludger schnaubte. »Schöne Mär. Habt Ihr sie ersonnen, als Ihr so nachdenklich am Gasthaustisch saßt? Wärt Ihr wirklich ein Dichter, dann wäre Euch etwas Besseres eingefallen. Ihr hättet den Bauern ganz einfach bitten können, mehr zu erzählen. Wer sich in der Finsternis an ein Haus heranpirscht, hat anderes im Sinn als Geschichten.«

»Ihr glaubt mir nicht?«

»Ein gemeiner Dieb seid Ihr, und Ihr werdet Eure Strafe finden.«

»Was ist mit Euch? Ihr habt im Gasthaus vorgetäuscht zu schlafen. Ist es nicht auch verwunderlich, daß Ihr Euch hier zu schaffen macht? Erzählt mir nicht, Ihr seid ein Gehilfe des dörflichen Schultheiß. Euch fehlt der Stallgeruch.«

Ludger wies gen Hügel. »Seht Ihr die Burg dort oben? Ihr fürchtet den Schultheiß? Ihr solltet den Namen Repgow fürchten.«

Im Haus knarrte eine Tür. Feuerschein fingerte in die Nacht und streifte Ludgers Gesicht. Er tauchte unter die Fensteröffnung, riß Konrad mit hinab. Kniete, die Faust in Konrads Genick gepreßt, die kühlen Gräser um die Knöchel. Langsam kam er zur Besinnung. Die Frechheit des jungen Diebs hatte ihn zur Unachtsamkeit verleitet. Er durfte nicht vergessen, daß sein eigener Kopf in der Schlinge steckte. Was nützte ihm ein Aufruhr? Er beugte sich zu Konrad hinab. »Hör zu, Spitzbube, ich will dich hier nie wieder sehen, hast du mich verstanden? Nimm die Beine in die Hand und verschwinde! Und sollte ich hören, daß ein junger Mann das Wort ›Cathay‹ in den Mund genommen hat, gleich ob in Rietzmeck oder Wulfen oder sonst irgendwo, dann spüre ich dich auf und verpasse dir den verdienten Strick. Ich hoffe, das geht in deinen Kopf hinein.«

Stumm nickte Konrad. Kaum entließ ihn die Faust, sprang er auf und verschwand zwischen den Häusern. Irgendwo in der Dunkelheit raschelten seine Schritte im Gras.

Ludger wartete, bis es still geworden war. Dann schlich er um das Haus herum. Vor der Tür blieb er stehen, blickte über den Dreschplatz, die Scheunen und den Verhau hinweg, der das Dorf umgab, und spähte zu Gut Repgow auf dem Hügel. Die Umfassungsmauer zerschnitt den schimmernden Nachthimmel mit ihren schwarzen Kanten. Im Turm glühte ein Fenster. Dort saß Onkel Eike; sicher kratzte er gerade mit dem Federkiel über das Pergament und schrieb bei flackerndem Lichtschein deutsche Worte – die Übersetzung des lateinischen *Sachsenspiegel*. Wenn er wüßte, was sein Neffe hier tat! Und Onkel Hartmann – er würde diesen Bauern packen und schütteln und ihn anschreien. Doch sie durften nichts erfahren. Thaddäus brauchte nur wenige Sätze in das passende Ohr zu flüstern, und es war um Ludger geschehen. In dieser Sache zu versagen bedeutete das Ende.

Er hob einen Stein auf und schlug ihn dreimal gegen die Tür. Dann ließ er ihn zu Boden fallen. Der Bauer mochte ruhig denken, daß er hart zuschlagen konnte. Als keine Antwort kam, drückte er die Tür auf.

Zwielicht. Glühende Asche, wo einmal ein Herdfeuer gebrannt hatte. Ein wuchtiger Eichentisch, an der Wand eine steinerne Werkplatte, darüber irdene Krüge auf dem Wandbord. Hunderte hauchdünner Schatten, von den Fäden eines Webstuhls an die Wand geworfen. Zwei Türen: eine fest geschlossen und finster, die andere um einen Spalt geöffnet. Lichtschein dahinter.

Die Tür schwang auf, krachte gegen einen Schemel. Über den fleischigen Hals des Bauern ragte die Kinnlade kampfbereit vor. Er bleckte die Zähne, knurrte: »Was hast du in meinem Haus zu suchen?« Die Brauen verdichteten sich zu schwarzen Raupen. Er löste die Knoten der Hemdsärmel, schob sie sich über die Ellenbogen.

Ludger verzog keine Miene. »Deine Tochter«, erwiderte er knapp, wie man einem Gegner den Handschuh vor die Füße warf.

Von hinten klapperten Holzpantinen. Die Frau, die in die Stube trat, war jung, aber sie bewegte sich mit der Sicherheit derjenigen, die das Haus in der Hand hält.

»Was hat sie ausgefressen?« brummte der Bauer. »Ich bezahle nichts. Ich kann gar nichts bezahlen! Und wenn ich es könnte, würde ich es nicht. Sie ist nicht mehr meine Tochter. Wenn sie Schaden angerichtet hat, dann muß sie selbst dafür büßen.« Er stutzte. »Ihr kommt mir bekannt vor. Wer seid Ihr? Habt Ihr nicht vorhin in der Schenke gesessen?«

»Ja, ich war im Gasthaus. Habe dich gesucht und ausfindig gemacht. Um dich nicht zu demütigen, wartete ich, bis du nach Hause gegangen bist. Wäre es dir lieber gewesen, ich hätte dich inmitten deiner Gefährten ergriffen?«

»Ergriffen? Was bedeutet das? Ich soll doch nicht gefangengesetzt werden?«

»Womöglich läßt sich das nicht vermeiden.«

Die Frau heulte auf. »Das haben wir davon! Wie oft habe ich geschwiegen, um sie zu schützen. Zum Lohn bringt sie dich nun in den Kerker. Dieses Biest!«

»Sie ist meine Tochter! Nenne Ethlind noch einmal ein Biest, und ich werfe dich aus dem Haus.«

»Du weißt überhaupt nicht«, murmelte die Frau, »wie schwer sie mir das Leben gemacht hat.«

Die Zähne des Bauern knirschten. »Schweig endlich!« Zornesröte schoß ihm in das Gesicht. »Du hast mich gegen sie aufgewiegelt, sonst wäre sie noch hier. Und dir, Bursche, kann ich nur sagen –«

»Dein Gejammer bringt sie auch nicht zurück, Bauer. Genausowenig wie es dich davor bewahren wird, daß du den Schaden bezahlst, den sie angerichtet hat.«

»Was hat sie getan?«

Ludger hob eine Braue und schwieg. Schweiß rann ihm den Nacken hinunter.

»Was ist? Versuchst du mir Angst einzujagen?«

»Was wird sie wohl getan haben? Wo wird sie wohl sein?« Eike hatte diesen Trick aus seiner Schöffenzeit oft erwähnt. Man entlockte anderen etwas, indem man so tat, als wisse man es bereits.

Der Bauer trat auf ihn zu. »Belauscht hast du mich im Gasthaus. Und nun meinst du, mich einschüchtern zu können? Hast nicht einmal ein Schwert umgebunden, und willst ein Büttel sein, der mich in die Burg hinaufschleppt? Ich werde dir zeigen, was man davon hat, wenn man mich zum Narren halten will.« Die Hand, die Ludger zur Verteidigung hob, schlug der Bauer mühelos zur Seite. Er packte ihn am Hals, schob ihn vor sich her. Die Wand prallte gegen Ludgers Hinterkopf, Dröhnen arbeitete sich über die Ohren zur Stirn vor. Er umgriff die fetten Handgelenke und versuchte, den Würgegriff aufzubiegen. In seinen Ohren rauschte es. Die Wangen pulsten, schwollen an. Dick, wie mit Wolle ausgestopft, war der Kopf. Schweiß brach ihm aus allen Poren. Er bekam keine Luft mehr. Der Raum verschwamm. Dann plötzlich ein

Krachen. Licht. Etwas Mannshohes, Dunkles fuhr auf ihn zu und donnerte gegen seinen Schädel.

Konrads Stimme: »Was für ein Anblick! Das läßt du mit dir machen, Repgow?« Er lachte.

In einer namenlosen Anstrengung zog Ludger an den Armen des Bauern. Ergebnislos. Tierhafte Laute quollen über seine Lippen.

»Nein, nein, bleibt nur so stehen! Die anderen sollen sich das anschauen. Sie sind jeden Augenblick hier. Was wirst du blaß, Bauer? Genieße den Spaß, solange du kannst! Wenn du unter dem Richtschwert kniest, wirst du dich freuen, es ausgekostet zu haben. Wer möchte schon ohne Grund ins Gras beißen?«

Der Bauer stammelte: »Repgow?«

»Du bezahlst den Preis, also sollst du auch das Vergnügen haben. Aber hüte dich, den jungen Herrn wirklich zu verletzen! Wenn er geschädigt wird, dann ist die Strafe eine andere. Sagen wir, du wirst dann Stück für Stück geköpft.« Wieder lachte Konrad.

Ludger kniff die Lider zu. Tränen rollten seine Wangen hinunter. Er riß die Augen wieder auf und sah klarer. Konrad stand dort, ruhig lächelnd. Die Tür. Sie mußte auf ihn zugeflogen sein, sie war verantwortlich für den stechenden Schmerz an der Stirn.

»Ihr seid ein … Repgow?« Vorsichtig löste der Bauer die Pranken, klopfte ihm den Staub von den Schultern und strich ihm die Falten aus dem Gewand. »Wie konnte ich das übersehen! Das Dämmerlicht, Ihr müßt entschuldigen.« Er sank hinunter, berührte die Stiefel mit der Stirn.

Ludger rieb sich den Hals. Er verspürte nicht wenig Lust, den Bauern zu treten. Mühsam stand er aufrecht; der Schmerz in der gequetschten Kehle wollte ihn zwingen, sich vornüber zu beugen. Er krächzte: »Steh auf! Du weißt, wo deine Tochter ist, nicht wahr?«

»Ich weiß es nicht, wirklich, das ist die Wahrheit.«

Ludger verschränkte die Arme, schüttelte den Bauern ab, der seine Beine befingerte und Entschuldigungen wimmerte.

»Was hat sie getan?« flüsterte der Bauer, sich erhebend. »Hat sie ... großen Schaden angerichtet?« Der Blick flatterte. Er sah zu Boden. »Wo ist sie hin? Hat sie nicht kürzlich mit dem alten Lurias über Nienburg gesprochen? Wegen des verwundeten Fremden. Sie ist zum Kloster gereist, richtig? Hat sie gestohlen? Ist durch ihr Verschulden ein Feuer ausgebrochen? Hat sie gar ... Der Kirche ist nichts geschehen. Die Kirche ist doch unversehrt? Sie hat so gern im Feuer gestochert.«

»Ein verwundeter Fremder?«

»Ich habe ihr gesagt, sie soll ihn nicht ins Haus schaffen, aber sie hat sich über meinen Willen hinweggesetzt.«

»Wie so oft«, ergänzte die Frau.

»Hast du irgend etwas hier, das dem Fremden gehörte?«

»Nein, nichts.«

»Ich frage noch einmal: Hast du etwas hier, das dem Fremden gehörte?«

»Bitte, Ihr müßt mir glauben, Herr! Er trug nichts bei sich, und es ist nicht ein Haar von seinem Kopf in meinem Haus geblieben.«

»Das wird bei Gelegenheit festzustellen sein.«

»Von Anfang an wollte ich ihn nicht in meinem Haus haben.«

»Wenn dir dein Leben lieb ist, sprich nicht mehr von dem Fremden! Um deine Tochter wollen wir uns kümmern.« Ludger trat aus dem Haus. Er ging einige Schritte, dann beugte er den Nacken, würgte, hustete. Konrad holte ihn ein. Warum war er zum Haus zurückgekehrt? Und warum hatte er ihn gerettet? Das Jahr am Hof des Grafen hatte Ludger gelehrt, daß niemand handelte, ohne zu versuchen, einen Vorteil für sich herauszuschlagen.

»Ich glaube, er wird sich eine ganze Weile nicht herauswagen. Geht es einigermaßen? Donner, mir haben die Knie gezittert bei dem kleinen Maskenspiel gerade. Bin froh, daß der Bauer es nicht bemerkt hat. Ich mußte mich am Türrahmen abstützen, so schlimm war es.«

»Wieso habt Ihr mich da herausgeholt?«

»Ich weiß nicht. Ihr klingt nicht gerade so, als wärt Ihr ...«

»Dankbar? Doch, das bin ich.« Er strich sich über die schmerzende Stirn. Sie blutete. »Der Schlag mit der Tür hätte allerdings wirklich nicht sein müssen.«

»Verzeiht. Es war ein Versehen.«

»Wartet, schweigt!«

Hinter ihnen hatte sich die Tür geöffnet, und es näherte sich die Bauersfrau. »Bitte, Ihr dürft nicht zürnen, es ... Er wollte Euch nicht betrügen, er wußte nur nicht, was Ihr mit ihm tun würdet, wenn er es gesteht. Wir haben etwas vom Fremden, hier, nehmt es. Bitte, verschont unser Leben!«

Stumm nickte Ludger, nahm ein winziges Lederpäckchen entgegen. Er tastete: Es enthielt einen harten Gegenstand. Auf keinen Fall würde er es vor Konrads Augen auswickeln. »Es ist gut, Frau. Sag deinem Mann, er hat seinen Hals gerettet, indem er es uns aushändigte.« Sie verbeugte sich und eilte zum Haus zurück, ängstliche Blicke nach allen Richtungen in die Nacht werfend. »Sie erwartet die Häscher«, sagte Ludger. »Gehen wir zum Gasthaus. Es gibt einige Fragen.«

Bald saßen sie sich im Schankraum gegenüber. Auf ihrem Tisch kämpfte ein Talglicht gegen den biergeschwängerten Rauch; kaum erhellte es die Gesichter. Die meisten Bauern waren gegangen. Allein die Pilger schliefen in mitleiderregenden Verrenkungen rings um ihre Bierkrüge, halb sitzend, halb über Tisch und Bank und Sitznachbar gestreckt. In den Geruch von verbranntem Speck mischte sich stechender Uringestank.

»Wer seid Ihr?« Ludger musterte den jungen Dieb. Das Gesicht war knabenhaft schmal, die Kieferlinie beinahe von weiblicher Schönheit. Blonde Locken hingen auf die Stirn herunter und fielen immer wieder auf die Schläfen; es war zwecklos, daß Konrad sie hinter die Ohren strich.

»Konrad von Rietzmeck. Ihr wißt das bereits. Wie darf ich Euch nennen? Sicher ist es Euch unlieb, wenn ich Euch wie einen alten Kumpanen mit ›Repgow‹ anspreche. Und wollt Ihr nicht beschauen, was die Frau Euch gegeben hat? Ich bin neugierig!«

Konrad von Rietzmeck. Log er? Flackerte da Furcht in seinem Blick? Ludger kniff die Lippen zusammen. »Ich traue Euch nicht. Warum habt Ihr Euch an das Haus herangepirscht? Und warum seid Ihr zurückgekehrt? Habe ich Euch nicht mit dem Strang gedroht?«

»Was muß man noch tun, außer Euch das Leben zu retten? Ich meine, damit Ihr einem Ehrenmann Glauben schenkt?«

Das war es. Er hatte ihn gerettet, um sich sein Vertrauen zu erschleichen. Hatte Thaddäus ihn geschickt, um ihn zu überwachen? Oder gar, um ihn zu töten, sobald er das Pulver gefunden hatte? »Wie steht Ihr zur Kirche?«

»Wie soll ich zu ihr stehen? Ich bin ein treues Schaf in Gottes Herde.«

Ein treues Schaf in Thaddäus' Herde. So mußte es sein. Aber Ludger würde nicht mit sich spielen lassen. Er setzte ein Lächeln auf. »Verzeiht mir. Ich bin ohne Eltern aufgewachsen, immer mit dem Rücken zur Wand, versteht Ihr? Da wird man leicht zum Einsiedler, der niemandem traut. Meinen Namen wolltet Ihr wissen? Ich bin Ludger, Sohn des Ludwig von Repgow. Er ist bei Konstantinopel gefallen, als ich zwei Jahre alt war.«

»Ohne Eltern aufgewachsen … Habt Ihr wenigstens Geschwister?«

»Meine Onkel haben sich um mich gekümmert. Reden wir

nicht von mir, reden wir von Euch! Was führt Euch nach Repgow?«

»Ich weiß, wie es ist, wenn man niemanden hat.« Konrad blickte ins Leere. Dann straffte er die Schultern, als habe er sich selbst zur Ordnung gerufen, und lächelte. »War unterwegs in Richtung Bernburg. Keine großartige Geschichte. Wißt Ihr, was mir gerade in den Sinn kommt? Der Bauer hat doch von Nienburg gesprochen. Dazu könnten wir den Zupan in Borgesdorf befragen. Er weiß über das Kloster bestens Bescheid.«

»Ihr kennt ihn?«

»Ich kenne ihn. Er hingegen kennt mich nicht.«

»Ah, Ihr habt ihn also bestohlen.«

»Nein. Eher hat er mich bestohlen. Ich müßte ihn hassen. Meine Familie ist an ihm zugrunde gegangen.«

»Ein slawischer Zupan, der Ritter bestiehlt? Wie geht so etwas?« Ludger spähte nach einer verräterischen Regung in Konrads Gesicht. Der junge Dieb mußte ein vortrefflicher Lügner sein.

»Es ist ihm nicht nachzuweisen. Er hat meine drei Brüder auf dem Gewissen, da bin ich sicher. Seine Leute haben sie überfallen auf der Straße nach Dessau, als sie Säue zum Markt getrieben haben. Bald darauf starb Vater am Lungenfieber, und ich, der letzte Sohn, muß sehen, wie ich Geld heranschaffe, um die Schulden der Familie zu begleichen.«

»Wenn Ihr es nicht nachweisen könnt, mag es ebensogut falsch sein. Aber nehmen wir an, er hat Eure Brüder getötet. Warum in aller Welt wollt Ihr diesen Mann besuchen? Fürchtet Ihr nicht, er könnte Euch erkennen und sein Werk vollenden?«

»Er erkennt mich nicht. Und wie ich sagte: Er weiß einiges über das Kloster in Nienburg. Furcht vor dem Abt hingegen ist ihm fremd.«

Daß er so unverfroren log! Kein Fünkchen Röte auf den

Wangen, kein Niederschlagen der Lider – nicht einmal die Stimme trug einen Hauch von Scham. »Die Brüder ermordet, der Vater am Lungenfieber gestorben. Ihr erzählt abenteuerliche Geschichten! Was, wenn der Zupan sich als Euer Räuberhauptmann entpuppt? Womöglich wollt Ihr mich in ein Nest von Halunken und Strauchdieben locken?«

»Ihr glaubt mir immer noch nicht.« An Konrads Nasenwurzel erschienen zwei Falten. Tief gruben sie sich in den glatten Raum zwischen den Augenbrauen. »Wißt Ihr, was Ihr seid? Ein undankbarer, mißtrauischer Sturkopf, der sich selbst der Nächste ist. Ein Repgow eben.«

»Wie könnt Ihr es wagen, mich –«

»Ihr habt sehr richtig gehört. Ihr Repgows seid so.« Konrad erhob sich. »Entschuldigt mich. Ich bin heute weit gereist und brauche Schlaf.« Er passierte die trunkenen, schnarchenden Pilger und steuerte die gegenüberliegende Wand an. Ludger sah ihm nach, ballte die Fäuste unter dem Tisch.

Der Spitzel sollte es besser wissen. Seine Familie anzugreifen! Was bezweckte er? Wollte er ihn wütend machen, um ihn zu einer unbedachten Handlung zu verleiten? Wenn er gedacht hatte, Ludger würde wie Onkel Hartmann aufbrausen, dann hatte er sich getäuscht. Es gab Repgows, die sich zu beherrschen wußten, die erst ihren Verstand anstrengten, ehe sie aus der Haut fuhren.

Konrad schob sich mit dem Fuß Stroh zusammen, verschwand unter den Tischen. Legte er sich am anderen Ende des Raumes schlafen, damit Ludger sich in Sicherheit wähnte? Aber er hatte den Spion durchschaut.

Er drehte sich um. Dort in der Ecke würde er sein Nachtlager richten. Wenn er Bänke und Tische ein wenig zurechtschob, dann konnte man nicht zu ihm gelangen, ohne sich geräuschvoll einen Weg zu bahnen. Wie oft hatte Ludger seinen leichten Schlaf zum Teufel gewünscht, wenn sich in der

Dachkammer auf Burg Anhalt einer der anderen Ritter auf dem knisternden Strohsack wälzte, wie oft hatte er Christus um nächtliche Taubheit angefleht, wenn ein Zimmergenosse unverdrossen schmatzte in freßlüsternen Träumen während der Fastenzeit. Jetzt kam es ihm gelegen, daß Störungen ihn umgehend weckten.

Nachdem er alles nach seiner Vorstellung hergerichtet hatte, bettete er sich auf das klebrige, nach Bier und Erbrochenem stinkende Stroh. Es war unmöglich, durch Tischbeine und herabhängende Körperteile den Spitzel zu erkennen. Umgekehrt würde auch Ludger unbeobachtet sein. Er tastete unter seinem Hemd nach dem Päckchen. Vorsichtig zog er es hervor, wickelte das Leder auf. Ein hölzernes Spielzeugpferd. Es streckte die Beine von sich, blickte stumpf aus Augenlöchern. Rillen sollten die Mähne darstellen. Was bedeutete das? Weshalb hatte der Bote ein Spielzeug bei sich getragen?

Von drüben ein Geräusch. Eilig verstaute Ludger das Schnitzwerk wieder im Leder und schob es sich unter das Hemd. Auch er war müde von der langen Reise und den Aufregungen des Tages. Bald fielen ihm die Augen zu. Einmal strich er noch zärtlich über die Saiten der Laute, kaum mehr als ein sanfter Hauch der Fingerspitzen. Weich wehten Töne aus dem bauchigen Körper des Instruments.

Morgenkühle war in den Schankraum gekrochen. Feine Lautenklänge ertönten. Ludger lächelte im Halbschlaf. Lautenklänge. Jemand machte sich an der Laute zu schaffen. Er fuhr in die Höhe, riß die müden Augen auf. Der Spitzel blickte erschrocken zurück und ließ das Instrument fallen. Holz splitterte. Saiten sprangen.

Ein Griff an den Kragen des Jünglings. Ludger riß ihn herab und schlug ihm die Faust ins Gesicht. »Du falscher Bastard! Das wirst du büßen.«

Der Spitzel wand sich frei, wischte sich Blut von der Oberlippe. »Laßt ab von mir«, wimmerte er. »Man wird Euch vor Gericht die Hand abschlagen für die Verletzungen, die Ihr mir zufügt. So geht das Gesetz.«

Ludger stand auf, krallte die Hand in das Wams des Jünglings, zerrte ihn auf die Füße und versetzte ihm einen Hieb in den Bauch. »Wo ist die Narbe, die Ihr dem Richter zeigen wollt?«

»Bitte ...«, ächzte Konrad.

»Ihr wollt mir nachspüren? Mich aufhalten, mich ausliefern? Das wird nicht geschehen. Ich fordere Euch zum Zweikampf heraus.«

»Ich lehne ab.«

»Seid Ihr Ritter? Dann sind wir Standesgenossen, und Ihr dürft meine Aufforderung nicht ablehnen. Seid Ihr kein Ritter, so müßt Ihr genauso kämpfen, denn ich, der ich höheren Standes bin, habe Euch aufgefordert. So steht's im Gesetz, Halunke. Es soll um Leben und Tod gehen.«

»Wo ist der Richter, der uns die Schwerter stellt, die Schilde? Das Gesetz sieht das vor.« Blut rann in zwei Fäden aus Konrads Nase.

»Der Wirt soll der Richter sein.«

»In Ordnung.« Konrad strich sich die Locken aus den Augen. Plötzlich stürmte er vor und rammte seinen Kopf wie ein steinernes Geschoß in Ludgers Magen.

Ludger rang um Atem. Er mußte Zeit gewinnen. Mit aller Kraft stieß er den Jüngling von sich. Konrad stolperte rücklings über eine Bank, griff ins Leere, fiel. Dumpf krachte sein Kopf gegen die Tischkante.

Ein Pilger erwachte und rief nach Bier.

4. Kapitel

Auf dem Weg zum Kloster Nienburg, April 1223

Stiefeltritte hinter ihr, Schnaufen. Geschirr, das vom Tisch fällt und auf dem Boden zerplatzt. Bänke. Sie reißt sie um, wirft sie dem Verfolger in den Weg. Flüche werden ihr in den Rücken gebrüllt. Männer lachen. Auf dem Tisch steht der Wein, mit dem sie die Räuber bewirtet hat, bevor sie lauter wurden und zu grölen begannen. Konrad liegt vergraben hinter der Dorfkirche, der Erdhügel ist noch nicht zusammengesunken. Sie hatten sich den Wein aufgespart, den Wein, der jetzt in den Bäuchen der Räuber schwappt. Sie stößt sich an der Tischkante, taumelt. Nun liegen die Bänke ihr selbst im Weg, sie ist im Kreis gelaufen. Alles dreht sich: Kamin, Fenster, Talglichter, Scherben, Männer, Kamin, Fenster. Bernhard von Aken sitzt da, das Gesicht glüht. Er lacht und kämmt sich mit den Fingern durch den roten Bart. Hilft ihr nicht. Schaut zu, wie einer von seinen Räubern sie um den Tisch jagt. Plötzlich hängt sie fest in einer Pranke. Der Verfolger hat sie, er hält das Kleid umklammert. Sie schreit, windet sich. Leinenstoff reißt. Sie fällt. Von irgendwo stößt etwas Hartes gegen ihren Kopf.

War das nicht schon? Ist das nicht längst Vergangenheit? Sie weiß ja, wie es weitergeht: Bernhard tupft ihr die blutende Stirn, küßt sie und verspricht, sie fortan zu beschützen. Sie riecht den Wein in seinem Atem. Spürt eine Hand im Genick, die sie hält.

Es ist Vergangenheit. Irgend etwas ist geschehen. Da ist eine Stimme, die ruhig mit ihr redet. Und ein nasser Lappen, der ihr über den Mund wischt.

»Warum konnte ich nicht sehen, daß du bist wie ich? Allein. Ohne Verwandte, die dich stärken. Du bist zum Dieb geworden, ich zum Dichter. Tun wir es nicht beide aus Verzweiflung: dichten, stehlen? Wie konnte ich dir mißtrauen! Du leidest ja wie ich.« Der Lappen wischte ihr über die Wangen, befeuchtete den Haaransatz. »Die Angst hat mich undankbar gemacht. Ich war blind dafür, daß du mir das Leben gerettet hast. Kannst du dir vorstellen: Ich habe dich für einen Spitzel gehalten. Für einen Spitzel! Vergib mir, Konrad.«

Es wurde still. Etwas Heißes tropfte auf ihr Gesicht herunter.

Sie war schon einmal so gefallen, damals, in Rietzmeck. Und nun wiederholte es sich. Im Kopf fuhrwerkte ein glühender Schürhaken. Sie spürte ihren Körper wie den Körper einer Fremden. Die Beine gehorchten nicht, jemand hatte die Arme am Boden festgenagelt.

»Ich kenne einen Rotzlümmel, Henner. Ein Bube, der sich prügelt, einer, der das Korn gern auf schwächeren Rücken drischt. Habe ich nicht gehandelt wie er? Daß meine Faust zu so etwas in der Lage ist! Ich schäme mich, Konrad.«

»Findest du nicht, daß die Welt ungerecht ist?« murmelte sie. »Zweimal bin ich gestürzt.«

»Hörst du mich?«

Sie schlug die Augen auf.

Sofort wich Ludger zurück und streckte den Rücken. Zaghaft fragte er: »Es geht Euch wieder besser?« Er legte den Lappen in eine Schüssel.

Was war geschehen? Sie war hinübergeschlichen, hatte nach dem Päckchen gesucht. Dort, die Laute; sie hatte in den Hohlraum gespäht, um zu prüfen, ob er das Bündel des Fremden darin versteckt hatte, und hatte dabei versehentlich die Saiten gestreift. Nun wußte sie immer noch nicht, was es war, das der Bauer dem Boten gestohlen hatte. Der Drachensamen konnte es nicht sein; das Bündel enthielt einen starren Gegenstand und kein Pulver, soviel hatte sie gesehen.

Die Repgows waren gute Freunde des Grafen. Hatte der Graf Ludger ausgesandt, um Bernhard das Zauberpulver abzujagen? Vorsichtig richtete sie sich auf. Der Schürhaken kratzte den Schädel entlang. Sie stöhnte.

»Lehnt Euch dort an die Wand. Wartet, ich stopfe ein wenig Stroh in Euren Nacken. Geht es so?«

»Glaube schon.« Richtig. Die alte Finte, die sie im Kräftemessen mit ihren Brüdern angewandt hatte, war fehlgeschlagen. Sie hatte sich schwach gestellt, hatte zum Schein aufgegeben und dann angegriffen, aber Ludger hatte sich zu schnell von der Überraschung erholt.

»Hört zu, ich habe nachgedacht. Möchtet Ihr nicht mit mir kommen? Es ist nicht gut, daß Ihr stehlt. Irgendwann erwischt man Euch, und Ihr endet am Strang. Reist mit mir. Sicher kann ich Eure Hilfe gebrauchen.«

»Nienburg?«

»Die Geschichte des Bauern reizt mich. Ich will den Fremden treffen, der Cathay bereist hat. Begleitet Ihr mich?«

»Was ist mit dem Zupan?«

»Wenn Ihr meint, daß er uns nützt, dann werden wir ihn besuchen.«

Wie kam es, daß er ihr plötzlich vertraute? Hielt er sie nun tatsächlich für einen einfachen Dieb? Nicht das Stehlen war es gewesen, das ihn erzürnt hatte – die Furcht war es, sie könnte ihm ein Geheimnis entreißen. Er mußte hinter dem Zauberpulver her sein. Wußte er mehr als sie? Wenn sie mit ihm ging, würde sie ihn überwachen können. Am Ziel galt es, schneller zu sein.

Bis Kleinzerbst ritten sie im Morgennebel. Der Kirchturm glich dort einem Riesen, der sich ausschauhaltend über das weiße Meer emporstreckte. Hähne krähten. Auf halbem Weg nach Trebgow schließlich lichteten sich die Dämpfe, und die Sonne blinzelte in die Wiesen herab. Es duftete nach süßem Frühlingsgras. Lämmer sprangen auf den Weiden, machten ganze Sätze mit allen vieren, trotteten ein Stück und katapultierten sich erneut in die Luft.

Über die Felder schritten Männer und Frauen, säten Rüben, immer auf den linken Fuß, eine Armbewegung gen Himmel, als grüßten sie die Vorbeireitenden. Längst hatte die Sonne den Zenit überschritten, als sie Wulfen passierten; immer noch schwieg Ludger, schwieg Roswitha. Kühle Wälder wechselten sich ab mit Weiden, auf denen Hirten ihre Herden überwachten.

In Drogonize machten sie am Brunnen Rast. Ludger kurbelte einen Eimer Wasser herauf, schöpfte mit der hohlen Hand und schlürfte. Als sich auch Roswitha satt getrunken hatte, schütteten sie das Wasser in die Tränke und ließen ihre Pferde saufen.

Ludger tauchte die Finger ein und befeuchtete sich die Beule auf der Stirn. »Welchen Grund gab es eigentlich, daß Ihr derart stürmisch in das Haus des Bauern hereinplatzen mußtet? Ihr habt die Tür mit unnötiger Kraft gegen meinen Kopf geworfen.«

»Nun, ich dachte mir, Ihr zieht es vor, nicht mehr allzu lange in den Pranken des Bauern festzuhängen. Es hatte sich draußen so angehört, als ob Ihr keine Luft mehr bekämt. Aber wenn ich mich da geirrt habe, dann –«

»Nein, nein, verzeiht.«

»Und nebenbei bemerkt …« Nun tauchte auch sie die Hand ins Wasser. Vorsichtig tastete sie mit den nassen Fingern nach dem Schorf am Hinterkopf. »Wißt Ihr, es war auch keine große Freude, von Euch gegen die Tischkante gestoßen zu werden.«

»Entschuldigt.« Ludger grinste. »Ihr hattet recht. Die Repgows sind Sturköpfe. Woher wißt Ihr das?«

»Mein Vater war Schöffe. Er ist mit Eike umhergezogen von Gericht zu Gericht, und mich haben sie manchmal mitgenommen.«

»Das erklärt, warum Ihr das Sachsenrecht kennt wie ein Köhler seine Hütte.«

Welche Träume hatte sie damals gehabt! Einen Grafensohn wollte sie heiraten und ihn bei seinen Rechtsgeschäften beraten. Sie wollte zwei Söhne aufziehen, wollte ihnen einen Lehrer bezahlen und sie zu Meistern der freien Künste machen, klug wie Eike, stark wie ihre Brüder. Aber was half es, Arme und Beine wie ein Frosch zu bewegen, wenn das Leben ein Moor war und kein See? Die Roswitha jener Tage gab es nicht mehr. Sie war mitsamt ihren Träumen ersoffen. »Das mit der Laute tut mir leid. Sie ist nicht mehr zu reparieren, oder?«

»Jedenfalls nicht von mir. Ich weiß nicht, wie man das Holz einweicht und zu einem Halbrund formt.«

»Bootsplanken werden über dem Feuer erhitzt und gleichzeitig fortwährend befeuchtet. Vielleicht ist –«

»Ich möchte Euch nicht zum Bruder haben. Menschen, die alles zu wissen meinen, sind unausstehlich.«

Nun lachten beide. Roswitha brach bald ab und hielt sich den dröhnenden Kopf. Sie saßen auf, um das Dorf zu verlassen. Bald umgab sie nur noch Weideland, von Feldern und Waldflecken unterbrochen, während sie der Straße nach Borgesdorf folgten.

»Sagt, habt Ihr schon einmal ein Mädchen geküßt? Was frage ich – ein Bursche von Eurem Aussehen! Es müssen Dutzende sein.«

Gedankenverloren tastete Roswitha nach ihren Lippen. Zwei Männer hatten sie besessen: Konrad, den sie auf eine gewisse Art geliebt hatte, und Bernhard, der über die Macht verfügte, sie in Glück oder Unglück zu stürzen. »Kann mich nicht beklagen.«

»Bei mir war es kein Mädchen, sondern eine Frau. Welche Nacht! Ich hatte nie zu hoffen gewagt, je ihre Lippen zu berühren. Ihre Haut ...«

Als Ludger nicht weitersprach, sah sie zu ihm hinüber. Es war offensichtlich, daß er träumte: Die Hände mit den Zügeln waren hinabgesunken, der Blick hing in der Ferne.

Unvermittelt zuckte Roswitha zusammen. Fingerspitzen strichen über ihren Nacken, kühl wie von der Hand eines Toten. Nozo, der Klepper, hatte sie den ganzen Tag mit hängendem Kopf getragen und müde einen Tritt vor den anderen gesetzt. Warum reckte er nur den Hals in die Höhe? Warum drehte er die Ohren nach vorn? Nozos Schweif pfiff durch die Luft. Ein Zittern lief über seinen Hals.

Etwas stimmte nicht.

Die Felder rechts und links des Wegs, gehörten sie noch zu Drogonize? Oder waren es abgelegene Besitzungen Borgesdorfs? Seltsam, daß die Bauern das späte Tageslicht nicht nutzten. Verlassen lag die braune Erde.

Im Waldstück zur Rechten wieherte ein Pferd. »Was ...?« flüsterte Roswitha. Ludger schien nichts zu bemerken; er ließ sich vom Pferderücken wiegen und starrte ins Leere.

Eine Bewegung im Straßengraben: Ein schwarzes Fellbündel tauchte unter einen Strauch. Roswitha schluckte. Fest umklammerte sie die Zügel, bohrte die Daumennägel in das harte Leder. Mit den Schenkeln lenkte sie Nozo näher an Ludgers Fuchsstute heran. Sie tippte Ludgers Bein mit der Fußspitze an.

Ein Blitzen von Eisen auf der anderen Straßenseite. Augenpaare, die durch die Gräser spähten.

»Ludger«, sagte Roswitha laut, »kennt Ihr die Weise: ›Warte nur, Mägdelein?‹«

»Singt sie für mich. Ich kenne sie nicht.«

Roswitha intonierte: »Wa-harte nur, Mägdelein, draußen im Wald. Vogelgesang stimmt dich sanft.«

»Hört auf! Mir ist nie jemand begegnet, der die Freuden der Musik derart zu verunglimpfen in der Lage war. Ihr trefft keinen einzigen Ton!«

Unbeirrt sang sie weiter: »Doch schleicht sich ein Wolf an, droht dir Gefahr! Ja, so dro-hoht di-hir Gefahr.«

»Das soll ein Lied sein? Konrad ...« Ludger stutzte. Er schoß kurze Blicke zu den Seiten. »Was für ein Lied, Burg und Graben, was für ein Lied. Reitet schneller, sonst erreichen wir Nienburg nie.« Sie trabten an.

Durch die Luft zog ein Knistern wie von einem schwelenden Feuer. Unsichtbare Krallen holten nach ihnen aus. Haken legten sich um sie, zogen, zerrten. Sie ritten harten Trab, dann Galopp.

Keuchen.

Donnern der Hufe.

Staub. Angsterfüllte Blicke zurück.

Endlich passierten sie das Waldstück. Sie preschten voran, bis es weit hinter ihnen lag. Schließlich zügelte Roswitha ihren Klepper, und auch Ludger brachte die Stute zum Stehen. »Was war das?« raunte er.

»Sie haben uns aufgelauert im Graben.«

»Die warten auf jemand anderen. Hätten sie uns gemeint, dann wären sie uns in die Zügel gefallen.«

»Vielleicht wollen sie Händler ausrauben und haben gesehen, daß wir nichts bei uns tragen?«

»Nun, wenn Ihr gestattet: Ihr tragt schäbige Kleider. Niemand würde bei Euch eine pralle Geldkatze erwarten.«

»Sobald wir das Kloster erreichen, müssen wir von den Lauernden berichten. Eine furchtbare Vorstellung, daß sie bei Einbruch der Dunkelheit auf dieser Straße ihr Unwesen treiben.«

»Hätten sich Räuber nicht bis zum Abend im Wald verborgen?«

Eine Staubwolke quoll in einiger Entfernung vor ihnen aus

der Straße. Sie näherte sich und schob etwas Dunkles vor sich her. Wagenräder rumpelten. Roswitha und Ludger lenkten ihre Pferde an den Wegrand, um Platz zu machen. Ein Karren näherte sich. Roswitha beugte sich im Sattel vor: »Dobresit? Zupan?«

Der Mann auf dem Kutschbock zügelte die Pferde zu langsamem Schritt, strich sich die grauen Haare aus der Stirn. Seine breitflüglige Nase war von Pockennarben übersät, die braunen Augen darüber blickten kühl, erstaunt. »Was wünscht Ihr?«

Roswithas Herz setzte aus. Hatte er sie erkannt? Sie musterte den Zupan. Nein. Er schwieg zu lange. Längst hätte er die Brauen angehoben und einen geheuchelten Freudenschrei ausgestoßen, um die Tochter seines Widersachers zu begrüßen.

Eilig ritt sie eine Wende, um Nozo neben dem Karren herlaufen zu lassen. Ludger erschien auf der anderen Seite des Wagens. »Ich bin Konrad von Rietzmeck«, sagte sie. »Das ist Ludger von Repgow. Wir sind unterwegs nach Nienburg.« Bemerkte Ludger, daß sie ihre Stimme verstellte? Sie durfte es nicht übertreiben, sonst täuschte sie zwar Dobresit, aber der Repgow schöpfte Verdacht.

Im Wagen kläffte ein Hund. »Aus!« Dobresits Jüngster schlug das Segeltuch beiseite. Neben seinem Gesicht, das dem des Zupan ähnelte, erschien eine helle Hundeschnauze.

»Wißt Ihr Neues zu berichten vom Kloster?« Einen Augenblick lang glaubte sie, Dobresit sei ein wenig bleicher geworden nach dieser Frage, aber dann verwarf sie den Gedanken. Das schräg fallende Abendlicht mochte täuschen.

»Nun, es tobt der alte Streit zwischen dem Vogt, Graf Heinrich von Anhalt, und Abt Gernot. Heinrich läßt häufig Gericht halten auf dem Gebiet des Klosters und schiebt die Einnahmen daraus in sein Säckel, außerdem verlangt er Zoll von den Klösterlichen auf den Brücken bei Bernburg und Strenz. Wenn es nach dem Greif geht, würde der Vogt auf die hohe Gerichtsbarkeit beschränkt, und damit genug.«

»Was erzählt Ihr da von einem Greif?« Ludger runzelte die Stirn.

»So nennt man Abt Gernot im Kloster. Natürlich nur, wenn er es nicht hört. Aber ich denke, er weiß es sehr wohl.«

Unruhig blickte Roswitha zum Wald hinüber, dem sie sich näherten. »Der Streit, von dem Ihr erzählt, ist ein altes Lied. Die Herrschaften singen es wieder und wieder. Hat sich nichts Neues zugetragen? Sprecht offen mit uns. Als Gegenleistung retten wir Euch vielleicht das Leben.«

»Mich retten?« Der Zupan schüttelte den Kopf. »Ihr macht seltsame Angebote. Ich befinde mich auf meinem Land. Außerdem gibt es nichts Neues. Nun, Heinrich verlangte kürzlich ein Geleitgeld von den Besuchern des Nienburger Markts. Ihr könnt Euch denken, wie der Greif getobt hat.«

»Ich habe eine Vorstellung. So wird er einen Repgow ungern sehen, ist zu fürchten?«

Dobresit tippte sich an die Nasenspitze. »Da habt Ihr freilich recht. Ihr habt nicht den besten Zeitpunkt gewählt für einen Besuch des Klosters.«

»Wißt Ihr von einem Fremden, dessen Wunden im Kloster geheilt werden?«

Dobresit schwieg einen Augenblick. »Nein, davon weiß ich nichts.« Er lachte kurz auf, redete dann plötzlich schnell, flog über die Worte dahin, nuschelte: »Habt Ihr vom Bau der Kathedrale *Notre Dame de Paris* gehört? Seit der Papst vor sechzig Jahren den Grundstein gelegt hat, arbeiten sie daran, und wenn ich den Gerüchten glauben darf, dann ist es zur Zeit die Westfassade mit zwei Türmen, die sie errichten und schmücken. Chor und Langhaus sind schon fertig, stellt Euch das vor: Vierhundertdreißig Fuß ist die Kathedrale lang, und das Gewölbe hat eine Höhe von unglaublichen hundertfünfzehn Fuß. So zumindest heißt es. Wen wundert es, daß es eine Ewigkeit dauert, dieses Bauwerk zu errichten? Aber es wird kein zweites jener Art auf der Erde –«

»Bringt den Wagen zum Halt!«

»Wie komme ich dazu? Wollt Ihr mich bedrohen?«

»Unsinn. Man lauert hier am Wegrand.«

»Ich verwalte das Land für Nienburg. Wenn es Unruhen unter den Bauern gibt, muß ich mich darum kümmern.«

»Keine Bauern –«

»Dobresit!« rief eine tiefe Stimme. Ein einzelner Mann trat in etwa fünfzig Schritt Entfernung auf den Weg. Er trug das schwarze Habit der Benediktiner.

»Fort! Ihr habt dem Karren Vorfahrt zu gewähren.«

Der Mönch stand reglos.

Dobresits Pferde schnaubten. »Aus dem Weg!«

Kurz vor dem Zusammenprall warf sich der Zupan in die Zügel und zog die Wagenbremse. Ratternd und scheppernd kam der Karren zum Stehen. »Was soll das? Wie könnt Ihr Euch mitten auf die Straße stellen?«

Weiße Haare spielten federleicht im Wind. Brauen ragten wie Flügel über knochige Schläfen. Den schiefhängenden Mund umzäunten Falten. Einäugig musterte der Mönch Ludger, Dobresit, sie. Das rechte Auge hielt er halb geschlossen. »Ich bin hier, um mit dir zu reden, Zupan.«

»Es ist lange kein Besuch mehr aus dem Kloster in Borgesdorf gewesen«, murmelte Dobresit. »Hoffe, Ihr habt gute Nachrichten. Weshalb muß es ein Gespräch mitten auf der Straße sein?« Im Wagen winselte der Hund.

»Ich bin der Senpekte Hagatheo. Wer sind deine Begleiter?«

»Ein Herr von Repgow und ein Herr von Rietzmeck.«

»Handelspartner?«

»Nein. Wir sind uns auf dem Weg begegnet.«

»Du behauptest also, sie stecken nicht mit drin. Wir werden sehen. Wo ist Tezlaw?«

»Einen Augenblick«, unterbrach ihn Ludger. »Was werft Ihr uns vor?«

Der Mann in der schwarzen Benediktinerkutte würdigte ihn keines Blicks. Rings um ihn sank der Straßenstaub zu Boden. »Rette deine Haut, Dobresit. Rede! Wo verbirgt sich Tezlaw?«

»Ich weiß es nicht. Warum sucht Ihr ihn?«

»Der Abt hat einige Fragen. Du weißt genau, worum es geht.«

Roswitha kannte diesen Zustand, in dem sich ihr Körper versteifte und die Kehle keinen Ton von sich gab. Wie oft hatte sie dagegen angekämpft, wenn Bernhard von Aken ihr Furcht einjagte! Wie oft hatte sie sich gezwungen, regelmäßig zu atmen, klare Gedanken zu fassen, eine starke Frau zu sein. Im Grunde war dies eine ähnliche Lage. Der Mönch versuchte, Ludger, Dobresit und sie zu beherrschen, und es galt, sich aufzurichten und zu wehren. Hagatheo war im Recht, sicherlich; Dobresit hatte seine Hände häufig in dunklen Geschäften, oft waren er oder einer seiner Verwandten angeklagt gewesen, wenn sie mit dem Vater auf Schöffenreise gewesen war. Aber sie war nicht willens, seinen Untergang zu teilen.

»Wo sind meine Frau und meine Töchter?« fragte der Dorfälteste.

»Das weißt du nicht? Wie soll ich es dann wissen?«

Dobresit sandte einen erleichterten Blick zum Himmel.

Spöttisch verzog der Mönch den schiefen Mund. »Ein Mann wie du und Fürsorge für die Familie? Wer hätte das gedacht. Aber bilde dir nicht ein, daß du mich damit erweichst. Allein der Abt entscheidet, was mit ihnen geschieht. Vielleicht dienen ihre Schreie als kleine Aufmunterung, damit du den Mund öffnest.«

»Hagatheo!« Roswitha legte die Stirn in Falten. »Erwartet

Ihr, daß ich mir das untätig anhöre? Ihr sprecht mit einem angesehenen Dorfältesten und laßt nicht davon ab, ihn zu beschimpfen. Nun bedroht Ihr auch noch schutzlose Frauen! Ich hoffe, Ihr habt eine gute Erklärung.«

Das Auge unter dem halbgeschlossenen Lid begann unruhig umherzuwandern. Am Stab, den er in der Hand hielt, färbten sich Hagatheos Knöchel weiß. »Was erdreistet Ihr Euch?« zischte er.

»Ja, ich erdreiste mich. Ich erdreiste mich, Euch aufzufordern, Eure Anschuldigungen einzustellen oder zu beweisen, daß sie wahr sind. Was werft Ihr Dobresit vor?«

Der Mönch zog das offene Auge ebenfalls zu einem schmalen Schlitz zusammen. »Ist Euch nicht klar, daß auch Ihr mich ins Kloster begleiten werdet? Verspielt nicht meinen guten Willen! Wer in der Bärenfalle sitzt, sollte nicht mit den Armen rudern.«

»Ich bin eine ... ein freier Mann. Ich entscheide selbst, ob und wann ich nach Nienburg reise.«

Hagatheo lachte heiser. »Haltet Ihr es für möglich, daß Ihr Eure Bedeutung überschätzt? Nur um eine Winzigkeit natürlich.«

»Und haltet Ihr es für möglich, Hagatheo, daß Ihr einem Gesetz untersteht, das der Erzbischof von Magdeburg für das Recht des Unschuldigen durchzusetzen entschlossen ist? Zudem wird meine Familie Nachforschungen anstellen, wenn Ihr mich gefangensetzt.«

»So wird es die Familie des jungen Repgow hier tun, und sie ist um einiges bedeutender als Ihr schäbigen Rietzmecks. Meint Ihr, Ihr jagt mir Angst ein? Nienburg, Grimschleben und der Besitz um Edderitz, Weddegast, Borgesdorf und Leistorf – von solchen Ländereien könnt Ihr nur träumen! Ihr wollt dem Abt drohen? Er flüstert ein Wort, und zwölf Ritter von Rang rüsten sich und ihre Mannen zum Krieg. Ihm unterstehen zwanzig Zupane wie dieser hier; meint Ihr, er muß sich vor ihm fürchten? Oder vor Euch, die Ihr den Fehler begeht, mit dem nichtswürdigen Dobresit Geschäfte zu machen? Ihr werdet Euch vor dem Abt verantworten, Konrad von Rietzmeck, und der junge Repgow genauso. Und Eure augenblickliche Heißblütigkeit tut Euch keinen Gefallen in dieser Sache.« Damit trat er an Nozo vorbei neben die Wagenpferde. »Drehe den Wagen um, du slawischer Teufel. Ihr könnt nicht entkommen.«

Ludger raunte: »Konrad, kennt Ihr das Lied: ›Rasch tragen uns die Pferde‹?«

Der Senpekte stieß einen gellenden Pfiff aus. Die Straßengräben erwachten zum Leben. Bewaffnete wuchsen aus ihnen hervor, Klingen wurden entblößt und Lanzen aufgereckt. Ein Maul aus eisernen Spitzen schloß sich. Im letzten Augenblick warfen Roswitha und Ludger ihre Pferde herum und sprengten zwischen den Zähnen hindurch ins Freie. Im gestreckten Galopp jagten sie den Weg entlang.

Gab es Verfolger? »Sie haben Pferde im Wald«, keuchte sie.

»Zu weit. Der Wagen!«

»Was?«

»Sie schirren die Pferde des Wagens ab und verfolgen uns.«

Roswitha drehte den Kopf. Hinter ihnen schäumte die Straße. »Glaube ich nicht. Warum sollten wir ihnen so wichtig sein?«

Sie galoppierten, bis der Atem der Pferde in fauchenden Stößen ging. »Die Pferde brauchen Ruhe«, rief Roswitha und nahm die pressenden Fersen von Nozos Bauch. Sofort verlangsamte der Klepper die Gangart und blieb schließlich ganz stehen. Ludgers Fuchsstute tat es ihm nach.

»Ihr kennt also einen Zupan, ja?«

Roswitha wischte sich den Schweiß vom Hals. »Ich wußte nicht, daß er in Schwierigkeiten steckt.« Genaugenommen war das eine Lüge. Dobresit steckte immer in Schwierigkeiten. Nur entging er sonst der Strafe. »Augenblick!« Sie hob die Hand, lauschte. Es war still, nur der aufgewirbelte Sand knisterte auf den Boden herab. »Gut. Ich dachte, ich hätte Pferde gehört. Aber womöglich beschränken sie sich auf Dobresit. Sagt, warum hat sich der Mönch als Senpekte vorgestellt? Was ist das?«

»Wart Ihr nie in der Klosterschule?«

Sie schüttelte den Kopf.

»Konrad, Ihr seid seltsam.« Ludger schnalzte mit der Zunge und trieb mit den Schenkeln die Fuchsstute an. Müde schnaubte sie, setzte dann gehorsam Huf vor Huf. »Senpekten nennen sie die alten, weisen Mönche. Abt Gernot hätte für gewöhnlich einen seiner Ritter geschickt. Mich wundert, daß er einen Senpekten sendet. Die Sache muß ihm viel bedeuten. Diesem Hagatheo vertraut er, seinen Rittern nicht. Versteht Ihr?«

»Denke schon. Was wird mit Dobresit geschehen?«

»Sie dürfen ihm nichts antun. Allein der Vogt hat die Blutgerichtsbarkeit inne.«

»Und warum sind wir dann geflohen? Ihr glaubt auch nicht, daß sie sich daran halten, richtig? Sie werden Blut vergießen.«

Ludger schwieg. Während sie ihn betrachtete, mußte Roswitha plötzlich an Eike von Repgow denken. Die dünnen Augenbrauen und die hohe Stirn Ludgers erinnerten an ihn. Hatte sie nicht Gutes erlebt mit dem Freund ihres Vaters? Die Repgows verdienten es, mit Wohlwollen behandelt zu werden. Und dieser war allein wie sie ... Andererseits konnte es keinen Zweifel daran geben, daß Ludger das Säckchen suchte. Und er suchte es für Heinrich. Wenn der Graf den herzöglichen Boten nicht abgefangen hatte, wer dann? Jemand hatte ihn übel zugerichtet. Daß er nun zur Pflege womöglich in den Fängen des Abts von Nienburg weilte, konnte weder Graf Heinrich noch den Herzog erfreuen. Der Abt durfte keinesfalls erfahren, welchen Wert der Bote für seine Erzfeinde hatte. Womöglich … Sie sah auf. »Wir müssen nach Nienburg.«

Forschend sah Ludger sie an. »So? Und warum?«

Dieser strenge Blick – ahnte der junge Repgow, daß sie den Drachensamen suchte wie er? »Nun, wollt Ihr den Zupan im Stich lassen? Wir haben ihm versprochen, sein Leben zu retten. Und was soll aus seiner Frau werden, aus seinen Töchtern und dem Sohn? Wir haben eine Ungerechtigkeit beobachtet, es ist unsere ritterliche Pflicht, den Schwachen zu beschützen!« Dobresit hatte möglicherweise den Drachensamen geraubt. Vieles sprach dafür: Der Senpekte, das Entsetzen des Dorfältesten bei seinem Eintreffen, der verwundete Bote, den man zuletzt auf einer der Straßen gesehen hatte, die Dobresits Männer von Zeit zu Zeit unsicher machten.

»Ihr habt recht. Dieser Hagatheo schüchtert uns nicht ein. Aber wir müssen fort von der Straße. Lieber gehe ich zu Fuß und führe das Pferd am Zügel, als daß ich mich von den Männern des Senpekten ergreifen lasse.«

Die Nacht schien neben der Straße bereits gelauert zu haben. Als Roswitha und Ludger den Weg verließen, kroch sie hinter Büschen und Bäumen hervor. Es dämmerte, während sie in weitem Bogen Borgesdorf umwanderten, dann an der Gabelung nach Leistorf stieg Dunkelheit wie Nebel aus den Feldern auf, streifte durch die Baumkronen der Wälder, flog hinauf zu den ersten Sternen. Der Mond begleitete die Wandernden; es sah aus, als stünde er nicht fest am Himmel, sondern liefe an ihrer Seite wie eine Laterne.

Ein Wiedehopf schrie seinen düsteren Ruf.

»Wißt Ihr«, begann Ludger nach langem Schweigen, »ich muß daran denken, was ich kürzlich zu Henner sagte, dem Sohn Heinrichs von Anhalt. Ich riet ihm, gut zu überlegen, gegen wen er die Klinge zieht. Er solle sich fragen, ob er seinen Gegner besiegen könne, weil ebensogut sein eigenes Blut fließen könne. – Hört ihr den Wiedehopf? Er verkündet Unheil.«

»Kennt Ihr den Abt aus Eurer Zeit in der Klosterschule?«

»Ich war nicht in Nienburg Schüler, sondern im Prämonstratenserkloster *Gratia Dei* bei Calbe, einige Stunden saaleaufwärts.«

»Prämonstratenser und Benediktiner sind sich feind, richtig?«

»Sagen wir es so: Es gibt Unterschiede und Gemeinsamkeiten. Die Laienbrüder machen in beiden Klöstern die gleiche Arbeit. Sie pflegen den Garten, unterrichten, schreiben Bücher ab, pflegen Kranke. Aber dann gibt es entgegengesetzte Ansichten zu Augustinus und zum Leben der ersten Christen.« Er grinste; der Mond schien auf seine blanken Zähne. »Eigentlich muß man sich nur die Kleider ansehen: Benediktiner tragen schwarze Kutten, Prämonstratenser weiße Gewänder. Solche Dinge sagen etwas aus.«

»Denkt Ihr gern an Eure Zeit im Kloster zurück?«

»Ich war stolz auf die Kirche mit den spitzen Schieferdächern. Ihre Glocken! Sechs Töne geben sie von sich, und jeder biegt sich hundertfach, bevor er seinen Klang gefunden hat. Es hallt über den ganzen Ort. Und natürlich habe ich nicht nur den Glocken gelauscht, sondern auch mit Hingabe gelernt.«

Eine Weile noch redeten sie über Kindheitstage, dann kamen sie auf das Kloster zu sprechen. Sie berieten, wie es möglich sein könnte einzudringen, und fragten sich, ob der verletzte Fremde noch am Leben sein würde. Den Ortschaften entlang des Wegs wichen sie aus, um nicht Hagatheos Männern in die Hände zu fallen. Leistorf und Grimschleben umgingen sie im Osten. Roswitha hatte sich erinnert, daß man im Westen der Dörfer in gefährliche Sümpfe geriet.

Als sie am Saaleufer durch Taubnesseln und würzig riechenden Beifuß stapften – vom Wasser wehte scharfer Minzegeruch herüber – und über die wippenden Rohrkolben hinweg schon die Türme der Nienburger Klosterbasilika vor dem Nachthimmel erblickten, ließ Roswitha den Klepper anhalten und raunte: »Wartet.«

»Was gibt es?«

»Schaut Euch den Mond an.«

Die Scheibe leuchtete hell wie während der ganzen Nacht. Aber es war kein gelbes Licht mehr. Der Mond blutete.

»Was hat das zu bedeuten?« wisperte sie.

»Es sieht aus, als hinge er über dem Kloster.«

»Es ist eine Warnung.«

Während sie schauten, verwandelte sich die Farbe des Monds von Kupferrot in ein dunkles, schweres Blutrot, dann wurde er graubraun. Der Wind rauschte durch die herabhängenden Zweige der Weiden. Von Nienburg her knarrte ein Mühlrad. Roswitha erschauerte.

Ein Schatten erschien auf der Mondscheibe. Finsternis begann ihn zu verschlucken. Das Mondlichtglimmen auf den Wellen der Saale verschwand, die Weiden verschwanden, die Kirchtürme verschwanden. Wie zähes Pech ergoß sich Dunkelheit über die Welt.

»Ludger, wir müssen beten. Etwas Schreckliches geschieht hier.«

»Nein, wartet. Ich glaube, ich weiß, was das ist. Ihr wart nicht in der Klosterschule – heißt das, man hat Euch überhaupt nicht in den freien Künsten unterrichtet?«

»Warum fragt Ihr?«

»Wegen der Astronomie. Im Quadrivium lernt man die Planeten kennen.«

»Ich weiß, daß es Planeten gibt.«

»Und Ihr wißt, daß die Erde eine Kugel ist?«

»Ja. Es ist der Grund dafür, daß man von einem Schiff, das am Horizont erscheint, zuerst die Segel sieht und dann den Rumpf. So hat mein Vater es mir erklärt.«

»Gut. Um diese Kugel nun kreisen die Planeten, die Sonne und auch die Sterne. Ptolemäus lehrt uns das. Auch der Mond ist ein Planet. Und Aristoteles hat über die Verfinsterung des Monds geschrieben. Sie wird dadurch verursacht, daß die Erde zwischen Sonne und Mond tritt. Habt Ihr den Schatten genau beobachtet, der den Mond verschlungen hat? Er war rund, denn es war der Schatten der Erde.«

»Ihr meint –«

»Es ist kein Zeichen. Es ist erklärbar.«

Roswitha schwieg. Sie versuchte sich das Universum vorzustellen: die Erde in seinem Zentrum und auf kreisförmigen Bahnen ringsherum der Mond, die Planeten, die Sonne, die Sterne sie umrundend. Daß die Erde in diesem riesigen Wunderwerk einen Schatten warf! Und es sollte kein Zeichen sein? Kein Wunder, das Gott bewirkte? O nein. Sie spürte es vom Scheitel bis in die Zehenspitzen, daß es ein Wunder war. Es ließ sie vibrieren. Ein fremder Ton war angeschlagen, ein Ton, wie ihn wenige Menschen in ihrem Leben hörten. Das mußte sie Ludger sagen. Aber wie? Sie dachte nach.

Schließlich sagte sie: »Ihr wißt, daß Kaiser Friedrich die Vögel liebt. Er hat entdeckt, daß sie im Winter fortfliegen und im Frühjahr zurückkehren, weil sie in der Winterkälte hier nicht genug Futter finden. Sie reisen in wärmere Länder. Früher dachte man, daß die Vögel in den zugefrorenen Seen überwintern oder im Sumpf versinken, um dann im Frühjahr wieder hervorzukommen. Daß wir nun die Wahrheit kennen – gibt uns das Grund, weniger darüber zu staunen, daß die Vögel wiederkehren? Gibt uns das Grund, damit aufzuhören, Gott für ihre Rückkehr zu danken? Er hat sie geschaffen! Er verleiht ihnen Sehnsucht nach der Heimat, so daß sie nicht in den warmen Ländern bleiben, sondern sich erneut auf die Reise machen. Und dafür verdient er Bewunderung.«

»Ihr habt recht. Dennoch: Wenn Ihr selbst den Wald angezündet habt, seht Ihr den Brand nicht mehr als Strafe Gottes, als Zeichen an, richtig?«

»Natürlich nicht.« Sie schwieg einen Moment. »Wie habt Ihr das gemacht mit dem Mond? Ich meine, wie habt Ihr ihn rot gefärbt und dann ausgelöscht?«

»Was soll die Frage? Ihr wißt genau, daß kein Mensch das kann.«

»Ich will nur sagen: Wir haben den Wald nicht angezündet, nur weil wir verstehen, wie es zum Brand kam. Ein Mann, der in die Wolfsgrube fällt und sich das Bein bricht, versteht auch, wie ihn sein Retter herauszieht. Trotzdem hätte er es allein nicht geschafft und sollte dankbar sein, daß man ihn gefunden hat und ihm hilft.«

»Aber sollte er sich wundern? Dankbarkeit, ist das nicht etwas anderes als das Staunen über ein Wunder?«

»Ludger, Ihr seid seltsam.«

»Mag sein.«

Die Finsternis war fürchterlich. Sie flößte Roswitha Angst ein. Zögernd streckte sie den Arm zur Seite, bis ihr Handrücken Ludgers Arm berührte. Sie trat näher an ihn heran, und er schwieg, duldete die Berührung. So standen sie, bis das Licht die Welt zurückeroberte. Der Schatten spie den Mond wieder aus, Stück für Stück. Rot schimmerte sein Licht auf den Wellen der Saale. Die Weiden kehrten zurück, die Kirchtürme. Und dann wusch Gott das Blut vom Mond, bis er wieder weiß war wie Schnee.

5. Kapitel

Kloster Nienburg, April 1223

»Er weiß also nichts. Er weiß nichts …« Die Worte, die der Mann mit den vernarbten Augenhöhlen über seine zerrissene Zunge herausbrachte, hörten sich an wie das Gekrächze eines Menschen, der gerade erdrosselt wird. Nur daß sie kein Mitleid hervorriefen. Er stand in dem Lichtfleck, der durch das kleine, vergitterte Fenster unter der Decke fiel. Die Schatten der Stäbe malten ein Muster auf sein Gesicht. Als wäre er selbst gefangen, dachte Ethlind. Sie fror. In der winzigen Zelle war es eiskalt.

Mußten die Mönche nicht an Gebeten teilnehmen? Die Glocken hatten schon vor geraumer Zeit zur Vesper geläutet. Aber Abt Gernot schien keine Notwenigkeit zu sehen, seine Befragung zu unterbrechen.

Ethlind erschrak bis in die Knochen, als der blinde Mann plötzlich losbrüllte: »Er weiß … also … nichts!« Erschrocken schlug sie die Hände vor den Mund. Der Abt, der Greif, wie sie ihn flüsternd bei der Essensausgabe oben im Hof genannt hatten, bebte vor Zorn. Er humpelte zu dem Gefangenen, den sie mit einer Ochsenkette an einen Holzpfeiler gefesselt hatten, und trat ihm in die Seite. Als würde das etwas nützen. Er hatte ihn doch schon mit Ruten prügeln lassen, und dennoch hatte der Kranke aus Cathay sich geweigert zu sprechen.

»Ihr tötet ihn, Herr«, flüsterte Ethlind.

Der Greif blickte sich zu ihr um. Es war unheimlich zu sehen, wie er sie anstarrte, obwohl seine Augen doch nur

Schwarz erblickten. Vielleicht sah er auf eine Art, für die man keine Augen brauchte.

»Du hast ihn hierhergebracht.«

Ethlind nickte. Als der dicke Mönch, der sie und den Abt in das Loch begleitet hatte, den Ellbogen in ihre Seite stieß, murmelte sie hastig: »Ja, Herr.«

»Und er war verletzt. Du hast ihn verletzt im Graben eures Dorfs gefunden.«

Sie wiederholte, was sie schon mehrere Male gesagt hatte. Daß sie den Fremden morgens beim Schweineaustreiben am Fallgatter hatte liegen sehen, mit schrecklichen Wunden. Daß ihr Vater sich über den unliebsamen Gast geärgert hatte, den sie ihm ins Haus schleppte, und daß sie den Fremden schließlich auf dem Karren eines reisenden Händlers zum Kloster Nienburg geschafft hatte, in der Hoffnung, man würde dort seine Wunden heilen. »Ich wollte nur das Richtige tun, Herr.«

»Ehrwürdiger Vater. *Das* ist die rechte Ansprache.« In der Stimme des Greifs lag plötzlich eine Belustigung, die sie nicht begriff. »Weißt du, wer ihn verletzt hat?«

»Nein.«

»Aber ich weiß es. Er hat einen der Brüder dieses Klosters überfallen. Es gibt Zeugen dafür. Man hat gesehen, wie dieser Strauchdieb gemeinsam mit Bruder Notker auf der Straße von Bernburg nach Kleinzerbst unterwegs war. Die beiden hatten offenbar beschlossen, einen Teil des Weges gemeinsam zu gehen, denn sie unterhielten sich miteinander. Aber es war eine Kainsfreundschaft. Kurz vor Kleinzerbst hat der Kerl den heiligen Bruder ermordet.«

Ethlind blickte zu dem bleichen Mann im Stroh. Er war bei Bewußtsein, was sie wunderte, nach der Prügel. Sie sah, daß er sie beobachtete. In seinem Blick lag ein Flehen, das es ihr schwermachte, den Kopf abzuwenden. »Aber warum hätte er das tun sollen?«

»Gans! Um den Bruder auszurauben.«

»Er wurde doch selbst verletzt.«

»Auch ein Mönch läßt sich nicht ohne Gegenwehr erschlagen. Schon gar nicht Notker.« Verärgert trat der Abt erneut nach dem Kranken, und diesmal entfuhr ihm ein Schrei. »Wo, bei allen Teufeln, die dein sündiges Fleisch martern werden, sobald du diese Erde verläßt – wo hast du deine Beute versteckt?«

Der Mann im Stroh schüttelte den Kopf, was der dicke Mönch dem Blinden mit einem »Er leugnet weiter« übersetzte.

»Er *muß* es bei sich getragen haben. Niemand wirft ein ... etwas so Wertvolles fort. Mädchen, hatte er Gelegenheit, ungesehen etwas beiseite zu schaffen, nachdem du ihn gefunden hattest?«

»Ganz sicher nicht, Herr.«

»Es geht um einen Beutel. Was er gestohlen hat, lag in einem Säckchen aus Rindsleder.«

Die Ketten rasselten, als der Gefangene versuchte, sich aufzusetzen. Er sagte nichts. Er war ein mutiger Mann, aber dennoch nur ein Mensch, und er fürchtete sich vor weiteren Schmerzen. Aber der Blick, mit dem er Ethlind unter den gesenkten Lider ansah, bettelte um Standhaftigkeit.

»Er hatte nur die Kleider bei sich, die er am Leib ...« Ethlind stockte. Die Kleider und das Säckchen mit dem Drachensamen. Aber wenn es stimmte, was der Abt sagte, wenn der Mann aus Cathay den Mönch überfallen hatte und dabei schwer verletzt worden war – dann hätte er bestimmt nichts mehr in den Saum seines Mantels einnähen können. Woher hätte er auf der Landstraße auch Nadel und Faden nehmen sollen? Außerdem – hätte er mit seiner schweren Wunde die ruhige Hand gehabt, um eine so exakte Naht zu nähen, wie sie sie daheim aufgetrennt hatte? Nein, er war kein Straßenräuber und Mörder. Das fühlte sie ganz einfach. Was immer dem

Mönch geraubt worden war – der arme Mensch, der jetzt dort in den Ketten hing, hatte es ihm nicht gestohlen. Es mußte also zwei Beutel geben. Den Beutel des Mannes aus Cathay mit dem Drachensamen, dessen dämonische Kräfte imstande waren, das Jüngste Gericht zu entfesseln. Und den Beutel des Mönchs, in dem der Himmel mochte wissen was steckte. Und sie beging wohl kaum eine Sünde, wenn sie daher den Drachensamen verschwieg, der ja den Kerkermeister gar nicht interessierte. »Er besaß nichts als seine Kleider«, wiederholte Ethlind mit fester Stimme.

Einen Moment lang sah es so aus, als wolle der Abt erneut aufbrausen. Doch er unterließ es. Vielleicht war ihm eingefallen, daß Ethlind den Kranken aus eigenem Antrieb zum Kloster gebracht hatte. Das würde sie kaum getan haben, wenn sie die Komplizin bei dem Verbrechen gewesen wäre, dessen er seinen Gefangenen beschuldigte.

Er wandte sich zur Tür, und der dicke Mönch bedeutete Ethlind mit einem Kopfnicken, ihm zu folgen. Der Mann aus Cathay sank aufs Stroh zurück. Sein Gesicht sah aus wie mit Mehl bestäubt. Er würde sterben. Blind vor Tränen überlegte Ethlind, ob sie etwas zum Abschied sagen sollte, unterließ es aber. Die Dinge, die ihr auf dem Herzen lagen, konnte sie ihm vor den Ohren des Abts sowieso nicht anvertrauen: Daß sie immer nur sein Wohl im Auge gehabt hatte, wie leid es ihr tat, ihn in eine so schreckliche Lage gebracht zu haben, und – daß sie das Versprechen, welches er ihr auf dem Weg zum Kloster abgenommen hatte, halten würde.

Bedrückt sah sie zu, wie die Tür geschlossen und mit zwei Eisenriegeln verrammelt wurde. Es war töricht von ihr, um einen Fremden zu trauern, der nichts tat, als sie auszunutzen. Sie wiederholte diesen Gedanken ein paarmal im stillen. Und doch hatte sie mit jedem Schritt, den sie die Treppe hinaufstieg, das Gefühl, ein Stück ihres Herzens würde absterben.

Blinzelnd trat sie in den Klosterhof, der trotz der fortgeschrittenen Stunde hell erschien im Gegensatz zu dem Kellerloch.

»Er trug wirklich nichts bei sich?«

»Nein, ehrwürdiger Vater.«

Aus dem Schweinestall, der auf der anderen Seite des Hofs an der Klostermauer lag, drang ein Lachen. Die Holztür wurde aufgestoßen, und ein magerer Junge in einem schmutzigen Kittel schleppte einen Eimer voller Mist ins Freie. Als er den Abt erblickte, erstarrte sein Grinsen, und er zog sich mitsamt Eimer wieder in den Stall zurück. Ethlind hörte ihn etwas flüstern, und jeder Laut im Stall verstummte.

»Du weißt, wie es den Lügnern ergeht?« röchelte der Abt.

Ethlind nickte und sagte nach einem erneuten Rippenstoß mechanisch: »Ja, ehrwürdiger Vater.«

Erleichtert sah sie, daß der Greif aufgab. Es ging ihr wie dem Stalljungen, sie wollte nur noch fort von den blinden Augen. Aber gerade als sie davonschlüpfte, erzitterte die Brücke vor dem Klostertor unter Pferdegetrappel. Wider Willen neugierig, blieb sie stehen. Es war ein ganzer Zug, der sich durch das enge Tor drängte. Zuvorderst ritt ein greiser Mönch, dessen weiße Haare den Kopf über der schwarzen Kutte seltsam unsichtbar machten. Ehtlind erinnerte sich an ihn, und das mit Schaudern. Er war der Mann, der die Prügel überwacht hatte, die der Kranke aus Cathay bezogen hatte. Und jede Zahl, die ihm über die schiefen Lippen gekommen war, hatte ihm Freude bereitet. Zwanzig Schläge hatte der Abt angeordnet, dreiundzwanzig waren daraus geworden, und sie hätte schwören können – nicht aus Nachlässigkeit.

»Wer kommt?« bellte der Greif.

»Hagatheo. Und er hat diesen Lumpen Dobresit bei sich. Aber wie es aussieht …«

Ethlind interessierte sich nicht für die Männer, die auf den

Pferden und dem Karren saßen. Sie schlüpfte über den Hof zu dem Gästehaus, in dem man sie untergebracht hatte. Am besten wäre es, sich noch in derselben Stunde davonzumachen, aber sie wußte, daß sie es nicht übers Herz bringen würde, solange der Kranke in der Zelle litt. In der Tür des Lehmhauses drehte sie sich noch einmal um. Gerade rechtzeitig, um zu sehen, wie der greise Mönch sich auf ein Wort des Abtes umwandte und in ihre Richtung blickte.

6. Kapitel

Nienburg, April 1223

Sie hatten die Nacht im Freien verbracht, und Roswitha stellte seufzend fest, daß sie der Sünde erlegen war. Der Sünde des Neides nämlich. Ludger hatte es fertiggebracht, trotz der Kälte und des langsam einsetzenden Nieselregens, wie ein Säugling zu schlafen. Und nun, als er sich reckte und zur Saale hinabstieg, um Wasser in sein Gesicht zu spritzen, war er geradezu unverschämt munter. Unwillkürlich mußte sie an Bernhard von Aken denken, der den Morgen immer in einer stillen, nahezu unheimlichen Ruhe begann. Er war ein Ränkeschmied, der nicht leben konnte, ohne etwas auszuhecken. Dieser Ludger dagegen schüttelte sich wie ein junger Hund, und seine Fröhlichkeit war ... nun, zumindest nicht bedrohlich. Aber sie paßte auch nicht recht zu einem Tag wie diesem, an dem sie in ein Kloster eindringen wollten, um wie schmutzige Spione Geheimnisse auszuspähen und einander anschließend zu betrügen.

»Kommt Ihr schwimmen?« rief Ludger das Ufer hinauf.

Das Wasser mußte eiskalt sein. Er wollte sie nur necken. Roswitha schüttelte den Kopf und steckte die Haare, die sich aus den Klammern gelöst hatten, fest.

»Zu viele Pläne sind unnötig«, sagte Ludger, als er den Hang erklommen hatte und wieder neben sie trat. Er bückte sich und pflückte ein wenig Klee, den er seinem Pferd unter das Maul hielt. »Ich denke, wir warten bis kurz vor Einbruch der Dunkelheit und bitten im Kloster um Obdach für die Nacht. Dann werden wir schon sehen, ob der Kranke und diese Ethlind dort sind.«

»Und wieweit wir den Töchtern des armen Dobresit beistehen können«, ergänzte Roswitha ironisch. Sie biß sich auf die Lippe. Ihre schlechte Laune machte sie leichtsinnig. Wenn man ein Spiel spielte, mußte man es mit ganzem Herzen tun. »Aber ganz gleich, wie dunkel es sein wird, wenn wir klopfen – dieser Senpekte, dieser ...«

»Hagatheo«, half Ludger aus.

»Hagatheo wird uns wiedererkennen, und das könnte böse Folgen haben. Wir müssen uns etwas ausdenken.«

»Ach«, sagte er mit spöttisch verzogenen Mundwinkeln. »Und was sollte das sein?«

Grimschleben war ein ansehnlicher Ort. Roswitha ließ Nozo halten und betrachtete die gelben, mit Lehm verputzten Fachwerkhäuser, die sich um eine Kirche gruppierten. Schließlich suchte sie ein kleines aus, das etwas abseits von den anderen neben einem Tümpel lag. Das Stroh auf dem Dach sah alt und dünn aus. Die Tür schien nicht richtig zu schließen, denn sie schwang in den Angeln. Neben dem Haus paßte ein kleines Mädchen auf einen noch kleineren Bruder auf. Die beiden trugen Lumpen und waren so mager, daß ihre Gesichter den Schädeln dürrer Greise glichen. Eine Smurdenhütte, von Stinkern und Schmutzigen bewohnt – oder wie immer man diese kleinen Bauern schimpfte. Hier waren sie richtig.

Sie stieg vom Pferd, übergab Ludger die Zügel und schlenderte, ohne sich um den skeptischen Blick ihres Reisegefährten zu kümmern, auf die Hütte zu. Mit den Fingern im Mund starrten die Kleinen sie an, als sie durch das Gärtchen ging und sich unter der Tür hindurchbückte. Glücklicherweise war nur die Mutter zu Hause. Sie war damit beschäftigt, die Ziege der Familie zu melken, und so in ihr Tun versunken, daß sie den Gast zunächst gar nicht bemerkte. Sie muß an Wunder glauben, dachte Roswitha, daß sie sich an einem so schlaffen Euter abmüht. Nur wenige Tropfen spritzten in den Holzeimer. Das kleine Mädchen drängte hinter Roswitha zur Tür herein und packte mit dem schmutzigen Händchen nach ihrem Surkot.

Roswitha räusperte sich.

Es war nicht ganz einfach, der Smurdin ihr Begehren klarzumachen. Sie wollte ein Kleid kaufen. Aber natürlich gab es in dieser Hütte nur ein einziges, nämlich das, welches die Frau am Leib trug. Also konnten sie nur tauschen.

»Ich brauche dein Kleid.«

Die Frau starrte sie an.

»Dein Kleid. Wir tauschen. Du bekommst mein Wams ...« Aha, die Smurdin verstand. Sie hatte genickt.

Mit tiefstem Widerwillen trennte Roswitha sich von Wams und Surkot und schlüpfte in das kratzige Wollkleid der Hausfrau, in dem es von Ungeziefer wimmelte, wie sie mit zusammengebissenen Zähnen feststellte.

»Dein Tuch.«

Sie verbarg ihre Locken unter dem schlichten Schleiertuch der Frau, das man eher als Lappen bezeichnen mußte. Dann bückte sie sich und schmierte etwas von dem Schmutz des Bodens in ihr Gesicht. Warum fragte die Frau nicht, was sie trieb? Vielleicht hielt sie sie für verrückt? Oder ihr war alles egal, solange sie nur Wams und Surkot behalten durfte, die in ihren Augen sicher ein Vermögen wert waren.

»Wenn ich zurückkomme, tausche ich die Kleider wieder gegen einen Silberpfennig ein«, sagte Roswitha.

Die Frau zuckte die Schultern. Scheinbar kannte sie sich mit Münzen nicht aus. War sie nicht nur arm, sondern auch schwachsinnig? Roswitha wandte sich zum Gehen.

»Ich gebe sie nicht mehr her, nicht für einen Silberpfennig, denn ich kann dafür dreimal soviel bekommen«, sagte die Frau, die nur noch ihr Hemd trug. »Aber ich verrate Euch nicht. Das ist mein Handel.«

Sie war also nicht schwachsinnig, ganz im Gegenteil. Roswitha nickte. Sie lächelte dem Mädchen zu und trat dann durch eine Hintertür ins Freie. In weitem Bogen umrundete sie das Haus und konnte mit Genugtuung feststellen, daß Ludger über sie hinwegspähte, als sie sich ihm wenig später über die Felder wieder näherte.

»Eine milde Gabe, schöner junger Herr?« krächzte sie.

Verblüfft starrte Ludger auf sie herab.

»Gelungen?«

»Das ist ... das ist das dreckigste Stück Lumpen, das ich seit langem gesehen habe. Hütet Euch, mir mit dieser Läusekirchweih nahe zu kommen.«

»Ein böses Wort, Herr Klosterschüler, denn in den Augen des Herrn ist jedes Schäfchen von Wert. Gehe ich als Frau durch?«

»Blödsinn. Man sieht auf den ersten Blick, daß man einen Kerl vor sich hat. Das einzig Zarte an Euch sind ... sind Eure Füße.«

Roswitha hatte Schnürschuhe und Beinlinge ausgezogen. Kein armes Weib würde, wenn es überhaupt Schuhe besaß, sie dadurch abnutzen, daß sie sie im schönsten Frühling trug. Sie beschmierte die nackte Haut rasch mit dem Straßenstaub. Ludger schaute sie seltsam an. Ihm nur jetzt keine Zeit zum Nachdenken geben, dachte sie, plötzlich beunruhigt.

»Ich beeile mich. Mit ein bißchen Glück bin ich noch vor dem Abend zurück.«

Mauern sollten Schutz verheißen. Aber wenn man mit bösen Plänen kam und wußte, daß man sich mit Lügen durchwinden mußte, dann wirkten sie so einladend wie die Wände eines Kerkers.

Roswitha schritt forscher, als ihr zumute war, auf den Tortunnel zu – den aus Verteidigungsgründen einzigen und reichlich engen Zugang zum Klostergelände. Unter dem Gewölbe war es dunkel.

»Und dein Begehr?«

Sie schrak zusammen, als sie plötzlich angesprochen wurde. Das kleine Fensterchen in der Mauer, hinter dem der Bruder Torwächter saß, hatte sie gar nicht bemerkt. Es war nicht schwierig, ihrer Stimme das demütige Zittern zu verleihen, das von einer Bettlerin erwartet wurde.

»Unterkunft, Herr. Mein Fuß … bitte, ich hab ihn mir vertreten und humple und kann nicht weiter. Wenn ich eine Nacht …«

»Wir sind, bei aller Barmherzigkeit, kaum in der Lage, das Gesindel der ganzen Villication durchzufüttern.«

Wie dumm, daß sie sich keine bessere Ausrede hatte einfallen lassen. Roswitha trat zu dem Durchbruch in der Mauer. Der Mönch, der ihr fingernagelkauend aus seiner Zelle entgegenstarrte, war jung. Er wollte sie schroff anfahren, das merkte sie, aber dann zögerte er. Weil er gesehen hatte, daß unter dem schmutzigen Schleier ein hübsches Gesicht steckte? Mit einer kleinen Bewegung des Kopfes sorgte Roswitha dafür, daß das häßliche Leinentuch zu Boden rutschte.

»Verzeiht, Herr.« Sie beugte sich vor. Das Kleid, das sie getauscht hatte, war ihr zu groß, und die Hure des Herrn Bernhard von Aken wußte, wie man Einblick in einen Ausschnitt gewährte. Ihr war seltsam kühl zumute, als sie sich aufrichtete und das neue Interesse des Bruders Pförtner zur Kenntnis nahm. »Es wäre nur für eine Nacht. Und ich bräuchte ja nicht viel. Ein Lager im Stroh, vielleicht einen Happen zu essen …«

»Ein Lager im Stroh«, echote der Mönch. Sein Lächeln war so schmierig, daß eine Heilige es nicht hätte mißverstehen können.

»Wenn Ihr so gütig seid.«

»Ich bin so gütig.« Er starrte immer noch auf ihren Ausschnitt. Und fahr zur Hölle, dachte Roswitha. Sie lächelte bei diesem Wunsch, zumindest das hatte sie bei Bernhard gelernt. Lächeln, wenn man fluchen wollte. Mit einem aufreizenden Hüftschwung verließ sie den Tunnel und trat in das Licht des Hofes.

Das Kloster Nienburg mußte reich sein. Die Viehställe rings an der Mauer waren solider gebaut als die meisten Häuser drüben in Grimschleben. Gleich zwei Kirchen gehörten zum Anwesen, eine davon eine dreischiffige Basilika mit wuchtigen Mauern und einem Dach aus gebrannten Ziegeln. Eine Schule mußte es auch geben, denn von irgendwoher erklang der scheußliche Gesang von Jungenstimmen im Stimmbruch. Sie sah ein knappes Dutzend Knechte, die auf Gemüse- und Kräuterbeeten den Boden umgruben oder Unkraut zogen.

»Aus dem Weg, beim heiligen Ludwig!«

Roswitha trat hastig beiseite, um einem Mann mit einem Sack, aus dem es nach Fisch stank, Platz zu machen.

»Dort drüben ist das Gästehaus.« Der Mann, offenbar ein Laienbruder, wies mit dem Kopf zu einem kleinen einstöckigen Gebäude nicht weit vom Tor, und Roswitha machte sich gehorsam auf den Weg.

Wo mochte Dobresit stecken? Noch immer hier im Kloster?

Zwischen dem Gästehaus und dem angrenzenden Pferdestall wuchsen einige Holundersträucher. Roswitha warf einen verstohlenen Blick über den Platz, und als sie merkte, daß sie unbeobachtet war, schlüpfte sie zwischen die Zweige. Aufseufzend kauerte sie sich auf den Boden. Sie hatte sich alles zu einfach vorgestellt. Wenn Dobresit tatsächlich hier im Kloster war, dann lag er wahrscheinlich gebunden und eingesperrt in irgendeinem Kellergewölbe. Aber der Kranke aus Cathay und seine … wie hieß dieses Mädchen gleich? Der Kranke war sicher im Hospital, wenn es hier eines gab. Bei einem Kloster dieser Größe konnte man das allerdings vermuten. Am vernünftigsten wäre es, sich zunächst einmal nach ihm umzuschauen.

Dobresit.

Roswitha mußte wieder daran denken, wie erschrocken der Zupan zusammengezuckt war, als sie ihn nach dem Fremden gefragt hatte, der im Kloster zur Pflege war. Er kannte den Mann, davon war sie überzeugt. Und der Senpekte, der Vertraute des Abts, hatte mit einem Dutzend Berittener nach Dobresit gesucht, weil der Abt Dobresit unbedingt in die Finger bekommen wollte. Mußte man daraus nicht schließen, daß Dobresit den Drachensamen tatsächlich geraubt hatte? Vielleicht ohne zu wissen, welches Teufelszeug ihm in die Hände gefallen war?

Seltsam: Herzog Albrecht hatte sich den Samen gewünscht, Bernhard hatte ihn bestellt, sein Bote ihn aus dem sagenhaften Cathay nach Deutschland gebracht. Nur drei Menschen hätten also von dem Feuer des Drachens wissen dürfen. Aber plötzlich schien jedermann auf der Jagd danach zu sein. Wie war das möglich? Man konnte glauben – Roswitha überlief ein Schauer, als sie es dachte –, daß dieser Drachensamen einen eigenen Willen besaß. Daß er wie ein Gaukler war, der die Puppen tanzen ließ. Was hatten die Menschen in Cathay im Sinn gehabt, als sie ihr Geheimnis einem Fremden anvertrauten? Sie erinnerte sich dunkel, von heidnischen Klöstern gehört zu haben, in denen der Böse verehrt wurde. Hatte man dort nicht sogar Insekten verzaubert, so daß sie – wie hier Schafe ihre Wolle – die kostbare Seide abwarfen, um den Herren des Landes Reichtum zu verschaffen? Vielleicht waren diese Mönche Dämonen. Und wenn keine Dämonen, so doch Heiden, die ganz sicher ein Vergnügen daran hätten, die christliche Welt zu entzweien.

Ach was. Roswitha wischte den Gedanken beiseite. Wachsam ließ sie die Augen schweifen. Es ging auf die sechste Stunde zu. Die Sonne stand hoch über den Wirtschaftsgebäuden. War das große, langgestreckte Haus, aus dem gerade ein Bruder schmutziges Stroh fegte, das Hospital? Sie würde sich dort umsehen.

Aber wo brachte man in einem Kloster einen Halunken unter? Ihr Blick fiel auf ein junges Mädchen mit einem langen blonden Zopf, das auf einem Trittstein vor dem Pferdestall kauerte, und dann auf einen Knecht, der ein Faß über den Hof rollte. Das Faß mußte leer sein, denn er stieß es lässig mit dem Fuß vor sich her zwischen zwei Gebäude. Dann zog er einen Schlüsselring vom Gürtel und schloß eine niedrige Tür auf. Er stemmte das Faß auf den Rücken, bückte sich und stieg ... in den Klosterkeller hinab. Mit Sicherheit in den Klosterkeller. Und plötzlich begriff Roswitha, wo sie nach dem Zupan suchen mußte.

Getrieben von der Furcht, möglicherweise die einzige Gelegenheit zu verpassen, Dobresit zu sprechen, huschte sie über den Hof. Hatte jemand sie bemerkt? Nein, das Mädchen mit dem Zopf blickte auf seine Knie. Und auch sonst schien ein jeder mit sich selbst beschäftigt zu sein.

Roswitha schlüpfte durch die Tür. Einen Moment lang stand sie fast im Dunkeln. Sie tastete mit den Händen nach der Wand und gleichzeitig mit den Füßen nach vorn. Vor ihr lag eine Treppe. Und rechts und links standen Mauern. Irgendwo unten in den muffigen, nach Schimmel riechenden Gängen klappte eine Tür. Der Knecht hatte sein Weinfaß verstaut und kehrte zurück. Sie hatte ihre Gelegenheit verpaßt. Nein, nun, als ihre Augen sich an die Dunkelheit gewöhnt hatten, sah sie neben der Treppe eine Nische. Vielleicht diente sie dazu, etwas Schweres abzustellen, bevor man es die Stufen hinabschaffte. Würde man sie dort bemerken?

Roswitha zögerte, verschenkte kostbare Augenblicke ... und dann war es zu spät. Sie hörte die Schritte auf der Treppe und floh ins Freie zurück. Statt auf den Hof zu rennen, was sicher Aufmerksamkeit erregt hätte, nahm sie die entgegengesetzte Richtung und quetschte sich in den wenige Fuß breiten Spalt zwischen dem Häuschen und der Klostermauer, in dem dorniges Unkraut wuchs.

Sie hörte die Tür klappen und den Schlüssel im Schloß ratschen. Ob der Faßträger sich entfernte, konnte sie nicht feststellen, denn der weiche Boden verschluckte jedes Trittgeräusch. Sie schob den Kopf vor und wollte um die Ecke spähen – aber statt dessen fiel ihr Blick auf ein Fensterchen direkt am Boden, das im Unkraut fast verschwand. Es war vergittert, sicher, um die kostbaren Lebensmittel unten im Keller zu schützen.

Von einem Moment zum anderen schlug Roswithas Herz bis zum Hals. Nicht nur ein, sondern drei vergitterte Kellerfenster verbargen sich in den Brennesseln und Stachelzweigen. Sie wand den Saum ihres Kleides um die Hand, bog das Unkraut auseinander und kniete vor dem nächsten Fenster nieder.

»Dobresit?«

Sie neigte den Kopf, um in den Raum hinter dem Gitter zu spähen, aber es war zu dunkel, um etwas zu erkennen.

»He, Dobresit, seid Ihr dort?«

»Tezlaw?« hörte sie eine Stimme hoffnungsfroh zurückfragen.

Roswithas Herz schlug einen Moment lang schneller. Die Notwendigkeit zu flüstern eröffnete ihr plötzlich ungeahnte Möglichkeiten.

»Ja, doch. Wie geht's dir?«

»Sie haben mein Söhnchen mit mir eingesperrt, diese Hunde. Meinen Bolo. Sie werden ihm doch nichts tun? Tezlaw, es sind Diener des Herrn Jesus, der die Kinder liebte. Sie werden ihm doch nicht wirklich etwas antun? Was weiß mein Bolo von Beuteln und ihren schmutzigen Geheimnissen?« Die Stimme des Zupan kippte. Wer hätte das gedacht, der alte Gauner besaß tatsächlich ein Herz, wenn es auch nur für die Seinen schlug. »Ein Fröschchen. Er ist nicht ganz richtig im Kopf. Aber ein Gesicht wie ein Engelchen. Wenn der Abt doch nur sehen könnte: Selbst er hätte nicht das Herz, einem Engelchen …«

Der Zupan hatte die Stimme gesenkt, als spräche er nur noch zu sich selbst, Roswitha konnte ihn kaum verstehen. Aber eines schien ihr nun klar: Dobresit hatte den Drachensamen gestohlen, und der Abt wußte davon und wollte ihn … behalten? Noch jemand, der versessen auf die unheimlichen Kräfte des Drachensamens war?

Sie räusperte sich. Es war Zeit, etwas zu wagen.

»Vielleicht könnte sich alles zum Guten wenden, wenn du mir verrätst, wo du den Drachensamen versteckt hast.«

Im Keller wurde es still.

»Ich könnte ihn herbringen und mit dem Abt verhandeln.« Das war eine Lüge, für die Roswitha sich schämte. Nicht so sehr wegen Dobresit, der hatte alle möglichen Strafen verdient für die Verbrechen, bei denen man ihn nicht erwischt hatte, aber wegen seines Engelchens.

»Wovon redest du?« Die Stimme klang plötzlich mißtrauisch.

»Hör, Dobresit, du steckst so tief in der Patsche …«

»Wer bist du? Verflucht! Du bist nicht Tezlaw! Läuft das so? Wollt ihr mir etwas unterschieben? Ich habe nichts. Gar nichts. Ich bin ein Zupan, der nach Gesetz und alter Ordnung seine Pflicht tut …«

Roswitha wollte ihn beruhigen und holte gerade Luft zum Sprechen, als sich eine Hand schwer auf ihre Schulter legte.

Ein Mund, der die Wahrheit sagt, hat für immer Bestand, eine lügnerische Zunge nur für einen Augenblick. Zitat des weisen Salomo. Eike von Repgow, der Gelehrte mit dem unbestechlichen Sinn für Gerechtigkeit, hatte es mit Vorliebe an den Beginn seiner Prozesse gestellt. *Für die Bösen gibt es keine Zukunft, die Lampe der Frevler erlischt.* Auch Salomo. Und Eikes Mahnung an die Sünder, wenn er den Stab über sie gebrochen hatte. All das schwirrte Roswitha plötzlich durch den Sinn und außerdem die niederschmetternde Erkenntnis, daß ihr Auftrag gescheitert war. Erwischt. Ihre Gedanken irrten umher. Abt Gernot hatte sich mit dem mächtigen Grafen von Anhalt angelegt, er brachte einen Halunken vom Schlage Dobresits zum Zittern. Was würde er mit einem Weib anfangen, das ins Kloster gekommen war, um ihn zu hintergehen?

Sie drehte sich langsam um und hob den Kopf. Und hätte vor Erleichterung fast losgeheult. Das blonde Mädchen aus dem Hof stand hinter ihr und lächelte auf sie herab. Ihre Erleichterung verflog allerdings sofort, als sie sah, wie das Mädchen den Finger auf den Mund legte.

»Komm!« Die Fremde zog sie mit sich, aber nicht in den Hof zurück, sondern an der Mauer entlang, durch einen Schlehdornbusch, an dem Roswitha sich das Kleid aufriß, bis hin zu einem kleinen schattigen Flecken, auf dem Kirsch- und Birnbäume wuchsen.

»Er hatte dich im Auge.«

»Wer?« stieß Roswitha hervor.

»Der Alte mit dem schiefen Mund. Er soll achtgeben, daß ich nicht davonlaufe, aber als er dich gesehen hatte, fing er auf … auf wirklich gemeine Art an zu grinsen.« Das Mädchen zuckte die Schultern, sah dabei aber keineswegs gleichgültig aus. »Er ist in eines der Häuser gegangen und hat sich hinter dem Fenster unsichtbar gemacht. Aber ich habe gemerkt, daß er dich beobachtet.«

»Dann … danke ich dir.«

Sie starrten einander an und waren plötzlich beide verlegen. Ethlind, dachte Roswitha. In einem Kloster gab es nicht viele Mädchen. Sie hätte schwören mögen, daß es sich bei der jungen Frau um die Tochter des Grobians aus Repgow handelte.

»Dieser Zupan ist dein Gatte?« fragte Ethlind.

»Wer? Oh.« Die Gedanken eines Lügners müssen Flügel haben. War es günstiger, ja oder nein zu sagen? *Ein Mund, der die Wahrheit sagt* … Ach was, alles Dreck.

»Nein«, sagte Roswitha.

»Der Abt hat ein paar Männern befohlen, das Weib dieses Mannes zu suchen. Damit er gesprächiger wird. Ich habe … es zufällig gehört.«

»Ich bin nicht seine Frau. Ich wollte ihn nur etwas fragen.«

»Ach so.« Ethlind lächelte unsicher. »Jedenfalls hast du Glück gehabt. Hagatheo ist gerade über den Hof gegangen, als ein paar Ritter durchs Tor kamen, das hat ihn aufgehalten.«

»Du bist mutig, mir zu helfen. Und das, obwohl du mich nicht einmal kennst.«

Zu ihrer Verwunderung brach Ethlind in Tränen aus. »Jedenfalls bist du eine Frau, und dir spielen sie auch übel mit. Heilige Brüder, denen man vertraut, weil sie im Dienst des Höchsten …« Ethlind schlug die Hand vor den Mund. Einen Moment lang schaute sie sich ängstlich um. »Graf Heinrich hat den Abt blenden lassen«, flüsterte sie. »Aber Gott, so sagen sie hier im Kloster, läßt ihn seitdem durch seine eigenen himmlischen Augen sehen. Oder der Teufel läßt ihn sehen. Einer von den Brüdern hat gesagt, es ist der Teufel. Und das möchte ich viel eher glauben.« Ihr Wispern war kaum noch zu verstehen. »Komm. Hinter der Küche ist eine Abfallgrube – da hat man seine Ruhe.«

Schwärme von Fliegen stiegen auf, als sie den kleinen, zwischen Küche und Mauer eingezwängten Platz erreichten, der zur Entsorgung der Küchenabfälle diente.

»Was machst du selbst hier?« Roswitha sah zu, wie Ethlind mit dem Ärmel ihres Kleides die Tränen abwischte. Es dauerte ein Weilchen, bis das Mädchen sich wieder gefangen hatte.

»Ich ... ich will gar nicht hier sein. Ich wäre an jedem anderen Ort auf Erden lieber. Aber sie lassen mich nicht fort. Deshalb steht doch Hagatheo – so heißt der alte Mann – im Hof. Er soll aufpassen, daß ich nicht heimlich entwische.«

»Warum?«

»Weil ...« Ethlind zögerte. »Ich habe einen kranken Mann hierhergebracht. Ich dachte, sie pflegen ihn gesund. Aber statt dessen ...«

»Ja?«

Ethlinds Mißtrauen, ihre Furcht, zuviel zu sagen, siegte über ihren Drang, sich mitzuteilen.

Ein Mund, der die Wahrheit sagt ... Roswitha traf eine Entscheidung. »Du heißt Ethlind, nicht wahr?« Nun, das half noch nicht, das Mißtrauen zu verringern. »Und der Mann, den du hierherbrachtest, kommt aus Cathay und trug einen Beutel bei sich. Diesen Beutel wollte er zu einer reichen und wichtigen Person bringen, aber er konnte nicht, weil er überfallen wurde. Richtig?«

Ethlind stand so steif wie weiland Lots zur Salzsäule erstarrte Frau.

»Der Mann, zu dem er wollte, hat mich beauftragt, ihn zu finden. Und ihm zu helfen«, fügte Roswitha hinzu, was wieder eine Lüge war, denn Bernhard von Aken war sein Bote vermutlich so gleichgültig wie jeder Mensch, aber nun hieß es, das Vertrauen des Mädchens zu erringen. Und das schien schwer zu sein. Sie schaute noch immer wachsam und abweisend drein.

»Weißt du etwas von dem Beutel? Weißt du, was er enthielt?«

Ethlind schüttelte den Kopf.

»Vielleicht ist das auch gut so, denn dieses Geheimnis ist gefährlich, und je weniger man davon erfährt, um so besser. Der Zupan, mit dem ich gesprochen habe, hat den Beutel gestohlen. Vermute ich. Und ich würde sehr gern dabeisein, wenn er dem Abt gesteht, wo er seine Diebesbeute versteckt hat. Könntest du mir dabei helfen?«

»Hilfst *du* mir hier heraus, wenn ich dir zeige, an welcher Stelle du lauschen kannst?«

Was glaubte dieses Mädchen? Daß sie Zauberkräfte besaß? »Ja«, sagte Roswitha. Keine wirkliche Lüge, sondern eine Hoffnung auf die Zukunft.

Ethlind mußte sich auf dem Klostergelände gut auskennen. Sie führte Roswitha diesmal nicht an der Mauer entlang, sondern zu einem Aborthäuschen, aus dem es entsetzlich roch, und von dort in einen langen lichten Saal mit Spannbetten an den Wänden – ein jedes ordentlich mit einem flachsenen Bettuch und einem Federbett bedeckt. Stumm huschten sie durch den Raum. Es ging einige Treppen hinauf und hinab, und mit jedem Augenblick, in dem sie nicht erwischt wurden, wuchs Roswithas Hochachtung vor dem Mut ihrer Führerin.

Schließlich kamen sie an eine kleine Tür, hinter der eine Treppe lag, und hier ging es eindeutig wieder in den Keller. Roswithas Schritte wurden langsamer und vorsichtig. Es war stockdunkel.

»Hier hat man sie eingesperrt. Den Zupan in den letzten Kellerraum, wo die Fässer mit dem Met und dem Wein lagern.«

»Und deinen … den Mann aus Cathay?«

»Gleich hier.« So lange war Ethlind mutig gewesen, nun brachen sich wieder die Tränen Bahn. »Ich könnte den Riegel zurückschieben, ich könnte zu ihm hinein. Aber das würde nichts helfen. Er ist fast tot. Er hätte nicht einmal die Kraft, sich zu erheben. Sie haben ihn ... noch nicht ganz, aber beinahe ... umgebracht. Mörder ...«, hauchte sie, und das Wort schien auf Asselfüßen über die Wände zu huschen.

Roswitha streckte die Hand aus und zog das Mädchen, das genauso zitterte wie sie selbst, in die Arme. Es war offensichtlich, daß Ethlind ihr Herz an den Fremden aus Cathay verloren hatte. Und ihr selbst kam Ludger in den Sinn. Sie sah ihn, nicht wie er drüben in Grimschleben bei der Kirche auf sie wartete, sondern wie er vom Ufer der Saale hinaufstieg, das schwarze Haar fiel ihm verwegen in die Stirn, den Mund hatte er zu einem Grinsen verzogen. Die Liebe war gefährlich, noch gefährlicher als Drachensamen.

Sie räusperte sich. »Du hast recht. Du mußt fort von hier, und zwar schleunigst. Hör zu. Du kehrst jetzt in den Hof zurück, damit der alte Hagatheo nicht mißtrauisch wird und das ganze Kloster zusammentrommelt. Und wenn ich weiß, was ich wissen muß, komm ich zu dir, und wir lassen uns etwas einfallen.«

Als oben die Tür zugeklappt war, tastete Roswitha die Wände ab. Sie fand eine Art toten Gang, in dem vielleicht in Zeiten reicher Ernte das Getreide gelagert wurde, das nicht mehr in die Vorratsräume paßte. In der hintersten Ecke, die hoffentlich kein Schein einer noch so großen Fackel erreichte, kauerte sie sich nieder. Nun hieß es geduldig sein.

Der Greif kam bald. Es war sicher kaum eine Stunde vergangen, vermutlich hatte gerade der Vespergottesdienst geendet. Er hatte einen Mönch im Gefolge, aber der Mann atmete so keuchend, daß es sich kaum um Hagatheo handeln konnte, denn der Greis war trotz seines Alters ein geschmeidiger Mann. Aber auch dieser Mönch mußte ein Vertrauter des Abtes sein. Roswitha hörte, wie sie sich leise unterhielten.

Der Schein einer Lampe tanzte über die unverputzten

Wände. Mäuse huschten erschrocken von dannen, eine über Roswithas Hüfte. Dann quietschte eine Tür.

»Er ist tot«, sagte der Begleiter des Greifs. »Oder ... nun, vielleicht noch immer nicht ganz. Er ist ein zäher Bursche. Aber das Fieber frißt ihn auf. Ein paar Stunden ...«

»Man könnte ihn ein wenig zwicken, wer weiß, ob ihm das nicht doch noch Wahrheiten entlockt«, sagte der Greif. Es klang so belanglos, als bespräche er, welchen Fisch es zum Fasttag geben sollte.

»Ich glaube nicht, ehrwürdiger Vater, daß etwas Vernünftiges aus ihm herauszuholen ist. Er stinkt schon nach Tod.«

»Dann bleibt uns nur noch Dobresit. Er wollte zu diesem Kerl hier, das habe ich mit eigenen Ohren gehört. Er und Tezlaw. Warum, wenn die drei nicht unter einer Decke stecken?«

»Da ist auch noch die Frau«, meinte sein Begleiter vorsichtig.

»Die ist läufig und sonst nichts.« Der Abt schien bei diesen Worten selbst unsicher zu sein. »Wir können uns immer noch mit ihr befassen, schließlich achtet Hagatheo darauf, daß sie uns nicht entwischt. Komm, Bruder ...«

Die Tür des Boten wurde wieder verriegelt. Dafür machten die Mönche sich beim Keller des Zupan zu schaffen. Roswitha hörte einen wütenden Laut, dem sofort ein Klageschwall folgte.

»... bin ein ehrlicher, dem Herrn und allen Heiligen ergebener Mann, Ehrwürden. Welch ein Mißverständnis, welch ein unglückseliger Irrtum. Was ... was tut Ihr, Herr?«

Die Pause, die diesen Worte folgte, wurde jäh unterbrochen, als ein Kind zu weinen begann. »Wie, sagst du, Dobresit, heißt er? Bolo?« fragte die unangenehm kloßige Stimme des Abts.

»Ihr erschreckt ihn. Laßt ihn herunter, Vater.«

Ein gellender Kinderschrei hallte durch den Keller. Roswitha legte den Kopf auf die Knie und zog die Hände darüber.

Nein, dachte sie, er hat ihn nur ein wenig gezwickt. Kein Abt, kein Mann Gottes vergreift sich an einem unschuldigen …

Ein erneuter Schrei. Dobresit begann zu jammern.

Verfluchter Mönch, dachte Roswitha. Verfluchter Bernhard … verfluchter Ludger, der … was auch immer. Verflucht sei jeder Mann auf Erden!

»Vielleicht ist mir der Beutel, den Ihr sucht, doch zwischen die Hände gekommen, auch wenn ich es nicht glaube«, brabbelte der Zupan. »Still doch, Engelchen. Hätte ich gewußt …«

»Wo?« herrschte ihn der Greif an. Der Laut klang, als hätte ihn die Schlange im Garten Eden ausgestoßen.

»Kurz vor Kleinzerbst. Wir hörten Kampfgeschrei und eilten, um nachzuschauen, ob etwas Ungesetzliches …«

Wieder schrie das Kind auf. Ganz sicher, er zwickt es nur. Roswitha spürte, wie ihr Magen zu rebellieren begann. Sie preßte eine Faust gegen ihren Mund.

»Laß die Geschichten. Wo ist der Beutel jetzt?« zischelte die Schlangenstimme.

»An der Kreuzung, dort, wo sich die Straße teilt. Nördlich nach Aken, geradeaus nach Kleinzerbst. Ein altes Anwesen … Ruine … hatte einen Brunnen.« Dobresits Stimme überschlug sich. »In den Brunnen, Herr. Ich hab's in den Brunnen geworfen. Ich dachte mir nichts.«

»Du dachtest dir, daß du ihn dir später genauer anschaust.«

Es gab ein dumpfes Geräusch, als wäre etwas auf den Boden gestürzt.

»Still, Bolo, still«, flüsterte der Zupan. Roswitha vermutete, daß der Kleine sich in seine Arme geflüchtet hatte, denn er war verstummt.

»Es geht dir schlecht, wenn du uns belogen hast«, knurrte der Mönch, der den Greif begleitete. Im Gang wurde es plötzlich wieder heller. Die beiden Benediktiner verließen die Zelle, und wieder schabte Eisen über Eisen.

Roswitha zog die Beine noch enger an den Körper und preßte die Augen auf die Knie. Erbarmen war ein spärliches Gut und hier im Kloster offenbar so selten wie ein Sonnenstrahl in einem Schneeschauer. Sie hörte auf zu atmen, als die Kutten nur wenige Fuß entfernt von ihr die Wand streiften.

»Wir müssen uns beeilen. Die Brüder werden bereits im Kapitelsaal warten«, wisperte der Mönch, der die Fackel hielt.

»Wir schicken Hagatheo zum Brunnen.«

»Jawohl. Gleich nach der Kapitelsitz...«

»Sofort!«

»Aber das wird Aufsehen erregen.« Die Stimme des Mönchs wurde leiser, da die beiden sich der Treppe näherten. Dennoch spürte Roswitha die drängende Sorge darin. »Man wundert sich bereits, daß Hagatheo den Gottesdiensten fernbleibt. Und sie fragen sich, was ihr Abt in den Kellern zu suchen hat und warum der immer Pünktliche die Gottesdienste versäumt und nun gar zu spät zur Kapitelsitzung erscheint. Sie reden sich dort die Münder heiß. Und wenn sie nicht reden, so denken sie. Der Erzbischof hat seine Spitzel überall. Es wäre von Übel, wenn man seinen Argwohn ... ich bitt' Euch, Vater, laßt Euch raten ...« Die Stimmen verloren sich auf der Treppe.

Roswitha wartete, bis die Tür klappte und die Dunkelheit zurückkehrte, und auch dann dauerte es noch eine ganze Weile, ehe sie sich wieder bewegen konnte.

»Daß du wohlbehalten zurück bist!« flüsterte Ethlind. Sie saß auf der Kante der kleinen Bank vor dem Gästehaus und zitterte so heftig, daß sie mit den Händen die Sitzfläche umklammerte.

»Wo ist Hagatheo?«

»Er steht wieder hinter seinem Fenster. Bestimmt fragt er sich, wo du gewesen bist. Wenn sie den Abt *Greif* nennen, so ist er der Wolf. Er liebt die Jagd. Er hat Freude daran, mich zu belauern. Ich spüre das. Und er will wissen, was dich hierhergeführt hat.«

Wenn er ein waches Auge hatte, das mehr als Weiberkleider sah, würde sein Argwohn ihm bald die bösesten Gründe liefern. Roswitha schüttelte mutlos den Kopf. Wenn die Versammlung im Kapitelsaal vorüber war, würde Hagatheo dem Abt von dem Frauenzimmer erzählen, das sich ins Kloster eingeschlichen hatte und sich seltsam benahm und möglicherweise gar kein Weib, sondern ein Herr von Rietzmeck war. Und wenn das durch ein Wunder unterblieb, dann würde der Greif seinen Getreuen zu dem Brunnen schicken, in dem der Beutel lag. Wie würde Bernhard von Aken reagieren, wenn er hörte, daß seine Liebste, seine Hure, versagt hatte?

Nein, es hatte keinen Sinn, sich schreckliche Dinge auszumalen. Vorwärts mit tapferem Mut.

»Wir gehen ins Gästehaus«, entschied Roswitha.

»Niemals kommen wir hier heraus«, sagte Ethlind.

Roswitha hatte gehofft, daß sich ein Fenster in der Rückwand des Häuschens befände oder zumindest im Dach ein Rauchabzug, aber das einzige Licht fiel durch die Tür, und Feuer schien hier gar nicht gemacht zu werden. Wahrscheinlich war es den Mönchen ganz recht, wenn ihre Gäste es nicht allzu gemütlich hatten.

Sie saßen in der Falle.

»Soll ich dir die Lehre meines Lebens mitteilen?« fragte Roswitha.

Ethlind starrte sie an.

»Du darfst niemals ein Weib sein. Niemals ein Weib oder ein Kind oder alt oder krank. Aber wenn du eines davon bist, dann mußt du immer zuerst an dich selbst denken. Denn wenn *du* es nicht tust, dann tut es keiner. Verstehst du?«

Ethlind nickte unsicher.

»Ich kenne einen jungen Mann, der spielt auf einer Laute und singt dazu Lieder von *Aventiuren* und süßer Liebe. Kriemhild, Blancheflor … was weiß ich. Und soll ich dir sagen, was davon zu halten ist?«

Diesmal konnte sie nicht sehen, ob Ethlind nickte. Das Mädchen hatte sich in den hinteren Teil des Raums zurückgezogen.

»Du kannst darauf *pissen.*« Der ordinäre Männerausdruck paßte wunderbar zu ihrer Stimmung. Sie hätte ihn am liebsten wiederholt. Ethlind hob die Hand. Um zu protestieren? Oder … um zu warnen? Unwillkürlich machte Roswitha einen Schritt auf das Mädchen zu.

Und diese Bewegung rettete sie.

Die Männerhände, die nach ihrer Brust griffen, glitten ab und streiften nur noch ihre Hüfte. Roswitha konnte sich mit einem Satz in Sicherheit bringen und fuhr herum.

In der Tür, vom Abendlicht umkränzt wie von einem Heiligenschein, stand der Pförtner. Er lachte, und es schien ihm nicht das geringste auszumachen, daß sein Opfer vor ihm zurückwich. »Komm her, Mädchen, wir haben eine Verabredung. Und gern auch eine zu dritt. Ich kann viele glücklich machen.« Er stank nach Weihrauch.

Mit dem nächsten Schritt zurück stieß Roswitha an die Wand. Sie spürte, wie der trockne Lehm im Strohgeflecht herabrieselte, als sie sich dagegendrückte.

Gefangen. Wie damals, als Bernhard kam. Warum flatterte ihr Herz? Sie war es doch, verflucht noch mal, gewöhnt. Bernhard würde sich totlachen, wenn er sähe …

Der Mönch gab einen überraschten Laut von sich. Dann sank er hinab und fiel mit dem Gesicht vornüber. Einen Moment lang war es so ruhig in dem Raum, als hätte ein Hexenmeister ihn mit seinem Stab berührt und in einen Zauberschlaf versetzt.

Leise sagte Ethlind: »Ich habe ihn umgebracht.« Sie hielt etwas Sperriges in den Händen, vielleicht einen Dreifuß.

Abermals herrschte Stille. Schließlich kniete Roswitha nieder und faßte nach der Hand und dann nach dem Hals des Mönchs, der sich feucht anfühlte. Sie konnte keinen Pulsschlag spüren. Weil er tot war? Weil ihre eigene Hand zu sehr zitterte?

Seltsam. Die Tatsache, daß sie möglicherweise vor einem ermordeten Mönch kniete, daß sie vielleicht so schlimm in der Klemme steckte wie nie zuvor in ihrem Leben, klärte ihre Gedanken wie ein Regenguß die Luft eines staubigen Tages.

»Diese Ritter, die vorhin in das Kloster zurückkehrten, als du mich gewarnt hast – weißt du, was sie draußen zu tun hatten? Ethlind!«

Das Mädchen hob langsam den Kopf.

»Die Ritter! Was wollten sie vor dem Kloster?«

»Sie suchten jemanden.«

»Das Weib des Zupan?«

»Nein, jemand anderen.«

Aha. Wahrscheinlich den jungen Herrn von Rietzmeck, der so keck aufgetreten war, und den Herrn von Repgow. Denn beide waren mit Dobresit unterwegs gewesen, und also waren beide verdächtig in diesem Spiel, das vor lauter Winkelzügen niemand überschaute. Der Greif streckte seine Fänge in jede Richtung.

»Warte hier«, sagte Roswitha und war mit einemmal so ruhig, als wäre jeder Schritt, den sie tun, und jedes Wort, das sie sprechen würde, vorgezeichnet. Sie trat ins Freie und kniff einen Moment die Augen zusammen. Der Himmel war rot, ein wunderschöner Sonnenuntergang. Sie schritt über den Hof zu dem Haus, in dem der Senpekte des Abts lauerte.

Ethlind hatte recht beobachtet. Der Greis in der schwarzen Kutte trat ihr an der Tür entgegen.

»Sieh an, der junge Herr von Rietzmeck. Und eine wundersame Verwandlung hat stattgefunden. Welch holdes Antlitz.« Spöttisch betrachtete er Roswithas schmutziges Gesicht. Aber anders als bei Ludger lag in seinem Blick unverhohlene Feindseligkeit.

Ludger. Roswithas Magen krampfte sich einen Moment zusammen, als sein Gesicht sich gar zu klar in ihre Erinnerung schob. Aber sie war nicht Ethlind. Sie verlor ihr Herz nicht an einen Mann. Schon gar nicht an einen, der sie betrügen würde, sobald er in Händen hielt, was er begehrte.

Es waren andere Dinge, die zählten.

Eine Kemenate, in der bei Kälte geheizt wurde. Ein Gatte, der Schutz vor Mord und Willkür bot. Genügend Speise, wenn im Winter die Verhungerten aus den Elendshütten getragen wurden.

»Ihr sucht einen Beutel, und ich weiß, wer ihn bei sich trägt«, sagte Roswitha.

Hagatheo packte ihren Arm so fest, daß sie geschrien hätte, wenn sie den Griff nicht von Bernhard gewohnt gewesen wäre.

»Der Repgow.«

Sie nickte. »Ich bin hier, um herauszufinden, was der Abt für diesen Beutel zu zahlen bereit ist. Aber mir gefällt mein Auftrag nicht mehr.«

»Dann heraus damit. Wo steckt der Bursche?«

»Ich will Euren Schwur, daß ich frei fortgehen darf, wenn ich es Euch gesagt habe. Schwört auf das Kreuz des Herrn.«

Der Mönch schüttelte sie, und diesmal tat es wirklich weh.

»Ludger von Repgow wartet, bis die Sonne untergegangen ist, aber nicht länger. So war unsere Abmachung«, drohte Roswitha.

Ihrer beider Augen wanderten zum Himmel. Das Firmament leuchtete, als wäre der Thron des Herrn in Brand geraten. Hagatheo ließ Roswitha los, er nahm sein Kreuz auf, das vor seiner Brust baumelte, und legte die Schwurhand darauf. »Ich schwöre es dir. Du kannst gehen.«

»Ludger von Repgow wartet bei der Kirche in Grimschleben. Und das schwöre ich ebenfalls.«

Ein Mund, der die Wahrheit sagt, hat für immer Bestand. Roswitha sah zu, wie der Senpekte ein Pferd aus dem Stall zerrte und sich auf den ungesattelten Rücken schwang. Er warf einen Blick über den Hof, aber die Mönche saßen noch immer im Kapitelsaal, und die Laienbrüder nahmen vielleicht gerade das Nachtmahl zu sich. Wenn er sich allein auf den Weg macht, ist Ludger ihm überlegen, dachte Roswitha. Aber in diesem Moment ritten zwei Bewaffnete durchs Tor, die offenbar auf der Jagd gewesen waren, denn an ihren Sätteln baumelten Fasane. Der Mönch wechselte mit ihnen einige leise Worte. Dann drehte er sich zum Gästehaus.

»Die Neue darf raus. Die bei dir ist, nicht«, rief er. Und die Männer stoben davon.

7. Kapitel

Burg Köpenick, Mai 1223

Pribislaw war zwei Tage früher als geplant von einer Mission in der Lausitz nach Köpenick zurückgekehrt, weil ihm einer seiner Knappen in einem See bei Teupitz ertrunken war. »Jede Hilfe kam zu spät.«

»Ja, der Tod …« Jakob von Klosterbruch, der Burgherr, seufzte ein wenig theatralisch. »Media vita in morte sumus. So steht es bei Hartmann von Aue. Daz diutet sich alsus, daz wir in dem tôde sweben, so wir aller beste wænen leben …«

Pribislaw ging nicht weiter darauf ein. »Gregorius hatte gerade gut getrunken und gegessen und war in wunderbarer Stimmung, als er ins Boot stieg.«

Der Burgherr ließ sich nicht beirren und zitierte weiter aus dem Gedächtnis: »Unser bluome der muoz vallen, sô er aller grüenest wænet sîn.« Er seufzte abermals und noch ein wenig tiefer. »Ach, ja, wir sîn von brœden sachen.«

»Wir sind aus einem gebrechlichen Stoff«, wiederholte Pribislaw. »So ist es.«

»Hartmann von Aue, *Der arme Heinrich*. Hast du den schon gelesen?«

»Ja, früher einmal …« Pribislaw suchte sich zu erinnern. »Der arme Heinrich, das ist ein Mann irgendwo unten im Schwäbischen, der todkrank ist und nur gerettet werden kann, wenn er eine Jungfrau findet, die ihm zuliebe den Tod erleiden will. Sie reisen nach Salerno, und als sie sich dann wirklich für ihn opfern will, greift unser Herr Jesus Christus ein und erlöst sie beide, das heißt, sie heiraten und leben glücklich und zufrieden bis an ihr Ende.« Dies sagte er mit leiser Ironie, die seinem Gegenüber aber entgehen mußte, weil der Burgherr nur mit sich selbst beschäftigt war.

Jakob von Klosterbruch war dafür bekannt, daß er ein und denselben Gedanken stundenlang hin und her wälzen konnte und alles mehrmals wiederholte, was ihm wichtig erschien. »Wie recht Hartmann doch hat: Wir schweben schon im Tode, während wir noch auf das angenehmste zu leben glauben.«

Pribislaw schüttelte diesmal den Kopf, um die Sache zu beenden. »Nein, so ist es nicht, denn wenn wir an den Tod denken, leben wir auf alle Fälle nicht mehr auf das angenehmste.«

»Vielleicht hast du recht.« Jakob von Klosterbruch hob nun seinen Pokal und freute sich daran, wie die Sonnenstrahlen den Rotwein funkeln ließen. »Vergessen wir also unseren Gregorius, lassen wir die Toten ruhen.« Er nahm einen langen Schluck, und es gurgelte in seiner Kehle wie in einem eingeschnürten Bächlein. »Nun, was gibt es sonst an Neuigkeiten zu vermelden?«

»Aus Meißen? Die Gerüchte mehren sich, daß Dietrich der Bedrängte wirklich von seinem Leibarzt ermordet worden ist. Heinrich, sein Sohn, ist nun fünf Jahre alt und spielt am liebsten Minnesänger. Markgräfin Jutta ist gerade dabei, ihre zweite Ehe einzugehen: mit dem Grafen Poppo von Henneberg. Ihrem Bruder Ludwig will das aber so gar nicht schmecken.«

»Warten wir ab, was geschehen wird.« Jakob von Klosterbruch hielt sich gern aus allem heraus. »Und was ist sonst so in der Welt passiert? Hier in Köpenick ist man ja von allem abgeschnitten.«

Pribislaw dachte nach. »Nun, nicht viel ... In Padua haben sie eine sogenannte Universität gegründet. Alles Wissen, was sich in der Welt angesammelt hat, soll an *einem* Ort vermittelt werden.«

»Da möchte ich schon gerne hin.«

»Für die Jugend ist Padua gedacht.« Pribislaw verkniff sich weitere Bemerkungen. »Ja, und ... der Heilige Vater bestätigt Franz von Assisi die Ordensregeln der Franziskaner.«

Der Burgherr winkte ab und griff demonstrativ nach einem Stück Wildschweinbraten. »Geh mir mit diesen strengen Armutsregeln. Und eine braune Kutte will ich auch nicht tragen.«

»Dschingis Khan, hört man, hat Turkestan erobert«, fuhr Pribislaw fort.

»Na, bis er nach Köpenick kommt, das dauert noch ... Zum Wohl!«

Auch Pribislaw hob sein Glas. Den Impuls, den Wein zu nehmen und seinem feisten Gegenüber ins Gesicht zu kippen, konnte er gerade noch unterdrücken. Aber schon der Gedanke daran entzückte ihn. Nun, eines Tages würde es nicht nur der Rotwein sein, der dem Wettiner über die Wangen rann, sondern sein Blut.

Pribislaw war ein Enkel des Sprewanefürsten Jaxa von Köpenick, und der hatte darauf gedrungen, ihm diesen Namen zu geben, um die Erinnerung an einen anderen Pribislaw wachzuhalten, dessen Onkel er war: den Hevellerfürsten, der aus strategischen Gründen zum Christentum übergetreten war und sich fortan Heinrich genannt hatte. Er unterwarf sich auch der Lehnshoheit des deutschen Königs und setzte 1147 den Askanier Albrecht den Bären als Nachfolger ein. Jaxa gefiel das gar nicht, und einige Jahre später eroberte er mit polnischer Hilfe die Brandenburg für die Slawen zurück. 1157 holte dann Albrecht der Bär zum Gegenschlag aus, und Jaxa mußte sich nach Köpenick zurückziehen, von wo er aber alsbald verdrängt wurde, und zwar von den weiter nördlich angesiedelten Lutizen, die sich mit den Pommern verbündet hatten. Bis dann die Wettiner auf den Plan traten. Als sie 1209 unter Konrad II. die Burg berannten, kam Pribislaws Vater ums Leben. Er selber, damals zehn Jahre alt, wurde von einem wettinischen Markgrafen auf die Burg Landsberg gebracht, zwischen Leipzig und Halle, und dort zum Ritter ausgebildet. 1220 kehrte er dann mit vier Knappen, die ebenfalls slawischer Abstammung waren, nach Köpenick zurück und war dort mit einem knappen Dutzend anderer Ritter jenem Jakob von Klosterbruch unterstellt, mit dem er jetzt so munter plauderte, als seien sie die besten Freunde. Manchmal schämte sich Pribislaw für das, was er tat und was er vorhatte, doch einen anderen Weg, seine Ziele zu erreichen, sah er nicht.

Jakob von Klosterbruch erhob sich. »Komm, vertreten wir uns ein wenig die Beine. Ich muß dir zeigen, wie fleißig wir in deiner Abwesenheit gewesen sind und wieviel Erde wir schon aufgehäuft haben. Deine Vorfahren haben die Sache falsch angepackt: Der Südteil der Burg liegt viel zu tief und wird immer wieder überschwemmt werden. Das hätte man doch sehen müssen.«

»Man hätte noch ganz etwas anderes sehen müssen«, murmelte Pribislaw.

Die slawischen Sprewane hatten die Burg Köpenick im 10. Jahrhundert auf einer kleinen Insel in der Dahme angelegt. Seit sie von Konrad II., dem Markgrafen der Ostmark, erobert worden war, hatten die Wettiner viel für ihren Ausbau getan, denn wenn sie die askanische Expansion auf dem Barnim stoppen und selber zur Ostsee vorstoßen wollten, dann brauchten sie Köpenick. Köpenick stand für den Kampf Meißen gegen Brandenburg, und waren die Askanier bei der Eroberung der brandenburgischen Marken jenseits der Elbe in den letzten Jahrzehnten im Norden und Osten auch tüchtig vorangekommen, so hemmte sie im Süden der Widerstand der Wettiner ganz beträchtlich.

Die beiden Männer machten nun einen kleinen Rundgang durch die Burg. Die hölzerne Wehrmauer Köpenicks war knapp fünf Klafter hoch. An ihrer Nordseite, kurz vor der Furt zum westlichen Ufer der Dahme, stand der Wachtturm, dessen Grundfläche mit gerade einmal fünf Quadratschritt nicht eben groß zu nennen war. Unter ihm hatte man das Burgtor eingelassen, das nicht viel breiter war, als die ausgestreckten Hände eines Mannes reichten.

Pribislaw war stolz auf Köpenick, Jakob von Klosterbruch aber spottete wieder einmal ein wenig über sein kleines Reich.

»Wir nennen ja hierzulande Erhebungen, die kaum mehr als Maulwurfshügel sind, schon Berge, als hätten wir es mit den Alpen zu tun, und verglichen mit Tiryns und Troja, ist Köpenick ja keine Burg, sondern ein hölzernes Kinderspielzeug.«

»Nun, immerhin beherrschen wir die ganze Gegend hier mit ihr«, sagte Pribislaw und fügte leise das hinzu, was für ihn sehr schmerzlich war: »Und kein Slawe wagt mehr, sein Haupt zu erheben.«

Sie gingen den Weg aus grob behauenen Eichenbohlen entlang, der sich an der Innenseite der Wehrmauer hinzog. An der Straße zum Innenhof standen im Kreis hölzerne Blockhäuser mit einer Fläche von gut dreißig Quadratschritt, deren Böden mit Eichendielen ausgelegt waren. Die Dächer waren mit Stroh oder Rohr gedeckt. Zwischen ihnen befanden sich Schmiede, Tischlerei, Töpferei und Schlosserei, die Stallungen, die Speicher und ein Gefängnis mitsamt Folterkammer. In der Mitte des großen Innenhofs hatte man das Blockhaus des Burgherren errichtet, das etwas größer war als die übrigen Gebäude und einen Fußboden aufwies, der mit Steinen ausgelegt war. Daneben erhob sich die steinerne Burgkirche, und ganz in ihrer Nähe hatte man den Brunnen angelegt. Die wettinischen Ritter mit ihren jeweils vier Knappen hatten hier ihr Zuhause, während das slawische Dienstpersonal etwas abseits auf dem nördlichen Teil der langgestreckten Insel in Hütten lebte.

»Die besten Knechte und Mägde kommen aus Schmöckwitz«, sagte Jakob von Klosterbruch. »Das liegt an Kruto, und der ist mir von allen slawischen Dorfältesten ringsum der liebste.«

»Ah, ja ...« Pribislaw lächelte. »Es ist schön, daß sich nun endlich alle mit dem abgefunden haben, was ist.«

Der Burgherr kam gar nicht mehr los von Schmöckwitz, das einige Meilen flußauf auf einer Insel in der Dahme lag. »Und einer der Fischer soll eine wunderschöne Tochter haben, Petrissa ... Ich werde sehen, daß ich sie als Magd nach Köpenick hole.« Mit welchem Hintergedanken, war ihm unschwer anzusehen.

Pribislaw versuchte gleichmütig zu bleiben, aber in seinem Gesicht hatte es so verräterisch gezuckt, daß er sich schnell mit der flachen Hand auf die Wange klatschte. »Diese verfluchten Mücken!«

»Ja, überall, wo Sumpf und Wasser sind, da sind sie auch.« Und an Sumpf und Wasser hatte Köpenick viel zu bieten. Um das obere Ende der Insel flossen schon die Wasser der Spree, wenn auch nicht schnell, denn viele kleine Inseln hemmten ihren Lauf. Zwei weitere Furten gab es hier, und wer in dieser Gegend unterwegs war, hatte keine andere Wahl, als Spree und Dahme im Bereich der Burg zu kreuzen.

Es war ein lauer Abend, fast schon sommerlich, und die beiden Männer traten nun durch das Burgtor, um zum Ufer der Dahme hinunterzugehen und sich ein wenig abzukühlen. Noch trieben es die Mücken nicht allzu arg.

Jakob von Klosterbruch war in Gedanken noch immer bei Hartmann von Aue: »Sehr nachdenklich machen mich seine Verse ... Wer in höchster Wertschätzung auf dieser Erde lebt ... lebet ûf dirre erde, derst der versmâhte vor gote ... der steht als der Verschmähte vor Gott. Und wie ist es mit uns, die wir ...« Er brach ab, denn drüben am anderen Ufer des Flusses, wo die Furt mit ein paar tief in den Boden gesteckten

Pfählen gekennzeichnet war, erschien ein stämmiger Mann mit langem, bis auf die Schultern fallendem grauem Haar.

»Seht nur, das ist ja Kruto!« rief Pribislaw.

Kruto, der schlecht sehen konnte und Pribislaw und den Wettiner ganz sicher noch nicht entdeckt hatte, winkte zur Burg hinüber, wohl hoffend, daß jemand mit einem Boot herbeigerudert kam, ihn überzusetzen, denn er war zu Fuß und wollte kein Bad nehmen, so warm die Luft auch war.

Der Burgherr wollte auch gerade den Befehl dazu geben, da warf Kruto plötzlich die Arme hoch, und sein Todesschrei hallte weit über den Fluß.

Aus dem Gebüsch hinter ihm war ein Speer herangeflogen gekommen und hatte sich ihm in den Rücken gebohrt.

Das Entsetzen auf der Burg war groß, und alle, ob nun Ritter oder slawisches Gesinde, eilten zur Furt, um ans andere Ufer zu gelangen und Hilfe zu leisten, voran Pribislaw. Er war auch der erste, der Kruto erreichte. Der Alte lag auf dem Bauch, der Speer steckte ihm dicht unter dem linken Schulterblatt tief im Herzen. Das Blut quoll aus der Wunde und tränkte seinen grauen Kittel. Pribislaw warf sich auf den Boden und drehte Krutos Kopf herum, um ihm ins Gesicht zu sehen. Leise und fast unverständlich flehte der Sterbende auf slawisch die alten Götter an, Triglaw vor allem. Doch seine Stimme verblaßte immer mehr, bis er für immer schwieg. Pribislaw wandte sich ab, um mit seiner Trauer allein zu sein.

»Los, sucht seinen Mörder!« rief Jakob von Klosterbruch. »Und du, Pribislaw, reitest nach Schmöckwitz, um den Leuten dort zu vermelden, was soeben passiert ist. Und ob sie Näheres wissen. Ich kann mir das alles nicht erklären.«

»Ich auch nicht«, sagte Pribislaw mit finsterer Miene. »Aber ich kann noch nicht fort, laßt mir bitte Zeit. Kommt, bringen wir Kruto erst einmal auf die Burg hinüber, das weitere wird sich dann finden.«

Um bei den Wettinern keinen Argwohn zu erregen, durfte sich Pribislaw seine Trauer, so groß sie auch war, nicht anmerken lassen. Um die Slawen ruhigzustellen, war er ihnen willkommen, aber mit ihnen kordial zu werden, das ging nicht an. Warum Pribislaw an Kruto hing, hatte zweierlei Gründe. Einmal wäre es ihm ohne die Hilfe des Alten nicht gelungen, Petrissa zu erobern, und zum anderen hatte er Kruto mit einigen Mühen so geformt, daß der später einen trefflichen Kanzler abgegeben hätte. Aus und vorbei. Wer mochte ihn ermordet haben? Pribislaw konnte sich noch so sehr den Kopf darüber zerbrechen, er fand keine Antwort auf diese Frage, und die Leute, die der Burgherr ausgeschickt hatte, den Mörder zu fangen, kamen mit leeren Händen zurück.

Erst am nächsten Morgen machte sich Pribislaw auf den Weg nach Schmöckwitz. Zuerst ritt er immer dicht am Ufer der Dahme entlang, obwohl die angrenzende Heide noch eher licht zu nennen war. Als es aber später, wo der Fluß einen Knick machte und sich zu einem langgestreckten See weitete, mehr in südöstliche Richtung ging, lenkte er seinen Hengst mitten in Sumpf und Urwald hinein. Keiner von den anderen wettinischen Rittern wagte sich in diese Gegend. Pribislaw aber kannte hier jeden Baum und jeden Pfad. So erreichte er auch ohne Gefahr für sich und sein Pferd die Senke der Krummen Lake. Einst ein Nebenarm der Dahme, war sie nun von dieser abgetrennt, um mehr und mehr zu verlanden. Da, wo sie am breitesten war, gab es eine künstliche Aufschüttung, ein uraltes Heiligtum der Sprewane. Vor fünfzehn Jahren waren ringsum ihre letzten Tempel und Götterbilder zerstört worden, damit sie für immer abließen von Triglaw, dem höchsten ihrer Götter, dem Sonnengott, aber auch von Perun, dem Gott des Gewitters, ebenso von Porowit, dem Mittsommergott, und all den anderen. Alles, was noch zu retten war, hatte Budiwoj, der heimliche Triglaw-Priester, hierher in die Wildnis gebracht, auch eine heilige weiße Stute, mit deren Hilfe er seine Pferdeorakel durchführen konnte. Und Budiwoj, offiziell Fischer in Schmöckwitz, war der geistige Vater und Berater Pribislaws.

»Kruto ist tot!« rief Pribislaw denn auch, kaum daß er den Alten gesichtet hatte. »Ermordet.«

»Ich weiß«, sagte Budiwoj ohne jede Regung.

Pribislaw sprang vom Pferd. »Woher willst du das wissen?«

»Weil ich es war, der ihn getötet hat.«

Pribislaw starrte ihn an, konnte das, was er da vernommen hatte, beim besten Willen nicht fassen. »Bist du von Sinnen!?«

»Nein, ganz im Gegenteil. Denn er wollte deine Abwesenheit nutzen und deinem Burgherrn alle unsere Pläne verraten. Alles, um als Ministerialer nach Meißen an den Hof zu kommen.«

»Woher weißt du das?«

»Petrissa hat ihn beim Gebet belauscht und gesehen, wie er die Lose zum Orakel in die Luft geworfen hat: Soll ich nach Köpenick gehen und alles offenbaren, oder soll ich nicht?«

Pribislaw schloß die Augen. »Kruto, ein Verräter, ausgerechnet er. Und ich habe ihn fast so geliebt wie meinen eigenen Vater.«

»Das hat ihn nicht daran gehindert, nach Köpenick zu gehen, um dich dem Henker auszuliefern.«

»Er wird Angst gehabt haben, daß ein Aufstand den Seinen keinen Nutzen bringen wird; er wird es gut gemeint haben.« Pribislaw konnte nicht anders, als Kruto zu verteidigen. »Du hast ihn aufhalten müssen, Budiwoj, sicher, aber ihn gleich töten ...?«

Der Priester blieb unerbittlich. »Es gab keine andere Möglichkeit mehr, so schmerzlich es ist, sonst wäre alles verloren gewesen. Nun aber kommt alles so, wie es kommen muß: Du wirst hier an Spree und Dahme ein großes Reich errichten. Und zwar bald, denn Triglaw wird uns einen Fremden schicken, mit dessen Hilfe wir den Sieg erringen werden. So sind die Knochen beim Orakel gefallen, so ist es uns geweissagt worden.«

»Die ganze Burgbesatzung ist in Aufruhr. Du hättest es im geheimen tun können.«

»Nein, Pribislaw. Es ist wichtig, daß sie sehen, wie es einem Verräter ergeht. Es ist ein Zeichen, verstehst du?«

Pribislaw drückte seine Lippen auf das Amulett, das er an einem Lederriemen um den Hals hängen hatte. Es war aus Blei gearbeitet und sollte einen Fisch darstellen. Pribislaw war ebenso ein Träumer wie ein durchaus realistischer Mensch. Seit sie ihn in den Süden verschleppt hatten, träumte er davon, eines Tages als Herrscher nach Köpenick zurückzukehren und auf dem Gebiet der Sprewane, der Ploni und der Lusizer, also auf dem Teltow und in der Niederlausitz, ein slawisches Fürstentum zu errichten. Sein Plan war es, Wettiner und Askanier geschickt gegeneinander auszuspielen und dafür zu sorgen, daß sie sich da zerrieben, wo sich ihre Einflußzonen überlappten. In das entstehende Machtvakuum wollte er dann mit seinen Slawen hineinstoßen. In den Kiezen, die sich um die askanischen und wettinischen Burgen herum gebildet hatten, lebten viele von ihnen, die für ihn durchs Feuer gehen würden. Budiwoj hatte gute Arbeit geleistet ...

Pribislaw umarmte den Priester. »Ich muß weiter nach Schmöckwitz, sonst könnte ich Verdacht erregen.« Außerdem mußte er Petrissa sehen. Sie war Budiwojs Tochter und seine heimliche Geliebte.

Budiwoj streifte ihn mit einem düsteren Blick. »Wenn es wahr sein sollte, was ich ahne, dann ... Willst du ein Reich aufbauen und erhalten, mußt du die Tochter eines Herzogs oder eines Markgrafen zur Frau nehmen und nicht die eines armseligen Fischers. Zumal dessen Tochter dazu ausersehen ist, ihrem Gott zu dienen. Pribislaw, ich warne dich!«

Pribislaw senkte den Kopf. Er wußte, daß er Budiwoj brauchte. Noch. Ohne ein weiteres Wort warf er sich aufs Pferd und war im Nu im Dickicht verschwunden. In einer knappen Stunde konnte er bei Petrissa sein und sich ihrer Nähe erfreuen.

Das Dorf Schmöckwitz war eine slawische Gründung. Sumpfig war es außerhalb des Dorfes, und giftige Schlangen gab es, aber ansonsten hätte die Lage nicht günstiger sein können. Insbesondere die Fischer hatten es gut, denn ringsum fanden sie ein dichtes Netz von Flüssen, Seen, Gräben und sonstigen Gewässern.

Zehn Blockhäuser, nicht viel anders beschaffen als die in Köpenick, säumten den runden Dorfplatz. Eine Kirche hatte noch niemand gebaut. Das Haus des Dorfältesten überragte alles. Nun würde es verwaist sein.

Pribislaw mußte die Männer zusammenrufen und Rat halten mit ihnen, damit sie Jakob von Klosterbruch keinen Ärger machten, doch sein erster Weg führte ihn selbstverständlich zu Petrissa. Sie stand vor ihrem Haus, als hätte sie um sein Kommen schon lange gewußt.

Die übliche Frauentracht trug sie, das Kleid bunt gefärbt und mit Stickereien versehen. Mit stabförmigen Knochenstücken hatte sie es zugeknöpft, ein Gürtel hielt alles zusammen. Ein bronzener Gürtelhaken hing an ihrer linken Hüfte. Sie war kräftig geschminkt. Ihr langes Haar, hell wie ein Weizenfeld, fiel nach hinten und wurde durch ein gesticktes Kopfband gebändigt. An diesem Band hingen zwei wunderschöne Schläfenringe aus getriebener Bronze. An den Füßen trug sie bestickte Lederschuhe, die an den Knöcheln zusammengebunden waren.

Pribislaw sprang vom Pferd, zog sie an sich und küßte sie.

»Es ist Schreckliches geschehen, aber es ist Triglaws Wille, und alles kommt, wie es kommen muß. So prophezeit es dein Vater. Es ist der Anfang vom Ende der Herrschaft Meißens über mein Land. Bald wirst du meine Königin sein, und alle Sprewane, Ploni und Lusizer werden dir huldigen – nicht nur ich. Ich weiß, daß bald Entscheidendes geschehen wird, denn dein Vater hat die Orakel befragt.«

8. Kapitel

Schmöckwitz, Mai 1223

Ludger von Repgow schlug die Augen auf, fand langsam zu sich und musterte seine Umgebung. Das Blockhaus, in dem er lag, bestand nur aus einem Raum. An den Wänden hingen gefärbte und bestickte Decken sowie einige Trophäen: Hirsch- und Elchgeweihe und uralte Hörner vom Wisent. Auf dem Dielenboden waren Pelze und Decken ausgebreitet. In der Ecke ihm gegenüber war aus quadratischen Steinen ein Herd aufgeschichtet worden. Vor dem Fenster stand ein Spinnrad. Auf dem roh gezimmerten Tisch sah er Teller und Becher aus Holz und auf der kleinen Konsole über seinem Lager ein kleines Pferd aus Ton und geschnitzte Bildnisse einiger Hausgötter.

Das ließ auf einen slawischen Haushalt schließen, möglicherweise auf die Unterkunft eines Dorfältesten. Ludger hatte nicht die geringste Ahnung, wo er sich befand. Wahrscheinlich irgendwo südlich von Köpenick, wenn sie ihn nicht, während er bewußtlos war, ganz woanders hingeschafft hatten. Wer wohl? Hagatheo und seine Kumpane ...? Er hoffte und betete, daß es Jäger aus askanischen Landen gewesen waren.

Seine Wunde schmerzte noch immer, aber das Fieber war verschwunden und er hatte wieder einen klaren Kopf. Er sehnte sich nach einem Menschen, mit dem er über alles sprechen konnte, was ihn bewegte. Wenn doch nur Konrad hier wäre! Als ihm bewußt wurde, was er da gedacht hatte, erschrak er. Er fühlte, daß es da eine geheimnisvolle Kraft gab, die ihn an Konrad band. Mehr, als es bei einem Freund und einem Bruder der Fall gewesen wäre. In höchstem Maße verwirrt, wollte er dagegen ankämpfen, doch es ließ sich nicht verhindern, daß er in der nächsten Stunde Konrad von Rietzmeck alles erzählte, was er in den letzten Wochen erlebt hatte, so erzählte, als säßen sie sich in einer Schenke beim Rotwein gegenüber.

»... dieser Hagatheo und seine beiden Männer haben mich durch die Gegend gejagt wie einen heurigen Hasen. In Grimschleben wollten sie mich mitnehmen, und als ich mich störrisch zeigte, kam es zu einem heftigen Wortwechsel, in dessen Fortgang mir einer der Männer seinen Speer in die Schulter jagte. Ich gab meinem Pferd die Sporen, aber sie schnitten mir den Weg nach Nienburg ab. Meine Verletzung hinderte mich, die ganze Schnelligkeit meines Pferdes auszuspielen. Sie trieben mich immer weiter in die Wälder hinein, versessen darauf, meiner habhaft zu werden. Dies wohl in der Annahme, ich führte den Beutel mit dem Drachensamen schon bei mir oder würde ihn auf der Flucht an mich bringen wollen. Wie auch immer, ich konnte es zunächst vermeiden, Hagatheo in die Hände zu fallen, ihm aber gelang es, mich von allen Orten fernzuhalten, an denen mir Hilfe zuteil geworden wäre. Und die brauchte ich dringend, denn mit meiner Blessur wurde es von Stunde zu Stunde ärger. Die Zeit arbeitete also für Hagatheo. Meine große Hoffnung war Belzig, denn ich war dem Herrn von Jablinze einmal in Wittenberg begegnet und gut Freund mit ihm geworden. Doch Hagatheo und seine Männer waren schon vor mir am Wege nach Belzig und jagten mich weiter gen Osten, wohl hoffend, daß meine Kräfte nicht mehr lange reichen würden. Irgendwann würde ich ganz einfach vom Pferd fallen. Das wußten sie so gut wie ich. Vor Brück und Beelitz trieben sie dasselbe Spielchen mit mir wie vor Belzig. Meine Schwäche wuchs, zumal ich nichts Vernünftiges zu essen hatte. Hinter Beelitz gelang es mir, einem Bauern seinen Korb zu stehlen, und ich fand etwas Brot darin.

Ihn anzusprechen und um Hilfe zu bitten wäre aber sinnlos gewesen. Also sprengte ich davon. Lehnin mit seinem Kloster lag nun zu weit im Norden, ebenso Spandau, aber vielleicht kam ich nach Köpenick durch. Nun gut, Ludwig IV. von Thüringen und die Wettiner insgesamt sind gewiß nicht unsere Freunde, aber wenn sie mich auf Burg Köpenick gesund pflegten und nach Meißen brachten, dann würde die Markgräfin Jutta schon dafür sorgen, daß ich bald wieder nach Hause käme. Lassen wir offen, woher und wie gut ich sie kenne ... So meine Überlegung. Ich hielt also in die Richtung, in der ich die Spreeniederung vermutete. Dicht hinter mir immer noch Hagatheo und seine beiden Büttel. Daß sie mich in den Nächten nicht erwischten, war ein Wunder. Offenbar hatten sie Angst vor der Dunkelheit, es mochte aber auch sein, daß sie mich gar nicht fangen wollten, wohl hoffend, daß ich sie doch noch zum Versteck des Drachensamens führen würde. Einen weiteren Tag ging es nun durch dick und dünn, bis ich am späten Nachmittag in sumpfiges Gelände kam. Als ich einen Graben vor mir sah, hatte ich die Wahl, einen Sprung hinüber zu wagen – oder aber einen Umweg von möglicherweise Stunden in Kauf zu nehmen. Ich sprang also, denn ich wollte noch vor Einbruch der Dunkelheit in Köpenick sein. Mein Pferd, ebenso ermattet wie ich, flog nicht weit genug, kam mit den Vorderfüßen auf der steilen Böschung auf und warf mich ab. In hohem Bogen wurde ich durch die Luft geschleudert und krachte auf den Boden. Daß ich mir nicht das Genick gebrochen habe, erscheint mir im nachhinein als Wunder. Ich verlor sofort die Besinnung ... Erst vor kurzem bin ich wieder zu mir gekommen. Wie lange ich hier gelegen habe, weiß ich nicht, es muß aber einige Zeit vergangen sein, denn meine Wunde schmerzt kaum noch und scheint schon ziemlich verheilt. Irgendwer muß mich gepflegt und mit einer sehr wirksamen Medizin behandelt haben. Unmöglich, daß es Hagatheo war.

Oder doch? Meine große Frage ist: Wer und was steckt dahinter?«

Ludger von Repgow brach ab und kehrte in die Wirklichkeit zurück. Ja, was steckte hinter allem? Er wußte es nicht, hoffte aber, daß ihn kein anderer als Konrad von Rietzmeck in dieses Blockhaus geschafft und zurückgelassen hatte. Sie waren ja in Grimschleben verabredet gewesen, und vielleicht war es dem anderen doch noch gelungen, ihn zu finden und in Sicherheit zu bringen. Auf Konrad also setzte er seine ganze Hoffnung.

Und wenn diese Hoffnung trog ...? Dann mußte er sich selber helfen. Dazu gehörte zu allererst, daß er herausfand, wo er eigentlich steckte. Er versuchte aufzustehen, doch seine Kräfte schienen gerade einmal zu reichen, den Oberkörper aufzurichten. Schon kam er ins Schwitzen und brauchte eine kleine Pause. Man hatte ihm einen mächtigen Verband um den Oberkörper gewickelt. Als er ihn etwas lockern wollte, rieselten Reste getrockneter Kamille heraus. Heilkräuter.

Als er die Knie anzog und Schwung holte, um auf die Beine zu kommen, ging die Tür auf. Eine junge Frau erschien und sprang zu ihm hin.

»Laßt das! Ihr seid noch zu schwach und könntet Euch dabei verletzen.«

Ludger konnte erst einmal aufatmen. Nicht Hagatheo war gekommen und mit ihm der Tod, sondern im Gegenteil das pralle Leben. Nie war ihm ein schöneres slawisches Mädchen begegnet. Eine Göttin. »Wer bist du?« stieß er hervor, erschrocken darüber, die Stimme eines Mannes zu hören. Wenige Herzschläge später erst erkannte er, daß er es selber war, der da gesprochen hatte.

»Ich heiße Petrissa und bin die Tochter eines Fischers.«

»Und wo sind wir hier?«

»In Schmöckwitz.«

»Nie gehört …« Ludger fürchtete, es würde irgendwo im Polnischen liegen.

»Flußab ist man in anderthalb Stunden auf der Burg in Köpenick.«

Ludger dankte seinem Herrgott. Nun war er gerettet. »Und ihr könnt mich mit dem Boot hinbringen?«

Sie zögerte mit einer Antwort. »Nun …«

Ludger verstand nicht, warum das so schwierig sein sollte. »Hier im Dorf müßte sich doch jemand finden lassen, der das übernimmt. Bestimmt nicht umsonst. Will sich dein Vater nichts verdienen?«

»Ich werde mit ihm sprechen, warten wir's ab.« Sie stellte ihm eine Suppe neben das Lager und strich ihm die Haare aus der Stirn. »Eßt nur, und laßt es Euch schmecken.«

Ludger wäre am liebsten aufgesprungen und hätte Petrissa umarmt. So fürsorglich hatte sich lange niemand mehr um ihn gekümmert. Sie würde ihm auch ein Boot beschaffen und dafür sorgen, daß er nach Köpenick kam. Die Wettiner waren das kleinere Übel, gemessen an Hagatheo … Als er an den dachte, fragte er sofort, ob ihm jemand gefolgt sei.

»Nein, uns ist keiner aufgefallen.«

»Uns?« fragte Ludger. »Seid ihr zu mehreren gewesen, als ihr mich gefunden habt?«

»Mein Vater und zwei von seinen Vettern, Liub und Milegost. Euer Pferd hatte sich ein Bein gebrochen und fürchterlich geschrien. Da sind sie gekommen. Sie waren auf der Jagd.« Das Mädchen war in ausgesprochener Plauderstimmung.

Ludger genoß ihre glockenhelle Stimme. Merkwürdig war nur, daß sie ihn gar nicht fragte, wer er denn sei und woher er wohl käme. »Warum fragst du mich nicht nach meinem Namen?«

»Weil ich den schon lange kenne?«

Ludger erschrak. »Woher denn das?«

»Ihr habt viel im Schlaf gesprochen. Mit einem Freund.«

»Oh ...« Es war ihm etwas peinlich. Hoffentlich hatte er nicht auch seine Affäre mit Irmgard von Thüringen erwähnt – dann hatte sie ihn ebenso in der Hand wie Thaddäus. Unsinn, was hatte er die Tochter eines Fischers aus Schmöckwitz zu fürchten.

»Ich muß nun wieder nach Hause.« Petrissa wandte sich zur Tür.

»Du wohnst nicht hier?«

»Nein, das ist das Haus unseres Dorfältesten. Doch Kruto ist tot.« Damit ging sie endgültig und ließ Ludger allein.

Vieles schoß ihm durch den Kopf, und es quälte ihn, daß er nicht so recht durchschaute, was mit ihm geschehen war. Warum war es Konrad von Rietzmeck nicht gelungen, ihn zu finden? Warum hatte Thaddäus von Hildesheim nichts unternommen, um Hagatheo zur Strecke zu bringen und ihn, Ludger von Repgow, zu retten? Wie hätte denn Thaddäus davon wissen können ...? Nun, der wußte doch alles. Und je mehr Ludger darüber nachdachte, desto gewisser erschien es ihm, daß Thaddäus alle Fäden in der Hand hielt, daß *er* der geniale Spieler war, der sie alle wie bloße Schachfiguren führte und die Schuld daran trug, daß er jetzt verletzt und irgendwie gefangen in dieser Hütte lag. Dieser verdammte Drachensamen! Der Teufel mußte ihn geschaffen haben, um die Menschen vollends zu verwirren und ins Elend zu stürzen.

Ludger von Repgow versuchte sich abzulenken, indem er an die schönen Dinge des Lebens dachte, an holde Frauen zuallererst. So schlief er schließlich ein ...

... um wieder aufzuwachen, als er etwas Kaltes an seiner Kehle spürte: die Schneide eines Messers. Dazu hörte er die rauhe Stimme eines Mannes: »Keinen Laut, sonst ist es aus mit dir. Endlich habe ich dich.«

Es war Hagatheo.

Ludger versuchte alles zu vermeiden, was nach einem Fluchtversuch aussehen konnte. Es kommt, wie es kommen muß, dachte er. Tröstlich war nur, daß der andere ihm nicht schon längst die Kehle durchgeschnitten hatte. Vorerst jedenfalls.

»Was wollt Ihr mit mir?« stieß er hervor.

»Das wirst du dir doch denken können.«

»Nein.« Ludger wollte nur eines: Zeit gewinnen. Solange Hagatheo mit ihm sprach, würde er sein Messer nicht benutzen. »Wie habt Ihr mich überhaupt gefunden?«

»Du bist kein Vogel, der so einfach davonfliegen kann, überall hast du Spuren hinterlassen, und wo die Leute so arm sind wie hier, kann man mit ein paar Münzen jede Zunge lockern.« Hagatheo trat einen Schritt von der Lagestatt zurück, behielt aber weiterhin sein Messer in der Hand, bereit, jederzeit zuzustoßen.

»Seid Ihr allein hier?« fragte Ludger.

Hagatheo lachte. »Das wirst du noch früh genug merken. Ich warne dich aber: Mach dir keine falschen Hoffnungen.«

»Soll ich mich also fertigmachen ...«

»Zum Sterben? Meinetwegen. Aber wenn du vorher noch etwas auf der Laute spielen willst, dann bitte ...« Hagatheo zeigte auf ein ziemlich mitgenommenes Instrument, das auf der Herdbank lag.

Ludger erhob sich mühsam und schleppte sich zum Herd. Er nahm die Laute hoch, die Konrad im Gasthaus zerstört hatte, setzte sich auf die Bank und begann – ohne die zwei verbliebenen Saiten anzurühren – ein elegisches Lied zu singen, in dem es um den frühen Tod eines hoffnungsvollen Jünglings ging.

Nach der ersten Strophe aber brach er ab, denn im Fenster, das Petrissa geöffnet hatte, um frische Luft einzulassen, stand plötzlich ein Slawe und zielte mit seinem Speer auf Hagatheo.

Unwillkürlich weiteten sich Ludgers Augen. Hagatheo war viel zu gewieft, als daß er es nicht bemerkt hätte. Also ließ er sich blitzschnell zu Boden fallen. Der Speer flog an ihm vorbei und bohrte sich dicht neben Ludger in die Wand.

Das war Ludgers große Chance, und trotz seiner Schwäche schaffte er es, den Speer aus dem Holz zu ziehen und sich damit Hagatheo vom Leibe zu halten, nachdem der wieder aufgesprungen war, den Rücken zur Tür gewandt.

»Jetzt seid Ihr in *meiner* Hand.«

Hagatheo zögerte einen Augenblick, auch gereizt durch das Frohlocken des anderen. Daß Ludger noch ziemlich kraftlos war, lag auf der Hand, aber konnte er, Hagatheo, es wagen, sich mit dem Messer auf ihn zu stürzen? Und was war, wenn Ludger nun schrie? Würden dann nicht alle Dorfbewohner angerannt kommen? Nur wenige Augenblicke waren es, die Hagatheo unschlüssig sahen, aber sie reichten aus, ihm den Tod zu bringen, denn schon hatte der Slawe die Tür hinter ihm aufgerissen.

»Werft!« rief er Ludger zu.

Der konnte nicht schnell genug handeln, der Zuruf reichte aber aus, Hagatheo abzulenken, und schon war ihm das Messer des Slawen in den Leib gefahren.

Ludger sprang zur Seite, um dem Strahl des Blutes auszuweichen.

»Es mußte sein, Triglaw hat es so gewollt«, sagte der Slawe in der Tür. Er trug einen spitzen Kinnbart, und auf seinem Kopf saß eine flache Kappe aus Filz. Seine Kleidung bestand aus einem Kittel, der von einem Gürtel zusammengehalten wurde. Daran hingen ein Messer und ein Geldbeutel.

Ludger hatte Mühe zu begreifen, was da geschehen war. Er war noch am Leben, und Hagatheo konnte ihm nie mehr gefährlich werden. Am liebsten wäre er seinem Retter um den Hals gefallen, doch ein ungewisses Gefühl war in ihm aufgestiegen, das ihn daran hinderte. Zu undurchsichtig erschien ihm der Slawe. So bedankte er sich nur mit vergleichsweise kühlen Worten und fragte, wer der andere sei.

»Budiwoj, ein einfacher Fischer aus Schmöckwitz. Ich habe Euch im Sumpf gefunden und mit meinen Vettern hierher in Krutos Haus gebracht, wo Euch Petrissa gepflegt hat, die meine Tochter ist.«

»Sie sagte mir, Ihr könntet mich mit dem Boot auf die Burg nach Köpenick bringen?«

»Das wird sich alles finden ...« Damit bückte sich Budiwoj, um die Leiche Hagatheos nach draußen zu schaffen. Nach wenigen Augenblicken kam er zurück.

»Wo sind die Männer, die bei Hagatheo waren?« fragte Ludger.

»Ich habe niemanden sonst gesehen«, antwortete Budiwoj.

»Ah, ja ...« Ludger von Repgow war nicht ganz überzeugt davon, daß das die Wahrheit war, hielt es aber für sinnlos, groß nachzufragen. Etwas anderes war ihm eingefallen. »Sagt: Wenn Ihr Fischer seid, dann liegt Schmöckwitz wohl an einem See?«

»Ja, an mehreren gleich.« Budiwoj nahm den Speer und zeichnete damit eine Karte der Gegend in den Staub neben dem Herd. »Die Dahme speist die Seen ringsum und mündet dann bei Köpenick in die Spree.«

»Und die Spree abwärts liegt dann Spandau.«

»So ist es.«

Ludger war sehr erfreut darüber, denn Spandau war ihm allemal lieber als Köpenick, weil es den Askaniern gehörte. »Könnt Ihr mich mit dem Boot nach Spandau bringen?«

Budiwoj überlegte eine Weile. »Ja, schon. Später. Aber das wird Euch eine Menge kosten.«

»Das laßt nur meine Sorge sein.«

Budiwoj wandte sich zur Tür. »Ich werde sehen, was sich machen läßt.« Damit ging er wieder.

Ludger hörte nicht, ob er die Tür von draußen verschloß und verriegelte, fühlte sich aber dennoch als Gefangener des Schmöckwitzers. Von diesem Mann ging irgendein Geheimnis aus, das spürte er ganz genau, und es war sehr zu bezweifeln, daß er wirklich nichts weiter als ein simpler Fischer war. Aber was sonst? Hier versagte Ludgers Vorstellungskraft. Und je mehr er darüber nachdachte, um so unheimlicher wurde ihm dieser Budiwoj. Ludger schauderte es bei dem Gedanken, daß man ihn hier womöglich gefangenhielt, um ihn einem der alten slawischen Götter zu opfern. Obwohl er dagegen anzukämpfen suchte, geriet er immer mehr in Panik und dachte an nichts anderes mehr als an seine Flucht. Der Fluß war in der Nähe, und ein Boot ließ sich immer stehlen. Die Strömung trug ihn dann hinauf nach Köpenick und möglicherweise, wenn ihn dort niemand entdeckte und aufzuhalten suchte, bis nach Spandau. So einigermaßen bei Kräften war er ja wieder, und einfach so in einem Boot zu liegen und sich treiben zu lassen, das hielt er schon aus. Essen mußte er nicht unbedingt, und Wasser zum Trinken gab es mehr als genug.

Also wagte er es. Vorsichtig zog er die Tür auf und spähte zum Anger hinaus. Auf der anderen Seite war ein Imker mit seinen Bienenstöcken beschäftigt. Ein alter Mann reparierte ein aufgehängtes Fischernetz. Zwei Frauen kamen aus dem Ziegenstall. Niemand sah zum Blockhaus des Dorfältesten hinüber, und so schlüpfte Ludger von Repgow hinaus, lief gebückt zum Gebüsch auf der Rückseite des Hauses, bog die Zweige auseinander und verschwand darin.

Schon bereute er es. Nun war er wieder vogelfrei. Niemand schützte ihn mehr, nicht einmal eine junge Frau wie Petrissa oder ein schwer zu durchschauender Slawe wie Budiwoj.

Nach wenigen Schritten schon war Ludger am Fluß, der linker Hand so breit wurde, daß er Zweifel hatte, ihn schwimmend überwinden zu können. Schade, denn am anderen Ufer zog sich im Westen eine langgestreckte Hügelkette entlang, und dort hätte er sich wohler gefühlt als hier auf der südlichen Seite der Dahme, wo es ziemlich sumpfig war. Also mußte er es da versuchen, wo er war. Er hatte keine andere Wahl, wollte er nach Köpenick oder besser noch nach Spandau gelangen.

Bevor es dunkel wurde, wollte er eine weite Strecke Wegs geschafft haben. Doch schon bald merkte er, daß es mit dem Laufen doch noch nicht so richtig ging, denn die Flucht und dann Fieber und das lange Liegen hatten ihn zu sehr geschwächt. Als er zu einer kleinen Lichtung kam, auf der das Gras ebenso hoch wie trocken war, ließ er sich zu Boden fallen. Auf dem Rücken liegend, suchte er nach Sternen, die stark genug waren, sich schon jetzt gegen die Dämmerung durchzusetzen. Es gab jedoch noch keine.

Gerade hatte er für einen Moment die Augen geschlossen, da hörte er Pferdehufe. Ganz in seiner Nähe. »Herr, hilf mir!« Er schmiegte sich ganz dicht an die Grasnabe. Wie ein verwundetes Tier in Todesangst, wenn es den Falken über sich weiß. Doch es half ihm nicht. Als er aufsah, erblickte er einen Ritter neben sich.

»Ihr kommt als mein Retter!« rief Ludger und stand auf.

Der andere hatte Mühe, sein schnaubendes Pferd zu bändigen. »Ah, da ist er ja! Weit seid Ihr nicht gekommen.«

Ludger erschrak. »Wer seid Ihr?«

»Einer, der Euren Oheim Eike ganz gut zu kennen glaubt. Er gehört jedenfalls zu den Ministerialen des Grafen Heinrich von Anhalt. Und Ihr gehört doch auch zu diesem Hofe – oder?«

Ludger zögerte mit seiner Antwort, denn der andere schien einer von den Wettinern zu sein. Woher wußte er ... ? Aber egal.

»Ja, ich komme von der Burg Anhalt.«

»Und was macht Ihr hier – und dazu noch ohne Pferd?« Das

klang recht höhnisch und so, als würde er mit seiner Beute noch ein wenig spielen wollen, bevor er sie erlegte.

Ludger wurde schwarz vor Augen, und er taumelte. Warum fragte ihn der Wettiner, wenn er ohnehin schon alles wußte? Aber eine Antwort mußte sein, sonst ... »Ich wollte zu den Zisterziensern in Lehnin, habe mich aber wohl verirrt, und dann ist mir auch noch mein Pferd krepiert.« Er hoffte, daß das halbwegs plausibel klang, doch der andere lachte nur spöttisch.

»Ich glaube eher, daß man eine Treibjagd auf Euch veranstaltet hat. Kann sein, daß es die Magdeburgischen waren, denn deren Erzbischof soll ja kein großer Freund Eures Hofes sein ...«

»Weiß ich nicht.« Ludger hatte keine Ahnung, worauf ihr Dialog hinauslaufen sollte, und ging erst einmal in die Offensive. »Ich nehme an, Ihr gehört zum Burgherren von Köpenick ...?«

»Erraten. Ich bin Pribislaw, der Enkel des Jaxa von Köpenick.«

»Dann bringt mich bitte nach Köpenick, und schenkt mir ein Pferd, damit ich nach Hause reiten kann, oder schickt einen Boten zur Burg Anhalt.«

Pribislaw lächelte. »Ganz wie Ihr wollt. Der Bote wird morgen früh ins Anhaltinische reiten – aber nicht mit Euch, sondern mit einer Forderung nach Lösegeld. Ihr selber bleibt schön hier.«

Ludger prallte zurück. »Ich soll Eure Geisel sein?«

»Nein, mein Gast, denn Triglaw hat Euch zu mir geschickt, damit ich das erreiche, was ich erreichen will.« Was das war, das verriet er Ludger nicht. »Los, setzt Euch hier vor mir aufs Pferd. Leistet Ihr auch nur den geringsten Widerstand, dann ist es aus mit Euch.« Was blieb Ludger anderes übrig, als dem Enkel Jaxas zu gehorchen?

So ging es dem blutrot gefärbten Himmel entgegen. Zuerst ritten sie durch eine offene Heidelandschaft, bald aber kamen sie in eine morastige Senke, in der Bäume und Buschwerk so dicht wurden, daß sie Ludger an grünen Filz erinnerten. Wenn er sich hier losriß, sich kopfüber vom Pferd stürzte und sich wie eine Schlange durch das Unterholz wand, konnte er vielleicht seinem Entführer entkommen. Aber dann …? Ohne jede Ortskenntnis würde er nie und nimmer nach Spandau kommen. Entweder sie fingen ihn wieder – oder er verhungerte, so ganz ohne Messer, Speer und Pfeil. Da war es schon besser, sich ins Unvermeidliche zu fügen. Und auf Burg Anhalt würden sie nicht zögern, das Lösegeld zu zahlen. Andererseits … Frei zu sein war das Höchste, und wer wußte, ob ihm Pribislaw und dieser undurchsichtige Budiwoj nicht doch nach dem Leben trachteten.

Ludger zuckte zusammen. Denn kaum hatte er an Budiwoj gedacht, da stand der schon vor ihm. Wie durch finstere Magie auf eine kleine Anhöhe gezaubert, die gleich einer Insel aus dem Sumpf ragte.

»Da seid Ihr ja!« rief Budiwoj, was Ludger anzeigte, daß sich Pribislaw und Petrissas Vater gut kennen mußten und alles abgesprochen war. Was sich hier abspielte, war also alles andere als ein Zufall.

»Er wollte sich aus dem Staube machen«, sagte Pribislaw. »Ich habe ihn gerade noch erwischen können. Am besten, wir fesseln ihn und bringen ihn in die kleine Hütte an der Triglaw-Eiche. Bei Sonnenaufgang kannst du dann zum Grafen von Anhalt reiten, das Lösegeld einfordern.«

Budiwoj und Pribislaw unterhielten sich in ihrer Sprache, doch Ludger, der eine slawische Amme gehabt hatte, konnte ihnen folgen. Zwar verstand er nicht jedes Wort, erriet aber in etwa, was sie sagten.

»Los, springt ab!« rief Pribislaw.

Ludger tat es. Budiwoj fing ihn auf und bekam ihn so unglücklich am Hals zu packen, daß Ludger dachte, der Fischer wollte ihn erwürgen. Sofort wurde ein altes Bild in ihm wach: Wie Konrad von Rietzmeck ihn aus den Armen dieses wild gewordenen Bauern gerettet hatte. Aber heute war kein Konrad in der Nähe. Oder doch …? Und einem plötzlichen Impuls folgend, schrie er in den Wald: »Konrad, zu Hilfe! Ich stecke hier im Sumpf …«

Während Budiwoj Ludgers Hände hinter dem Rücken zusammenband, sprang Pribislaw vom Pferd. »Schreit nur, so laut Ihr wollt, es ist doch niemand in der Nähe.« Dann mußte er einen Augenblick nachdenken, bis er die Worte gefunden hatte, die er suchte. »Bedenkt bei allem, was Ihr tut: Wir sind aus einem gebrechlichen Stoff … Unsere Blüte muß abfallen, wenn sie glaubt, gerade erst aufgegangen zu sein.«

Ludger konnte es nicht fassen: Hartmann von Aue hier im Sumpf zwischen Köpenick und Schmöckwitz. »Wie kommt Ihr an den Mann, den Gottfried von Straßburg so über alle Maßen schätzt?« Klar und durchsichtig seien die kristallenen Worte, so war *Der arme Heinrich* von Gottfried gelobt worden, und Hartmann gebührten wie keinem anderen Siegerkranz und Lorbeer.

»Ich bin kein Barbar und bin kein Bauer«, erklärte ihm Pribislaw. »Kein Geringerer als Konrad II. von Meißen hat mich zum Ritter ausbilden lassen.«

Langsam begann Ludger von Repgow zu begreifen. »Nun wollt Ihr mich benutzen, um die Askanier und die Wettiner weiter gegeneinander aufzuhetzen und Euch dann, wenn zwei sich streiten, als lachender Dritter Euer angestammtes Erbe wiederzuholen?«

Pribislaw lächelte. »So ist es.«

Ludger schloß die Augen. »Und wir hatten gedacht, das Feuer sei längst ausgetreten. Nun aber glimmt es immer noch.« Was er damit meinte, waren der sogenannte Slawenaufstand des Jahres 983, ausgelöst durch die Stämme der Wilzen, und die nachfolgenden Kriegszüge und diplomatischen Aktivitäten der Askanier, des Erzbischofs von Magdeburg und des ostsächsischen Adels, denen es weithin gelungen war, die Slawen niederzuhalten, ja teilweise sogar zu versklaven. So hatten die Pommern im Jahre 1170 alle Obotriten, die während des Einfalls Heinrichs des Löwen in ihr Gebiet nach Norden geflohen waren, aufgegriffen und als Sklaven an Polen, Tschechen und Sorben verkauft.

Dies alles mußte auch Pribislaw durch den Kopf gegangen sein, als er nun sagte, es gehöre zur Geschichte, daß das Pendel mal in diese und mal in jene Richtung schwingen würde. »Und seine Feinde gegeneinander auszuspielen und Nutzen aus ihren Fehden zu ziehen ist seit Urzeiten hohe Politik, auch unter Christen selber. Was ist also verwerflich daran, wenn auch ich es tue? Der Graf von Anhalt wird denken, ich handle im Auftrag der Meißener und Markgräfin Jutta oder Markgraf Ludwig IV. von Thüringen steckten hinter allem.«

Ludger von Repgow mußte zugeben, daß das gut eingefädelt war, und fast war es so, daß er Pribislaw wegen dieses Plans bewunderte – bis ein schrecklicher Gedanke in ihm aufstieg: »Und was ist mit mir, wenn das Lösegeld aus Anhalt hier ist …?«

»Was soll dann sein? Dann könnt Ihr als freier Mann zurück nach Anhalt.«

»Obwohl ich alles weiß?«

Budiwoj winkte ab. »Das werden sich die anderen auch so zusammenreimen können. Aber keine Angst, wir werden Euch am Leben lassen, denn Ihr wißt ja noch viel mehr als das …«

Ludger konnte dem Alten nicht ganz folgen. »Wovon soll ich etwas wissen?«

»Vom Drachensamen zum Beispiel?«

Ludger war zusammengezuckt und hatte das Gefühl, im selben Augenblick rot anzulaufen und kreidebleich zu werden. »Wovon ...?«

»Vom Drachensamen«, wiederholte Budiwoj. »Ihr habt im Schlaf oft davon geredet. Meine Tochter hat es gehört.«

Ludger versuchte, die Sache leichthin abzutun. »Der Drachensamen ...? Ach, das ist nur eine Pflanze aus dem Fernen Osten, eine Art Wunderblume, die alle Wunden heilt.«

»Wohl Eure kaum, die Ihr gleich haben werdet, wenn Ihr weiter lügt!« Damit drückte ihm Pribislaw die Spitze seines Schwertes gegen den Kehlkopf. »Ihr habt im Schlaf gesagt, fiebernd wohl, wer den Drachensamen besitzt, kann die ganze Christenheit, ja die ganze Welt beherrschen. Was ist das also?«

»Ein Pulver«, würgte Ludger von Repgow hervor.

»Und wo steckt dieses Pulver?«

»In einem Beutel ...«

»Und wo ist dieser Beutel versteckt?«

Ludger mußte lächeln – auch auf die Gefahr hin, Pribislaw damit so zu reizen, daß er wirklich zustieß. »Das herauszufinden ist es ja, was uns alle antreibt und in Atem hält.« Und er erlaubte sich sogar einen Hauch von Ironie: »Schön, daß Ihr auch noch mitmachen wollt. Hoffentlich seid Ihr aus einem nicht so gebrechlichen Stoff wie andere.«

9. Kapitel

Am Scheideweg, April 1223

Roswitha rannte, wie sie noch nie in ihrem Leben gerannt war. Die Furcht saß ihr im Nacken. Furcht vor dem Getrappel von Pferdehufen, welches ihr anzeigen würde, daß der Abt seine Männer losgeschickt hatte und diese vor ihr am Brunnen sein würden, um ihr zu rauben, was sie am meisten begehrte. Und Furcht vor dem, was sie zurückgelassen hatte.

Ihr Atem ging keuchend, ihre Beine wurden immer schwerer. Die Dunkelheit senkte sich auf die Landschaft, ließ Roswitha stolpern und zwang sie, sich in der Mitte der Straße zu halten. Doch sie verhüllte nicht die Bilder vor Roswithas innerem Auge: Ludger von Repgow, der sein Schwert zog und sich verzweifelt gegen eine Übermacht wehrte, die plötzlich aus den Büschen über ihn herfiel. Ihr war, als könnte sie seine Stimme hören, die nach ihr rief, dem Gefährten: »Konrad, hilf mir!«

Sie sah noch immer Ethlinds aufgerissene Augen, als Hagatheos Urteilsspruch sie zurück in den Hof gebannt hatte. Sie hatte sich an Roswithas Ärmel geklammert, als die Laienbrüder auf sie zugekommen waren. »Nimm mich mit«, hatte sie voll Panik geflüstert. »Ich weiß, wo das Säckchen ist.« Aber Roswitha hatte Ethlinds Arm abgeschüttelt und war losgelaufen. Sie hatte Ethlind zurückgelassen, fast ohne zu zögern, hatte sie allein gelassen mit der Angst, mit der Leiche des Pförtners im Gästehaus. Wo das Säckchen war, das wußte sie nun selbst. Und sie mußte sich beeilen.

Wie es Ethlind ergehen mochte? Würde man sie ergreifen

und des Mordes anklagen? Und Ludger? Die Erinnerung an die Kerker des Klosters stieg in Roswitha auf. Sie wischte sich mit dem schmutzigen Ärmel übers Gesicht, schniefte und zwang sich dazu weiterzulaufen. Sie war solche Anstrengungen nicht gewohnt. Aber das schlechte Gewissen und die Furcht hielten sie länger auf den Beinen, als sie es jemals für möglich gehalten hätte. Beinahe wäre sie zu weit gerannt. Im letzten Moment rissen die Wolken auf und erlaubten dem Mond, sein volles Licht über die Ruine zu ergießen, die sich am Scheideweg düster vor ihr erhob.

Roswitha hielt inne; ihre Lungen pumpten, ihr Mund schmeckte Blut. Doch über ihre feuchte Stirn wehte der laue Wind einer Frühlingsnacht, die den nahen Mai erahnen ließ. In der Natur war nichts zu spüren von dem Aufruhr, der in ihr tobte. Es summte und sirrte in den süß duftenden Wiesen rechts und links des Weges, und ein verschlafener Waldvogel schrie.

Langsam ging Roswitha auf das hölzerne Gerippe zu, das einmal das Dach eines großen Hofes gewesen sein mußte und nun unheimlich in den Himmel ragte, ein Bild des Verfalls. Undeutliche Schatten, Schwarz auf Schwarz, flogen dort und verrieten, daß Fledermäuse unterwegs waren. Sie schauderte. Schritt für Schritt kämpfte sie sich vom Weg zu der Ruine vor, durch hüfthohes Gestrüpp voller Kletten, wo, wie sie vermutete, einstmals der Gemüsegarten gelegen hatte. Es roch betäubend nach Holunder.

Das Haupthaus war nun ganz nahe, deutlich zeichneten sich die Umrisse der Scheune ab, das Gestrüpp wurde lichter, und Roswitha wollte gerade forscher ausschreiten, als ihr Fuß keinen Grund mehr fand. Mit einem Schrei stürzte sie ins Nichts.

Für einen Moment glaubte sie sich verloren. Aber Roswitha fiel nicht ins Leere, sondern schlug auf gemauertem Boden auf. Sie rappelte sich hoch, rieb ihre schmerzende Hüfte und stellte fest, daß sie in die ehemalige Tränke gestolpert sein mußte, einen flachen künstlichen Teich mit gepflastertem Boden, der nun ausgetrocknet und fast völlig überwuchert war. Fluchend hinkte sie weiter durch Brennesseln hindurch, die ihre Arme und Hände kräftig versengten.

Mit Kletten im Haar, blasenübersät und noch immer heftig atmend, stand sie schließlich in der Mitte des Hofes, froh um die Dunkelheit, die ihren barmherzigen Mantel über sie breitete. Nun war es bald geschafft, tröstete Roswitha sich, sie war beinahe am Ziel.

Sie schaute sich um. Erhob sich dort drüben nicht der gemauerte Bogen des Brunnens? Rasch ging sie hinüber. Das Steinrund unter ihren Händen war fest gefügt, bröckelte kaum. Ein leichtes Vorneigen zeigte ihr nichts als finsterste Finsternis. Und als sie aufschaute, erkannte sie, daß der hölzerne Balken noch da war, über den das Seil für den Eimer zu laufen pflegte. Von beidem jedoch fehlte jede Spur. Ratlos starrte Roswitha in das Loch, das sie angähnte. Wie sollte sie nun hinunterkommen? Warum war sie nur so dumm gewesen, schalt sie sich, kein Seil mitzunehmen? Verflixt! Daß sie kaum die Gelegenheit gehabt hatte, sich eines zu besorgen, tröstete sie nicht im mindesten. Hier stand sie nun, nur wenige Klafter vom Ziel ihrer Träume entfernt, doch sie kam nicht heran.

Aufgebracht umrundete sie den Brunnen mehrfach. Ruhig bleiben, ermahnte sie sich, keine Panik. Wie hätte der Zupan es gemacht? Der hätte ein Seil zur Hand gehabt, sicherlich, und Leute dazu. Oder gab es einen anderen Weg hinunter?

Erneut trat sie an die steinerne Ummauerung, beugte sich vor, so weit sie konnte, und tastete nach möglichen Vertiefungen oder gar den Griffen einer eisernen Leiter. Sie erspürte rauhes Gestein, hier und da Moos, einen Farn, sonst nichts. Verbissen arbeitete Roswitha weiter, tastete die Innenmauer Spann für Spann ab.

Da preßte sich plötzlich von hinten ein Körper schwer gegen sie. Mit einem Schreckensschrei richtete sie sich auf und wollte sich umdrehen. Die Klinge an ihrem Hals allerdings verlieh der Aufforderung stillzuhalten überzeugenden Nachdruck. Zitternd ließ Roswitha es zu, daß der Fremde, der sie zwischen seinem Körper und dem Brunnenrand eingeklemmt hielt, sie am Kinn faßte und ihren Kopf so weit herumdrehte, daß er ihre schmutzigen Züge im Mondlicht mustern konnte. Sie selbst schielte aus den Augenwinkeln. Als sie weder eine Mönchskutte noch das schimmernde Metall einer Rüstung erkennen konnte, legte sich ihre erste Panik. Zumindest war sie nicht in die Hände des Abtes gefallen. Nur: in wessen dann?

Tezlaw betrachtete, was er da eingefangen hatte, und kratzte sich am Kopf. Ein Bauernweib an dem Brunnen, in dem sein Zupan seinen Schatz verborgen hatte, das konnte kein Zufall sein. Oder doch? Aber im Grunde: Was scherte es ihn? Allzuviel Nachdenken brachte einen nicht weiter. Er gab ihr zur Sicherheit eine kräftige Ohrfeige, steckte das Messer ein und trat einen Schritt zurück. Zufall oder nicht: Sie kam ihm gar nicht so ungelegen. Denn nun brauchte er es nicht selbst zu tun.

Während das Mädchen sich noch von dem Schlag zu erholen suchte, hob er das mitgebrachte Seil von der Schulter und entrollte den Anfang. »Du kannst dich nützlich machen«, erklärte er.

»Den Teufel werd' ich tun«, zischte Roswitha.

Er dagegen begann seelenruhig, ihr das Seil umzuknüpfen, prüfte den Knoten, zog es straff. Sie wehrte sich nur lahm. Hatte sie nicht eben noch um ein Seil gebetet? Allerdings war es wohl besser, diesen Strauchdieb nicht merken zu lassen, daß sie wußte, was es hier zu holen gab.

»Was soll ich denn dort unten?« versuchte sie die Ahnungslose zu spielen. Ihre Empörung klang nicht allzu überzeugend.

Tezlaw zog sie brutal an den Stricken zu sich her. Sein

Gesicht war dicht an ihrem. »Rausholen, was drin ist«, knurrte er und schubste sie heftig zurück.

Sie prallte gegen die Mauer, rappelte sich hoch, drehte sich um und starrte in die Dunkelheit, die sie erwartete. »Wie ... wie tief ist es?« fragte sie unwillkürlich und gar nicht mehr in maulendem Ton. Doch Tezlaw ließ sich auf keine weitere Unterhaltung mehr ein. Mit mehr Schwung als nötig half er ihr auf die Umfassung und stieß sie dann hinein.

»He«, protestierte sie, »ich geh' ja schon. Au!«

Roswitha hing an dem Seil, das sich ruckend senkte.

»Füße gegen die Wand«, kam es barsch von oben, und Roswitha gehorchte. Nach ein paar vergeblichen Versuchen gelang es ihr. So ging es in der Tat besser. Ein Teil ihres Gewichts wurde nun von ihren Füßen getragen, sie baumelte weniger herum, und der schneidende Druck des Seils um ihren Brustkorb ließ ein wenig nach. Sie hörte Tezlaw über sich lachen; es hallte in dem engen Schacht. Aber mehr als vor ihm fürchtete sie sich vor der Dunkelheit, die sie nun verschlang und die sie fast körperlich zu spüren meinte. Es war, als rutsche sie in den Rachen eines großen Tieres hinab. Ihr wurde heiß, trotz der feuchten Kühle ringsum. Was mochte sie dort unten erwarten?

Der Grund kam überraschend, mit einem heftigen Aufschlag. Der Schmerz lenkte Roswitha für einen Moment von ihrer Umgebung ab. Leise fluchend, rieb sie sich den angeschlagenen Knöchel. Doch dann raschelte etwas neben ihr, und sie erstarrte. Stocksteif lauschte sie und hielt den Atem an, bis die Dunkelheit sich in feurigen Kreisen vor ihren aufgerissenen Augen drehte. Nicht schreien, dachte Roswitha verzweifelt, wenn ich jetzt anfange zu schreien, höre ich niemals wieder auf.

»Holla, hast du's?« Tezlaws Stimme klang dumpf von oben und löste Roswitha aus ihrer Erstarrung. Fast war sie dankbar um seine Gegenwart.

»Nein«, fauchte sie zurück und rieb sich die Arme, die eine heftige Gänsehaut bedeckte. Die eigene Stimme zu hören vergrößerte ihren Mut. Sie brummelte weiter: »Wirst dich wohl gedulden, du jämmerlicher Strauchdieb.« Eine Weile unterhielt sie sich damit, sich weitere Schimpfworte für ihn auszudenken, um sich von den Greueln abzulenken, die im Dunkeln lauern mochten, während sie vorsichtig ihre Füße voreinander setzte. Schlamm gab unter ihren Füßen nach und brachte sie ins Wanken. Sie wollte sich an der Wand abstützen, verschätzte sich, griff ins Nichts und landete auf dem Boden. Da war etwas, etwas Feuchtes, Schleimiges. Sie schrie gellend. Es hatte sich bewegt.

Kopflos kroch sie auf allen vieren fort, schlug sich die Stirn: Da wäre also die Wand gewesen. Mit brummendem Schädel kam sie wieder zur Besinnung. Sie saß mit dem Rücken zur Wand, ihre Hände fuhren zuckend über den Boden. Dann ertastete sie etwas Unerwartetes, eine Schlaufe! Das kleine Gewicht daran folgte mühelos dem Zug ihrer Finger. Das Etwas baumelte, unsichtbar in der Finsternis, vor ihren Augen, doch sie konnte es fühlen, konnte es riechen: Es war Leder. Ein Säckchen aus Leder. Roswitha war so glücklich, daß sie es küßte.

»Was ist nun? Wenn du es nicht bringst, ehe ich bis zehn gezählt habe, schneide ich das Seil durch«, tönte Tezlaw von oben.

Roswitha sprang auf. »Ich hab's!« schrie sie. Ihre Stimme, seltsam schrill, hallte von den Wänden wider. »Ich hab's.«

Sie hielt ihren Schatz hoch, als könnte er ihn sehen. Dann spürte sie, wie das Seil mit einem Ruck anzog, der ihr fast den Atem nahm. Eilig stopfte sie sich das Säckchen in den Gürtel, faßte die rettende Leine mit beiden Händen und bemühte sich, die Füße wieder brav gegen die Wand zu stemmen. Schritt für Schritt wurde sie nach oben gezogen, dem milden Nachthimmel entgegen. Sie konnte spüren, wie es um sie wärmer wurde.

Das wilde Glücksgefühl in ihr kämpfte mit der Erkenntnis, daß sie mit jeder Elle den gierigen Fingern des Räubers näher kam, der ihr ihren Fund unweigerlich wieder abnehmen würde. Das durfte nicht sein! Alles in Roswitha lehnte sich gegen den Gedanken auf. Der Mond war höher gestiegen und leuchtete nun schwach in den Schacht. Ein paar Konturen wurden sichtbar. Hastig schaute Roswitha sich um, ob es irgendwo eine Nische gäbe, einen Tunnel, einen Abzweig, wo sie ihren Fund deponieren, vielleicht sogar selbst verschwinden könnte. Doch der glatte steinerne Schlund würgte sie unaufhaltsam nach oben. Unwillkürlich löste sie eine Hand vom Seil und packte das Säckchen. Fest preßte sie es in ihre Faust. Sie würde es nicht hergeben, niemals. Und zuallerletzt diesem stinkenden Dieb, der ein Kumpan des Zupan sein mußte.

»He«, rief Tezlaw, »hilf gefälligst mit.« Energisch zerrte er an dem Seil, das sich mit einemmal viel schwerer einholen ließ. Wieviel konnte so ein Weibsbild wiegen?

Oh, sie haßte ihn, sie wußte nicht, wie sie für ihn und irgendeinen seiner Art und seiner Sippe auch nur einen Moment lang Mitleid hatte empfinden können. Niemals würde sie es zulassen, daß er ihr den Beutel stahl, ihr alle Chancen auf eine Zukunft nahm, eine Zukunft, in der sie niemals wieder Männern wie ihm ausgeliefert sein würde. Ihre Finger schlossen sich mit aller Kraft um ihren Schatz. Und da bemerkte sie es: Es war kein Pulver darin.

Ungläubig begann sie, so gut es mit einer Hand ging, das Säckchen abzutasten. Fast hätte sie es fallen lassen! Es war nicht prall und gleichmäßig gefüllt, wie man es hätte erwarten können. In seinem Innern befand sich eher eine Art Stäbchen, oder nein, es schienen einzelne, unregelmäßig verbundene Brocken zu sein. Sie konnte es nicht genau ausmachen. Verwirrt knetete sie das Säckchen. Dann kam der Rand in Sicht.

»Zieh mich raus«, verlangte Roswitha erschrocken, als der Zug am Seil, kurz unter dem Rand, plötzlich stockte.

»Erst das Säckchen.« Tezlaw beugte sich vor und streckte die Hand aus. Hinter seinem Kopf sah Roswitha die Fledermäuse fliegen. Wer sagte denn, sie seien Teufelstiere? Ihr erschienen sie just wie Engel, sie war froh, ihnen zusehen zu können.

»Zieh mich raus«, beharrte sie störrisch und hielt ihm ihre Hand hin.

Doch Tezlaw ergriff sie nicht. Es gab einen Ruck, und Roswitha stürzte ein gutes Stück ab. Dann stoppte das Seil wieder. Sie prallte gegen die Steine und pendelte hin und her. Atemlos, mit klopfendem Herzen starrte sie nach oben. Ihre Gedanken rasten im Kreis.

»Das Säckchen«, wiederholte Tezlaw seine Forderung nachdrücklich.

»Ja«, keuchte sie, »ist gut, hier ist es.« Sie streckte ihm die Beute entgegen. Wenn es nicht das mit dem Pulver war, überlegte sie hastig, entstand ja kein Schaden? Oder? Oder? Machte sie einen Fehler? Eine unklare Furcht überfiel sie, als sie fühlte, wie es ihr entrissen wurde. Schon wollte sie es noch einmal festhalten, doch es entglitt ihren Fingern. Roswitha stöhnte vor quälender Unsicherheit auf. Dann schüttelte sie heftig den Kopf, wehrte ihre Zweifel ab wie Fliegen. Nur heraus hier, weg von dem Abgrund. Das Seil ruckte. Es ging aufwärts. Sie schloß die Augen.

Deshalb sah Tezlaw die Angreifer zuerst. Es waren zwei Mönche in Kutten. Tezlaw barg den Beutel in seinem Gürtel und drehte sich gelassen um. Seine Hand fuhr zu dem Knüppel, der am Brunnen lehnte. Er ließ das Seil ohne Zögern und ohne einen Gedanken des Bedauerns los.

»Seltsam«, dachte Tezlaw später. Die Dienstleute des Abtes lagen erschlagen vor ihm auf dem Boden, und er hatte die Muße gefunden, das Säckchen zu öffnen. Es war wirklich zu seltsam. Was hatte der Abt mit einem Knochen gewollt?

Auf seiner Handfläche lagen, dürr und vergilbt, die Knöchelchen eines Fingerskeletts. Er konnte nicht lesen und schenkte daher dem Pergament keine Beachtung, das dabeilag und den Finger als Reliquie des Heiligen Vitus auswies. Es hätte ihm auch wenig gesagt.

Er kannte weder den berühmten Heiligen, noch wußte er um dessen Fähigkeit, zu Lebzeiten Blinde zu heilen. Es wäre ihm neu gewesen, zu hören, daß die Prager, in deren Dom der Leib des Märtyrers ruhte, nicht freiwillig auf einen Teil von ihm verzichtet hatten. Und es hätte ihn beeindruckt, zu erfahren, was der Verrat eines dortigen Mönches dem blinden Abt von Niendorf wert gewesen war. Doch für einen verzweifelten Mann wie den Abt war eine Hoffnung unbezahlbar, die Hoffnung auf neues Augenlicht. Und mit seinem Gott feilschte man nicht um den Preis ihrer Erfüllung.

Des Abtes Bote hatte eine lange, gefahrvolle Mission hinter sich, als er sich kurz vor der Heimkehr einem anschloß, der eine noch weitere, noch gefährlichere Reise zurückgelegt hatte. Bis ihrer beider Wegstrecken kurzerhand vom Zupan und seinen Kumpanen abgeschnitten worden waren.

Tezlaw betrachtete das kleine Ding im Mondlicht. Das also hatte der Mönch in seinem Gepäck gehabt. Deshalb saß sein Zupan nun im Kerker des Klosters. Tezlaw drehte die Knöchelchen, die fast nichts wogen, ein wenig ratlos in seinen schmuddeligen Fingern hin und her. Die dünnen Drähte, die die Teile zusammenhielten, war das echtes Gold? Und die Hülle, die da saß, wo einmal der Fingernagel gewesen sein mußte? Er schnippte gegen die lilafarbene Samtkappe, auf der im Sternenlicht stickereigefaßte Steine funkelten. Waren das Edelsteine?

Nervös wischte Tezlaw sich über Bart und Mund. Edelsteine, das war nicht gut. Er und sein Zupan, sie stahlen Schweine, Getreide, Stoff, ein paar Münzen und hin und wieder etwas Silber, das man einschmelzen konnte. Alles Dinge, die sie selbst verwenden oder auf den Märkten gut losschlagen konnten. An wen aber sollten sie Edelsteine verkaufen? Männer wie sie besaßen keine Edelsteine. Sie würden sofort verhaftet werden, wenn sie damit irgendwo auftauchten.

Doch das Denken war nicht Tezlaws Teil. Noch einmal kratzte er sich am Kopf, dann packte er die Reliquie zuversichtlich ein. Der Zupan würde es wissen. Und wenn der Abt, der Greif, den Finger haben wollte, dann würde sich sicher auch ein Gewinn aus den Knochen schlagen lassen. Man mußte sehen. Der Zupan würde sehen.

Tezlaws Gewissen war nicht der Art, daß es sich im Übermaß mit Sorgen belastete. Er schleppte die Körper der beiden Mönche ins Gebüsch und verscharrte sie. Dann wischte er sich den Schweiß von der Stirn und ging pfeifend davon. Hinter ihm im Mondlicht gähnte schwarz die Öffnung des Brunnens.

Als Roswitha aus ihrer Bewußtlosigkeit erwachte, stand die Sonne hoch am Himmel. Für Roswitha allerdings war das einerlei. Der Boden des Brunnens war dunkel, der Kreis von Hellblau über ihr klein und fern. Nicht so fern, wie sie in der Nacht gedacht hatte, als sie glaubte, tief in den Schoß der Erde zu reisen. Aber fern genug, um jede Hoffnung zunichte zu machen.

Sie hob die Hand. Gleich darauf stöhnte sie vor Schmerz. Ihre Schulter mußte verletzt sein. Sie ließ den Arm sinken und beschränkte sich darauf, mit der anderen Hand zu ertasten, ob irgend etwas gebrochen war. Dem schien nicht so zu sein; der schlammige, weiche Boden hatte ihren Sturz gedämpft.

Ich habe Glück gehabt, überlegte sie, um gleich darauf

höhnisch zu denken: Was bedeutet Glück, wenn man in einem Loch festsitzt, aus dem es kein Entrinnen gibt? Ein Glück wäre es gewesen, wenn sie sich gleich beim Aufprall auf dem Grund den Hals gebrochen hätte!

Dieser Schweinehund! Er hatte sie einfach fallen lassen. Roswitha schlug sich mit der Faust auf die Knie und ließ ihren Tränen freien Lauf. Sie strömten reichlich, erst aus Wut, dann aus Verzweiflung. Hier saß sie nun, heruntergekommen im wahrsten Sinne des Wortes, bis auf den tiefsten Grund dieses elenden Lebens. Was war sie einst gewesen? Eines Ritters Weib; es schien ihr so lange her. Dann war sie eine Hure geworden, dann eine Spionin, schließlich ein Bettelweib in stinkenden Lumpen. Schritt für Schritt hatte sie sich jedes Schutzes, jeder Ehre, jeder Sicherheit entkleidet. Und nun saß sie hier, halbnackt, zerschunden, verletzt, allein und ohne eine Hoffnung.

Wie eine Spinne in einer Blechwanne war sie, die krabbeln mochte, wie sie wollte, sie würde doch nicht mehr hinausgelangen. Konnte Gott so grausam sein, ihr dabei zuzusehen?

Der letzte Abschaum war sie gewesen, flüsterte eine Stimme in ihrem Kopf, hatte alle verraten, die ihr Gutes erwiesen hatten. Das Mädel, das ihr geholfen und sie vor dem lüsternen Mönch beschützt hatte. Und ihn.

Sie schloß die Augen und sah die Körper Ludgers und Ethlinds vor sich, die, geschunden und in Ketten, in den Kerkergewölben des Klosters hingen durch ihre Schuld. Sie sah Hagatheos böses Lächeln, wenn er den Befehl gab, den Grad der Befragung zu steigern. Es war mehr, als sie ertragen konnte. Ächzend öffnete Roswitha die Augen wieder. Da blickte sie auf ihre eigenen verschorften Knie. Der Lohn der bösen Tat. Gequält von ihrem Gewissen, warf sie heftig den Kopf herum.

Die Sonne war über den Rand des Brunnens gestiegen und schien nun in die Tiefe. Roswitha sah die grauen, teils grün bewachsenen Steinwände. Ein Lichtfleck fiel warm auf ihren Fuß und gab ihr Hoffnung. Es mußte doch einen Weg hinaus geben!? Sie konnte den Himmel ja sehen. Sie konnte das warme Sonnenlicht förmlich greifen.

Nur mühsam stand sie aufrecht, jede Bewegung tat ihr weh. Dennoch schleppte sie sich zur Mauer und erprobte ein paar Vorsprünge und Griffe. O Gott, sie würde helfen, wenn sie hier herauskäme. Wenn sie eine Möglichkeit fände. Sie würde Ludger ... und auch Ethlind ... alles ... sie wollte nicht ... nicht sterben. Mit einem Schmerzensschrei rutschte sie ab und stürzte zu Boden. Als Roswitha von Eichholz erneut aufsah, war die Sonne wieder verschwunden.

Sie versuchte noch verschiedene Male, die Wand zu erklimmen, alle Bemühungen jedoch erwiesen sich als vergeblich. Als die Nacht kam, kauerte sie sich am Fuß der Wand zusammen und suchte im Sitzen zu schlafen, um sowenig Berührung wie möglich mit dem Grund zu haben, der hier und da feucht war und schleimige Dinge barg, die sich bewegten. Ihre Träume waren düster und unruhig.

Als sie erwachte, war der Himmel noch blaß, und Durst plagte sie. Es war qualvoll, auf das Licht zu warten, das ihr den Boden genauer zeigen würde. Noch enttäuschender war, was es enthüllte. Feuchtigkeit war zwar da, Schlamm und schmierige Pflanzen, aber keine Pfütze, kein Wasser wollte sich zeigen. Roswitha grub, bis ihre Fingernägel abbrachen, dann schrie sie ihre Wut und Frustration hinaus. Sie hieb gegen den Boden, hieb gegen die Wände, schließlich blieb sie schluchzend liegen. Der Schlamm auf ihren Lippen war kühl, und sie schämte sich nicht, an ihm zu lecken.

Am dritten Tag kaute sie die feuchten Pflanzen. Sie glaubte Fieber zu haben, doch wen interessierte das noch? Immer wieder döste sie ein. Dann sah sie Ludger vor sich, wie er zu Pferd auf sie zukam, die Laute in der Hand. Er ritt an ihre Seite, neigte sich zu ihr und küßte sie. Seine Lippen legten sich sanft auf die ihren. Roswitha spürte diesen Kuß mit ihrem ganzen Körper. Eine wohlige Süße durchrieselte sie und machte sie schwach. Sie sah sich selbst lächeln und in seine Arme sinken. Oh, sie sank, sank hinab. Ludger hatte begonnen, die Laute zu schlagen. Wie von weither drang seine Stimme an ihr Ohr. Roswitha lächelte wieder, sie wußte, er sang nur für sie.

»Allein ohn allen Zweifel dein will ich, zart Lieb, dein eigen sein, seit ich dich in meins Herzen Schrein vor aller Welt hab auserwählt.«

»Ludger«, rief Roswitha und riß die Augen auf, in der Erwartung, sein vertrautes Gesicht zu sehen. »Mein Herr von Repgow.«

»Dein Lieb hat mich so gar verwundt', daß mich nach dir zu aller Stund' verlangt in meines Herzens Grund.«

»Es tut mir so leid.« Aus ihrem Mund kam nicht mehr als ein heiseres Flüstern. Vor ihrem trüben Blick schwammen Steine. Nur die süße Melodie des Liedes schwebte unter dem Himmel. Voll Verlangen streckte Roswitha die Arme danach aus. Sie wollte zu ihm. Nach Hause. Noch einmal sammelte sie all ihre Kraft.

»Ludger.«

Frau Irmgard zügelte ihren Zelter. Sie war in verbotene Gedanken versunken gewesen, als der seltsame Ruf sie erreichte. Wie ein Echo aus jenen heimlichen Phantasien, denen sie nachhing, das laut geworden war und verräterisch. So viele Tage war es her, daß Ludger von Repgow verschwunden war ohne einen Abschied. Und nun erklang, hier mitten im Wald – sein Name!

Wie ertappt hielt sie inne und sah auf. Doch es konnte ja nicht sein. Ihr Blick traf den von Vater Thaddäus, der leise und ungläubig wiederholte: »Ludger? Repgow?«

»Also war es keine Täuschung«, flüsterte Frau Irmgard und reckte den Hals, bis ihr einfiel, daß ihr Eifer und die heiße Röte ihrer Wangen sie verraten könnten. Glücklicherweise beachtete der Pater sie nicht. Harsch trieb er sein Pferd an und ritt in das Gesträuch vor dem verlassenen Hof. Als er nicht weiterkam, rief er ungeduldig nach einem Knappen.

Gottfried von Straßburg ritt heran, die Laute noch im Arm. Frau Irmgard hieß ihn schweigen, hob die weiße Hand und wies den Troß an zu warten.

Noch einmal ertönte der Ruf.

Der Knappe beugte sich über den Brunnen und spähte hinein.

»Herrin«, rief er verwirrt, als er sich wieder aufgerichtet hatte. »Es ist ein Mädchen. Glaube ich.«

10. Kapitel

Herrensitz Repgow, April 1223

Die Gräfin Irmgard und ihr Beichtvater waren in offizieller Mission unterwegs. Sie geleiteten die beiden Waisen, Otto und Johann von Brandenburg, zu ihrem jährlichen Besuch beim Erzbischof von Magdeburg, der nach dem Willen des Kaisers ihre Lehnsgüter verwaltete, bis sie volljährig waren. Nach dem zutiefst unergründlichen Willen des Kaisers, wie ihr privater Vormund, Graf Heinrich, befand, der die Einkünfte der Knaben, die an seinem Tische mitaßen, nur zu gerne in den eigenen Händen gehalten hätte. Kaiser Friedrich hingegen hatte auf der Teilung bestanden.

Einmal im Jahr legte nun der Erzbischof vor den beiden Jungen die Bücher offen und klärte sie über Gewinne und Verluste ihrer Güter auf, über Ernten und Viehbestände, abgelieferte Webware und geleistete Handdienste. Otto und Johann saßen dann still, mit ernsten, aber verständnislosen Gesichtern da und nickten zu allem, was ihnen erklärt wurde. Dann kamen die Männer, deren Lehnsherren sie nominell waren und einstmals tatsächlich sein würden, und erneuerten in die kleinen Hände der Jungen hinein ihre Eide, während der Bischof mit strenger Miene dabeistand, nickte, die Stirn runzelte und mit manchem verständnisinnige Blicke tauschte, die der zehnjährige Otto bereits bemerkte, aber noch nicht zu deuten wußte.

Für die Brüder war es ein prunkvolles, düsteres, bedeutungsschweres Ritual, das ihnen jedes Jahr ebensoviel Furcht einjagte, wie es sie mit erwartungsvoller Erregung erfüllte. Für

Graf Heinrich war es ein stets wiederkehrendes Ärgernis. Und da seine Beziehungen zum Erzbischof mehr als gespannt waren, verzichtete er gern darauf, persönlich dabei anwesend zu sein. Es hatte sich als eine gute Lösung erwiesen, die beiden Knaben jeweils auf das Gut derer von Repgow zu bringen. Sein Freund Eike von Repgow, der Bruder des Hausherrn, war formell ein Vasall des Erzbischofs. Beide Männer, zerstritten, wie sie waren, vertrauten dem Repgow und akzeptierten ihn als Mittler in diesem Fall. Er gab den beiden Jungen Obdach und Geleit und sorgte dafür, daß sie Jahr für Jahr sicher von einem Vormund zum anderen gelangten.

Meist blieb Otto und Johann, bis der Erzbischof sie rufen ließ, eine kurze Ferienzeit auf dem Stammgut der Repgows bei Dessau, das nicht prunkvoll war und nicht luxuriös. Aber der völlige Mangel an Aufsicht und vormundschaftlicher Zucht, den sie in der Obhut des zerstreuten, stets mit seinem Gesetzeswerk beschäftigten Eike genossen, entschädigte sie für diese Mängel reichlich.

Frei von jeglicher Bevormundung, ihres Erbfeindes Henner ledig und von den Schulstunden bei Vater Thaddäus entbunden, streiften sie für Tage, manchmal für Wochen, durch die Räume und Höfe des befestigten Gutes, gingen dem jähzornigen Hartmann dabei klug aus dem Weg, eroberten nebenbei jeden Winkel und erforschten jedes Geheimnis. Ihr fröhliches Lachen ertönte an jeder Ecke, und wenn Eike aus dem Fenster seiner Bibliothek sah, konnte er den hellblonden Schopf Ottos im Wipfel einer Eiche oder zwischen den moosbewachsenen Ruinen eines aufgegebenen Mauerstücks leuchten sehen. Wenn er einmal aufsah. Zumeist blieb er über seine Bücher gebeugt, begnügte sich mit einem Schmunzeln, wenn er die aufgeregten Knabenstimmen hörte, und blätterte eine weitere Seite um.

Die Gräfin Irmgard pflegte nicht auf diese Reisen mitzukommen – bis zu diesem Jahr. Die Ausflucht, die sie ihrem

Mann gegenüber für ihren Wunsch gefunden hatte, blieb ihr Geheimnis. Übergroße Sorge um das Wohlergehen der Kinder trieb sie nicht, wenn sie es auch so darstellen mochte. Das Gut Repgow selbst war es, das sie anzog, und die Hoffnung, dort vielleicht eine Nachricht über den Verbleib eines jungen Mannes zu erhalten, der sie verlassen hatte, ohne sich gehörig zu verabschieden oder ein Wort darüber zu verlieren, wohin er ging und warum.

Niemand hätte der kühlen Frau, die nie ein Wort zuviel vor den Leuten verlor, die selten lächelte und niemals laut lachte, so leidenschaftliche Gedanken zugetraut wie die, die sie tatsächlich umtrieben. Niemand außer ihrem Beichtvater. Doch der unterstützte gerade ihre Bitte, ja, er bot sogar seine eigene Person als Begleitschutz für die Gräfin und die Kinder an. Die Gräfin, dankbar für seinen Beistand und für seinen Verzicht auf irgendwelche Vorhaltungen, fragte nicht nach dem Grund seines eigenen Interesses an dem jungen Repgow. Vater Thaddäus' Eifer war erstaunlich, und so fanden sich denn, zur Zufriedenheit Irmgards wie Thaddäus', alle auf dem jährlichen Zug zusammen und ritten gen Repgow, die unterschiedlichsten Hoffnungen im Herzen. Die seltsame Frau, die sie aus dem Brunnen geborgen hatten und die nun auf einer Bahre mitgeführt wurde, ohne das Bewußtsein erlangt zu haben, ließ ihrer aller Gedanken, unabhängig voneinander, nur um so mehr um die eine Frage kreisen: Wo war Ludger? Wohin war der junge Sänger so spurlos verschwunden?

Ihrer aller Geduld wurde auf eine harte Probe gestellt. Roswitha von Eichholz erlangte das Bewußtsein tagelang nicht wieder. Es war, als hätte sie in ihrem letzten Ruf all ihre Kräfte verbrannt, und die Mägde der Repgows, die sie pflegten, gingen mit gedämpften Stimmen und gesenkten Köpfen im Krankenzimmer aus und ein und sagten jedem, der fragte, daß sie das Schlimmste befürchteten.

Bei den gemeinsamen Abendessen war die Stimmung oft unerklärlich gedrückt und angespannt, was der Gastgeber selbst nicht zu bemerken schien. Mit demselben methodischen Eifer, mit dem Eike von Repgow seine Rechtsgrundsätze katalogisierte, nagte er einen Wildschweinknochen ab und sprach dem Wein zu, während seine Gäste schweigend über ihrem Essen saßen, Irmgard blaß, Vater Thaddäus mit verbissenem Gesichtsausdruck. Zu gerne hätte Thaddäus seinen Männern befohlen, diese fremde Dirne aus ihrem Bett zu zerren und sie zu zwingen, ihre letzten Atemzüge dazu herzugeben, ihm zu verraten, was sie über Ludger wußte, seinen Verbleib und, möglicherweise, seinen Auftrag. Doch es ging nicht an, im Hause des Repgow eine Sterbende zu foltern. Er mußte wohl oder übel warten.

»Ich glaube im übrigen, daß ich sie kenne«, erklärte Eike gerade und kaute an einem Flachsen herum. »Ich komme nur nicht darauf …« Er langte mit dem Finger in den Mund, um ein zwischen den Zähnen steckengebliebenes Stück Sehne herauszuziehen. Die Sehne erwies sich als hartnäckig, und Eike von Repgow sprach lange nicht weiter. Irmgard und Thaddäus, die die Köpfe ruckartig gehoben hatten, senkten sie mißmutig wieder über ihre Teller. Irmgard nahm mit spitzen Fingern einen Knochen auf, betrachtete ihn und legte ihn wieder zurück.

»Ihr kennt dieses Weib?« fragte Thaddäus schließlich vorsichtig.

Eike zuckte mit den Schultern. »Bin mir fast sicher«, erklärte er, als er wieder sprechen konnte. »Aber woher …« Er hob die Hände, als wollte er sagen, das wisse nur Gott allein. Dann tat er ihnen mit dem Weinglas Bescheid.

Vater Thaddäus beantwortete die Geste so heftig, daß sein Wein auf das Tischtuch schwappte. Ich wette, der Repgow kennt sie vom Hof des Erzbischofs, dachte er grimmig. Eine

Spionin, eine Feindin. Was sollte sie sonst sein? Vielleicht hatte sie seinen Mann in einen Hinterhalt gelockt, vielleicht wußte sie von seinem Auftrag, vielleicht sogar ... Sein Geist, voll Scharfsinn, doch zur Untätigkeit verdammt, eilte weit voraus.

»Mir schien ihr Gesicht unbekannt«, stieß er nur hervor, als wäre dies allein bereits ein Verbrechen, dessen Roswitha sich schuldig gemacht hatte.

»Wahrhaftig«, fiel die Gräfin ein, die an diesem Abend noch nichts gesprochen hatte. »Woher solltet Ihr auch ein Wesen wie dieses kennen.« Ihr Gesicht drückte äußerste Mißbilligung aus für die Lumpen und den Schmutz, die Roswitha umhüllt hatten. Nie hätte sie Anteil an so einer Person genommen, nie ihren Ekel überwunden, wenn nicht ... »Der Name«, sagte sie laut, »Eures werten Neffen, der verschollen ist, kann ihr einzig unsere Aufmerksamkeit sichern.«

»Ach was, verschollen«, meinte Eike von Repgow wegwerfend und stieß sein Messer in einen neuen Brocken Fleisch. »Ich bin immer noch der Ansicht, Ihr übertreibt. Junge Burschen in seinem Alter müssen sich die Hörner abstoßen. Da schadet zu viel Aufsicht nur. Ich selber habe ihm gesagt, er solle losziehen und sich ein Mädel suchen, das er mit seiner Laute umgarnen kann. Oh, Verzeihung.« Er warf der Gräfin einen Entschuldigung heischenden Blick zu für seine letzte, unziemliche Bemerkung. »Ich bin die Gesellschaft edler Damen nicht mehr gewohnt, wie es scheint. Ihr müßt mir vergeben.«

Irmgard nickte, die Lippen zwischen den Zähnen, die Wangen mit einer Röte übergossen, die als jene einer keuschen Dame durchgehen mochte, welche gezwungen war, Unziemlichem zu lauschen. Sie mied den Blick ihres Beichtvaters und zwang sich zu einem Lächeln.

»Sorgt Euch nicht, Repgow. Ich vermag zwischen einem Gelehrten und einem Dichter wohl zu unterscheiden und schätze die Vorzüge beider.« Sie nickte ihm huldvoll zu, der ob dieses Freispruches nicht halb so erleichtert aussah, wie es der Sache angemessen war. Vielmehr wirkte Eike von Repgow bereits wieder so abwesend, wie seine Bediensteten ihn schon kannten und seine Gäste es wohl oder übel zur Kenntnis nehmen mußten.

»Wünsche ich süßere Töne, so weiß ich wohl, wer sie anstimmt«, fuhr Frau Irmgard mißmutig fort. Sie nickte dem Sänger zu, der am Kamin saß, und wenig später lauschten die Speisenden einer Ballade. So hingen sie, jeder für sich, ihren Gedanken nach.

»Wo bin ich?« fragte Roswitha von Eichholz, als sie erwachte. Ihr war, als habe sie lange, tief und erholsam geschlafen, jedoch wild geträumt. Und als säßen Kummer und Angst dieser Träume noch immer in ihren Knochen.

Sie sah über sich einen Betthimmel aus schwerem Stoff, der schon ein wenig verschossen war und blaß vom Staub, der darin festsaß. Spinnweben hingen in den Ecken und verrieten eine gewisse Vernachlässigung. Die Vorhänge waren an einer Seite geöffnet. Dort stand ein Nachttisch und darauf ein Teller mit einigen Scheiben Brot und eine Schüssel voll Suppe. Sie war kalt, doch Roswitha, die mit einemmal bemerkte, wie hungrig sie war, aß alles gierig bis zum letzten Rest. Erst als die Schale leer war, schaute sie sich weiter um.

Ihre Füße baumelten über einem abgetretenen Teppich. Freundliches Sonnenlicht schien darauf durch ein Fenster, das auf einen Garten hinausging. Dessen Umfassungsmauer, bemerkte sie, war an mehreren Stellen teilweise eingestürzt, vor Jahren schon, wie der dicke Moosbewuchs verriet. Vielleicht war sie einst eine Wehrmauer gewesen, die zu einem größeren Anwesen gehört hatte. Ein weiterer Gebäudeflügel, der zu dem, in dem sie sich befand, in rechtem Winkel stand, war zu sehen, der die gleichen Zeichen leichten Verfalls trug. Der Putz war abgeblättert, teilweise dunkel von Feuchtigkeit, und manche der hölzernen, blauweiß bemalten Fensterläden hingen schief in ihren Angeln. Der Garten selbst dagegen war gut in Schuß, voll sauberer Beete in akkuraten Reihen.

Sie sah einige Mägde sich dazwischen bewegen, gebückt Unkraut jäten oder säen. Zwei blonde Jungen waren damit beschäftigt, zum Gaudium aller, eine Schar Hühner wieder einzufangen, die sich über die Aussaat hergemacht hatte. Sie verfolgten den schwarzen Hahn mit hölzernen Schwertern, als wäre er ein Raubritter.

»Junger Herr, junger Herr«, hörte Roswitha eine Frau kreischen, die beinahe umgerannt wurde. Die wilde Jagd entzog sich ihrem Blick. Sie versuchte aufzustehen, um zu sehen, wie es weiterging, doch auf halbem Weg zum Fenster versagten ihre Kräfte. Sie schaffte es gerade noch, sich auf die Fensterbank zu stützen.

»Schluß mit dem Theater«, donnerte eine Männerstimme. Roswitha hob den Kopf und sah einen Mönch, der in den Garten getreten war. Die beiden Jungen senkten die Schwerter und die Köpfe. Betreten standen sie zwischen den Kräuterstauden. »Ihr stört vielbeschäftigte Menschen bei ihrem ehrlichen Tagwerk.« Der Mönch wollte gerade zu einer längeren Predigt ansetzen, da entdeckte er Roswitha. Sie wollte sich rasch zurücklehnen, aber ihre Bewegungen waren noch lahm, und sein Blick hielt den ihren fest. Roswitha schauderte. Wer war der Mann? Wie konnte es sein, daß ein Mensch, den sie noch nie im Leben gesehen hatte, sie mit derartigem Haß betrachtete? Ihre Beine begannen zu zittern. War sie in seiner Burg? War sie in seiner Hand? Dann gnade mir Gott, dachte sie. Ich hätte den Brunnen vorgezogen.

Sie wollte sich gerade vorsichtig aus seinem Blickfeld entfernen, da öffnete sich ein Fenster im anderen Gebäudeflügel.

Ein Kopf streckte sich heraus, den Roswitha nur zu gut kannte. Fast glaubte sie noch in ihren Träumen befangen zu sein, in denen dieser Mann, das ahnte sie dumpf, ebenfalls eine Rolle gespielt hatte. Er oder zumindest sein Name. Er kam ihr ganz selbstverständlich über die Zunge. Sie beugte sich weiter hinaus, so weit sie konnte. Mit raschen Schritten, die die schwarze Kutte spannten, kam der Mönch näher.

»Herr von Repgow«, rief Roswitha und winkte panisch. »Edler Herr von Repgow!« Das Gesicht am Fenster wandte sich ihr zu. Dann verschwand es. Roswithas Herz sank. Was, wenn er sie nicht bemerkt hatte? Zu ihrer grenzenlosen Erleichterung kam wenig später eine Magd herein. Sie brachte ein Frauengewand und breitete es über das Bett. Roswitha möge sich damit behelfen, so gut es ginge; der Herr wünsche, ihr baldmöglichst seine Aufwartung zu machen.

Noch nie in ihrem Leben hatte sich Roswitha so schnell angezogen. Die Kotte mußte einer Frau gehören, die größer gewachsen war als sie selbst, doch das Leinen war fein gesponnen und gewebt. Allerdings hätte sie selbst für sich niemals dieses Grün gewählt. Das Übergewand in dunklem Braun half, die vielen gerafften Falten zu verbergen; die Ärmel krempelte sie auf. »Herein«, rief sie auf das Klopfen hin, noch ehe sie mit dieser Verrichtung fertig war. Ihr blondes Haar war noch immer in zwei schlafzerzauste Zöpfe geflochten; hastig warf sie sich diese über die Schulter und setzte sich aufrecht hin, ein Kind in zu großen Kleidern. Wenn Eike von Repgow wahrnahm, wie rührend dieser Anblick war, so ließ er sich nichts anmerken.

»Ich bin Eike von Repgow, der Bruder des Herrn dieses Stammsitzes und in seiner Abwesenheit der Hausherr.« So begann er ohne Umschweife die Begrüßung und verneigte sich. »Ihr kennt mich, wie es scheint, und seid damit im Vorteil mir gegenüber. Zwar dünkt auch mir, ich bin Euch schon begegnet. Nur will mir Euer Name nicht einfallen. Verzeiht deshalb, wenn ich Euch nicht angemessen begrüße.«

Roswithas Herz klopfte bis zum Hals. Sie hatte bereits beim Anziehen in aller Hast erwogen, was sie ihrem Gastgeber sagen wollte. Denn daß sie sich auf dem Stammsitz der Repgows befand, daran zweifelte sie nun nicht mehr. Ludgers Zuhause, dachte sie einen Herzschlag lang, und ein unsinniges Glücksgefühl durchströmte sie. Und zugleich wußte sie, es war trügerisch. Sie war bei einem Vasall des Erzbischofs und einem Freund des Grafen zu Gast. Im Grunde befand sie sich nirgendwo so sehr im Feindesland wie hier. Und was würde ihr Gastgeber sagen, wenn er erführe, daß sie seinen Neffen kaltblütig den Schergen des Abtes von Niendorf ausgeliefert hatte?

Roswitha drängte diese Gedanken zurück. Sie mußte überlegen. Es hatte etwas Verführerisches, nahe der ersten Lüge zu bleiben und sich etwa als Isolde von Rietzmeck auszugeben, Tochter eines verarmten Ritters, und so weiter und so fort. Aber Eikes letzte Worte hielten sie davon ab. Er kannte sie, wenn er sie auch nicht einzuordnen vermochte. Daß er die Tochter eines von Rietzmeck nicht kannte, das würde er wissen. Sie überlegte nicht lange und ging das Wagnis ein.

»Mein Name«, begann sie mit zitternder Stimme, »ist Roswitha von Eichholz. Ihr kanntet meinen Vater; er war Schöffe.«

Im Gesicht ihres Gegenübers zeigte sich eine Regung des Erkennens. »Der Mann, der so an seiner Familie hing, daß er sie zu den Gerichtstagen mitschleifte.« Es war der Stimme Eike von Repgows anzuhören, daß ihn ein solches Verhalten noch immer verwunderte. Doch es lag keine Feindseligkeit darin. Er wies mit dem Finger auf sie. »Das kleine Mädel mit den blonden Locken«, fuhr er schleppend fort, im Tempo der Erinnerungen, die in ihm aufstiegen, »das immer so aufmerksam zugehört hat.«

Roswitha lächelte, als er das sagte. »Ihr habt das bemerkt?«

Eike von Repgow nickte zur Bekräftigung. »Ihr hättet verdammt noch mal einen hellen Jungen abgegeben.«

Rowithas Lächeln erlosch. Die Kindheitserinnerung, anheimelnd wie ein wärmendes Kaminfeuer im Winter, verschwand.

»Es gibt Dinge, die sind, einmal geschehen, nicht mehr zu ändern«, sagte sie, und ihre Stimme klang ungewollt hart. Sie war eine Frau, sie war allein. Sie mußte kämpfen.

Eike von Repgow lachte erst, tief und gemütlich, dann betrachtete er sie genauer. Er wurde nachdenklich. »Es sind wohl eine Menge Dinge geschehen, die nicht mehr zu ändern sind«, sagte er langsam.

Roswitha warf ihm einen raschen Blick zu. Was wußte er von ihr? Wieviel würde sie ihm sagen müssen? Sie war dumm gewesen, ihrer Verbitterung so nachzugeben. Besser wäre es, den Repgow weiter in süße Erinnerungen einzulullen. Sie brauchte seinen Schutz, wenn das möglich war.

»Herr von Repgow«, fragte sie mit kindlicher Stimme und wechselte rasch das Thema, »wie bin ich hierhergekommen?«

»Meine Gäste brachten Euch mit«, antwortete er. »Sie fanden Euch in einem Brunnen.«

Der Brunnen! Roswitha schauderte es. Wie lange war sie darin gelegen? »Ich hörte jemanden singen«, sagte sie versonnen.

Repgow zuckte mit den Schultern. »Die Gräfin von Anhalt hat eine Menge Sänger dabei.«

Roswitha saß mit einemmal kerzengerade. »Die Gräfin von Anhalt?«

Er nickte. »Frau Irmgard. Sie und ihr Beichtvater, Thaddäus von Hildesheim, weilen derzeit in meinen bescheidenen Mauern.«

War da ein Hauch von Distanz in seiner Stimme? Roswitha taxierte ihn unter gesenkten Lidern, so gut sie es vermochte.

Eike von Repgow war ein schwerblütiger Mensch, groß, kräftig, von fast furchteinflößender Statur, dabei still und gutartig. Schroff wirkte er nur durch seine häufige gedankliche Abwesenheit. Man spürte sein Desinteresse an den meisten Menschen, die ihn umgaben. Sie hatte das schon als Kind empfunden, genau wie die Angeklagten, die sich unter seinem neutral interessierten Blick gewunden hatten. Es war faszinierend gewesen, ihm zu lauschen, wenn er mit ihrem Vater diskutierte. Dennoch war er keiner gewesen, auf dessen Schoß man sich hätte flüchten mögen, wenn man den Jagdhund am Kamin zu sehr geärgert hatte, oder den man bat, einem ein Pfeifchen zu schnitzen.

Genau solch einen Mann aber brauchte Roswitha jetzt. Der Name Thaddäus von Hildesheim sagte ihr nichts, es mußte sich jedoch um den Mönch handeln, den sie im Garten gesehen hatte. Und er hatte zweifellos ein deutliches Interesse an ihr. Bei dem Gedanken stellten sich ihr die Haare auf. Und Irmgard von Anhalt war die Frau Heinrichs, den Bernhard verdächtigt hatte, etwas mit dem Verschwinden des Säckchens zu tun zu haben. Ludgers Herr und Auftraggeber! Was wußte sie? Von Ludger, von ihr?

»Ihr habt den Namen meines Neffen erwähnt.«

Da war es heraus. Roswitha schaute ihren Gastgeber nun direkt an. Groß standen ihre Augen in dem blassen Gesicht. »Habe, habe ich noch mehr gesagt?« stammelte sie und seufzte erleichtert, als von Repgow den Kopf schüttelte. Sie spürte seine Verwunderung und errötete. Dabei wußte sie genau, was sie nun sagen wollte. Wohlan, holdes Erröten paßte gerade recht dazu.

»Ihr habt vielleicht«, begann sie zögernd – und auch das Zögern stand ihr hervorragend –, »vom Schicksal meines Mannes gehört.« Es war keine Frage, und sie erwartete keine Antwort. »Er starb, und ich«, sie zögerte erneut, »blieb ohne Schutz zurück.« Roswitha hob den Kopf und sah ihn an. »Es gibt Momente, da kapituliert das Recht vor der Gewalt.«

Eike von Repgow nickte grimmig. »Die Gewalt sollte dem Recht dienen, nichts anderes«, sagte er.

Roswitha lachte traurig, und sie schwiegen einen Moment. »Die Herzogin Agnes«, fuhr sie fort, »hat mich ein wenig unter ihre Fittiche genommen.« Das war nicht gelogen, sparte Bernhard von Aken aus und vermied den Namen des Herzogs, der in den Kreisen des Grafen von Anhalt ein Reizthema sein mochte. »Aber eine Frau alleine ist nicht sicher an einem Hof. Ich floh.« Roswitha machte eine erneute Pause. Nun kam das Entscheidende. »Ludger«, fuhr sie mit erstickter Stimme fort, »Ludger fand mich und er … und ich …« Sie ließ offen, was Ludger für sie getan hatte. »Wir lieben uns«, flüsterte sie.

Eike von Repgow sagte nichts dazu und überließ sie der Erinnerung an ihre Träume, die nun mit aller Deutlichkeit wieder vor ihr aufstiegen. Ludger und sie, die über blühende Wiesen ritten. Sie in seinen Armen, sein Kuß. Sein Name, von ihr gehaucht. In diesem Moment war es wahr, Roswitha log nicht. Ein letztes Mal überließ sie sich ganz der Schwäche und süßen Melancholie dieser Erkenntnis. Dann war das vorbei.

Sie richtete sich entschlossen auf. »Er wollte mich zu Euch bringen«, sagte sie mit fester Stimme. »Er hoffte …« Sie überließ es Eike von Repgow, zu erraten, was sein Neffe von ihm erhofft haben mochte. Als er aufstand, umklammerte sie mit beiden Händen seinen Arm. »Helft uns«, flüsterte sie eindringlich. Draußen waren Stimmen zu hören.

Ihr Gastgeber tätschelte ihren Arm und machte sich los. »Meine Gäste werden ungeduldig, wie es scheint«, stellte er fest. »Könnt Ihr gehen?« Mit zusammengezogenen Brauen schaute er sie an. »Sie werden einige Fragen an Euch haben.«

Roswitha konnte es sich denken. Schwerfällig stand sie auf. Jeder Knochen im Leib tat ihr weh, der Schorf an ihren Knien spannte, wenn sie ging, und ihr schwindelte. Doch sie nickte und hängte sich an Eike von Repgows Arm. Besser, sie brachte es jetzt hinter sich, solange der Eindruck, den sie auf ihn gemacht hatte, noch frisch war. In ein paar Tagen, ach was, in ein paar Stunden schon mochte er alles, was sie ihm erzählt hatte, und ihre gesamte Person über seinen Studien vollständig vergessen haben.

Roswitha stützte sich schwer auf ihn und sorgte dafür, daß er ihre Schwäche spürte. »Er sprach stets so liebevoll von Euch«, wisperte sie.

Eike von Repgow lachte, so plötzlich und herzhaft, daß sie erschrak. Schuldbewußt zuckte sie zusammen, als sie bemerkte, daß er sie belustigt ansah. Hatte sie es übertrieben?

»Ihr sagtet vorhin, daß das Recht manchmal der Gewalt weicht«, sagte er. Roswitha nickte zaghaft. »Doch Ihr wißt, daß den Schwachen immer eine Stütze bleibt, nicht wahr?«

Mißtrauisch schaute sie ihn an. »Der starke Arm eines Freundes?« versuchte sie es mit einem Lächeln.

»Die Wahrheit, Roswitha von Eichholz, die Wahrheit. Sie ist der starke Schirm der Rechtschaffenen.«

Roswitha starrte ihn an. Meinte er das wirklich ernst? Dann senkte sie die Lider und erwog ihre Antwort. Hatte sie sich denn einer Lüge schuldig gemacht? Sie war, die sie war, und sie liebte Ludger in ihren Träumen, die niemals wahr werden würden. Und sie brauchte die Freundschaft dieses Mannes. Mit neuem Mut schaute sie ihm in die Augen.

»Vielleicht«, sagte sie, sorgsam ihre Worte wählend, »muß man zuweilen unterscheiden zwischen der Realität und der höheren Wahrheit, nach der wir streben. Und beides hat seine Zeit.«

Sie blinzelte nicht, als sie das sagte, konnte jedoch von Repgows Miene nicht deuten. Er ging einfach weiter, zog sie mit sich.

»Ich dachte immer«, erklang seine Stimme dann unerwartet wieder in dem dunklen Korridor, »mein Neffe würde sich ein Püppchen suchen, das zu seinen Liedern schmachten würde. Eine Frau mit Mut und Verstand wie Ihr wäre weit besser für ihn.«

Roswitha wollte schon aufatmen. Wäre? dachte sie dann verwirrt, warum wäre? Aber sie wagte nicht zu fragen.

Eine Stunde später hatte sie ihre Geschichte so oft wiederholt, daß ihr davon schwindelte. Ein unbedarfter Betrachter hätte es für ein gemeinsames Abendessen halten können, doch in Wahrheit war es eine Gerichtssitzung oder vielmehr eine hochnotpeinliche Befragung.

Thaddäus von Hildesheim handhabte sein Fleischmesser nicht weniger energisch als seine Fragen. Irmgard von Anhalt saß bleich und mißbilligend, von Repgow stumm dabei. Immer wieder wollte der Mönch wissen, wo genau, wann genau und wie genau sie den jungen Ludger getroffen habe. Roswitha von Eichholz gab gewissenhaft Auskunft und ließ sich bei keinem Widerspruch ertappen. Als sie erneut erläutern mußte, wie ihr Verhältnis zum sächsischen Hof war, und sie Agnes als ihre Mentorin erwähnte, stieß die bis dahin stille Gräfin ein höhnisches Schnauben aus, das Roswitha erstaunt aufschauen ließ. Wußte die andere von ihrem Verhältnis zu von Aken? Sie errötete bei dem Gedanken und wandte der Frau zum ersten Mal ihre Aufmerksamkeit zu.

Sie war schön, da bestand kein Zweifel, erstaunlich jung, dabei so abgeklärt und würdevoll wie eine Statue. Und doch. Da war etwas, eine tiefe Feindseligkeit, die die Gräfin ihr gegenüber ausstrahlte, die Roswitha instinktiv spürte und die sie sich nicht erklären konnte. Der Mönch war leichter zu durchschauen, er hielt sie schlicht für eine Spionin. Tat Irmgard das auch?

»Sie hat Euch schlecht gekleidet, Eure Herzogin«, sagte Irmgard, verächtlich auf die Lumpen anspielend, in denen sie Roswitha aufgegriffen hatten.

»Ich hatte mich verkleidet, um unbemerkt fortschleichen zu können«, wiederholte Roswitha ihre Rechtfertigung.

»Ludger von Repgow scheint Ihr keine bessere Kleidung wert gewesen zu sein.« Die Stimme Irmgards troff von Hohn. Roswitha biß sich auf die Lippen. In der Tat war diese Stelle ihrer Geschichte ein wenig dünn. Warum hatte sie sich in der Zeit, die sie mit Ludger verbrachte, nicht umgezogen? War die Gräfin dabei, sie zu durchschauen?

Irmgards Augen wanderten vielsagend an ihr hinauf und hinunter und erinnerten Roswitha daran, daß sie noch immer nicht eben angemessen gekleidet war. Neben der vornehmen Frau in ihrer prächtigen lindgrünen Seidenkotte mit dem bestickten Übergewand sah sie beinahe lächerlich aus. Alles war zu groß, die Farben standen ihr überhaupt nicht, und ... In diesem Moment fiel Roswitha ein, daß es Irmgard gewesen war, die ihr die Kleider hatte bringen lassen. Eike von Repgow hatte dies auf dem Weg in den Speisesaal erwähnt, damit sie sich bedanken konnte. Noch einmal faßte sie die andere Frau ins Auge, die grimmig zufrieden mit dem schien, was sie sah. Warum, überlegte Roswitha, warum war es der Gräfin von Anhalt so wichtig, daß die Geliebte Ludgers von Repgow schlecht gekleidet und unattraktiv war?

In diesem Moment hörte sie das Klimpern einer Laute. Undeutlich sah sie den Mann nahe beim Feuer sitzen, das die Mainacht in diesen kühlen Mauern noch nicht überflüssig gemacht hatte. An seiner Laute hing ein seidenes Band. Wie an Ludgers, fiel es ihr ein. Wenn sie sich recht erinnerte, war es grün gewesen, lindgrün. Jetzt drehte der Fremde den Kopf, so daß die Glut sein Gesicht beleuchtete. Seine Augen hingen schwärmerisch an der Gräfin, und seine Finger glitten wie von selbst über die Saiten. Roswitha glaubte die Klänge eines populären Liebesliedes herauszuhören. *Ich hatte nie zu hoffen gewagt, je ihre Lippen zu berühren.* Waren das nicht Ludgers Worte gewesen an jenem Morgen, als sie gemeinsam durch den Wald geritten waren? Oh, sie konnte sich gut vorstellen, wie er selber so schmachtend am Kamin gesessen hatte manchen langen Abend. Armer Ludger, dachte sie spöttisch. Und zugleich: ganz beachtlicher Ludger, die Gunst einer Gräfin zu erringen. Dabei spürte sie einen leisen Stich der Eifersucht.

»Seid unbesorgt«, sagte sie in möglichst beiläufigem Ton. »Dank Eures Eifers habe ich ja nun die Tracht, die mir zusteht, nicht wahr?« Sie lächelte leicht.

Irmgard hob die Brauen. »Es gibt nichts an dieser Sache, was mir Sorge oder Eifer abringen könnte«, erklärte sie spitz.

Roswithas Lächeln vertiefte sich.

Vater Thaddäus fuhr dazwischen. »Lassen wir die Kleiderfragen. Ihr wurdet überfallen, sagtet Ihr.«

Roswitha nickte, erleichtert das Thema wechselnd und bereitwillig alle Fragen dazu beantwortend, wo und wie genau die Straßenräuber über Ludger und sie an jener Wegkreuzung hergefallen waren. Es ging dabei vor allem um die Anzahl der Kämpfer, die Position der jeweiligen Protagonisten und die Frage, wie sie vom Pferd in den Brunnenschacht hatte gleiten können. Roswitha antwortete gewissenhaft.

»Und Ludger?« Der Mönch hatte es schon viermal gefragt.

»Ich hörte ihn rufen«, antwortete Roswitha brav zum vierten Male. »›Liebste!‹« Sie nickte der Gräfin kaum merklich zu und bemerkte mit grimmigem Vergnügen, wie diese rot wurde. »Dann Hufgetrappel und Waffengeklirr. Ich stürzte, als ich hinterher wollte. Das letzte, was ich sah, war, wie sie ihn zur Scheune abdrängten.«

Alle schwiegen nach dieser Schilderung. Roswitha betrachtete Thaddäus von Hildesheim, in dessen Gesicht es arbeitete.

Na komm schon, dachte sie, frag mich. Frag mich, ob er etwas bei sich hatte. Ein Säckchen vielleicht. Unwillkürlich spielte ein Lächeln um ihren Mund. Sie konnte förmlich sehen, wie die Frage den Mann umtrieb. Doch er wagte nicht, sie zu stellen. Daß ich es nicht habe, weiß er, dachte Roswitha. Ich verwette meine Seele darauf, daß er jeden Lumpen, den ich am Leib hatte, persönlich um und um gewendet hat. Und zweifellos ließ er auch den Brunnen genau untersuchen. Das Schweigen hielt an. Ich möchte wissen, überlegte Roswitha, ob die Gräfin sich auch für den Drachensamen interessiert. Oder will sie tatsächlich nur den Mann?

Sie machte schon den Mund auf, um etwas Spitzes zu sagen, da richtete Vater Thaddäus eine letzte Frage an sie. »Ihr wundert Euch sicher«, sagte er voll triefenden Mitgefühls, »daß wir Euch all diese Fragen stellen?«

Roswitha erstarrte, das kleine Lächeln des Triumphes noch im Gesicht. In der Tat war es nur zu offensichtlich, daß sie sich kein bißchen wunderte. Sie saß kerzengerade da und gab so gefaßt und entschieden zu Protokoll, was man alles zu wissen verlangte, wie ein wohlpräparierter Zeuge. Verdammt, sie war einfach zu beschäftigt damit gewesen, nichts Falsches zu sagen und sich nicht in Widersprüche verwickeln zu lassen. Nicht einmal hatte sie gefragt, was das alles solle oder worauf es hinauslaufe. Wäre sie tatsächlich ein unschuldiges Mägdlein, das soeben von der Seite seines Liebsten gerissen worden war, wäre sie da nicht verwirrt? Oder eingeschüchtert? Oder aufgebracht ob der Belästigung? Sie begriff: Es war nur zu offensichtlich, daß sie genau wußte, wem und wogegen sie da widerstand.

»Und sicher fragt ihr Euch ebenso besorgt wie wir, was denn nun aus dem armen Ludger geworden ist?« Der Mönch gab sich noch immer ganz verbindlich.

Roswitha warf Eike von Repgow einen raschen Blick zu.

»Allerdings, ich …« setzte sie an. Glaubte er ihr wenigstens noch?

In diesem Augenblick kam ein Mann herein und neigte sich zum Ohr des Hausherrn.

»Thaddäus von Hildesheim«, sagte Eike mit seiner tiefen Stimme. »Wie es scheint, haben Eure Männer den meinen ihre Hilfe angeboten beim Bewachen der Pforten.« Er warf dem Mönch einen ironischen Blick zu. »Meint Ihr denn wirklich, daß soviel Schutz vonnöten ist?«

»Schutz braucht der Mensch allemal, denn er ist schwach und verloren, ausgesetzt dem wütenden Meer des Schicksals und ausgeliefert seinen ungezügelten Instinkten, aus deren wildem Toben nur Gottes Gnade ihn erretten kann«, erklärte Vater Thaddäus.

»Der Mensch lebt in einer geordneten Welt«, sagte dagegen Eike von Repgow. Er tat es behäbig, aber entschieden. »Gott gab ihm Gesetze, er selbst gibt sich Regeln für sein Zusammenleben, tut es seit alters her, wie meine Sammlung mir täglich zeigt, aus einem tiefsitzenden Wunsch nach Ordnung und Frieden. Papst und Kaiser wachen über die Einhaltung beider.«

»Und doch gibt es Kräfte, die sich davon nicht bändigen lassen. Furcht, Vernichtung, Gewalt. Sie heben allenthalben ihr Haupt.« Die Augen des Mönchs leuchteten.

»Ihr sprecht fast, als empfändet Ihr Sympathie für diese Dinge«, warf Eike provozierend ein.

Vater Thaddäus hielt seinen Blick fest. »Selbst die Engel tragen Schwerter.«

»Böses vermehrt sich durch die böse Tat«, erklärte Eike von Repgow knapp, »die Sünde vermehrt sich, wo Irrlehren sie ermuntern. Aber das Recht gilt für alle.« Er nahm einen abschließenden Schluck.

Vater Thaddäus wollte eben scharf antworten, da stürmten die beiden Knaben herein und warfen einen Weinpokal um, als sie die Gräfin bedrängten, ihnen für morgen einen Ausflug zu gestatten. Roswitha nutzte die entstandene Unruhe und floh auf ihr Zimmer. Schnell atmend, sank sie aufs Bett. Vergossener Wein. So einfach würde sie dem Mönch künftig nicht entkommen.

Die folgenden Tage auf dem Gut waren für Roswitha eine einzige Qual. Voller Furcht, in den Gängen von den Männern von Hildesheims aufgegriffen und verschleppt zu werden, drängte sie sich, wann immer es ging, in die Gesellschaft möglichst vieler Menschen, deren Anwesenheit ihr doch zugleich fast unerträglich war. Die Sorglosigkeit der Kinder und Bediensteten ließ sie die eigene Anspannung schmerzlich gewahr werden. Die Abneigung Irmgards und das böse Mißtrauen des Mönchs dagegen waren fast körperlich zu spüren und trieben ihr nicht selten den Schweiß auf die Stirn. Eike von Repgow schien von alldem nichts zu bemerken. Roswitha segnete seine blinde Anwesenheit und verfluchte die Stunden, die er in seiner Bibliothek verbrachte. Es waren für sie die Stunden der Gefahr.

»Kommst du mit in den Keller? Ach bitte«, bettelten Otto und Johann zum wiederholten Male.

Roswitha entzog sich entschieden den fordernden Kinderhänden. Der dunkle Gutskeller war der letzte Ort, den sie freiwillig aufsuchen würde.

»Wir kennen da einen Geheimgang«, plapperte Otto, »stimmt's, Johann?« Stolz blickte er auf seinen großen Bruder.

»Ja«, stimmte der zu. »Gleich hinter dem großen Weinfaß. Er führt bis vor die Mauer. Wir waren schon mal dort. Und haben Eicheln gesammelt im Wald, für die Schweine. Wollen wir zu den Schweinen gehen?«

Roswitha schüttelte die beiden ab. Sie hielt sich tagsüber gerne in dem belebten Garten auf, am liebsten direkt unter dem Fenster ihres Gastgebers, das bei dem täglich wärmer werdenden Wetter häufig offenstand. Darum hörte sie auch die aufgeregten Stimmen, die plötzlich dort oben erklangen. Unwillkürlich hob sie den Kopf, um zu lauschen.

»Matthias, was tust du hier?« hörte sie Eike von Repgow erstaunt fragen. Die andere Stimme war tief und derb, ein Knecht, vermutete sie, oder ein Bauer aus dem Dorf.

»Ich bin geritten, so schnell ich konnte, als ich es hörte, Herr. Der Herr Graf hat mir selbst das Pferd gegeben, Herr, als ich drum bat.« Roswitha konnte förmlich sehen, wie der Mann seine lederne Kappe in Händen drehte vor Verlegenheit.

»Aber was sind das denn für Geschichten, Matthias? Ludger entführt?«

Roswitha hielt den Atem an.

»Ja, Herr, so hat es der Bote gesagt, welcher zum Grafen gekommen ist. Um Lösegeld zu fordern, Herr. Es soll ein gar geheimnisvoller Mann gewesen sein, hat der Graf gesagt. Und er hat mit der Faust gegen die Wand geschlagen und gerufen, er will in der Hölle verrotten, wenn da nicht die Brandenburger dahinterstecken.«

»Nun, nun«, beschwichtigte Eike den aufgebrachten Mann, »das hat der Graf dir sicher nicht aufgetragen, mir zu hinterbringen.«

»Nein, Herr«, bestätigte Matthias oben im Studiersaal kleinlaut. Dann fügte er schelmisch hinzu: »Aber gesagt hat er es doch. Und noch eine Menge mehr. Er ist nicht schlau geworden aus dem Boten, der Herr Graf, das kann ich Euch sagen.«

Roswitha wedelte hastig eine summende Biene fort und lauschte angestrengt Matthias' weiteren Erklärungen. Burg Köpenick also, überlegte sie. Das war ein ganzes Stück im Osten. Nicht zu weit, wenn sie ein Pferd hätte.

»Fräulein von Eichholz, auf ein Wort.«

Roswitha verfluchte sich, sie war unaufmerksam gewesen. Nun hielten die Finger Vater Thaddäus' ihr Handgelenk wie eine Eisenschraube umklammert. Heftig versuchte sie sich loszumachen. Mit raschen Blicken in die Runde schätzte sie ihre Chancen ab, Hilfe zu erlangen. Wo waren die Kinder jetzt und wo die vermaledeiten Mägde? Der Garten lag mit einemmal da wie ausgestorben. Um so lauter klangen die Stimmen aus dem Fenster.

»Was ist das für wirres Gerede, Matthias? Was für ein Säckchen? Und was für ein Samen der Gewalt?«

Roswitha starrte Vater Thaddäus an; der starrte zurück. Beide hatten sie ihr Ringen aufgegeben und lauschten.

»Das hat der Graf sich auch gefragt, Herr. Aber der Bote hat wohl nur geheimnisvoll getan und gemeint, es würde die Geisel, also den jungen Herrn Ludger, recht wertvoll machen, Herr. Es ist manchmal schwer, diese Slawen zu durchschauen.«

»Äh, schon gut, Matthias, sag mir nur ...«, fuhr oben Eike von Repgow fort.

»Das Säckchen«, zischte Vater Thaddäus. Dann fiel sein Blick auf Roswitha, als erinnerte er sich plötzlich wieder ihrer lästigen Gegenwart.

Roswitha riß ihren Arm zurück. »Au, laßt mich los!« Aber Thaddäus von Hildesheim tat nichts dergleichen. Er zog die widerstrebende Roswitha an den Händen und, als das nichts mehr half, an den Haaren ins Haus. Über Flure und Treppen ging es, zu Roswithas Erleichterung in ihr eigenes Zimmer. Dort schleuderte er sie auf den Boden und schlug, ehe sie sich wieder erheben konnte, die Tür zu. Roswitha hörte das Knarren des Schlüssels, der umgedreht wurde, warf sich gegen die Tür, doch die ließ sich nicht mehr öffnen. Voller Wut schlug sie dagegen. So mußte sie wenigstens nicht hören, wie des Mönchs hallende Schritte sich entfernten, auf dem Weg in Eike von Repgows Zimmer, um Einzelheiten zu erfahren, und dann zu seinem Herrn, um ihn davon zu überzeugen, wie wichtig es wäre, das Lösegeld zu bezahlen und den jungen Repgow rasch heimzuholen.

Warum war dem Grafen die Dringlichkeit dieser Sache nicht bewußt gewesen, überlegte sie dann. Die Erkenntnis verblüffte sie so, daß ihre Hand herabsank. Dem Grafen hatte die Erwähnung des Drachensamens nichts gesagt, wenn man dem guten Matthias glauben durfte. Und welchen Grund sollte er haben zu lügen? Dem Mönch hingegen schon. Roswitha setzte sich aufs Bett. Sie würde Zeit haben, darüber nachzudenken, mehr, als ihr lieb war.

Die Sonne war untergegangen und die Zeit des gemeinsamen Abendessens vorüber, ohne daß Roswitha befreit worden wäre, was ihre schlimmsten Befürchtungen bestätigte. Entweder hatten die anderen irgendeine Lüge des Mönchs über ihr Fernbleiben akzeptiert, oder sie war nun offiziell eine Gefangene der Anhaltiner. Roswitha war so angespannt, daß sie sofort aufsprang, als Schritte auf dem Gang hörbar wurden. Es waren sehr leise, leichte Schritte. Eine der Mägde, die ihr das Essen bringen sollten? Warum waren dann keine Wachen bei ihr?

Der Schlüssel knirschte im Schloß. Roswitha sah sich nach einer Waffe um. Sie fand nur den Nachttopf aus Steingut, der unter dem Bett stand. Mit festem Griff packte sie den Henkel.

Die Tür öffnete sich, und herein trat Irmgard von Anhalt. Verblüfft ließ Roswitha den Nachttopf sinken. Doch die Gräfin ließ sich nicht von dem seltsamen Anblick irritieren, den ihre Rivalin bot.

»Ihr wißt, was hier vor sich geht«, begann sie atemlos. »Und ich verlange, daß Ihr es mir erklärt.« Ihre Stimme klang gebieterisch, und sie zeigte sich bemüht, die übliche Würde zu wahren; in ihren Augen jedoch flackerte die Unruhe. Sie trat näher an Roswitha heran. »Zwischen Euch und Vater Thaddäus ist etwas«, sagte sie angespannt. »Ich weiß es.« Sie machte eine Pause. »Warum ist er so interessiert an Ludger von Repgow?« Roswitha schwieg.

Irmgards Stimme, fast verzweifelt nun, heischte Verständnis. Sie lachte unsicher. »Er, er ist nur ein kleiner Sänger, nicht wahr?« Sie schaute in Roswithas unbewegtes Gesicht und biß sich auf die Lippen. »Ist er in Gefahr?« fragte sie schließlich leise. »Um der Gnade des Himmels willen …« Ihre Stimme versagte.

Schau an, dachte Roswitha. Der sichere Instinkt der liebenden Frau. Sie nickte, ernst und langsam. »Ja, das ist er«, sagte sie. Dann schlug sie zu. Mit einem leisen Seufzer fiel Irmgard von Anhalt zur Seite und sank auf das Bett.

Roswitha hob ihre Füße hoch und bettete sie, gut zugedeckt, so daß man die Bewußtlose für ihr eigenes schlafendes Selbst halten konnte. Eine eintretende Magd mochte der Anblick täuschen. Das Risiko, daß Irmgard sofort nach ihrem Erwachen Alarm schlug, mußte sie eingehen. Doch sie glaubte nicht, daß die Gräfin sich der unangenehmen Frage aussetzen wollte, was sie in ihrem, Roswithas, Zimmer gesucht habe.

Mit einem letzten Blick sah Roswitha sich um. Doch da war nichts, was des Mitnehmens lohnte. Was hatten die Knaben erzählt, im Weinkeller war ein Geheimgang, der bis vor die Mauern führte? Sie lächelte. Ein Pferd würde sie sich im Dorf besorgen.

Wie ein Schatten huschte Roswitha von Eichholz durch die Gänge des Gutes Repgow. Sie warf keinen Blick zurück auf das erleuchtete Fenster des Studierzimmers, als sie den dunklen Garten durchquerte. All ihre Sinne waren auf den Gang gerichtet, den sie finden mußte, und die Freiheit, die vor ihr lag. Menschen sah sie nicht auf ihrem Weg. Nur einmal huschte eine Gestalt, schattenhaft wie sie selbst, über eine Treppe nahe den Vorratsräumen. Roswitha drückte sich an die Wand eines Seitenganges und hielt den Atem an. Dennoch hätte sie fast geschrien, als sie kurz im Licht der Fackeln, die den großen Korridor erhellten, das Gesicht der Frau erblickte.

»Ethlind?« flüsterte sie. Die fremde Gestalt war rasch vorüber, und Roswitha wagte nicht, ihr zu folgen. Nach wenigen Schritten schon war sie sich nicht einmal mehr sicher, ob sie recht gesehen hatte. »Wenn sie es war, dann danke ich dir, Gott, daß sie noch lebt«, flüsterte sie, während sie sich zwischen Weinfässern hindurchtastete. Einen Moment lang dachte sie, die beiden Jungen hätten sich einen Scherz mit ihr erlaubt, dann endlich spürte sie einen Luftzug, kalt und modrig und doch mit einem Hauch Wald darin. Sie stürzte sich in die Dunkelheit.

Auf dem Weg von seinem Studierzimmer hörte Eike von Repgow, wie Otto und Johann sich in ihren Betten unterhielten. »Und jetzt, wo wir es gefunden haben, was machen wir damit?« fragte der Jüngere mit heller Stimme.

»Wir verlangen Lösegeld«, erklärte Johann entschieden.

Eike von Repgow mußte schmunzeln. Faszinierend, wie die Knaben alles aufsaugten, was in ihrer Umgebung geschah. Wache kleine Kerle waren sie, alle beide. Er beschloß, hineinzugehen und ihnen gute Nacht zu sagen.

»Nun, ihr Racker«, rief er gutmütig.

»Onkel Repgow!« Die beiden hüpften in ihren großen Betten auf und ab.

»Was habt ihr denn Kostbares, wofür ihr Lösegeld verlangt?« fragte er.

Johann sah ihn erstaunt an. Daß man das nicht wissen konnte! »Na, das Säckchen«, erklärte er in überzeugtem Ton. »Aber das ist noch ein Geheimnis.«

Eike von Repgow nickte weise. »Das Säckchen, natürlich.« Wieder mußte er lächeln. Säckchen waren offensichtlich derzeit in Mode. Die Jugend, sie nahm eben alles auf, wie ein

Spiegel, und zeigte dem Alter darin sein Gesicht. Er wünschte beiden Jungen gute Nacht. Auf dem Weg zurück in sein Zimmer überlegte er, ob er Vater Thaddäus damit aufziehen sollte, daß nun alle Säckchensucher und manche sogar Säckchenfinder seien. Doch dann kam ihm ein schwieriger Passus seiner Übersetzung in den Sinn. Und er vergaß es.

11. Kapitel

An der Triglaw-Eiche, Mai 1223

Es war ein Fehler gewesen, diesem Konrad von Rietzmeck zu vertrauen. Wenn das denn sein wirklicher Name war. Ludger hatte in den letzten Tagen viel Zeit zum Nachdenken gehabt und war zu dem bitteren Schluß gekommen, daß er schändlich verraten worden war. Es war sicherlich kein Zufall gewesen, daß Hagatheo mit seinen Leuten an der Kirche in Grimschleben aufgetaucht war. Konrad hatte ihnen den Treffpunkt genannt. Vor kurzem noch hatte Ludger alle Hoffnung auf den vermeintlichen Kameraden gesetzt und zuversichtlich auf dessen Erscheinen gewartet, doch nun begann er zu ahnen, daß aus dieser Richtung keine Rettung nahte. Was war er doch für ein Dummkopf gewesen! Von Beginn an war ihm dieser Rietzmeck seltsam und verdächtig erschienen. Sein linkisches, beinahe weibisches Gehabe, die piepsende Stimme, das kindliche, allzu hübsche Gesicht. Man durfte eben keinem Mann trauen, dem der Bartwuchs abhanden gekommen war. Ein absonderlicher Gedanke schoß Ludger plötzlich durch den Kopf. Er hatte von frühen Christen gehört, die sich ihr Gemächt hatten abschneiden lassen, um sich ganz dem Herrgott zu weihen und ein asketisches Leben zu führen. Ihre Stimmen sollen denen von Kindern ähnlich gewesen sein, keine Haare sprossen auf ihren Wangen, und angeblich wuchsen einigen von ihnen nach der Kastration Brüste. Hatte Ludger nicht einen Brustansatz gesehen, als Konrad in dem viel zu großen Lumpenkleid der Bäuerin gesteckt hatte? Der falsche Freund war ein Kastrat! Ein christlicher Eiferer und

Schwärmer! Das würde auch erklären, warum Konrad sich so bereitwillig in die Höhle des Löwen begeben hatte. Womöglich steckte er mit dem Abt von Nienburg unter einer Decke. Auch dieser war schließlich ein religiöser Sonderling.

Ludger fuhr zusammen und schüttelte den Kopf. Natürlich war das alles Unsinn. Und er schalt sich sofort dafür. Die ständige Dunkelheit, die Gefangenschaft und die Ungewißheit seines weiteren Schicksals setzten ihm zu. Seit Tagen hockte er nun in dieser düsteren Holzhütte, die vielleicht einmal als Vorratsraum oder Waffenlager gedient hatte und außer der verriegelten Tür keinerlei Öffnungen besaß. Er grübelte, zermarterte sich das Hirn und stellte an sich eine auffällige Veränderung fest: Früher war er unbeschwert und heiter gewesen, nichts hatte seinen Gleichmut ins Wanken bringen können; die Ereignisse der letzten Wochen aber hatten an ihm genagt, ihn zweifeln und manchmal verzweifeln lassen. Die fröhlichen und müßigen Tage des Minnedienstes und des Lautenspiels waren vergangen, so schien es. Eine ebenso ohnmächtige wie unbändige Wut hatte sich seiner bemächtigt, und dieses Gefühl erstaunte ihn selbst am meisten. Mal war es der hinterhältige Thaddäus, den er verwünschte, mal der zwielichtige Konrad, ja selbst Irmgard von Thüringen verfluchte er insgeheim, wohl wissend, daß nur er allein für seine unwürdige Lage verantwortlich war.

»Ach, zum Teufel mit euch allen!« rief Ludger und zerrte vergeblich an den Fesseln.

»Da macht ihr Christen ein solches Getöse um euren ach so großen Gott, aber das einzige, was euch über die Lippen kommt, ist der Name seines finsteren Widersachers.« Pribislaw lachte und betrat die Hütte. Von draußen drang helles Tageslicht durch die niedrige Tür und blendete den Gefangenen. »Hast du Hunger? Wir möchten schließlich nicht, daß du vom Fleisch fällst.«

»Ihr habt wohl Angst um Euer Lösegeld?« fragte Ludger und schüttelte den Kopf. Es störte ihn, daß sein Gegenüber ihn seit einigen Tagen mit dem vertraulichen »du« ansprach, aber er sah keine Möglichkeit, dies zu unterbinden. Ihm waren im wahrsten Sinne des Wortes die Hände gebunden und manchmal auch der Mund gestopft. Er wußte, daß es sinnlos war, aber mitunter tat es gut, sich die Seele aus dem Leib zu schreien. Auch wenn er anschließend mit einem Knebel dafür belohnt wurde.

»Petrissa behauptet, du seist ein sturer Bock«, sagte der Slawe und hockte sich auf den mit Schaffellen ausgelegten Boden. Er saß direkt in Richtung der offenstehenden Tür, und Ludger sah nur seinen Schattenriß. »Normalerweise gefallen mir solche Burschen«, fuhr Pribislaw gönnerhaft fort, »doch in deiner Lage ist das wahrlich nicht klug. Warum willst du unser Feind sein?«

»Ist Petrissa Eure Geliebte?«

Der Faustschlag kam ebenso schnell wie unerwartet. Ein heißer Schmerz fuhr Ludger über die Wange, und Blut sammelte sich in seinem Mund. Einen Augenblick lang überlegte er, ob er dem anderen das Blut ins Gesicht spucken sollte, doch dann lächelte er, da er glaubte, den wunden Punkt des Slawen entdeckt zu haben.

»Also *ist* sie es«, sagte Ludger, und das Blut tropfte ihm vom Kinn.

»Sie wird meine Königin sein«, antwortete Pribislaw mit leiser Stimme und gesenktem Kopf. Der Fausthieb schien ihm leid zu tun, auch wenn er dies niemals zugegeben hätte. Einem Ritter gereichte es nicht gerade zur Ehre, einen gefesselten Mann zu schlagen.

»Eure Königin?« fragte Ludger. »Ihr meint …«

»Ich meine, was ich sage.«

Ludger wunderte sich nicht zum ersten Mal über diesen

einerseits so heißblütigen und stolzen Mann, der auf der anderen Seite durchaus besonnen und umsichtig handeln konnte. Ludger kannte zwar einige Slawen, doch die aus dem Spreegebiet im Osten des Reiches waren ihm bislang fremd gewesen. Er hatte die Slawen, zumindest die Elbslawen seiner Heimat, bislang eher als harmlos und gutmütig kennengelernt, sie waren Ackerbauern, Fischer oder Bienenzüchter und hatten sich den deutschen Siedlern und neuen Herren weitestgehend angepaßt, sie trieben Handel mit ihnen und lebten mehr oder minder friedlich nebeneinander. Die meisten von ihnen waren bereits vor Jahrhunderten zum rechten Glauben übergetreten, und auch wenn es immer wieder zu kriegerischen Aufständen und heidnischen Erhebungen gekommen war, so stellten die Slawen keine wahre Gefahr mehr für Reich und Religion dar. Zu viele Stämme gab es, die wie Familiensippen regiert wurden und sich selten zusammentaten. Eine slawische Großmacht würde es wohl niemals geben. Doch nun sprach dieser Pribislaw von seiner zukünftigen Königin, als hätte er allen Ernstes im Sinn, ein Königreich der Slawen zu gründen. Er mußte ein mächtiger und äußerst mutiger Mann sein. Oder schlicht größenwahnsinnig.

»Und Ihr werdet der König sein?« fragte Ludger, bemüht, nicht allzu spöttisch zu klingen.

»So Triglaw es will«, antwortete der Sprewane mit ernster Miene.

In diesem Augenblick erscholl vor der Hütte ein seltsames Geschrei. Es glich einem entrückten Gesang. Vielzählige Frauenstimmen erhoben und überschlugen sich, Kinder kreischten, Hände klatschten, Füße stampften, und Ludger glaubte das angsterfüllte Blöken von Schafen zu vernehmen.

»Was geht dort draußen vor?« fragte er und versuchte, an Pribislaw vorbei durch die Tür zu schauen. Er sah jedoch nur die knorrige alte Eiche, die das niedrigbewachsene Sumpfgebiet wie ein kolossaler Berg überragte. In den vergangenen Tagen hatte Ludger des öfteren dieses fürchterliche Geheul gehört, das ihm jedesmal einen Schauer über den Rücken gejagt hatte. Oft hatte er gedacht, nun habe sein letztes Stündlein geschlagen, aber ebenso plötzlich, wie das Geschrei entstanden war, hatte es sich wieder gelegt. »Was treiben Eure Weiber?«

»Ein Opfer zu Ehren unseres Priesters«, antwortete der andere und sprang auf die Beine. Da er den verwirrten Ausdruck in Ludgers Gesicht sah, setzte er hinzu: »Aber sei unbesorgt, wir schlachten keine Menschen, wie ihr Christen uns so eifrig nachsagt. Nur ein Schaf wird verbrannt und Triglaw dargeboten.«

»Ist Budiwoj bereits zurückgekehrt?«

»Bald«, antwortete der Slawe und ging zur Tür. »So sagt es das Orakel.«

»Wieso seid Ihr so sicher, daß man Eurem Priester Glauben schenken wird«, hielt Ludger ihn mit einer weiteren Frage zurück. »Ihr könnt ja nicht einmal beweisen, daß ich in Eurer Gewalt bin. Wäre es nicht ratsam, mich zur Burg Anhalt reisen zu lassen und den Handel vor Ort durchzuführen?«

»Für wie dämlich hältst du uns?« lachte Pribislaw und schüttelte belustigt den Kopf. »Du würdest bei der erstbesten Gelegenheit fliehen, das sehe ich deinem Gesicht an. Außerdem ist das gar nicht nötig, Budiwoj hat deinen Talisman dabei. Das wird den Grafen schon überzeugen.«

»Meinen Talisman?« wunderte sich Ludger.

»Dein Holzpferd«, erklärte Pribislaw.

Ludger schluckte. Das Spielzeugpferd des Fremden aus Cathay hatte er völlig vergessen. Die Bäuerin aus Repgow hatte es ihm ausgehändigt, und vermutlich hatten es die Slawen ihm während seiner mehrtägigen Bewußtlosigkeit abgenommen. Und nun war es auf dem Weg zur Burg Anhalt.

»Ein schöner Talisman. Auch uns Sprewanen sind die Pferde heilig, die weiße Stute dort unter der …« Er unterbrach sich, als er den Gefangenen vehement den Kopf schütteln sah. »Was ist?!« fauchte er.

»Nichts«, antwortete Ludger, der sich vergeblich bemühte, einen klaren Gedanken zu fassen. »Ich würde nur zu gern das Gesicht des Grafen sehen, wenn Euer Bote ihm ein hölzernes Spielzeugpferd unter die Nase hält.« Ludger mußte sich zwingen, nicht laut zu lachen. Dabei war seine Lage alles andere als komisch, sie wurde zunehmend brenzlig. Denn wenn Heinrich von Anhalt sich weigerte, das Lösegeld zu zahlen, dann war es um Ludger geschehen. Mit einem abfälligen Schnaufen sagte er: »Wir werden sehen.«

Die Miene des Slawen verfinsterte sich, doch er blieb stumm, ging hinaus und wollte die Tür schließen.

»Pribislaw!« Zum ersten Mal hatte Ludger den Enkel des Jaxa von Köpenick mit seinem Vornamen angesprochen. Erstaunt wandte sich dieser um.

»Wenn du die Deutschen und ihre Religion so haßt, wie du behauptest«, sagte Ludger und bemerkte erst jetzt, daß er den anderen geduzt hatte. Er verbesserte sich: »Wenn Ihr uns derart haßt, warum seid Ihr dann ein christlicher Ritter geworden?«

»Ich halte es wie euer Arminius.«

»Arminius?«

»Der Cheruskerfürst.«

Zwar wußte Ludger, wen Pribislaw meinte, aber er begriff nicht, was seine Worte bedeuten sollten. Der Sprewane sah den verständnislosen Blick des Gefangenen und grinste. »Um die römischen Legionen zu schlagen«, erklärte er, »wurde er selbst römischer Bürger und Ritter.«

Ludger überlegte. »Du weißt vermutlich, welches Ende Arminius nahm?« fragte er und gab, da Pribislaw schweigend verharrte, die Antwort selbst: »Er wurde von den eigenen Leuten ermordet.«

Begleitet von einem slawischen Fluch fiel die Tür zu, der Riegel wurde vorgeschoben, und Dunkelheit herrschte wieder in der Hütte. Von draußen drang das jämmerliche Blöken des Schafes herein, das jetzt anschwoll und plötzlich zu einem leisen Gurgeln wurde. Eine Weile war es totenstill, dann brandete Jubel auf, und die krächzenden Gesänge der Weiber setzten wieder ein.

Zwar hatte Pribislaw ihm versichert, daß keine unmittelbare Gefahr für sein Leben bestand, doch das Gejaule beunruhigte Ludger. Da seine Hände hinter dem Rücken gefesselt waren, konnte er sich die Ohren nicht zuhalten. Er klemmte den Kopf zwischen die Knie, und das Getöse ebbte ab. Dafür stieg ihm nun der Gestank verbrannten Fells in die Nase. Das Opferlamm war seiner Bestimmung zugeführt worden.

Repgow, Mai 1223

Es war ein Fehler gewesen, Roswitha die Ehe zu versprechen. Das hatte Bernhard in dem Augenblick gewußt, da ihm die unbedachten Worte über die Lippen gekommen waren. Nicht, daß er ernsthaft vorhatte, seinen Worten Taten folgen zu lassen, schließlich war er ein Mann von Rang, ein Vertrauter des Herzogs von Sachsen, ein Kastellan und Burgvogt. In seinen Kreisen wurden Ehen nicht aufgrund persönlicher Vorlieben oder launischer Grillen geschlossen, eine Heirat hatte etwas mit Macht und Einfluß zu tun. Auf diese Weise wurde Land vermehrt, Vermögen angehäuft, ein Bündnis geschmiedet. Doch nun hatte er Roswitha sein Wort gegeben, und aus für ihn selbst unerfindlichen Gründen wäre es ihm lieber gewesen, sein Versprechen nicht brechen zu müssen. Er war zwiegespalten, einerseits wünschte er sich nichts sehnlicher als Roswithas Erfolg in ihrer heiklen Mission, andererseits fürchtete er die Folgen. Und darum war er nach Repgow gekommen – um sein gegebenes Wort gegenstandslos zu machen. Außerdem haßte er es, untätig und auf die Hilfe anderer angewiesen zu sein. Er mußte sich selbst kümmern. Doch es gab noch einen weiteren Grund für seine Anwesenheit im Dorf: Er machte sich Sorgen um Roswitha. Seitdem sie vor beinahe zwei Wochen aufgebrochen war, hatte er kein Wort von ihr gehört; anders als verabredet war keine Nachricht auf Burg Aken eingetroffen, seine Geliebte war wie vom Erdboden verschluckt. Und das machte ihm mehr zu schaffen, als er sich eingestehen wollte. Zugleich drängte ihn der Herzog, die Angelegenheit zu beschleunigen, und so hatte er sich von Brandenburg, wo Albrechts Hof sich augenblicklich aufhielt, nach Aken begeben, um Neuigkeiten zu erfahren.

Vergebens, wie sich nun herausgestellt hatte.

Bernhard seufzte, in Gedanken versunken, und starrte auf das geschmorte Hammelfleisch auf seinem Teller, das völlig versalzen und ungenießbar war. Wenn es allein nach seinen Gefühlen ginge, so könnte er sich die hübsche Witwe durchaus als Gattin vorstellen. Sie war ebenso klug wie willensstark, auch wenn es eher die niedere Minne war, mit der Roswitha ihn in den Bann gezogen und betört hatte. Doch zum Beiliegen heiratete man nicht, das ließ sich auch außerhalb der Ehe bewerkstelligen.

Draußen dunkelte es bereits, die Sichel des Mondes stand einen Fingerbreit über den Bauernkaten und Lehmhütten. Bernhard fuhr sich mit der Hand übers Kinn und erschrak. Ähnlich war es ihm vor wenigen Stunden gegangen, als er sein Spiegelbild im trüben Wasser der Taube gesehen hatte. Ohne Bart hatte er sich beinahe nicht erkannt, sein Gesicht war ihm wie das eines Fremden erschienen. Am Nachmittag, kurz vor seiner plötzlichen Abreise aus Aken, hatte er sich den Bart abrasiert und die Haare gestutzt, schließlich wollte er unter keinen Umständen erkannt werden. Doch ohne seinen roten Rauschebart kam er sich nackt vor, er war kein rechter Mann mehr. Er wußte, daß die Bartlosigkeit dem derzeitigen Geschmack bei Hofe entsprach, doch um Mode und Etikette scherte sich Bernhard nicht. So hatte es ihn auch wenig Überwindung gekostet, in die einfache, auf dem Markt erstandene Bauerntracht zu steigen, um seine Verkleidung zu vollenden. Er sah aus wie ein Stallbursche, ohne jedoch wie einer zu riechen. Aber zumindest hinsichtlich seiner Muskelkraft hätte er es mit jedem Knecht aufnehmen können.

Das Gasthaus war nur leidlich gefüllt. Ein ungepflegt aussehender Wirt mit Schmerbauch und feistem Schweinsgesicht unterhielt sich am Schanktisch mit einem jungen Burschen, der einen Humpen Porstbier vor sich stehen hatte und schon reichlich betrunken wirkte. In der hinteren Ecke, direkt neben dem offenen Herd, saßen einige Bauersleute beisammen, und an dem Tisch neben Bernhard hockte ein glatzköpfiges Hutzelmännchen mit ledriger, fast durchsichtiger Haut und langen, krallenartigen Fingern. Der Alte kam ihm bekannt vor, und Bernhard geriet ins Grübeln. War das nicht der verfluchte Quacksalber, der ihm auf dem Dreikönigsfest zu Dessau das ominöse Pulver zur Steigerung der Manneskraft angedreht hatte? Das Mittel hatte angeblich aus getrocknetem Bullenhoden, Alraunwurzel und irgendeinem geheimen Gewürz aus fernen Landen bestanden. Natürlich hätte Bernhard das Pulver nicht nötig gehabt, auf seine Lendengegend war noch immer Verlaß, doch die Neugier hatte schließlich gesiegt. Seine Manneskraft war allerdings keineswegs gesteigert worden, dafür hatte Bernhard einen ganzen Tag lang mit brennendem Hinterteil auf dem Abtritt gesessen. Er widerstand dem plötzlichen Drang, dem Alten als Vergeltung die Nase zu zerschlagen, und betrachtete statt dessen voller Interesse eine junge Bauernmagd, die in diesem Augenblick die Schenke betrat und sich suchend in dem verräucherten Schankraum umschaute. Das Weibsbild war ganz nach seinem Geschmack: drall, aber nicht fett, großgewachsen, aber nicht grobschlächtig. Und sie schien sich ihrer Wirkung aufs männliche Geschlecht durchaus bewußt zu sein. Sie grüßte den Wirt mit einem beiläufigen Nicken, überhörte das Pfeifen der Bauern, näherte sich dem Quacksalber, schaute sich erneut um und fragte: »Anselm?«

»Derselbe«, antwortete der Alte.

»Lurias schickt mich.«

»Du bist Bertha?«

Die Frau nickte.

»Dann setz dich!«

»Hier?« Die Magd namens Bertha schüttelte eifrig den Kopf und bedachte Bernhard am Nachbartisch mit einem mißtrauischen und zugleich herausfordernden Blick. »Wollen wir nicht hinausgehen?«

»Papperlapapp!« war alles, was der Quacksalber entgegnete.

Mit einem abfälligen Schnaufen ließ sich das Weib auf der Bank nieder und fragte leise: »Hast du es dabei?«

»Was genau wünschst du?« Während die Frau ihre Stimme gesenkt hatte, sprach der Alte in normaler Lautstärke. »Lurias hat gesagt, du bräuchtest Hilfe. Wie soll die aussehen?«

Bertha näherte sich dem Mann und flüsterte ihm etwas ins Ohr.

»Verstehe«, erwiderte der Alte und nickte. »Da läßt sich einiges machen. Ein wenig Wacholder und Sadebaum haben in solchen Fällen schon Wunder gewirkt. Warum willst du es loswerden?«

Die Frau fuhr zusammen, als habe man ihr einen Schlag mit der Peitsche versetzt. »Nicht so laut!« herrschte sie den anderen an. »Du bringst uns noch in Teufels Küche.«

Bernhard hatte bislang eher auf die äußere Erscheinung der Frau als auf ihre Worte geachtet, doch nun horchte er auf. Während er gleichzeitig zum Fenster hinausstarrte und sich den Anschein gab, den Mond zu betrachten, lauschte er andächtig dem Gespräch der beiden.

»Was sagt dein Mann dazu?« fragte Anselm in unverminderter Lautstärke. »*Gibt* es einen Mann?«

»Nicht mehr«, antwortete die Magd leise. »Hubert hat mich zum Teufel gejagt.«

»Weshalb?«

»Was geht dich das an?«

»Ich bin neugierig«, entgegnete der Alte und kicherte. »Wenn ich dir helfen soll, mußt du mir einen Grund nennen. Ich riskiere schließlich einiges, wenn ich dir beistehe. Also! Warum hat er dich zum Teufel gejagt?«

»Wegen seiner Tochter, dem Miststück!« fauchte Bertha. »Sie ist nämlich ein verdammter Baldower! Und weil Hubert die Wahrheit nicht hören wollte, hat er mich vor die Tür gesetzt.«

»So, so«, knurrte Anselm. »Worte kennst du! Und für wen hat sie baldowert?«

»Für den Fremden aus Cathay«, murmelte die Magd, »ich hab' sie beobachtet. Die beiden stecken mit den Herren von Repgow unter einer Decke. Aber der Bauer hält Ethlind für eine Heilige, dabei ist sie nichts weiter als eine schäbige Hure.« Sie redete sich regelrecht in Rage, fuchtelte dem anderen mit dem Zeigefinger unter der Nase herum und fuhr fort: »Mit dem Fremden ist sie gegangen, wie eine läufige Hündin. Doch wenn man ein Wort gegen das werte Fräulein sagt, dann bezieht man Senge und wird wie eine räudige Katze auf die Straße gejagt.«

Der Quacksalber schien mit dem verworrenen Gerede der Frau wenig anfangen zu können, er schüttelte unwirsch den

Kopf und murmelte etwas Unverständliches. Währenddessen kramte er in einem speckigen Lederbeutel.

Bernhard indes traute seinen Ohren kaum. Als er sich am Nachmittag aufgemacht hatte, um nach Roswitha und dem Drachensamen zu suchen, hatte er nicht recht gewußt, wie und womit er anfangen sollte. Nach seiner Ankunft in Repgow hatte er zunächst im Gasthaus den Wirt gefragt und sich nach seinem verschwundenen Sohn erkundigt, einem hübschen, blonden Jüngling in ärmlicher Kleidung, der zuletzt in der Schenke gesehen worden sei. Ob das im Ostermonat gewesen sei, hatte der Wirt wissen wollen. Auf Bernhards Nicken hin hatte der Schmerbauch ihm dann eine seltsame und etwas konfuse Geschichte erzählt, von zwei jungen Burschen, die sich um eine zerbrochene Laute gezankt hatten und übereinander hergefallen waren, als seien sie nicht bei Trost. Bei einem dieser Jünglinge habe es sich möglicherweise um den verlorenen Sohn gehandelt. Zumindest sei er ein Blonder und kein Hiesiger gewesen. Aber was aus ihm und dem anderen Burschen geworden sei, das wußte der Wirt nicht zu berichten.

Er war auf der richtigen Fährte, das hatte Bernhard sofort gespürt und eine Portion Hammelfleisch und einen Becher Met bestellt, um mit vollem Magen sein weiteres Vorgehen zu überdenken.

Und nun sprach diese Bauernmagd von einem Fremden aus Cathay, als gebe es nichts Gewöhnlicheres auf Erden. Als wisse bereits alle Welt davon. Seltsam! Bernhard, der gerade den Holzbecher zum Mund führen wollte, hielt in der Bewegung inne und rückte ein wenig zur Seite, um besser lauschen zu können.

Dem Quacksalber schien die Bewegung seines Tischnachbarn nicht entgangen zu sein, er unterbrach seine Tätigkeit, schaute über die Schulter und wandte sich dann an Bertha. Diesmal senkte er seine Stimme und flüsterte, so daß Bernhard kein Wort verstand. Die Frau nickte und schob ihm einige Münzen zu. Anselm steckte das Geld in den Beutel und stand gleichzeitig auf.

»Morgen in der Frühe also«, sagte er zum Abschied und hinkte zum Ausgang. Er zog das linke Bein nach und stützte sich auf einen Knüttel aus Wurzelholz.

»Morgen also«, murmelte Bertha, stierte auf die Tischplatte und erhob sich dann ebenfalls. Den Wirt, der sich dem Tisch genähert hatte, um nach den Wünschen des neuen Gastes zu fragen, bedachte sie mit einem schnippischen: »Scher dich weg, Schweinsfott!« Dann hatte sie die Schenke verlassen.

»Was für ein Luder!« schimpfte der Wirt, rieb sich den Bauch und lachte. »Der brave Hubert hat gut daran getan, das Biest vor die Tür zu setzen.«

»Aber ein verflucht hübsches Weib«, erwiderte Bernhard und stand auf. »Du weißt nicht zufällig, wo sie nächtigt?«

Wieder lachte der Wirt und schüttelte den Kopf. »Womöglich auf der Straße«, vermutete er und klopfte dem anderen auf den Rücken, »wie es sich für streunende Hunde gehört.«

Es war eine sternenklare Nacht. Bernhard atmete tief durch und schaute sich um. Das Dorf Repgow bestand lediglich aus einigen wenigen Bauernhöfen und winzigen Katen, die sich um die kleine steinerne Kirche gruppierten. Die schmale Dorfstraße führte in nördlicher Richtung nach Aken und in südlicher zum nahe gelegenen Gut derer von Repgow. Gerade als er die Straße betrat, näherte sich von Süden ein Reiter im Galopp. Der Staub wirbelte, die Hufe donnerten vorbei, und Bernhard erkannte eine schwarze Gestalt auf einem Schimmel. Dem Mantel und der Kapuze nach zu urteilen, handelte es sich um einen Benediktiner, doch der Mönch ritt in einem solchen Tempo, daß Bernhard ihn nur wie einen Schatten wahrnahm. Wenig später hatte die Nacht den Reiter geschluckt.

Bernhard starrte in die Richtung, aus der der Mönch gekommen war, und erkannte am südlichen Ausgang des Dorfes eine einzelne Frauengestalt. Das mußte Bertha sein. Er ließ seinen Rappen vor dem Gasthaus angebunden und folgte ihr zu Fuß. Bertha blieb plötzlich stehen, wandte sich um und bog dann rechts ein. Bernhard beschleunigte seinen Schritt, und als er an der Ecke ankam, stand die Magd in einiger Entfernung und schien auf ihn zu warten. Wieder bog sie rechts ein und ging nun in Richtung der Kirche, die direkt gegenüber dem Gasthaus lag. Sie schien im Kreis zu laufen. Bernhard stutzte und sah sie auf dem eingefriedeten Kirchhof verschwinden. Er beeilte sich, ihr zu folgen, und trat nur kurz nach der Frau durch die Pforte. Auf dem Kirchhof war niemand zu sehen, nur verwitterte Grabsteine und hölzerne Kreuze. Der gesamte Friedhof war von einer mannshohen Mauer umgeben, es war also kaum denkbar, daß sie den Ort bereits wieder verlassen hatte.

»Was willst du von mir?« hörte Bernhard plötzlich eine Stimme hinter sich, doch als er sich umwandte, konnte er niemanden erkennen. Es war stockfinster im Schatten des Gemäuers. Die Stimme schien aus dem Nichts zu kommen.

»Dir helfen«, antwortete Bernhard und hob die Arme, um zu bedeuten, daß er keine Gefahr darstellte. »Ich möchte dir einen Handel vorschlagen.«

»Du warst in der Schenke«, sagte Bertha und trat aus dem Dunkel. Sie stand neben einem frisch gemachten Grab, und in der Hand hielt sie die Schaufel eines Totengräbers wie ein Schwert.

Da Bernhard nickte und sich nicht von der Stelle rührte, fragte sie: »Was für einen Handel?«

»Wie ich unfreiwillig hörte, hast du derzeit kein Heim. Dem ließe sich abhelfen.« Er wartete, und da die Frau nichts erwiderte, fuhr er fort: »Du verrätst mir, was du von dem Fremden aus Cathay weißt, und ich verschaff' dir eine Stellung auf der Burg Aken.«

»Ha!« schnaufte Bertha. »Als Schweinehirtin vermutlich. Du siehst nicht so aus, als hättest du mehr als das zu bieten.«

»Wenn du meinst«, antwortete Bernhard, nahm die Hände herunter, zuckte gleichgültig mit den Schultern und ging zur Pforte, ohne sich noch einmal nach der Magd umzuschauen.

Bertha reagierte genauso, wie Bernhard es vorhergesehen hatte. »Halt!« rief sie. »Hiergeblieben! Von welcher Stellung sprichst du?«

»Das hängt ganz von dir ab«, antwortete er. »Kennst du den Herrn von Aken?«

»Nur dem Namen nach.«

»Du wirst ihn kennenlernen, und es wird nicht zu deinem Nachteil sein.« Bernhard näherte sich der Frau und nahm ihr die Schaufel aus der Hand. »Ich kenne ihn besser, als du ahnst. Und auf mein Wort hört er, das kannst du mir glauben. Aber vorher sagst du mir, was du von dem Fremden weißt.«

»Ich hab's ja gewußt, daß der Kerl Unglück bringt«, sagte Bertha und ging auf Abstand zu dem Unbekannten, der ihr unheimlich zu sein schien. »Diese wirren Träume und das Gestammel. Und immer diese Drachen! Aber Hubert wollte nicht auf mich hören. Verdammter Dickschädel!«

»Du hast vorhin von seiner Tochter gesprochen«, bohrte Bernhard nach. »Daß sie mit dem Mann fortgelaufen und ein Baldower sei. Wie hast du das gemeint? Wobei hast du sie beobachtet?« Da Bertha unschlüssig dastand und den Mund nicht aufbekam, fuhr er sie an: »Sprich, Weib! Sonst überleg' ich es mir anders.«

»Zum Gut ist sie geschlichen, früh am Morgen, fast noch in der Nacht, bei strömendem Regen«, sagte Bertha eingeschüchtert. »Und der Fremde hat ihr etwas mitgegeben. Einen Drachensamen, das hat er laut und deutlich gesagt. Ich hab' die beiden Turteltauben belauscht. Sie spielt ein falsches Spiel und steckt mit den Repgows unter einer Decke. Aber Hubert wollte mir …«

»Bist du ihr gefolgt?« unterbrach Bernhard die Frau, bevor sie erneut mit ihrem selbstmitleidigen Sermon beginnen konnte.

Bertha zögerte und nickte dann.

»Braves Mädchen«, flüsterte Bernhard und grinste. »Wo hat sie das Säckchen versteckt? Es war doch ein Säckchen?«

Wieder nickte Bertha und zuckte dann mit den Schultern. »Sie ist in den Mauern verschwunden. Ich konnte nicht sehen, wie sie das gemacht hat. Plötzlich war sie weg. Und ebenso plötzlich war sie wieder da und ist nach Hause gelaufen. Eine Hexe ist sie!«

»Aber das Säckchen hatte sie nicht mehr dabei?«

»Ein Säckchen schon, aber keinen Samen.« Bertha wiegte den Kopf, als überlege sie, wie sie das alles erklären solle. »Ich hab' gewartet, bis sie schlief, und dann in ihren Kleidern gesucht, aber was ich in dem Säckchen fand, war kein Drachensamen.«

»Sondern?«

»Ein Holzpferd.«

»Wie bitte?« Bernhard ergriff ihren Unterarm und fauchte: »Was soll der Unsinn? Erzählst du Märchen?!«

Bertha hob hilflos die Achseln und rief: »Du tust mir weh!«

»Wo ist dieses Pferd?« Bernhard überlegte, ob das Holzspielzeug vielleicht innen hohl und mit dem Drachensamen gefüllt war. Ein trojanisches Pferd. »Wer hat es nun?«

»Der Herr von Repgow.«

Bernhard schwirrte der Kopf. Eike von Repgow! Hatte der verdammte Schöngeist und Büchernarr also doch etwas mit der Sache zu tun! Bernhard hatte es ja von Anfang an geahnt.

»Vor gut einer Woche tauchten zwei junge Herren auf und

haben sich nach dem Mann aus Cathay erkundigt«, fuhr Bertha fort. »Sie wollten, daß wir ihnen aushändigten, was der Fremde besessen hatte, darum habe ich ihnen das Pferd gegeben. Ich glaube nämlich, daß Ethlind das Pferd gegen den Samen getauscht hat. Vermutlich ist es ein Zaubermittel.«

»Zwei junge Herren?« brummte Bernhard und hatte Mühe, den Ausführungen der Frau zu folgen. »Und einer von ihnen war ein Repgow?«

»Nicht der eigentliche Herr«, erklärte Bertha, »sondern sein Neffe.«

»Und der zweite Bursche?«

»Hat seinen Namen nicht genannt.«

»Ein hübscher Blonder?«

»Hübsch?« Bertha zuckte mit den Schultern. »Nicht besonders männlich, ein blasser Jüngling, aber ganz ansehnlich. Gekleidet war er wie ein Dahergelaufener, aber mit dem jungen Repgow hat er gesprochen wie mit einem alten Bekannten.«

»Hmm«, machte Bernhard und beendete das Gespräch, indem er in seine Gürteltasche griff. Er reichte der Frau eine Münze und sagte: »Für deine Hilfe. Komm in den nächsten Tagen zur Burg Aken! Sollte der Herr nicht da sein, dann warte auf ihn. Er wird sich um dich kümmern.« Er lächelte vielsagend, doch dann fiel ihm etwas ein, und seine Gesicht verfinsterte sich. »Aber vorher solltest du dein Problem loswerden.«

Es dauerte eine Weile, bis Bertha begriff. Dann nickte sie, verbeugte sich und biß gleichzeitig auf die Münze, um zu überprüfen, ob sie nicht aus Blech sei.

Bernhard lachte und verließ eilends den Kirchhof. Vor der Schenke begrüßte ihn sein Pferd mit freudigem Gewieher, und im Galopp ging es in südlicher Richtung zum Gut Repgow. Das Gerede der Magd mochte wirr und zusammenhanglos gewesen sein, und Bernhard hatte nicht wirklich begriffen, was sich an jenem Tag zugetragen hatte, doch nun wußte er zumindest, wo er seine Suche fortzusetzen hatte. Es war nicht weit zum Repgowschen Herrensitz, der auf einer kleinen Anhöhe lag und im Mondlicht weithin sichtbar war. Während er noch überlegte, wie er sich Zutritt zu dem Gut verschaffen sollte, bemerkte Bernhard eine Bewegung unterhalb des Hauses. Ein Schatten erschien wie von Zauberhand und huschte über die Mauern. Bernhard erinnerte sich an Berthas Worte von der vermeintlichen Hexe, die im Gemäuer des Hauses verschwunden war. Seine Erfahrung hatte ihn allerdings gelehrt, daß hinter beinahe jeder Hexerei ein ganz einfacher Trick verborgen war.

»Wollen doch mal sehen«, knurrte er und lenkte sein Pferd mit einem »Hott!« nach rechts von der Straße auf einen Feldweg.

Der Schatten war inzwischen im nahe gelegenen Wald verschwunden.

12. Kapitel

Kloster Nienburg, April 1223

»Du darfst niemals ein Weib sein!« Die Worte klangen ihr wie ein nicht enden wollendes Echo in den Ohren. Die junge Frau, deren Namen sie nicht einmal kannte, hatte das gesagt. »Niemals ein Weib oder ein Kind oder alt oder krank.« Aber Ethlind war ein Weib, und erst ihre Begegnung mit dem Fremden aus Cathay hatte ihr das mit aller Macht offenbart. Und weil dies so war, saß sie nun im Keller des Klosters, gefangen in einem gemauerten Verschlag, auf Gedeih und Verderb dem blinden Abt und dem finsteren Hagatheo ausgeliefert. Sie war eine Mörderin und hatte es sich selbst zuzuschreiben!

Als die beiden Laienbrüder sie ergriffen hatten und ins Gästehaus bringen wollten, hatte sie sich mit Händen und Füßen gewehrt. Sie hatte sich losgerissen und war zum Tor gerannt. Raus aus dem Kloster, fort von der Leiche, weg von allem! Doch die Männer waren schneller gewesen, hatten sie überwältigt und nach kurzer Beratung in den Keller geschafft. Ethlind war es beinahe recht, in einer Zelle eingesperrt zu sein. Immer wieder sah sie den leblosen Körper des Torwächters auf dem Boden des Gästehauses liegen, und selbst der Gedanke, der Schuft habe es nicht anders verdient, verschaffte ihr keine Erleichterung.

Sie hatte nur das Richtige tun wollen, deshalb war sie nach Nienburg gekommen, doch nun würde sie elendig zugrunde gehen, genauso wie der arme Mann, der in der Nachbarzelle zwischen Leben und Tod lag. Ethlind konnte sich selbst nicht erklären, warum sie für den Fremden die Gefühle hegte, die sie nun nicht mehr zu leugnen imstande war. Sie hatten kaum miteinander gesprochen, die meiste Zeit hatte er im Fieber phantasiert, doch in den wenigen wachen Momenten hatte sein dankbarer Blick sie mit Freude erfüllt und ihr Herz höher schlagen lassen. Vielleicht lag es daran, daß sie sich zum erstenmal in ihrem Leben wirklich von jemandem gebraucht sah. Sie war nicht dumm und nutzlos, wie ihr Vater es ihr immer eingeredet hatte. Sie kümmerte sich und wurde dafür mit kleinen Gesten belohnt, einer Berührung der Hand oder einem schmalen Lächeln. Und mit einem Blick, der ihr Innerstes aufgewühlt hatte.

»Matteo«, flüsterte Ethlind. So hatte der Mann sich vorgestellt. Und es machte ihr Freude, den schönen Namen ein ums andere Mal zu wiederholen. Ganz leise, damit niemand es hörte. Weder der Greif, dessen Ohren überall zu sein schienen und selbst durch Mauern und Eichentüren lauschten, noch der slawische Gauner in der hinteren Zelle, dessen Kind vor Angst und Schrecken schluchzte und unentwegt nach der Mutter rief.

Seit vielen Stunden saß sie in diesem düsteren und feuchten Raum, und in der ganzen Zeit hatte niemand mit ihr gesprochen. Die Nacht war gekommen, dann der Morgen. Der junge Mönch, der ihr Brot und Wasser zum Frühstück reichte, tat dies wortlos, und als sie ihn anflehte, sie müsse dringend mit dem Abt sprechen, nickte er und verschwand grußlos. Der Greif jedoch ließ sich nicht blicken. Sein Helfershelfer mit dem schiefen Mund ebensowenig. Die einzigen Laute bestanden aus den dumpfen slawischen Flüchen des Zupan, dem Weinen des kleinen Bolo und dem kaum vernehmbaren Stöhnen Matteos, das Ethlind zugleich weh tat und erfreute. Solange er stöhnte, lebte er.

Sie war gerade eingeschlummert, als eine knarzende Stimme sie weckte.

»He, Mädchen!«

Es war der Zupan. Die Stimme schien von draußen durchs Fenster zu kommen, stammte aber aus der Nachbarzelle. Der kleine Bolo hatte sich nach einer durchwachten Nacht in den Schlaf gejammert, und so nutzte der Alte die Gelegenheit, die neue Gefangene auszuhorchen.

»Was hast du verbrochen?« fragte er.

Ethlind schwieg zunächst und näherte sich dem Fenster. Da sie eine Frau war, hatten die Mönche es nicht für nötig befunden, sie an eine Ochsenkette zu fesseln, und so starrte sie auf die von Unkraut überwucherte Klostermauer. Dann antwortete sie: »Ich habe einen Mönch erschlagen.«

»Oho!« In dem Ausruf schwang Überraschung, aber auch Anerkennung mit. »Sieh einer an! Wozu Weibsbilder heutzutage fähig sind.« Er lachte krächzend.

»Weshalb bist du in diesem Keller, Dobresit?« Den Namen hatte sie gehört, als Hagatheo den Gefesselten zur Abtei gebracht hatte.

»Ich habe etwas, das der Greif gern hätte«, antwortete der Zupan geheimnisvoll. »Es hat mich hier hereingebracht, aber es wird mich auch wieder befreien. Die Zeit sollte jedenfalls gereicht haben.«

Ethlind verstand nicht, was er mit seinem Gerede meinte, doch sie wußte, was sich hinter diesem »etwas« verbarg. Sie murmelte: »Das zweite Säckchen.«

»Das zweite?« wunderte sich der Slawe. »Von einem ersten weiß ich nichts.«

»Warum wird es dich befreien?«

»Bist du verheiratet, mein Täubchen?« lautete die Antwort.

Ethlind stutzte und schüttelte den Kopf. Sie vergaß, daß der andere sie nicht sehen konnte.

»Ich aber«, sagte Dobresit, als könne er durch Mauern blicken, als sei die Klostermauer von spiegelndem Glas. »Und meine Dwina ist ein Pfundskerl von Weib. Wenn du verstehst, was ich meine.«

Wie sollte sie? Und *warum* sollte sie! Etwas anderes ging ihr durch den Kopf. Wenn der Zupan im Besitz des Säckchens war, das der Abt mit solcher Beharrlichkeit und Grausamkeit verfolgte, war es dann nicht denkbar, daß Dobresit auch für den Überfall auf Matteo verantwortlich war? Es war nicht der Mönch gewesen, der den Mann aus Cathay niedergeschlagen hatte. Der Gauner in der Nachbarzelle hatte den beiden Reisenden aufgelauert, den Mönch getötet und dessen Beutel gestohlen. Und Matteo hatte sich mehr tot als lebendig retten können. Oder war als vermeintlich Toter zurückgelassen worden.

»Du bist ein Mörder!« schrie sie den Gefangenen plötzlich an.

»Das sagst ausgerechnet du«, antwortete der Zupan und lachte höhnisch.

In diesem Augenblick stöhnte Matteo in seiner Zelle so laut auf, daß seine Mitgefangenen es deutlich hören konnten. Ethlind entfuhr ein Schrei, als fühle sie die Schmerzen des Sterbenden. »Halte durch, Liebster!« flüsterte sie und schickte ein Gebet zum Himmel: »Ave Maria, gratia plena!«

»Dominus tecum«, murmelte der Slawe auf der anderen Seite und schnaufte leise. »So sieht das also aus. Ich verstehe.«

Ethlind hielt sich erschrocken die Hand vor den Mund. Und dann brach es aus ihr heraus. Ein Weinkrampf schüttelte sie, und sie biß sich auf die Finger, um nicht laut aufzuschreien. Die Tränen liefen ihr in heißen Strömen über die Wangen, es war kein Halten mehr.

»Ach, Kindchen«, sagte der Zupan. »Nicht doch, sei ruhig, Täubchen.« Genauso hatte er in der Nacht seinen Sohn zu beruhigen versucht. Ebenso vergeblich. »Armes Kind!«

Ethlind sackte an der Wand zusammen, schloß die Augen

und hielt die Hände vor die Ohren. Nichts sehen, nichts hören! Und nichts mehr fühlen.

Der Schlaf kam wie eine Erlösung über sie.

Ethlind wußte nicht, wieviel Zeit verstrichen war oder was sie geweckt hatte. Doch blitzartig waren alle ihre Sinne da. Ein schmaler Lichtstrahl fiel auf den Schlehdornbusch vor dem Fenster. Es mußte bereits nach Mittag sein. Eine Tür knarrte. Schritte waren zu hören. Etwas scharrte und schabte. Eisen auf Eisen. Ein Riegel! Dann noch einer.

Und schließlich hörte Ethlind die Stimme des Abts: »Dobresit, komm!«

»Jawohl, ehrwürdiger Vater, natürlich, sofort!« Die Stimme des Slawen klang nun gar nicht mehr höhnisch oder überlegen, sondern devot. Aber es war eine falsche Unterwürfigkeit. Das Schwanzwedeln eines Hundes, der jederzeit zubeißen konnte.

Der kleine Bolo begann im selben Augenblick nach seiner Mutter zu rufen.

»Sei still, mein Junge«, sagte der Zupan. »Es wird alles gut. Nicht wahr, ehrwürdiger Vater, es ist doch alles gut? Ihr habt das Säckchen gefunden?«

»Lump!« schimpfte der Greif. »Dir werde ich dein falsches Maul noch stopfen!«

»Aber nein, aber nicht doch«, murmelte Dobresit. »Was ist denn …«

Da Ethlind von ihrem Platz am Fenster nicht verstehen konnte, was gesprochen wurde, ging sie zur Tür und versuchte, durch den winzigen Spalt zwischen Holz und Mauer etwas zu erkennen oder zu hören.

»Das verstehe ich nicht«, sagte der Zupan mit kaum verhohlener Zufriedenheit. »Was hat denn Tezlaw damit zu schaffen? Woher wußte er von dem Brunnen? Ich hab' ihm nichts davon gesagt. Das müßt Ihr mir glauben. Zwei Eurer Leute sind tot? Nein, so was! Was für ein Gauner!«

»Halt's Maul, und komm mit!«

»Was soll nun mit uns geschehen?«

»Du bist das Pfand«, erwiderte der Greif in seiner zischelnden und nuschelnden Sprechweise. »So will es Tezlaw. Nun, wir werden sehen.«

Wieder rief Bolo nach der Mutter.

»Ach ja!« seufzte der Slawe laut, und Ethlind hatte das Gefühl, daß die folgenden Worte für sie bestimmt waren: »Ein Pfundskerl von einem Weib!«

»Ehrwürdiger Vater!« rief Ethlind und hämmerte gegen die Tür.

»Was ist?« antwortete der Abt gereizt.

»Was habt Ihr mit mir vor?«

»Das hängt davon ab, wie es Bruder Michael ergeht.«

»Er lebt?« Ethlind schlug das Herz bis zum Hals.

»Was keineswegs dein Verdienst ist.« Es raschelte im Stroh, als stampfe er ärgerlich auf, dann befahl der Abt: »Los! Es wird Zeit, daß wir's zu Ende bringen. Bevor noch mehr Unheil geschieht.«

Schritte entfernten sich. Eine Tür wurde geschlossen. Stille.

Wenig später knarrte die Tür erneut, schlurfende Schritte näherten sich, und Ethlind hörte Dobresits Stimme: »Nein, laßt nur, bemüht Euch nicht, das dauert nur einen Augenblick. Wo hab' ich bloß meine Gedanken? Vergesse ich meine eigene Mütze. So was! Ach, da ist sie ja! Was ist ein Mann ohne Kopfbedeckung? Ja, ja, das Alter! Das macht einen vergeßlich ...« Während er derart wirr und in übertriebener Lautstärke daherredete, hörte Ethlind ein seltsames Schaben. Eisen auf Eisen. Als würde ein Riegel zur Seite geschoben. Dann noch einer. »So, das war's! Komme schon, ehrwürdiger Vater, bemüht Euch nicht!«

Abermals knarrte die Tür zur Treppe. Der Zupan war verschwunden.

Ethlind wartete eine geraume Weile, bis sie es wagte, sich gegen die schwere Zellentür zu lehnen. Und tatsächlich, sie ließ sich öffnen. Das Quietschen der Angeln klang wie ein Engelschor in Ethlinds Ohren. Warum hatte der Zupan das getan? Handelte es sich etwa um eine Falle? Aber nein, Dobresit hatte keinen Grund, ihr eine Falle zu stellen. Er hatte seinen eigenen Kopf aus der Schlinge gezogen, ohne daß Ethlind begriffen hätte, wie es dazu gekommen war. Und nun hatte er die Riegel geöffnet, als wolle er etwas wiedergutmachen.

Ein Mörder mit einem Gewissen, dachte sie.

Ethlind trat hinaus, verriegelte die Tür hinter sich und wandte sich der Zelle zu, in der Matteo lag. Sie schob die Eisenriegel zur Seite, öffnete die Tür, wagte aber kaum, einen Blick ins Innere zu werfen.

»Matteo«, flüsterte sie und betrat zögernd den Raum.

Der Verletzte lag in seltsam gekrümmter Haltung auf dem Boden, wie um den Pfeiler gebogen, an den er gefesselt war, und bewegte sich nicht. Ethlind näherte sich und sprach ihn erneut an. Wieder keine Regung, kein Ton. Sie befürchtete bereits das Schlimmste, als sie ein leises Stöhnen vernahm. Sie kniete neben ihm nieder und hielt seinen Kopf in den Händen. Matteo war nicht mehr bei Bewußtsein, die Augen waren geschlossen, sein Kopf war heiß vom Fieber, Schweiß stand auf der blutverschmierten Stirn.

»Ach, Liebster«, sagte sie und drückte ihm einen Kuß aufs Haar. »Ich komme wieder«, flüsterte sie zärtlich und zugleich bestimmt. »Ich komme wieder.«

Ethlind hatte einen Entschluß gefaßt. Zum Teufel mit ihrem Versprechen! Zum Teufel mit dem Drachensamen! Nun galt es, das Leben dieses Mannes zu retten. Und dann würden sie schon sehen, was es hieß, ein Weib zu sein. Wozu ein Weib in der Lage war!

Mit einem Ruck riß sie sich von Matteo los, strich ihm ein

letztes Mal über die glühenden Wangen und verließ mit zittrigen Knien die Zelle. Sie atmete tief durch, verriegelte die Tür, stieg vorsichtig die Treppe hinauf, ging jedoch nicht geradeaus zum Klosterhof, da sie wußte, daß die Tür zum Hof immer verschlossen war, sondern bog rechts in einen niedrigen Gang ein, der zu einem weiteren Vorratsraum führte. Von hier aus gelangte man über einen Wirrwarr von Treppen zu einem der Schlafsäle, die um diese Zeit verwaist waren.

Wie gut, daß sie die vergangenen Tage dazu benutzt hatte, sich im Kloster umzuschauen und sich alles einzuprägen. Noch wußte sie nicht, wie sie aus diesem riesigen Gefängnis fliehen sollte, doch wenn es überhaupt denkbar war zu entkommen, dann nur auf der Ostseite des Klosters, denn dort bildete die Klostermauer zugleich die Stadtmauer. Und jenseits der Umfriedung floß die Bode.

»Bruder Hagatheo ist verschwunden?«

»Das hat zumindest Bruder Matthias behauptet.«

Ethlind hörte die Stimmen, bevor sie die Mönche sah, und ging hinter einem Pfeiler in Deckung. Zwei Männer näherten sich aus der Richtung, die sie für ihre Flucht gewählt hatte. Es war der Ausgang zum Abtritt, und von dort ging es ins Freie. Doch nun war ihr dieser Weg versperrt. Die beiden Mönche standen in der Tür und unterhielten sich.

»Was es wohl mit diesem Slawen auf sich hat? Wie kann ein dahergelaufener Bauer sich erdreisten, dem Abt Befehle zu erteilen. Eine Schande!«

»Seltsame Dinge gehen im Kloster vor, wenn du mich fragst, Hieronymus. Bruder Notker ist tot, Bruder Michael liegt mit eingeschlagenem Schädel im Hospital, zwei weitere Brüder wurden gemeuchelt, und der Keller ist voller Gefangener. Dies ist kein Kloster, sondern ein Kriegslager.«

»Nicht so laut«, erwiderte Bruder Hieronymus und bedeutete dem anderen mit einem Kopfnicken, den Raum zu betreten. »Laß uns ins Dormitorium gehen. Dort sind wir ungestört.«

Ethlind saß in der Falle. Zwar war sie hinter ihrem Pfeiler nicht zu sehen, doch der Weg ins Freie war blockiert. Es blieben nur der Gang zum Keller oder eine steinerne Wendeltreppe, die unweit des Stützpfeilers ins Obergeschoß führte. Allerdings hatte sie keine Ahnung, wo die Treppe endete und was sie dort erwartete.

»Hast du gesehen, wie der Greif diesem Smurden begegnet ist? Als habe der Slawe eine seltsame Macht über ihn.«

»Und dann dieses andauernde Winken mit dem Zeigefinger! Kannst du dir erklären, was das bedeuten sollte? Und das irre Gestammel von dem Fingerzeig Gottes. Seltsam, oder?«

»Vermutlich ist der Bauer nicht bei Trost!« vermutete Bruder Hieronymus.

Da die beiden Mönche so angeregt in ihr Gespräch vertieft waren, konnte Ethlind auf Zehenspitzen zur Treppe und unbemerkt nach oben schleichen. Sie gelangte zu einem weiteren, ebenfalls verwaisten Schlafsaal von gleicher Größe, allerdings befand sich zu ihrer Linken ein Durchgang in der Mauer, den es im Erdgeschoß nicht gab. Ethlind kannte sich nur zu ebener Erde im Kloster aus, dort befanden sich der Kapitelsaal, der Speisesaal und eine Art Sprechzimmer. Ins obere Stockwerk war sie noch nicht vorgedrungen, vermutlich lagen hier die Bibliothek und die sagenhafte Schatzkammer, von der die Leute in weitem Umkreis sprachen. Überhaupt gab es viele Legenden und Schauergeschichten um das Kloster, es hieß, die Abtei sei durch einen geheimen Gang mit der nahe gelegenen Burg verbunden, so daß sich die Mönche bei einem Angriff samt Schätzen dort verschanzen konnten. Andere wollten gar von einem Tunnel nach Grimschleben gehört haben, was natürlich ganz undenkbar war, da sowohl die Bode als auch die Saale zwischen den beiden Orten lagen. Der Gang, der nun vor Ethlind lag, war jedoch alles andere als geheim, er war weder versteckt noch verschlossen, und so wagte sie sich schließlich hinein. Der Gang war schmal, aber mannshoch und gestützt von gemauerten Rundbögen. Nach wenigen Schritten bereits war es finster und kalt wie in einem Grab. Doch an dem leichten Luftzug erkannte Ethlind, daß sie sich nicht in einer Sackgasse befand. Einen seltsamen Geruch nahm sie wahr, der stärker wurde, je weiter sie sich vorwagte. Weihrauch! Ja, danach roch es. Und nachdem der Gang einen leichten Bogen beschrieben hatte und nun deutlich anstieg, fand sie die Erklärung für den Geruch. Denn ihr Schleichweg führte direkt in die Klosterkirche und endete auf einer Empore im Langhaus der Basilika, unmittelbar über dem Mittelschiff. Die Schlafsäle der Benediktiner waren also mit der Kirche verbunden, das war auch der Grund, warum Ethlind die Mönche und Laienbrüder selten beim Betreten der Basilika beobachtet hatte.

Genau in diesem Augenblick erklang ein vielstimmiger Chor aus dem Erdgeschoß des Langhauses, und als Ethlind einen Blick über die Balustrade wagte, sah sie einen Knabenchor mit Inbrunst das »Gloria« schmettern.

»Gloria in excelsis Deo!«

Sie trat von der Brüstung zurück und schaute sich suchend um. Im Osten schloß sich an das Mittelschiff der etwas niedrigere Chorraum an, und durch die Fenster auf der Nordseite des Langhauses sah sie die Burg in den Himmel ragen. Die Sonne schien bereits tief zu stehen, die Bäume warfen lange Schatten. Es konnte nicht mehr lange dauern, bis die Mönche sich zum Vespergottesdienst versammelten. Oder wurde dieser in der Kapelle an der Südmauer abgehalten? Ethlind wußte es nicht, und solange sie nicht sicher war, was nun zu tun sei, mußte sie sich verstecken. Um nachzudenken, um einen Ausweg zu finden. Vermutlich hatten die Benediktiner längst bemerkt, daß sie ihrer Zelle entflohen war, und suchten nach ihr. Wenn sie es schaffte, sich bis nach Einbruch der Dunkelheit verborgen zu halten, so hätte sie eine Chance zu entkommen. Die Nacht war ihre Verbündete, denn die strengen Regeln des heiligen Benedikt zwangen die Mönche dann zum Nichtstun. Die Dunkelheit machte sie stumm und lahm.

»In gloria Dei Patris«, beendete der Chor seinen Gesang. »Amen.«

Im gleichen Augenblick begann das Vesperläuten, und das leise Echo von Schritten und Stimmen drang aus dem Gang in den Kirchenraum. Rasch lief sie in den hinteren Teil der Empore und wollte sich hinter einer Holzbank verstecken, als sie einen Haufen loser Backsteine und mehrere Bretter sah, die neben einem der niedrigen Seitenfenster gestapelt waren. Ethlind erinnerte sich, daß die Fassade der Kirche an einigen Stellen ausgebessert wurde. Ein Blitzschlag hatte vor wenigen Tagen das Mauerwerk auf der Ostseite beschädigt und einen Stützpfeiler zum Einsturz gebracht. Vermutlich dienten diese Materialien dazu, den Schaden zu beheben. Erst jetzt bemerkte Ethlind, daß das kleine Seitenfenster direkt über dem Boden ohne Verglasung war. Das Glas stand samt Rahmen neben der Öffnung. Ethlind näherte sich dem Fenster, bückte sich und schaute hinaus. Von hier aus hatte man einen herrlichen Blick über die Bodeniederung, die hinter der Klostermauer im rötlichen Dämmerlicht leuchtete. Doch Ethlind hatte kein Auge für die atemberaubende Landschaft, wie gebannt starrte sie auf eine Holzleiter, die unterhalb des Fensters an die Fassade gelehnt war und zu einem Gerüst führte, das über eine Länge von mehreren Klaftern vor der Kirchenmauer aufgebaut war. Dies mußte die Stelle sein, an der der Blitz eingeschlagen war. Ethlind schwindelte, als sie zu Boden schaute, und unter normalen Umständen wäre sie lieber gestorben, als auf die wacklige Leiter zu steigen. Doch es waren keine normalen Umstände. Dieses Holzgerüst und diese Leiter schickte ihr der Himmel, und es wäre einer Gotteslästerung gleichgekommen, sie nicht zu benutzen. Sie hielt die Luft an, setzte sich ins Fenster und tastete mit dem Fuß nach der obersten Sprosse. Dann machte sie ein Kreuzzeichen und kletterte hinunter.

Zwei Stunden waren seit Sonnenuntergang verstrichen, und noch immer hockte Ethlind auf dem Holzgerüst hoch über dem Boden. Sie wagte es nicht, sich zu rühren, bei jeder Bewegung wackelten die Bretter unter ihr, und das Gerüst gab quietschende Geräusche von sich. Die Mönche hatten sich längst in ihre Schlafsäle zurückgezogen, kein Laut war zu hören, niemand hielt nach ihr Ausschau, nur die Fledermäuse zogen ihre Kreise um die Türme der Basilika. Dennoch wartete sie, denn für das, was sie vorhatte, brauchte sie Licht.

Endlich ging der Mond auf und tauchte die Landschaft in ein diffuses, milchiges Licht. Wenn er sich nur nicht wieder verfinsterte, dachte Ethlind und erinnerte sich an jene fürchterliche Nacht, als der Mond geblutet hatte. Die Mönche hatten das Unfaßbare wie ein belustigendes Jahrmarktsspektakel betrachtet, als machte ihnen das göttliche Zeichen keine Angst, als hätten sie es erwartet. Ethlind jedoch hatte sich zu Tode gefürchtet. Es war ein böses Omen gewesen, das wußte sie mittlerweile, doch nun war es zu spät.

Als der Mond eine Handbreit über dem Horizont stand, wachte sie wie aus einer Bewußtlosigkeit auf. Fort mit den bangen Gedanken! Nun galt es! Sie stand auf und wagte sich an den Rand des Gerüstes vor. An dieser Stelle stieß die Kirche beinahe mit der Klostermauer zusammen, die Fassade und das Gemäuer waren nicht mehr als zwei Klafter voneinander entfernt, durch das Gerüst verringerte sich der Abstand auf anderthalb Klafter. Wäre sie ein Mann gewesen und hätte Beinlinge getragen, so hätte sie vermutlich von ihrem Platz aus auf die Mauer springen können. Doch was dann? Wie sollte sie von der fuderhohen Mauer herunterkommen, ohne sich beim Sprung die Beine zu brechen? Nein, ihr Plan sah anders aus. Das Gerüst war etwa auf der gleichen Höhe wie die Mauerkrone, vielleicht sogar etwas höher, und wenn es ihr gelang, mit der Holzleiter Gerüst und Mauer zu verbinden, dann hätte sie eine Art Brücke, auf der sie kriechend zur Mauer gelangen könnte. Anschließend würde ihr die Leiter dazu dienen, von der Mauerkrone hinabzusteigen. Die erste Schwierigkeit bestand jedoch schon darin, daß die Leiter schwerer und zugleich kürzer war, als Ethlind gedacht hatte. Es ging um wenige Handbreit. Sie hievte das Gestell auf den Rand des Gerüsts, beugte sich, so weit es irgend ging, vor und ließ die Leiter langsam nach vorne kippen. Doch sie kam nicht weit, ihre Arme waren zu kurz, das Gewicht der Leiter drohte sie vom Gerüst zu ziehen. Also ließ sie los und betete. Das Holzgestell knallte auf die Mauerkrone, sprang hoch und schien zur Seite zu kippen, doch mit einem beherzten Griff faßte Ethlind das andere Ende und schaffte es, das Umkippen abzuwenden, ohne selbst vom Gerüst zu fallen. Die Brücke hielt. Vorerst. Erneut horchte Ethlind, ob das Aufschlagen der Leiter jemanden geweckt und alarmiert hatte. Von Hagatheos Seite hatte sie nichts zu befürchten, der war verschollen, wie sie dem Gespräch der beiden Mönche entnommen hatte. Doch ob der Abt sich noch im Kloster aufhielt, konnte sie nicht sagen. Vielleicht war er mit dem Slawen davongeritten, um den Handel auszuführen, für den er über Leichen gegangen war. Womöglich aber schaute der Greif just in diesem Augenblick mit seinen blinden Fledermausaugen auf sie hinab und hatte seine Häscher bereits ausgesandt.

Langsam kroch sie vorwärts, auf allen vieren über die ersten

Sprossen, den Blick starr geradeaus gerichtet. Nur nicht nach unten schauen! Ihr Herz raste, der Atem stockte, die Leiter bog sich und wackelte, doch sie ging nicht entzwei und blieb an Ort und Stelle. Nach einer Ewigkeit erreichte Ethlind die Mauerkrone, setzte sich rittlings darauf und blickte auf die andere Seite. Ein Schrecken fuhr ihr in die Glieder, als sie erkannte, daß die Mauer auf der Flußseite wesentlich höher war als auf der Klosterseite. Wie hätte sie das auch ahnen sollen! Mit allerletzter Kraftanstrengung zog sie die Leiter vom Gerüst, einen Augenblick lang sah es aus, als entgleite ihr das Gestell, doch dann hievte sie es auf die Mauer und ließ es auf der anderen Seite hinabgleiten. Das Ende baumelte immer noch ein gutes Stück über der Erde. Sei's drum, dachte sie und ließ los. Die Leiter schoß zu Boden, wankte und fiel dann gegen die Mauer. Sie stand zwar schräg, aber sie stand. Allerdings befand sich die oberste Sprosse so weit entfernt, daß Ethlind sie mit den Füßen nicht erreichte. Zum Umkehren war es nun zu spät. Sie mußte sich von der Mauerkrone hängen lassen. Wieder verfluchte sie ihre Kleidung, doch zu ihrer eigenen Überraschung schaffte sie es. Sie setzte den Fuß auf, lockerte den Griff der Hände … und dann fiel sie.

Ethlind stieß einen Schrei aus und stürzte zu Boden. Der Aufprall nahm ihr die Luft, und erst dann spürte sie den Schmerz im rechten Knie. Heiße Schauer fuhren ihr vom Bein über das Becken in den Rücken. Um nicht abermals laut zu schreien, biß sie in das Holz der Leiter, die auf ihr gelandet war. Der Schmerz ließ langsam nach, doch sie war nicht in der Lage, das Bein zu bewegen. Flußabwärts, nur einen guten Steinwurf entfernt, sah sie die Brücke, die Nienburg mit Grimschleben verband, doch in diesem Augenblick schien sie Ethlind unerreichbar. Auf zwei Händen und einem Bein kroch sie an der Mauer entlang nach Norden. Bei jeder Berührung schoß ihr der Schmerz ins Knie, doch sie biß die Zähne zusammen und gab nicht auf. Aus einem

Boot, das am Ufer der Bode vertäut war, entwendete sie ein Paddel, das sie als Krücke benutzte, und so gelangte sie schließlich humpelnd zur Brücke und von dort nach Grimschleben.

Sie war entkommen, aber noch längst nicht am Ziel.

Ethlind wußte nicht, wie lange sie schon unterwegs war. Fünf Tage? Eine Woche? Einen Teil des Weges hatte sie sogar zweimal gehen müssen. Bei einem Bauern in Wulfen hatte sie um Milch und Brot gebeten und war auf der Schwelle des Hauses vor Erschöpfung zusammengebrochen. Als sie wieder erwachte, lag sie auf einem Pferdekarren und hörte die Räder über eine Brücke rattern. Auf dem Kutschbock hockte der Bauer und sagte mitfühlend: »Wir sind gleich da.«

»Wo?«

»In guten Händen.«

»Wie heißt dieser Ort?«

»Grimschleben«, antwortete der Bauer. »Das Kloster ist gleich dort drüben. Im Hospital wird es dir besser gehen.«

Der gutmeinende Bauer traute seinen Augen nicht, als das Mädchen trotz seiner Verletzung und geschwächten Verfassung wie eine Irre vom Wagen sprang und sich seitwärts in die Büsche schlug.

Fünf Tage? Eine Woche? Sie wußte es nicht. Doch sie hatte sich nicht unterkriegen lassen. Nach dem Zwischenfall in Wulfen hatte sie nicht mehr um Milch gebeten, sondern sich auf den Wiesen direkt unter die Kuheuter gelegt. Sie bettelte nicht mehr um Essen, sondern entwendete aus den Ställen die Hühnereier. Sie hatte einem Mann den Schädel eingeschlagen, auf einen Diebstahl mehr oder weniger kam es nun nicht mehr an. Ihr Knie spürte sie kaum noch, es war wie tot, dabei aber auf doppelte Größe angeschwollen und von der Farbe einer reifen Pflaume.

Als sie den Kirchturm von Repgow sah, liefen ihr die Tränen über die Wangen. Zunächst dachte sie, es handle sich um eine Vision. In den letzten Tagen hatte sie häufiger Dinge gesehen oder gehört, die es gar nicht gab. Den Vogel Greif auf einem Baum. Schwarze Kutten an Vogelscheuchen. Vermutlich hatte der Hunger diese Wahnbilder erzeugt. Ihr Verstand hatte merklich unter den Entbehrungen und Schmerzen gelitten. Doch der Kirchturm löste sich nicht in Luft auf, er blieb und wurde größer, als sie sich näherte. Es war kurz nach Sonnenuntergang, als sie das Dorf erreichte. Am liebsten wäre sie zum Hof des Vaters gegangen, aber das war undenkbar. Mit Schimpf und Schande hätte er sie auf die Straße und zum Teufel gejagt. Seitdem Bertha auf dem Hof das Sagen hatte, war der Vater nicht mehr der alte, nicht mehr er selbst. Als Ethlind den Gasthof passierte, überlegte sie, ob sie den Wirt nach etwas Eßbarem fragen sollte. Der Kerl war zwar ein grober Klotz und schmieriger Geselle, dem Mädchen aber durchaus wohlgesonnen. Doch dann fürchtete sie, dem Vater im Schankraum zu begegnen, und so schaute sie zunächst durchs Fenster ins Innere. Wie groß war ihre Überraschung, als sie Bertha an einem Tisch sitzen sah. Ihr gegenüber hockte ein kahlköpfiger Greis, der seltsam grinste und sich über irgend etwas zu amüsieren schien. Bertha hingegen machte eine finstere Miene und schaute sich ein ums andere Mal nach allen Seiten um.

Also war ihr auch die Schenke verwehrt. Vielleicht war es auch besser so. Ethlind hatte keine Zeit zu verlieren. Sie hatte ein Leben zu retten, das sie selbst erst in Lebensgefahr gebracht hatte, und darum mußte sie zum Gut Repgow. Wie in jener regnerischen und stürmischen Nacht, als sie auf Matteos Geheiß den Drachensamen versteckt hatte.

Es war nicht weit zum Herrensitz, und mit der Astgabel, die sie inzwischen als Krücke benutzte, war sie beinahe so behende wie eine Unversehrte. Als das Gut Repgow direkt vor ihr lag, hörte sie plötzlich Pferdegewieher und lautes Kommandieren. Kurz darauf preschte ein Reiter vom Hof, eine schwarze Gestalt auf einem Schimmel. Der Mann war in einen Mantel gehüllt, wie ihn die Benediktiner trugen, und Ethlind glaubte beinahe, den Senpekten Hagatheo vor sich zu haben. Der Reiter jedoch beachtete sie gar nicht und ritt in wildem Galopp gen Norden. Noch so eine Vision, dachte sie und lief querfeldein zu dem Ort, den sie als kleines Kind beim Spielen entdeckt hatte. Eine winzige Öffnung unterhalb des gemauerten Gehöfts, mit bloßem Auge kaum wahrzunehmen, doch dahinter verbarg sich ein Tunnel, der direkt ins Haus derer von Repgow führte.

Ein Versteck hatte sie in jener regnerischen Nacht gesucht. Ein besseres als dieses gab es nicht. Es war das geheime Versteck ihrer Kindheit.

In dem Tunnel war es finster, doch sie fand sich auch ohne Licht zurecht. Der Tunnel wurde zu einem Gang, dann zu einem mit Fackeln erleuchteten Korridor und führte schließlich zu einer Treppe nahe den Vorratsräumen. Plötzlich glaubte Ethlind ihren Namen zu hören. Eine Frauenstimme flüsterte: »Ethlind?«

Visionen. Wahnvorstellungen.

Dann war der Spuk vorbei.

Ethlind bückte sich, kroch unter die Treppe, schob den Stein beiseite und griff in das Loch in der Wand.

Nichts.

Hektisch suchte sie jeden Fingerbreit des Verstecks ab. Aber es war leer.

Der rote Drache hatte sein Haus verlassen.

13. Kapitel

Repgow, Mai 1223

Keuchend lehnte sich Roswitha an einen Baumstamm. Hinter ihrer Stirn rauschte es, ihre Lungen schienen von Pfeilen durchbohrt. Der Lauf durch den Gang, aus der Burg hinaus, bis in das Dunkel des Waldes, diese Anstrengung war zuviel für sie gewesen, trotz der guten Pflege bei Eike von Repgow. Nur langsam ließ das Klopfen in ihrer Brust nach. Über ihr kreischte ein Eichelhäher und flatterte davon. In der Ferne rief eine Eule, und Roswitha kroch eine Gänsehaut über den Körper, ein Eulenruf verhieß einen nahenden Tod. Sie schüttelte sich. Sie hatte andere Sorgen als die Prophezeiungen einer Eule. Und außerdem, wenn der Mond sich verhüllen konnte, ohne daß die Welt unterging, dann brauchte auch ein Eulenruf nichts Böses zu bedeuten. Ludger hatte behauptet, der Mond sei nicht verhext. Aber sie war sich da nicht so sicher. Hatte sich seitdem nicht ein Unglück an das andere gereiht? War nicht seither alles schiefgegangen? Ihre Pläne, ihre Zuversicht, alles war anders gekommen, als sie es sich vorgestellt hatte. Roswitha stemmte die Hände in die Hüften und atmete tief durch. Was nun? Dort oben in der Burg, im Schutz der Mauern, hatte sie noch genau gewußt, wohin sie gehen wollte. Hier draußen, umgeben von Geräuschen, die in der Nacht besonders laut und bedrohlich klangen, sah alles anders aus. Sollte sie zur Burg Anhalt gehen, in die Höhle des Löwen, und Ludger dort erwarten? Wenn er denn überhaupt dorthin zurückkäme. Ginge es nach ihrem Herzen, hätte sie sich sofort auf den Weg gemacht, zu Fuß, ohne Mantel, ohne Proviant, wie weit der Weg auch sein mochte. Doch es ging nicht nach ihrem Herzen, mahnte sie sich, nie war es danach gegangen. Nein, sie hatte eine Aufgabe zu erfüllen, an der sie bislang gescheitert war. Diese mußte sie weiterverfolgen.

Doch sie konnte sich nicht darauf konzentrieren. Immer wieder kehrten ihre Gedanken zu Ludger zurück. Wohin mochten die Entführer ihn gebracht haben? Es war alles ihre Schuld, sie hatte ihn verraten – es schnürte ihr die Kehle zu. Er würde ihr zürnen, denn natürlich wußte er um ihren Verrat, niemand sonst konnte es gewesen sein. Und träfe sie ihn tatsächlich, wie würde er sie empfangen? Ja, wie sollte sie ihm überhaupt gegenübertreten? In diesen Kleidern, Frauenkleidern, die ihr am Körper herunterhingen? So, wie er sich ihrer erinnerte, mußte sogar der unbedarfte Ludger Verdacht schöpfen. Sie lachte, es hallte dumpf zwischen den Bäumen und klang selbst in ihren Ohren unheimlich. Was nun sollte sie tun, wohin sich wenden? Ihre Gedanken rasten. Zwei Säckchen hatte sie gefunden, aber das richtige war nicht dabeigewesen. Ein Pferdchen und irgendwelche Bröckchen waren die magere Beute. Ihr blieb nichts anderes übrig, als wieder von vorn zu beginnen. Sie brauchte Ludger. Sie wußte nicht, wo er war, konnte nur damit rechnen, daß er früher oder später zum Grafen von Anhalt käme. Wenn, ja, wenn der Graf tatsächlich das Lösegeld bezahlte und wenn Ludger dann auch wirklich wohlbehalten zurückkehrte. Ein wenig viel der Wenns.

Roswitha zuckte zusammen. Was war das? Sie kauerte sich enger an den Baumstamm. Nein, sie hatte sich nicht getäuscht. Ein Pferd schnaubte, ganz in der Nähe. Schon hörte sie die Hufe, gedämpft durch den belaubten Boden, aber doch deutlich. Roswitha hielt den Atem an und versuchte, an dem Stamm vorbeizulugen und zu erkennen, wer sich da mitten in der Nacht im Wald herumtrieb. Kein Mond, keine Sterne sandten ihr Licht zu Hilfe, undurchdringlich war die Finsternis.

Das Klappern der Hufe kam näher. Er sieht mich genausowenig wie ich ihn. Dieser Gedanke beruhigte Roswitha. Vielleicht drohte ja auch keine Gefahr, sondern winkte Hilfe. Immerhin hatte der Reiter ein Pferd, könnte sie mitnehmen. Doch die Wahrscheinlichkeit, daß hier ein hilfsbereiter Ritter seinen Weg querfeldein durch den Wald suchte, in unmittelbarer Nähe einer Straße, eines Dorfes, einer Burg, das war doch zu unwahrscheinlich.

Ein heftiges Knacken neben ihr, ein Schnauben, ein schrilles Wiehern. »Verdammtes Vieh.«

Sie hörte, wie der Reiter auf den Boden sprang, unmittelbar neben ihrem Baum. Sie konnte einen Schattenriß erkennen, der sich bückte. Wahrscheinlich hatte sich das Pferd am Huf verletzt. Ein schabendes Geräusch, Schnauben, erneutes Wiehern. »Verdammt, verdammt, verdammt. Fahr zum Teufel, zur Hölle. Da ist er ja, warum nicht gleich.« Etwas fiel auf den Boden, und sie hörte eine Hand die Kruppe des Pferdes tätscheln. «Alles ist gut, mein Alter, alles ist gut.«

Roswitha überlief eine Gänsehaut. Nicht wegen der Flüche, die an sich schon schlimm genug waren, nein, wegen der schrecklichen Vertrautheit der Stimme, die sie ausstieß. Bernhard von Aken, ihr Geliebter, ihr zukünftiger Ehemann, er war der letzte, den sie zu treffen erwartet hatte. Was tat er hier? Suchte er sie etwa? War er in Sorge, weil sie ihm keine Nachricht gegeben hatte? Beinahe hätte sie laut gelacht. Bernhard, in Sorge, über sie. Sie preßte ihre Hand vor den Mund, fühlte, wie ihr Körper sich versteifte.

»Ist hier jemand? Verflucht, ich habe doch jemanden gesehen. Wenn du ein gottesfürchtiger Mensch bist, kommst du raus, wenn nicht, so werde ich dich finden, und dann gnade dir Gott.«

Ein unterdrückter Fluch folgte diesem frommen Wunsch, es war der Bernhard, den sie kannte. Roswitha schüttelte den

Kopf, ihr wurde klar: Sie hatte keine Wahl, so ganz allein, als Frau, ohne Pferd, ohne Hilfe würde sie nicht weit kommen. Vielleicht bedeutete Bernhard tatsächlich ihre Rettung, vielleicht hatte ihn der Himmel geschickt. Für einen winzigen Augenblick zog sie das ernsthaft in Erwägung. Nun, wie auch immer, es blieb ihr nichts anderes übrig, als die Chance zu ergreifen. Sie seufzte.

»Wer ist da?« Bernhards Stimme klang zornig, ungeduldig.

Roswitha trat hinter dem Baum hervor. Der Mond war aufgegangen, doch sein Licht zerstreute sich zwischen den Ästen, sickerte kaum auf den Boden. Nur schemenhaft konnte sie Bernhard ausmachen. »Was tust du hier?«

»Roswitha?« Er dehnte das I in ihrem Namen, wie er es immer tat, wenn sie ihn mit irgend etwas überraschte. »Habe ich mich also nicht getäuscht.«

»Woher wußtest du?«

»Oh, ich wußte es nicht.« Er trat einen Schritt auf sie zu und legte seine Hand auf ihre Schulter. »Merkwürdige Dinge gehen hier vor. Zuerst ein berittener Benediktinermönch in höchster Eile, dann ein huschender Schatten, der im Wald verschwindet. Da mußte ich doch einmal nach dem Rechten sehen.«

Sie lehnte sich zögernd an ihn. »Was tust du hier? Ist es nicht zu gefährlich?«

»Meinst du?«

Sein Atem streifte ihre Wange, sie roch seine Weinfahne. In seinem Wams nistete der würzige Duft von Holzfeuer neben dem Geruch von Hammelfleisch, Fett und gekochten Bohnen. »Ja.« Ihre Stimme war nur ein Flüstern. Sie spürte seine Hände an ihren Armen, seine Finger umschlossen sie wie ein Schraubstock, dann schüttelte er sie. »Hast du es?« Er schüttelte sie heftiger, sie wäre zu Boden gestürzt, hätte er sie nicht mit eisernem Griff umklammert gehalten. »Das Säckchen, Täubchen, den Drachensamen. Was ist, hast du es?«

»Nein.« Roswitha ächzte, ihr Arm schmerzte. »Du tust mir weh.« Obwohl Bernhard den Griff lockerte, war an ein Entkommen nicht zu denken. »Laß mich los, bitte.«

Bernhard knurrte etwas Unverständliches, ließ aber doch seine Hände sinken. Erleichtert rieb sie sich die Arme.

»Du bist über zwei Wochen spurlos verschwunden und willst mir erzählen, du hast nichts herausgefunden?«

Roswitha schüttelte die blonden Locken, ihre Zähne klapperten, ob vor Kälte oder aus Furcht vor Bernhards Enttäuschung, das konnte sie nicht entscheiden. »Das habe ich nicht gesagt. Ich werde dir alles erzählen, aber mir ist kalt. Hast du einen Mantel oder so etwas für mich?«

Ein ungeduldiges Knurren, doch dann hörte sie ihn die Lasche seiner Satteltasche zurückschlagen, hörte das Rascheln von dickem Stoff und spürte, wie Bernhard ihr eine Decke über die Schultern legte. Eine dicke, ein wenig kratzige Decke, sie roch nach warmem Pferd, ein schöner, ein beruhigender Geruch.

»Nun?« Bernhard gelang es, seine ganze Wut in dieses eine Wort zu legen. In der kurzen Zeit der Freiheit hatte sie fast vergessen, wieviel Kraft es sie gekostet hatte, seinen unvorhersehbaren Launen, seinem Jähzorn, der jeden Augenblick aus nichtigem Anlaß hervorbrechen konnte, standzuhalten.

»Mir ist kalt, Bernhard, laß uns hier niedersitzen. Und mir ist unheimlich hier im Wald, ich bin wirklich froh, dich bei mir zu haben.« Sie breitete die Decke auf dem Boden aus, plapperte auf ihn ein, schmiegte sich an ihn, streichelte seine Wange – und stutzte. »Bernhard, dein Bart?«

Er knurrte nur, zog sie zu sich herunter auf die Decke, auf der er es sich bereits bequem bemacht hatte.

Roswitha ließ ihre Hand über sein Kinn gleiten, eine ungewohnte Berührung, fast kam er ihr nackt und schutzlos vor. Was mußte es ihn für eine Überwindung gekostet haben, sich von dieser Manneszier, seinem ganzen Stolz, zu trennen. Sie hatte geglaubt, eher würde er sein Leben dafür hingeben.

Er drückte sie an sich, und Roswitha genoß die Wärme seines Körpers, die Nächte waren noch kühl, hier im Wald war es feucht dazu.

Wieder schrie eine Eule in der Ferne, eine zweite stimmte in den schaurigen Ruf ein. Bernhard fuhr mit seinen Fingern durch ihr Haar. Diese vertraute Geste beruhigte sie und nahm ihr die Angst. Dann spürte sie seine Hände an ihren Hüften, an ihren Schenkeln.

«Bernhard!« Er würde doch nicht ...? Doch nicht jetzt, hier? Natürlich würde er, gerade jetzt, gerade hier. Er war Bernhard von Aken, und der würde ein solches Abenteuer gewiß nicht auslassen. Schon hatte er ihre Röcke hochgeschoben, nestelte an seiner Hose, schnaufte an ihrem Hals.

Er hatte alles Recht der Welt auf seiner Seite, sie hatte keinen Deut auf ihrer, und wenn sie Glück hatte, würde er sein Wort halten und sie irgendwann heiraten. So recht konnte sie es nicht glauben, aber was hatte sie schon für eine Wahl? Sie atmete zischend ein, als er in sie drang, wie immer kümmerte es ihn nicht, ob sie bereit war oder nicht. Sie stöhnte, diese Bestätigung brauchte er, denn er hielt sich für den größten Liebhaber aller Zeiten, und sie war es gewiß nicht, die ihm die Wahrheit über seine Liebeskünste offenbarte. Sie erfüllte alle seine Erwartungen, stöhnte lauter, heftiger, biß ihn in die Schulter, kniff ihn in den Rücken, kratzte seine Lenden. Bis er mit einem verhaltenen Aufschrei von ihr herunterrollte.

Eine Weile lagen sie schweigend nebeneinander. Roswitha hatte eine Hand auf seine Brust gelegt und spürte ihr gleichmäßiges Auf und Ab. So war sie gänzlich überrascht, als er plötzlich sprach. »Nun, was hast du mir zu erzählen?« Seine Stimme klang gefährlich ruhig.

Roswitha wußte, sie mußte größte Vorsicht walten lassen.

Bemüht zuversichtlich berichtete sie, wie sie Ludger, den Neffen von Eike von Repgow, kennengelernt hatte, erzählte von ihrem Verdacht, der sich schnell bestätigt hatte, auch er sei hinter dem besagten Säckchen her. Sie schilderte ihm, wie sie Ludger verraten hatte, sprach von Dobresit, dem Zupan, und seinem Säckchen, den Tagen und Nächten im Brunnen, an die sie sich kaum noch erinnerte. Zwei Säckchen hätte sie bisher gefunden, eins mit einem kleinen hölzernen Pferd, das andere mit irgend etwas anderem, Bröckligem, Undefinierbarem, doch ganz sicher nicht dem gesuchten Pulver. Allein von dem richtigen hätte sie noch keine Spur. »Warum hast du mir nicht gesagt, daß es so viele davon gibt, dann hätte ich es ganz anders angefangen.«

»Wenn ich es selbst gewußt hätte. Von diesem Pferd habe ich selbst soeben erst erfahren. Merkwürdige Geschichte. Ein Mädchen aus dem Dorf erzählte mir von der Tochter ihres Herrn, einer Ethlind, die den Drachensamen besessen hätte. Sie hätte ihn in die Burg hineingetragen, auf irgendeinem geheimnisvollen Weg, herausgekommen sei sie zwar mit einem Säckchen, das hätte jedoch ein Holzpferd enthalten. Für meinen Geschmack war dabei ein wenig viel von Zauberei und Hexenwerk die Rede.« Bernhard stutzte. »Oder sagt dir das etwas?«

Roswitha erstarrte. Was hatte Ethlind ihr hinterhergerufen, als sie dem Kloster den Rücken kehrte? Sie wisse, wo das Säckchen ist! Und sie, Roswitha, hatte es abgetan, da sie sich dem Ziel so nah wähnte. Roswitha schlug sich mit der flachen Hand vor die Stirn. Warum hatte sie nicht eher daran gedacht! Damit bekam alles einen Sinn: Der Drachensamen war auf Burg Repgow, Ethlind hatte ihn dort versteckt. Und hatte Roswitha vorhin, auf ihrer Flucht, nicht geglaubt, das Mädchen in den finsteren Gängen der Burg Repgow gesehen zu haben? Aber was war mit dem Pferdchen? Ach, was spielte das für eine Rolle. Endlich zeichnete sich ein Weg ab. »Ich weiß, wo Ethlind verschwunden ist.« Sie stand auf, wickelte sich die Decke um den Körper und ging voraus. Sie hörte Bernhards schwere Schritte dicht hinter sich. Vor Aufregung wurde ihr warm. Sollte sie so unerwartet am Ende ihrer Suche angekommen sein?

Der Mond stand hoch am tiefschwarzen Nachthimmel, als sie erschöpft aus dem Gang krochen. Jeden Stein hatten sie abgetastet, in jedes Loch gegriffen, den ganzen Gang entlang bis zu den Vorratsräumen. Roswitha hatte unaufhörlich dem Allmächtigen für die Fackeln gedankt, die den anschließenden Korridor spärlich erhellten. Als der hinter ihnen lag, hatten sie sich den Vorratsraum vorgenommen, sogar hinter die Weinfässer hatten sie gelangt, so weit ihre Arme reichten. Fast hätte sie einer der Bediensteten entdeckt, der einen Krug Wein auffüllte. Sie waren unter die Treppe gesprungen, und Roswitha hatte auch hier die Wand abgetastet. Ein lockerer Stein, wie aufgeregt war sie gewesen, als sie ihn entdeckte. Sie hatten abgewartet, bis sie die Schritte des Dieners über sich die Treppe hinaufsteigen hörten. Bernhard hatte mit einer Fackel in die Nische geleuchtet, und sie hatte den Stein herausgezogen. Dahinter ein Loch, tatsächlich, doch es war leer, alles war umsonst gewesen.

Enttäuscht suchten sie abermals im Wald Schutz und ließen sich unter einem Baum nieder.

»Was nun?« Roswithas Frage verhallte im Schweigen des Waldes. »Jetzt sind wir wieder am Anfang. Wenn der Drachensamen wirklich dort gewesen ist, und alles spricht dafür, dann muß ihn jemand genommen haben.« Ethlind? Vorhin, als sie meinte, sie gesehen zu haben? Oder dieser Mönch, der mit solch ungewöhnlicher Hast das Weite suchte? »Mir scheint, der Drachensamen ist derzeit in aller Munde. Vor wenigen Stunden erst erhielt Eike von Repgow die Nachricht, sein Neffe sei entführt worden. Ich dachte natürlich, Ludger von Repgow ist im Kloster Nienburg.« Ausführlich berichtete sie Bernhard vom Abt und seinem Adlaten Hagatheo, in deren Händen sie Ludger wähnte. »Der Bote berichtete, der Graf von Anhalt habe eine Lösegeldforderung erhalten.« Sie nagte schweigend an ihrer Unterlippe. »Warum ich dir das erzähle? Nun, der Bote erwähnte den –«

»Drachensamen«, brummte Bernhard mit zusammengezogenen Brauen.

Roswitha nickte. »Er mache ihn, Ludger, als Geisel besonders wertvoll, hieß es.«

Bernhard schnalzte mit der Zunge. »Nicht schlecht.«

»Ja, aber es kommt noch besser. Ich war nicht allein, als dieses Wort fiel. Vater Thaddäus war dabei, und auch ihm schien dieser Drachensamen durchaus geläufig. Er muß etwas ahnen, denn er hatte mich eingesperrt. Vermutlich war er es, den du vorhin hast wegreiten sehen. Ich nehme an, er ist unterwegs zum Grafen. Er ist der Beichtvater Irmgards von Anhalt, die wiederum Ludger von Repgow besser kennt, als es für eine Gräfin schicklich ist.« Roswitha verschränkte die Hände im Nacken und schaute hoch zu den blinkenden Sternen. »Was für eine verzwickte Geschichte. Kannst du es dir erklären? Dieser Mönch wußte Bescheid, der Graf jedoch hatte keine Ahnung. Wieso? Du sagtest doch, die Anhaltiner steckten dahinter, sie hätten das Säckchen an sich gebracht. Wieso weiß der Graf nichts davon, und für wen sucht Ludger es dann, wenn nicht für den Grafen selbst? Für Irmgard?« Ein anderer Anknüpfungspunkt fiel ihr nicht ein.

»Für Vater Thaddäus?« schlug Bernhard vor.

»Du kennst ihn?«

»Natürlich, wer kennt ihn nicht? Er ist nicht nur der Beichtvater Irmgards, sondern auch ein enger Vertrauter des Herzogs Albrecht selbst. Nach dem, was du mir erzählt hast, kommt nur er in Frage.«

»Ja, aber warum dann die Entführung Ludgers? Weißt du etwas darüber? Sind es Leute des Herzogs? Oder …«

»Oder ich selbst?« Bernhard lachte. »Nein, nein. Nach allem, was ich so hörte, ist im Köpenickschen etwas am Brodeln. Man munkelt, die Slawen brüten etwas aus. Sie opfern wieder ihren Göttern. Wußtest du, daß sie ein Pferd verehren, diese Heiden?« Er kratzte sich am Kinn, sie hörte das schabende Geräusch, das seine Bartstoppeln verursachten. »Nun, es gibt Schlechteres zum Anbeten.«

»Du meinst, diese Slawen spielen dabei eine Rolle, wegen des Holzpferdchens? Vielleicht besteht ein Zusammenhang. Und Ethlind, hat sie etwas mit den Slawen zu schaffen?«

»Möglich. Wer überbrachte die Lösegeldforderung? Ein sonderbarer, unheimlicher Bote? Das klingt nach diesen Heidenpriestern. Aber es ist natürlich nur eine Vermutung. Wenn sie allerdings tatsächlich über den Drachensamen Bescheid wissen, dann …«

»Was dann?«

Sie spürte, wie Bernhard die Schultern zuckte, doch er schwieg.

Nach einer Weile seufzte Roswitha. »Ich brauche ein Pferd, etwas anderes zum Anziehen, Männerkleider am besten. Wenn möglich, auch etwas zu essen. Kannst du mir das besorgen?«

»Warte hier.«

Das schätzte sie an Bernhard: Ohne viele Worte tat er, was notwendig war.

Er stieg auf das Pferd, drückte ihm die Fersen in die Flanken, und langsam setzte es sich in Bewegung. Roß und Reiter verschwanden in Richtung Dorf.

Während sie auf Bernhards Rückkehr wartete, überlegte Roswitha ihr weiteres Vorgehen, überdachte wieder und wieder die Beteiligten an diesem Suchspiel. Zunächst Ethlind. War sie es wirklich gewesen, die sie vorhin hatte vorbeihuschen sehen? Hatte sie da den Drachensamen geholt? Wenn ja, wohin würde sie damit gehen? Wie sie Ethlind einschätzte, dieses auf ihre Art mutige Mädchen, täte sie alles, um den Fremden zu retten. Sie liebte diesen Mann aus Cathay, Roswitha hatte es ihr angesehen. Sie könnte ihn mit dem Drachensamen vom Abt freikaufen; obwohl sie einen der Mönche schwer verletzt, wenn nicht getötet hatte, böte das kostbare Pulver Sicherheit genug. Roswitha nickte, das klang einleuchtend. Jedoch, wußte der Greif vom Kloster Nienburg überhaupt von dem Drachensamen, der die Macht über die Welt verlieh? Passen würde es zu ihm, dieser schartigen Gestalt, blind wie ein Maulwurf und dennoch allwissend wie der Leibhaftige. Oder war es ihm einzig um dieses andere geheimnisvolle Säckchen gegangen, das sie aus dem Brunnen gefischt hatte. Auch möglich. Was immer es enthielt, vielleicht verhalf es wenigstens Dobresit samt seinem Sohn zur Freiheit. Wie dem auch sei, erführe der Greif von dem Drachensamen und seiner Macht, ablehnen würde er ihn sicher nicht.

Wo Bernhard nur blieb. Vereinzelt flimmerten Sonnenstrahlen durch die zart belaubten Zweige, die Vögel begannen ihr Morgenkonzert, fröstelnd zog sie die Decke enger um sich. Vater Thaddäus, ein weiterer Aspirant auf das Säckchen, ihn hatte sie noch nicht bedacht. Thaddäus, der Geheimnisvolle. Wohin war er so eilig geritten? Zur Burg Anhalt? Zu Ludger, was auch sie zuerst vorgehabt hatte? Ludger, nach näherem Nachdenken der einzige, der das Säckchen mit einiger Gewißheit nicht hatte. Oder hatte er hinter ihrem Rücken weitere Nachforschungen angestellt? Sie konnte es nicht ausschließen, bezweifelte es aber.

Roswitha setzte sich auf. Nein, sie wußte, was sie zu tun hatte, sie mußte Ethlind finden. Die hatte das Säckchen, es konnte gar nicht anders sein. Und wo würde sie damit hingehen, wenn nicht nach Nienburg, um ihren Liebsten zu retten? Roswitha war nicht wohl bei dem Gedanken, erneut das Kloster aufzusuchen. Doch was sollte ihr dort schon passieren, schließlich hatte man sie in Frieden ziehen lassen – nach dem Verrat an Ludger.

Ludger, dem schuldete sie noch etwas.

An der Triglaw-Eiche, Mai 1223

Krachend schwang die Tür nach innen. Ludger von Repgow fuhr aus dem Halbschlaf auf, sofort hellwach. Etwas war anders als sonst. Er zerrte an der Kette, die ihn an der Wand festhielt.

Ein Mann stand in der Tür, Pribislaw wohl, eine Silhouette gegen das gleißende Morgenlicht. Und tatsächlich, es war dessen Stimme, die Ludger nun hörte, wenn sie auch vor Zorn zitterte. »Sie werden kein Lösegeld zahlen.«

Es traf Ludger wie ein Schlag. Kein Lösegeld, keine Freilassung. Und nun? Würden sie ihn töten? Viel anderes könnten Pribislaw und seine Mannen nicht mit ihm tun, ihn einfach gehen zu lassen wäre unmöglich, sie gäben sich mit einem solchen Eingeständnis ihres Scheiterns selbst der Lächerlichkeit preis. Ludger schloß die Augen. Er hoffte, sie würden es kurz machen.

Pribislaw trat näher, ging vor Ludger in die Hocke, kniff abschätzend die Augen zusammen. »Du weißt, was das bedeutet?«

Was lag in seinem Blick? Überlegte Pribislaw, welche die beste Art zum Sterben sei, wie lange es dauerte, bis er tot war? Gab es überhaupt eine beste Art zu sterben?

»Nun?« Ein schmerzhafter Stoß traf Ludgers Rippen. »Du weißt, was das bedeutet, nicht wahr? Ich will eine Antwort.«

Ludger nickte, versuchte, das Zittern in seiner Stimme zu unterdrücken. »Warum wollen sie nicht zahlen?«

»Budiwoj berichtete, der Graf von Anhalt habe ihm nicht geglaubt, das kleine Holzpferd kenne er nicht, so etwas habe er bei dir noch nie gesehen. Da müsse schon ein besserer Beweis erbracht werden. Und selbst dann, so ließ er über Budiwoj ausrichten, zahle er nicht, er sei nicht erpreßbar. – Du also wirst sterben, Ludger von Repgow, so leid es mir tut.« Pribislaw erhob sich, ging einige Schritte in der kargen Hütte auf und ab, bevor er wieder vor ihm stehenblieb. »Es sei denn ...«

Ludger stockte der Atem. »Es sei denn, was?«

»Es sei denn, du erzähltest uns mehr über den Drachensamen. Wo ist jenes Säckchen, von dem du sprachst?«

Fast hätte Ludger laut gelacht. Der Drachensamen, dieses vermaledeite Pulver, das seine ganze Misere verschuldet hatte, der sollte ihm jetzt das Leben retten? Oder auch nicht, denn er würde Pribislaw und den Seinen nicht weiterhelfen können. Das allerdings schien ihm der Slawe nicht zu glauben, schon einmal hatte er es ihm versichert. Nun konnte er damit Zeit gewinnen, kostbare Lebenszeit, vielleicht sogar das Leben selbst. »Nein«, sagte Ludger von Repgow.

Sie hatten eine Schüssel mit Wasser vor ihm hingestellt, daneben ein Stück Brot. Er kam nicht heran. Wie Tantalos, ging es Ludger durch den Kopf. So nah das Wasser, so nah die Nahrung, und doch unerreichbar. Noch konnte er denken, sich ein grimmiges Lächeln auf die Lippen zwingen, die trocken und aufgesprungen waren. Noch. Er zerrte an der Kette, seine Handgelenke, blutig und aufgescheuert, schmerzten. Der Schmerz überdeckte den Durst. Noch.

Ein Geräusch an der Tür ließ ihn innehalten. Kamen sie?

Kamen sie, ihn wieder zu fragen, wo das Säckchen sei, ihm die Lippen zu benetzen, damit er nicht starb, einen Tropfen auf die Zunge zu träufeln, damit er sein vermeintliches Geheimnis nicht mit in den Tod nahm? Er konnte nicht glauben, daß Gott dies alles wollte, es mußten andere Götter sein, die ihn dies alles erleiden ließen, vielleicht der heimische Triglaw, dieser Pferdegott, oder die anderen alten Götter. Er starrte in die Dunkelheit, wartete auf das Geräusch des zurückgleitenden Riegels, konnte an nichts anderes mehr denken als an Wasser, Wasser, Wasser.

Der Riegel wurde zurückgeschoben. Ludger heftete seine brennenden Augen auf dic Tür, und richtig, einer seiner Wärter trat herein, eine Fackel in der Hand, hinter ihm Pribislaw, ein höhnisches Grinsen auf dem Gesicht. »Nun, edler Herr Ludger von Repgow, hast du uns etwas zu sagen?«

Ludger stöhnte. »Wasser, gebt mir Wasser.«

Pribislaw nickte dem Wächter zu, der tunkte ein Tuch in die Schüssel, befeuchtete Ludger die Lippen. »Bah, wie der stinkt, schlimmer als eine Latrine.« Angewidert wandte sich der Mann ab.

Köstliche Feuchtigkeit, himmlische Gabe, Ludger genoß sie mit geschlossenen Augen. Daß er stank, kümmerte ihn nicht, nicht mehr. »Noch etwas.«

Ein erneuter Wink von Pribislaw, ein Tropfen auf seiner Zunge. »Nun«, hörte er die Stimme des Slawen, »wo ist das Säckchen?«

Ludger wollte es nicht, es konnte sein Todesurteil sein, er wußte es, dennoch rannen die Worte aus seinem Munde, wie von einer fremden Macht gesteuert. »Konrad von Rietzmeck, Kloster Nienburg, der Zupan. – Gebt mir Wasser.«

Jetzt fühlte er die Schüssel an seinen Lippen, ein Schluck, ein winziger Schluck wurde ihm gegönnt. Die Kehle brannte, egal, Wasser rann in seinen Magen, herrliches Naß. Er fühlte seinen

Verstand wiederkehren, den er zu verlieren gefürchtet hatte, in der Dunkelheit, durch die Tortur. Wie schwach doch der Körper war, wie schwach die Seele, er hätte gedacht, länger durchzuhalten. Mehr durfte er nicht preisgeben, wollte er weiterleben.

Pribislaw zog sich ein Schaffell heran und setzte sich neben ihn. »Na bitte, geht doch. Jetzt alles schön im Zusammenhang. Wer ist dieser Konrad? Und der Drachensamen, ist er im Besitz des Klosters, im Besitz des Greif?«

Ludger schüttelte den Kopf, rollte sich zusammen, sprach nicht mehr. Er mußte Zeit gewinnen, Lebenszeit. Er kostete dem Geschmack des Wassers nach, ein Schluck nur war es gewesen, viel zuwenig, er wollte mehr, mehr, doch er mußte sich beherrschen, durfte nicht um mehr betteln, es würde schon reichen, für einen Tag vielleicht.

Ein Tritt traf ihn in die Seite. Ludger biß die Zähne aufeinander, unterdrückte einen Schmerzensschrei.

»Willst noch immer nicht reden?« Das Wasser wurde über ihn ausgeschüttet. O diese Verschwendung, gütiger Gott. Er versuchte, die über seinen Kopf herabrinnenden Tropfen aufzufangen, einen, zwei bekam er auf die Zunge.

»Fand, du gehörtest mal gewaschen, edler Herr«, tönte die Stimme des Wärters, »wie verträgt sich das mit deinem Stand, vollgepißt und vollgeschissen vor einem Ritter zu liegen?«

Es war ihm egal. Anfangs, ja, da war die Scham unerträglich gewesen, sich zu beschmutzen, da hatte der Ekel ihn noch geschüttelt, wenn die Natur siegte und der beißende Gestank seiner eigenen Exkremente in seine Nase stieg. Aber jetzt? Einerlei, Wasser wollte er, leben wollte er, also durfte er nichts sagen, er hatte schon zuviel gesagt. Erneut traf ihn ein Tritt, dann fühlte er seine Sinne schwinden, Leichtigkeit erfüllte ihn, war das der Tod? Wenn er es war, dann hatte er nichts zu fürchten.

Schmöckwitz, Juni 1223

Er erwachte, weil etwas an seine Lippen gehalten wurde. Wasser, Flüssigkeit, Nahrung, gierig schluckte er, dann schlug er die Augen auf. Er war im Himmel, denn über ihm leuchtete das Gesicht eines Engels, umrahmt von blonden Haaren. Dann kam das Erkennen. Er war nicht im Jenseits, er war in Schmöckwitz, in der Hütte des verstorbenen Dorfältesten, lag im Schoß von Petrissa, der Geliebten des Pribislaw.

Er versuchte ein Lächeln. »Zum zweitenmal hast du mich gerettet, holde Petrissa.« Er mußte sich räuspern, wie ausgedörrt war seine Kehle. »Mir scheint, das ist deine Bestimmung im Leben.«

Sie lachte, bettete seinen Kopf auf ein zusammengerolltes Rinderfell und erhob sich. »Und mir scheint, werter Herr Ludger, daß Ihr dem Leben schneller wieder zugehört, als mir lieb sein kann. Ihr sprecht freche Worte für einen, den die weiße Frau verschmäht, der Tod verschont hat.«

»Verzeiht.« Er setzte sich auf, kurz schwindelte ihm. Die Erinnerung traf ihn wie ein Keulenschlag. Er sah an sich herunter, blähte die Nasenflügel, doch kein übler Fäkalgestank ging von ihm aus, und seine Kleidung war gegen eine weite Hose und ein Hemd aus Schafwolle eingetauscht worden. Er konnte nicht verhindern, daß ihm ein Seufzer der Erleichterung entfuhr. »Habt Ihr mich gerettet?« fragte er.

Sie lachte erneut, ein glockenhelles Lachen. »Nein, Ludger von Repgow, ich pflegte Euch nur, gab Euch zu essen und zu trinken, nicht leicht, in Eurem Zustand, das könnt Ihr mir glauben. Ich fütterte Euch wie einen Säugling, füllte Brei in ein Leinentuch, das ich Euch in den Mund steckte. Das rettete Euch. – Und zuvor mein Vater, Budiwoj.« Sie reichte ihm eine Schale mit Suppe, köstlich duftend, und mit zitternden Händen gelang es ihm, sie an die Lippen zu führen, zu trinken, obschon er die Hälfte verschüttete. Sie fütterte ihn nicht mehr, stellte er mit Bedauern und Erleichterung fest. »Dein Vater? Warum?« fragte er dann.

Ein langer Blick traf ihn, eine Mischung aus Abwägung, Zuneigung, Angst wähnte er darin zu lesen, bevor sie antwortete, langsam, bedacht. »Mein Vater verbot Pribislaw, Euch dermaßen zu foltern, es ist nicht ... unsere Art. Auch führte es nicht zum erwünschten Ergebnis. Ihr wärt in Kürze gestorben und mit Euch das, was die Männer zu erfahren suchten. Dankbarkeit ist besser als Tortur, befand mein Vater, sie führt eher zum Erfolg. Enttäuscht ihn nicht, denn noch gehört Ihr Pribislaw, und der nimmt Euch das Leben, redet Ihr nicht. Auf Ritterart jedoch, das ist die Abmachung. Denkt darüber nach, Herr Ludger von Repgow, das ist meine Bitte.« Sie drehte sich um, noch einmal umwehte ihn ein Hauch ihres Duftes, dann war sie verschwunden, Holz schabte an Holz, als der Riegel vor die Tür geschoben wurde.

Wie Hunger und Durst doch die Sinne schärfen, dachte Ludger und spürte ihrem Geruch nach, schlürfte den Rest der Suppe, nahm einen tiefen Zug aus dem bereitstehenden Wasserkrug, dann fiel sein Blick auf ein Nachtgeschirr, und er erleichterte sich, wie es einem Manne seines Standes zukam.

Sie kam dreimal am Tag, brachte ihm Speisen und Trank, sprach mit ihm, kündigte Pribislaws baldige Rückkehr an, der nach Köpenick geritten war, drang in ihn, diesem alles zu erzählen, was er zu wissen begehrte.

»Er wird mich töten danach.«

»Nein.« Mit einem Griff schlang sie ihre blonden Locken zu einem Knoten zusammen. »Er wird versuchen, Euch auf unsere Seite zu ziehen. Das Orakel verkündete vor einiger Zeit, daß ein Fremder uns helfen wird, unsere Ziele zu erreichen. Mein Vater meint, Ihr seid dieser Fremde.«

Ludger zog die Augenbrauen empor. »Was sind eure Ziele?«

Sie reichte ihm einen großen Krug Bier. »Wenn die Zeit gekommen ist, werden mein Vater und Pribislaw Euch alles erklären. Es wird nicht mehr lange dauern.«

Er trank hastig, das Bier war stark, es schmeckte gut nach der langen Entsagung. Wann hatte er das letztemal Bier oder Wein getrunken? Er leerte fast die Hälfte des Kruges in einem Zug, merkte, wie ihm der Trank in den Kopf stieg. Ihm schwindelte, ein leichter, angenehmer Schwindel, der ihn mutig werden ließ. »Und sollte ich mich Euch anschließen, holde Petrissa, werde ich hierbleiben müssen, mir eine Frau nehmen.«

Sie errötete, schaute zu Boden. Ihr Geruch stieg ihm wieder in die Nase. Duftete sie wirklich, war es die Erinnerung? Er vermochte es nicht zu sagen, es war unwichtig. Er führte den Krug an die Lippen und trank in tiefen Zügen. Diese prallen roten Lippen, diese Brüste unter ihrem Kleid, Ludger spürte sein Herz schlagen, die Hütte begann sich um ihn zu drehen. Was bemächtigte sich da seiner? Mit Irmgard war es anders gewesen, sie war es gewesen, die ihn mit sich gerissen hatte, er hatte es geschehen lassen. Aber Petrissa? Er wußte kaum, wie ihm geschah, wußte nur, er begehrte sie. Pribislaw? Selbst der vermochte ihn nicht zu schrecken. Ludger schloß die Augen, atmete tief ein und aus, bemühte sich, das Kreisen in seinem Kopf zum Stillstand zu bringen, die Bilder zu verdrängen, die hinter seiner Stirn Gestalt annahmen, erschreckend wirklich. Er öffnete die Augen, wie durch wabernden Nebel sah er Petrissa vor sich, wie im Traum streckte er seine Hände nach ihr aus.

»Laßt ab!« Ihre Stimme war schrill.

Als hätte ihn ein Blitz getroffen, ließ Ludger sie los, starrte fassungslos auf seine Hände. Schweiß rann ihm über Stirn und Schläfen. Was war in ihn gefahren, er konnte nicht glauben, was eben geschehen war, was über ihn gekommen war.

Petrissa wischte sich mit der Hand über das Gesicht.

Tränen? Der Erleichterung, des Zorns oder der Enttäuschung? Sie ging ohne ein Wort, ohne einen Blick. »Petrissa«, rief er ihr nach, flehend, um Verzeihung bittend, indes, schon fiel die Tür in das Schloß.

Der Rausch ging, zurück blieben Kopfschmerzen, Bestürzung und eine seltsame Unruhe. Er hatte Durst, doch niemand kam, ihm Wasser zu bringen, keine Petrissa mit dem gewohnten Tablett in der Hand, dem süßen Lächeln auf den Lippen. Es geschah ihm recht, sie strafte ihn, und er verfluchte es, ausgerechnet bei Petrissa, der Geliebten Pribislaws, schwach geworden zu sein. Er schluckte hart. Erwarteten ihn auch jetzt wieder Schwierigkeiten? Es würde ihn nicht wundern, wenn sich Pribislaw rächen würde. Schließlich verdankte er seiner ersten und einzigen schwachen Stunde mit Irmgard, daß er jetzt hier lag, mit zerschlagenen Gliedern, in dieser mißlichen Lage. Er sollte Frauen besser meiden, sie brachten nur Unheil.

Er fiel in einen leichten Schlaf, wachte wieder auf, wälzte sich auf die andere Seite. Durst quälte ihn, und Traumgesichte bemächtigten sich seiner. Konrad sah er, seinen jugendlichen Freund, oder seinen Verräter? Konrad auf seinem Roß, der das warnende Lied sang, Konrad neben sich in der Nacht, fast an ihn geschmiegt, Konrad als Frau verkleidet. Er erwachte, Konrads Bild noch vor Augen. Ein Eunuch? Lächerlich erschien ihm jetzt dieser Gedanke, Eunuchen wurden fett, besaßen sicherlich nicht diesen Blick, wie ihn Konrad hatte. Ein Blick, den er bei Irmgard und auch bei Petrissa gesehen hatte, bevor er …

Sollte Konrad Männern zugeneigt sein? Das war von Gott und Kirche streng verboten, wider die Natur. Verstört wand sich Ludger auf seinem Lager, als er sich vorstellte, was solche Männer miteinander trieben, und voller Unbehagen stellte er fest, was diese Gedanken bei ihm anrichteten. »Herr im Himmel«, flüsterte er in die Dunkelheit, »vergib mir meine Sünden.« Nein, er würde keine Vergebung erlangen, wenn er erst Petrissa anfiel und sich dann solchen Gedanken hingab. »Vergib, was ich Petrissa antat.« Obwohl es mir Genuß bereitete, fügte er im stillen hinzu, und: Warum gelüstet es mich nach mehr, sogar nach Konrad? Er biß sich auf die Lippen, bis es schmerzte, eine bewährte Methode, böse Gedanken zu vertreiben.

Erneut dämmerte er ein, bis aufgeregtes Stimmengewirr und Hufgetrappel ihn aus dem Halbschlaf rissen. Pribislaw kam zurück. Ludger eilte an das Fenster, spähte durch einen Spalt in den geschlossenen Läden, sah Männer von Pferden springen, andere die Tiere an den Zügeln wegführen. Er hörte die tiefe, ruhige Stimme des Budiwoj, die zornige des Pribislaw, dann entfernten sich die Männer, gingen wohl in das Haus des Priesters, um sich zu beraten. Auch über ihn? Sicher über ihn, ihre Pläne und den Drachensamen. Petrissa würde dabeisein und ihnen Speise und Trank bringen – und ihnen erzählen, was vorgefallen war. Ludger wagte nicht, daran zu denken, schlich zurück auf sein Lager, verfluchte sich und seine Schwäche und den Drachensamen, dieses Teufelszeug. Er betete inbrünstig, wie er nie zuvor in seinem Leben gebetet hatte, nicht einmal, als er fast vor Durst umgekommen wäre – da hatten ihm die Worte gefehlt –, und lauschte in die Nacht, ob sich das Schicksal näherte.

Im Morgengrauen passierte es. Erneut hörte er Pferdehufe, dann wildes Schreien, Klirren von Stahl auf Stahl, von Schwert auf Schwert. Ludger rannte wieder an sein Fenster, preßte ein Auge an den dünnen Spalt, versuchte soviel wie möglich zu erkennen. Eine vermummte Gestalt kreuzte sein Blickfeld, eine zweite rannte vorbei. Wer war das? Eine Bande Gesetzloser? Ludger schloß die Augen und legte seine Stirn an das kühle Holz. So sollte er also enden. Nun gut, was spielte es schon für eine Rolle. Doch dann legte er den Kopf zurück, lauschte und dachte nach. Räuber, die dieses ärmliche Dorf überfallen? Was sollte das bedeuten? Sein Herz setzte einen Schlag aus. Es konnte nur heißen, man hatte ihn nicht vergessen, nicht aufgegeben, man kam, ihn zu befreien, hoffentlich! Ludger löste sich vom Fenster, fiel auf die Knie, hob seine Arme gen Himmel: »Gedankt sei dir, allmächtiger Vater.« Dann zurück ans Fenster. Er sah Frauen über den Dorfplatz laufen, sah eine fallen, einen Pfeil in ihrem Rücken. Verzweifelte Schreie drangen an sein Ohr, Schmerzgebrüll, nicht auszumachen, ob von Mann oder Frau, flehendes Weinen von Kindern. Ein Alter rannte mit einer Mistgabel gegen einen der Eindringlinge an, sank nieder, von einer Lanze durchbohrt. Dann war jemand an der Tür, schob den Riegel zurück, endlich, jubilierte es in Ludger, endlich kommt ihr. Doch herein stürmte Pribislaw, das Schwert zum Streich erhoben. »Entweder du stirbst mit uns, oder du bist meine Rettung«, brüllte er, rammte das Schwert in die Scheide, riß einen Dolch aus dem Gürtel und war mit einem Sprung hinter Ludger, hielt ihm das Messer an die Rippen, schlang einen Arm um seinen Hals. Einen Atemzug schien es nur gedauert zu haben, zu schnell, um zu reagieren. Langsam ließ Ludger die Arme sinken, die er zur Abwehr erhoben hatte.

Und nun verdunkelte eine hünenhafte Gestalt den Eingang zur Hütte, die Kapuze ihres Mantels tief in das Gesicht gezogen, die Ludger vage bekannt vorkam. Ganz ruhig stand sie da, das Schwert gesenkt. »Ich sehe, es geht Euch gut, Ludger von Repgow, noch, wenn dieser Wilde Euch nicht die Kehle durchschneidet. – Ist das eines Ritters würdig, Pribislaw von Köpenick, ist diese ganze Geschichte Eurer würdig? Erst die Erpressung, Lösegeldforderung, jetzt Geiselnahme? Stellt Euch einem fairen Kampf, Ihr gegen mich, und laßt den Herrgott entscheiden.«

Pribislaw antwortete mit einem wilden Lachen. »Ihr, Anführer eines Haufens Gesetzloser, redet von Rittertugenden? Deswegen seid Ihr also gekommen, überfallt mein Dorf, Ludger hier wollt Ihr befreien. Schickte der edle Herr von Anhalt Euch, da er selbst die Rache des Jakob von Klosterbruch fürchtet?«

Statt einer Antwort spuckte die Gestalt in der Tür auf den Boden.

»Und Ihr bietet mir den Zweikampf an? Was, wenn ich Euch besiege, hauen mich dann Eure Männer nieder, wie sie jetzt mein Dorf niederhauen? Alte, Frauen, Kinder, die niemandem etwas zuleide taten?«

»Wir werden die, die noch leben, schonen und Euch freien Abzug gewähren. Laßt ihn los.«

Doch Pribislaw drückte seinen Dolch nur fester in Ludgers Seite, der ihn als wachsenden Schmerz spürte. Ein Laut des Entsetzens entfuhr ihm, erstickt von Pribislaws Arm. Tut etwas, wer immer Ihr auch seid, tut doch etwas, flehte er in Gedanken. Dann hörte er Schritte auf dem Dach, hörte, wie die Strohballen abgenommen wurden. Licht flutete von oben in die Hütte, ein Blick zeigte ihm zwei grimmige Gesichter.

Auch Pribislaw sah sie, sein Körper versteifte sich, Ludger fühlte es deutlich. Konnte förmlich die Gedanken seines Gegners lesen, als seien sie ein Leib, wußte schon, bevor Pribislaw den ersten Schritt tat, daß er die Hütte verlassen würde, mit ihm als Schutzschild. Und in der Tat, Pribislaw schob sich, den Rücken zur Wand, auf die Tür zu, vorbei an dem Hünen. Der neigte sich zu ihm hinunter, und Ludger sah dessen Augen dicht vor seinen, sah die Ermutigung in ihnen, das leise Nicken des Kopfes. Dann waren sie hinaus.

»Ruft Eure Männer zu Euch.« Pribislaw, den Anführer und dessen Männer im Blick, zog Ludger über den Platz in Richtung Fluß. Durch Blut taumelte Ludger, vorbei an Leichen und stöhnenden Halbtoten; nicht nur der Würgegriff Pribislaws nahm ihm den Atem, als er an einer blonden Frau vorbeistolperte, die mit gespaltenem Schädel auf dem Boden lag, ihre Hand umklammerte noch immer einen Dreschflegel. »Das werdet Ihr büßen«, zischte Pribislaw in sein Ohr, schneller zog er ihn rückwärts, bis an das Ufer. Der Gesetzlose und seine Männer folgten in einem Halbkreis, in gebührendem Abstand.

Plötzlich stieß Pribislaw ihn von sich, stürzte sich mit einem verzweifelten Schrei in die Dahme. Die Männer handelten schnell, waren mit ein paar Schritten am Ufer, spannten ihre Bögen, Speere flogen. Das letzte, was Ludger von seinem Peiniger sah, war seine Hand, die an dem Pfeil in seiner Schulter zerrte, dann versank er in den Fluten.

»Reitet das Ufer hinunter und erledigt ihn endgültig, sollte das nötig sein.« Der Anführer deutete auf vier seiner Männer. »Ihr zwei rechts, ihr links des Flusses, dort hinten ist eine Furt.« Er reichte Ludger seine Hand und zog ihn auf. »Ihr seid unversehrt?«

Ludger nickte.

»Gebt ihm Wein.« Ein Knappe kam mit einem Schlauch gelaufen, dankbar nahm Ludger ihn entgegen, trank. »Das tut gut.«

»Nehmt das Pferd dieses Abtrünnigen, das weiße dort hinten, es ist ein schönes Tier, dann reiten wir zurück. Viel gibt es hier ja sonst nicht zu holen.« Endlich steckte der Ritter sein Schwert in die Scheide, schlug den wallenden Mantel darüber und die Kapuze zurück. Jetzt war sich Ludger sicher, den Mann schon einmal am Hofe des Grafen von Anhalt gesehen zu haben, wegen seiner Größe war er ihm aufgefallen, seinen Namen aber kannte er nicht. Und der Ritter hielt es wohl auch nicht für nötig, sich vorzustellen.

»Wie konntet Ihr nur so dumm sein, in diese Falle zu geraten, Ludger, ich hätte Euch für klüger gehalten.« Die dunklen Brauen zogen sich zusammen.

»Ich kann Euch nicht genug danken, edler Herr. Ich werde Euch alles auf dem Weg nach Hause berichten.« Nicht alles, natürlich, den Drachensamen würde er verschweigen. »Wie habt Ihr mich gefunden?«

Der Ritter deutete auf eine Gestalt in weißem Umhang, die auf dem Wege lag. »Das war nicht schwer. Zwei meiner Männer folgten dem Boten, der sie nicht bemerkte. Jetzt kann er in der Hölle schmoren. – Ich ließ es mir nicht nehmen, ihn selbst dorthin zu befördern.«

Ludger trat zu dem Toten, drehte ihn um. Bodiwojs leere Augen starrten ihn an. Dort drüben lag seine Tochter, Petrissa. Auch zu ihr schritt Ludger, schlug ein Kreuz über ihrem entstellten Gesicht, den blutverschmierten blonden Locken. »War das nötig? Alle? Einige waren gut zu mir.«

Der Ritter lachte ein grimmiges Lachen. »Ludger, Ihr werdet sentimental. Natürlich war es nötig, der Graf gab mir einen unmißverständlichen Auftrag. Alle Männer mußten sterben, die Überlebenden können sich freuen, daß wir nicht alle Hütten niederbrennen.« Mit finsterem Blick deutete er auf eine Hütte, die während des Kampfes Feuer gefangen hatte. Die Flammen schlugen jetzt lodernd gen Himmel. »Beeilt euch, Männer.«

Seine Mannen trieben das wenige Vieh zusammen, holten ein paar Habseligkeiten aus den Hütten, nur wenige kupferne Becher sah Ludger in ihren Händen blitzen. Er bestieg den Schimmel, tatsächlich ein schönes Tier.

Als er neben dem Ritter gen Westen ritt und sich noch einmal umwandte, sah er eine Rauchsäule, die kerzengerade in den Himmel emporstieg.

14. Kapitel

Kloster Nienburg, Juni 1223

Die Mauern des Klosters waren genauso furchteinflößend, wie sie sie in Erinnerung gehabt hatte. Roswitha von Eichholz zog das Wams straff und die Kappe tiefer in ihr Gesicht und hoffte, die männliche Verkleidung würde sie unkenntlich machen. Nur keine Aufmerksamkeit erregen, mahnte sie sich, raffte ihren Mantel über die Schulter, versenkte ihr Kinn in den Falten und klopfte mit demütig gesenktem Haupt an die Pforte. Die Türklappe öffnete sich, und sie brachte mit gepreßter Stimme ihren Wunsch nach einem Rastplatz vor. »Ich kann auch dafür zahlen.«

Der Torwächter schob den Riegel zurück, ließ sie eintreten und streckte ihr seine Hand entgegen. Die Münzen verschwanden in seiner Faust, sein Blick streifte Roswitha flüchtig, ohne ein Zeichen des Erkennens. Er winkte sie hinein und wies auf das Gästehaus. »Wendet Euch an Bruder Ezechiel, der wird Euch einen Platz zuweisen.« Roswitha nickte ihm kurz zu und eilte über den verwaisten Hof. Die Mönche waren bei der Frühmesse, es war die beste Zeit für ihre Erkundigungen.

Vor dem Gästehaus blieb sie stehen, schaute sich noch einmal um, lauschte. Nichts zu sehen, nichts zu hören. Kurz entschlossen hastete sie zu dem Spalt an der Klostermauer, wo sie durch die niedrigen Fenster schon einmal mit dem Zupan gesprochen hatte. Diese Stelle schien ihr am ungefährlichsten, sie war sich nicht sicher, ob sie den Weg, den Ethlind sie damals entlanggeführt hatte, wiederfinden würde.

Sie betete inbrünstig, daß der Zupan noch da wäre. Wer sonst könnte ihr sagen, ob der Mann aus Cathay noch lebte, ob er noch in den Verliesen lag. Sie kniete sich vor das Fenster, beugte sich herab. Eindringlich flüsterte sie: »Dobresit? Zupan, bist du da?«

Schweigen. Noch einmal: »Psst, Dobresit. Sag etwas.« Tiefste Stille.

Roswitha schloß die Augen, damit hatte sie nicht gerechnet. Sie mußte selbst nachsehen. Ihr grauste bei dem Gedanken, durch das Kloster zu schleichen, davor, erwischt zu werden. Sie wußte zu genau, daß man hier mit Eindringlingen nicht zimperlich umsprang.

Halt, eine Möglichkeit gab es noch. Bruder Ezechiel, sie kannte ihn nicht, damals hatte sie ihn nicht gesehen, genaugenommen hatte sie kaum einer hier gesehen. Ihn konnte sie nach Ethlinds Verbleib fragen oder nach dem Zupan.

Sie warf einen Blick um die Ecke, noch immer war niemand zu sehen. Leiser Gesang sickerte durch die Mauern der Kirche, schwang sich in die Luft. »Dominus sanctus.« Mehr konnte sie nicht verstehen. Es würde noch eine Weile dauern, bis Bruder Ezechiel aus der Kirche kam. Es widerstrebte ihr, doch konnte sie die Zeit nicht so sinnlos verstreichen lassen. Sie mußte sie nutzen und selber im Keller nachsehen. Wenn, ja, wenn ihre schlotternden Knie standhielten und wenn sie den Weg dorthin fände. Sie versuchte sich zu erinnern. Am Abort vorbei, durch einen Schlafsaal, eine Treppe hoch, eine andere hinab; die Nerven zum Zerreißen gespannt, hangelte sie sich an ihrer Erinnerung entlang.

Endlich stand sie vor der Tür, die in den Keller führte, und wieder bewunderte sie Ethlind dafür, daß es ihr gelungen war, diesen Weg ausfindig zu machen. Fackeln erleuchteten dürftig die Treppe und den Gang. Ganz hinten in dem Vorratsraum war der Zupan untergebracht gewesen, und hier auf diese

Tür hatte Ethlind gezeigt, als sie nach dem Mann aus Cathay gefragt hatte. Roswitha trat näher, der Riegel war zurückgeschoben, die Tür nur angelehnt. Sie drückte sie langsam auf, spähte in den Kellerraum. Ein Hauch von Weihrauch erfüllte die Luft. Nichts weiter, der Raum war leer, leer wie das Loch unter der Treppe in Repgow, leer wie ihre Hoffnung, endlich ein Stück weiterzukommen. Einzig die zusammengefalteten Decken in einer Ecke ließen ahnen, daß hier überhaupt jemals ein menschliches Wesen untergebracht gewesen war. Der Mann aus Cathay war tot, gestorben an den Qualen, die ihm der grausame Abt zugefügt hatte. Das war ihr erster Gedanke. Was aber, wenn Ethlind schon dagewesen war, ihn bereits ausgelöst hatte? Nun, dann mußten sie noch hier im Kloster sein, wären wohl nur woanders einquartiert. Unmöglich konnte sie mit ihm schon weggegangen sein. Die Zeit war zu kurz, außerdem der Mann dazu nicht in der Lage gewesen. Ihre Hoffnung schwand, wenigstens noch den Zupan anzutreffen. Sie täuschte sich nicht, auch dieser Raum war offen, bis auf zwei halbvolle Säcke mit Äpfeln an der Wand leer, aufgeräumt, gefegt. Roswitha schlug mit der flachen Hand gegen die Wand. Das ganze Wagnis für nichts und wieder nichts. Noch einmal schlug sie, fester, und vor Schmerz atmete sie zischend ein. Dann eben Bruder Ezechiel oder irgendein anderer Bruder. Nur nicht Hagatheo oder gar der Greif selbst. Das fehlte ihr noch. Bei ihrem Glück war es durchaus möglich, daß sie gerade einem von ihnen in die Arme lief.

Tief durchatmend und unendlich erleichtert stand Roswitha wieder vor der Tür zum Gästehaus. Keiner der Brüder war hier, nur ein alter Mann schlurfte ihr entgegen.

»Bruder Ezechiel?«

»In der Kirche.« Seine Stimme war ein häßliches Krächzen. Plötzlich grinste er zahnlos, breitete die Arme aus, fing an, wie ein aufgebrachter Schwan damit zu schlagen, und kreischte:

»Lamm Gottes, Lamm Gottes, dein Blut, dein Blut, gib es mir.«

Ein Irrsinniger. Roswitha wich einen Schritt zurück und kreuzte die Finger; man konnte nie wissen.

»Kaspar, beruhige dich.« Mit wehender Kutte kam ein Mönch angerannt, das Gesicht gerötet. »Kann man dich denn keinen Augenblick aus den Augen lassen.« Er legte dem Mann einen Arm um die Schulter und sandte ein entschuldigendes Lächeln in Roswithas Richtung. »Er tut nichts, keine Angst. Komm, Kaspar, geh wieder hinein.«

Der Mann folgte dem Mönch, drehte sich auf der Schwelle noch einmal um, seine Augen blitzten vor Vergnügen. »Blut!« Ein dünner Speichelfaden rann aus seinem Mundwinkel.

Es dauerte nicht lang, da kehrte der Bruder zurück, wischte sich mit einem grauen Leintuch über den Nacken und ließ sich schwer auf die Bank neben dem Eingang sinken. Mit einer Geste lud er Roswitha ein, neben ihm Platz zu nehmen. »Ihr müßt entschuldigen, aber Kaspar ist ganz friedlich. Wir wollen ihn nicht einsperren, nur weil er ab und zu diese Anfälle hat. Er denkt dann, er sei das Lamm Gottes. Nun, es gibt Schlimmeres, nicht wahr. Aber nun zu Euch, was kann ich für Euch tun.«

»Ihr seid Bruder Ezechiel?«

Der Mönch nickte und faltete seine Hände vor dem stattlichen Bauch.

»Vielleicht könnt Ihr mir helfen. Ich suche ein Mädchen.«

Ezechiel runzelte die Stirn, und Roswitha hob abwehrend die Hände. »Nein, nein, ich suche sie, weil ich eine Nachricht für sie habe, von ihrem Vater. Das letzte, was wir von ihr hörten, war, daß sie hier sei.«

»Wie heißt die Gute denn, mein Sohn?«

»Ethlind.«

»Hmm.« Die Falten auf des Mönches Stirn wurden noch

tiefer. »Ethlind also, so, so. Ja, ein Mädchen dieses Namens war hier.« Er räusperte sich. »Um es gleich vorwegzunehmen, es ehrt dich nicht, sie zu kennen. Eine Teufelin ist sie, eine Teufelin.«

Roswitha vermeinte Ezechiels scharfen Blick förmlich zu spüren. »Beim Allmächtigen, was ist geschehen?« flüsterte sie aufgeregt.

»Sie hat Bruder Michael niedergeschlagen und sich dann davongemacht. Mit der Hilfe des Leibhaftigen ist sie von dannen geflogen.« Bruder Ezechiel drehte die Augen gen Himmel und schlug ein dreifaches Kreuzzeichen.

»Seither habt Ihr nichts mehr von ihr gehört oder gesehen?«

»Nichts. Und wir wollen auch nichts mehr von ihr hören, da sei Gott vor.«

Sein Blick huschte hinauf zu einem Fenster, hinter dem Roswitha eine Bewegung erahnte. Hatte der Greif sie schon erspäht? Fast erwartete sie, daß er sich wie eine Krähe aus dem Fenster stürzen und auf sie niederstoßen würde. Sie mußte sich beeilen. Wie konnte sie etwas über den Fremden aus Cathay erfahren? »Ich dachte ja auch, dieser Fremde, der bei ihr war, steht mit dem Leibhaftigen im Bunde. Bestimmt brachte er das Unheil. Was ist mit ihm? Sicher hat auch ihn der Teufel geholt?« Roswitha flüsterte die letzten Worte.

»Du weißt darum?« Der Mönch sah sie mißtrauisch an.

»Ich hörte davon. Und deswegen bin ich ja auch hier, ihr Vater schickt mich, sie aus den Fängen dieses Dämons zu befreien.« Roswitha zögerte. »Ich hoffte hier im Kloster Hilfe zu finden.«

»Nein, er ist der Teufelin nicht gefolgt, Gott weiß, wie sehr ich dies bedaure, und möge mir verzeihen. Aber solange dieser Fremde noch in unseren Mauern weilt, solange wird es keinen Frieden geben, dessen bin ich gewiß.« Ein Nicken verlieh seinen Worten Nachdruck.

Roswithas Herz tat einen Sprung. Also doch, wenigstens etwas. Der Fremde war noch da, wo auch immer. Ethlind hatte das Säckchen noch, war wohl auf dem Weg hierher. Sie brauchte nur zu warten. Aber nicht hier, unter den Augen des Greif. Sie mußte machen, daß sie fortkam.

Ezechiel griff ihren Arm, neigte sich vertraulich zu ihr herüber, so nah, daß sie seinen fauligen Atem roch. »Du hast recht, der Mann bringt Unheil. Jetzt liegt er im Hospital, als würde das etwas nützen. Der Leibhaftige ist in ihm, quält ihn mit Durchfall, Schüttelfrost und bösem Fieber, wir erwägen einen Exorzismus. Zuletzt verfärbte er sich schwefelgelb – ein Zeichen des Satans. Und nun«, Ezechiels Stimme wurde ein kaum hörbares Flüstern, »und nun sind auch einige der Brüder erkrankt.« Hastig schlug er das Kreuzzeichen, legte dann die Hand auf ihren Schenkel. »Haltet Euch von den anderen fern, kommt lieber zu mir, wenn Ihr etwas benötigt.«

Roswitha sprang auf und versprach, seine Worte zu beherzigen. Jetzt wolle sie beten, auch für die Gesundheit seiner Mitbrüder.

Nach ein paar Schritten in Richtung der Kirche sah sie sich um – er war verschwunden. Sofort änderte sie ihren Weg. Nichts als fort von hier, dieses Kloster war nicht vom Herrn gesegnet, Sünde, Bosheit und Krankheit herrschten hier.

Sie habe noch etwas zu erledigen, warf Roswitha dem Pförtner zu, der nicht von seinem Rosenkranz aufsah und nur die Hand hob, als sie sich durch die Pforte drückte.

Draußen atmete sie tief durch, nur langsam löste sich die Anspannung. Ein Stück hinter der nächsten Biegung wartete ihr Pferd, das sie auf einer kleinen Lichtung angebunden hatte. Von dort hatte sie einen guten Blick auf die Straße, konnte aber selber nicht gesehen werden.

Kaum angelangt, kamen ihr die ersten Zweifel. Warum war Ethlind nicht hier, Zeit hätte sie doch wohl genug gehabt; die ganze Nacht, die sie selbst mit Bernhard im Wald verbracht hatte, hätte sie nutzen können. Entweder war ihr etwas zugestoßen, oder – auch Ethlind hatte den Drachensamen nicht, hatte nichts, womit sie den Fremden auslösen konnte. Indes, wenn auch Ethlind ihn nicht hatte, wer dann?

15. Kapitel

Repgow, Juni 1223

Ihr werdet sicher noch einige Tage bei uns bleiben, bis der Herr Erzbischof Euch bitten läßt.« Eike von Repgow hob sein Glas. »Eure Anwesenheit ehrt uns. Ich hoffe, es ist alles zu Eurer Zufriedenheit!«

Irmgard von Thüringen schenkte ihm ein Lächeln. »Es ist wahrlich angenehm, bei Euch zu weilen. Seht nur die beiden jungen Herren Johann und Otto, sind sie nicht fröhlich wie kleine Löwen? Überhaupt fühlt man sich fern der Sorgen, die einen bei Hofe quälen. Schon die Mahlzeiten dort sind anstrengend. Man redet ohne Unterlaß und muß jedem sein Ohr leihen.« Irmgard nahm einen tiefen Schluck. Es war ihr anzusehen, daß sie dem Wein zugesprochen hatte. Nach Kräften bemühte sie sich, sich nichts davon anmerken zu lassen, aber heute fiel ihr das Verstellen schwer. Sie wußte es und hatte erstaunt erkannt, daß es ihr nichts bedeutete: Eike von Repgow speiste nur mit seinen Gästen und einer Handvoll Vertrauter. Wenn sie auf die Verschwiegenheit eines Mannes setzen konnte, dann auf die Eikes von Repgow. Und ihre Begleiter – die waren sorgfältig ausgewählt. Also erlaubte sie es sich, ein wenig dem Rededrang nachzugeben, den sie nach einigen Bechern Wein verspürte. »Wißt Ihr, ich beneide Euch, Herr Eike von Repgow. Ihr könnt Euch Eurem Buch widmen und Euren Gesetzestexten, dazu hätte unsereins ja gar keine Zeit! Ständig wird man verlangt. Ja, bei Euch spürt man gleich die Ruhe. Das schätze ich an diesem Gut.«

Eike von Repgow fuhr mit pedantischem Gleichmut fort,

die Gräten aus seiner Forelle zu ziehen. Immerhin neigte er dankend das Haupt. Wenn es Irmgard daran mangelte, ihr Wohlsein zu verbergen, so mangelte es Eike daran, Interesse zu heucheln. Was Irmgard nicht störte.

»Ihr habt stets ein Ohr, Herr von Repgow, und Ihr unterbrecht nicht ständig, wie es anderer Leute Angewohnheit ist« – sie warf einen finsteren Blick auf einen ihrer Begleiter, der keinen Augenblick im Schmausen innehielt –, »ja, wahrlich, bei Euch findet man die Ruhe, der jeder Mensch doch so sehr bedarf.« Irmgard von Thüringen hob ihren Becher an die Lippen. Der Wein bettete ihr Haupt in weiche Kissen. Das Stechen, das sie gelegentlich im Schädel spürte, wurde erträglich, und ebenso wurden ihre Wut und ihr Entsetzen über den Anlaß für diesen Schmerz besänftigt. Die Beule hatte sie als Unfall abgetan und dem Zorn über die unbeschreibliche Demütigung dadurch Luft gemacht, daß sie dem nächstbesten Pagen eine Maulschelle verpaßte. Seine Wange war für Tage gerötet gewesen, obwohl die Wucht von seinen schulterlangen Haaren gemindert worden war. Mit einer gewissen Zufriedenheit bemerkte sie, daß die Spuren ihres Schlages mittlerweile verschwunden waren, als der hochaufgeschossene Junge sich vorbeugte und ihr Wein nachschenkte. Seinen entsetzten Blick würde sie so bald nicht vergessen. Den Blick von Thaddäus allerdings auch nicht. Er hatte sie durchschaut, obwohl sie ihn ebenso barsch zurückgewiesen hatte wie die anderen, die sich nach der Ursache für die beträchtliche Beule erkundigt hatten. Sie fröstelte. Rasch nahm sie einen weiteren Schluck, es war ein anderer Wein jetzt, etwas leichter, aber dafür trockener als der vorangegangene. Geradezu sauer für ihren Geschmack. Sie runzelte die Stirn.

»Es ist wunderschön hier, Herr Eike, wahrlich. Aber diese Frau, die hier aufgetaucht ist …«

Eike sah von seinem Teller auf. »Nun, das war eigenartig,

nicht wahr? Wir pflegen sie gesund, und kaum kann sie gehen, ist sie auf und davon. Ja, die Natur ist sonderbar ... Nicht ungewöhnlich ... ich erinnere mich an einen Fall aus meiner Jugendzeit ...« Ohne den Satz zu beenden, versank er in Schweigen und schob sich ein Stück Fisch in den Mund.

»Ja, sonderbar, das ist das richtige Wort«, stimmte Irmgard ihm zu. Es schien, als stachle die Erinnerung ihren Durst noch an, obwohl sie sich größte Mühe gab, ihn zu stillen. »Ah, und was sie über Herrn Ludger gesagt hat ... wie steht es eigentlich um Euren Neffen? Schrecklich, er in der Hand der Heiden!«

Eikes abwesender Blick zeigte für einen Augenblick Besorgnis. »Eine gute Frage. Auch so eine Absonderlichkeit. Ein Bote ist mit einem Säckchen zum Grafen gekommen, und stellt Euch vor, darin ist ein Spielzeugpferd gewesen.«

»Ein Säcklein mit einem Spielzeugpferd darin?« Irmgard lachte auf. Dieser Wein ...

»Der Bote hat auch von einem Säcklein mit einem Samen der Gewalt gesprochen.« Eike lachte trocken. »Selbst Johann und Otto haben von einem Säcklein erzählt, für das sie Lösegeld nehmen wollten.«

Neben Irmgard entglitt ein gerade angehobener Becher der Hand des Trinkenden und polterte auf den Tisch. Eilig wischte der Page den Wein fort und stellte den Becher wieder an seinen Platz. Irmgard schenkte ihrem Tischnachbarn einen verwunderten Blick.

»Otto mag ja mit einem Spielzeugpferd noch etwas anzufangen wissen, aber für solche Späße ist Herr Ludger doch zu alt, denke ich.« Sie gab ein feines Lachen von sich, als sie merkte, daß Röte auf ihre Wangen stieg. »Verzeiht, ich wollte Euch nicht verletzen. Der Arme, er ist ja in großer Gefahr! Gibt es Neuigkeiten in dieser Sache?« wandte sie sich ihrem Tischnachbarn zu. Als dieser schwieg, wiederholte sie ihre Frage.

»Hm … entschuldigt … hm … der Bruder müßte den Grafen erreicht haben … er hat Repgow noch am Abend des Tages verlassen, als Ihr von der Erpressung erfahren habt. Da ist auch die Eichholz verschwunden. Ja.«

»Habt Dank, daß Ihr einen Eurer Leute losgeschickt habt«, bemerkte Eike von Repgow.

»Das ist doch selbstverständlich. Ich bin sicher, Bruder Markus wird uns bald gute Nachrichten von Eurem Neffen bringen. Zudem werde ich selbst bald zu Graf Heinrich aufbrechen und mich persönlich um die Rettung Ludgers kümmern. Seid also unbesorgt, Frau Irmgard. – Nun, es ist bald Zeit für das Abendgebet. Außerdem wollen meine Schäfchen gehütet werden. Entschuldigt mich daher.«

Thaddäus von Hildesheim erhob sich und verließ die Halle.

Am nächsten Morgen klagte Irmgard von Thüringen über grausame Kopfschmerzen und versicherte, sich nur selten so schlecht gefühlt zu haben. Thaddäus fand keine ermunternden Worte für sie. Vielmehr wies er sie darauf hin, daß Völlerei eine Sünde sei und sie ihren Zustand somit als Strafe ihrer Untugend ansehen möge.

Im Grunde kam ihm das gut zupaß. Wenn sie in ihrem Gemach blieb, kam sie ihm nicht in den Weg. Bevor er aufbrach, mußte er Gewißheit haben. Die Wahrscheinlichkeit war gering, aber der Zufall, oder besser: die Vorsehung, ging nur allzuoft erstaunliche Wege – das hatte Thaddäus sattsam erleben können. Grimmig rief er die Jungen.

»Müssen wir …«, setzte Johann an, verstummte aber augenblicklich, als er in Vater Thaddäus' Gesicht sah. Mit hängenden Köpfen und der unbestimmten Vorahnung, daß sie eine Strafpredigt für was auch immer erwartete, folgten sie dem Mönch.

»Die Zehn Gebote werden wir uns heute vornehmen. Auch

hier in Repgow kann es den jungen Herren nicht schaden, ihren Kopf zu benutzen.«

Thaddäus schloß die Tür zu dem Kämmerchen, das er für den Unterricht gewählt hatte: Angelehnt an die Kapelle, aus Steinwänden erbaut, schützte sie nicht nur sicher vor Störungen, es drang auch kein Laut nach draußen. Mit unheilverkündender Miene schritt er zwischen seinen Schülern einher und ließ sich Gebot auf Gebot zitieren. Als Johann sagte: »Du sollst nicht stehlen«, blieb Thaddäus stehen. Daß er gerade hinter den beiden stand, beugte ihre Rücken noch mehr.

»Du sollst nicht stehlen«, wiederholte Thaddäus. »Ganz recht. Du sollst nicht stehlen. Ein gutes Gebot, nicht wahr?« Die beiden Jungen nickten. »Ein Gebot, das die Welt zusammenhält, könnte man sagen. Was geschähe wohl, wenn ein jeder nähme, was des anderen Besitz ist? Nun?«

»Mord und Totschlag«, brachte Johann hervor.

»Wohl wahr. Damit wären wir schon bei einem anderen Gebot: Du sollst nicht töten. Aber verweilen wir noch bei dem vorangegangenen. Diebstahl bedeutet auch, Vertrauen zu brechen. Diebstahl ist eine Schande!« polterte Thaddäus. Johann und Otto fragten sich verzweifelt, was sie bloß angestellt hatten.

»Und was nun mag Diebstahl sein? Ist es vielleicht auch Diebstahl«, er beugte sich zu den beiden hinunter, »ist es vielleicht auch Diebstahl, wenn man etwas Unbedeutendes wegnimmt? Etwas, von dem man glaubt, es besäße keinen Wert? – Natürlich ist es Diebstahl. Vielleicht kennt ihr ein Beispiel?« Johanns und Ottos Hände schwitzten. Sie hatten noch immer nicht begriffen, worauf Vater Thaddäus hinauswollte. »Wie wäre es mit einem Säckchen. Einem unscheinbaren Säckchen, vielleicht aus Leder. Wenn der eine dem anderen ein solches Säckchen wegnimmt, ist das dann Diebstahl?«

»Wir haben es gar nicht weggenommen!« brach es aus Johann heraus. »Das haben wir gefunden!«

Thaddäus richtete sich wieder auf. Schwer legte sich seine Hand auf Johanns Schulter. »Wenn man etwas findet, und man nimmt es mit, ist das dann etwa kein Diebstahl?«

»Aber es ist doch gefunden, nicht weggenommen! Es gehört doch keinem!« verteidigte sich Johann und dachte an Ludgers Worte: Johann von Brandenburg, ein wehrhafter Recke. Der Mut eines Recken im Kampf mit Henner war ein Kinderspiel gegen den Mut, den er brauchte, um Vater Thaddäus zu widersprechen.

»Und woher weißt du das, mein kluger kleiner Herr? Vielleicht ist es ja wirklich kein Diebstahl. Hat es jemand verloren? Dann ist es nur billig, es ihm zurückzugeben. Wo habt ihr es gefunden?«

Seine Schüler starrten vor sich hin und blieben stumm.

»Ihr wollt es nicht sagen. Schweigen ist stets ein Eingeständnis von Schuld. Womit wir zur nächsten Frage kommen: Ist es ein kostbares Säckchen oder nur eine leere Geldkatze? Was befindet sich darin? Gnade euch Gott, wenn es Gold oder Silber ist.«

»Nein, es ist kein Gold!« Johann war die Erleichterung deutlich anzumerken. »Wir haben uns nicht getraut, es zu öffnen, es ist zugenäht und versiegelt, aber es ist prallvoll mit feinem Sand oder so was. Das habe ich ertasten können!«

Thaddäus atmete scharf ein. »Sand, sagst du. Nun, der wird wohl nicht so wertvoll sein. Dennoch, anstatt es zu behalten, hättet ihr es zu mir oder dem Herrn von Repgow bringen müssen. Euer Verhalten war falsch.«

»Aber wir …«

»Schweig!« Vater Thaddäus' Bellen hallte seinen Schülern in den Ohren nach.

Kleinlaut begann Johann nach einer Weile: »Und was wird nun? Wir werden doch nicht wegen Diebstahl ins Loch geworfen, so wie der Knappe vor einem Monat?«

»Wir werden sehen. Bringt mir das Säckchen. Dann werde ich entscheiden, welche Buße angemessen ist. Worauf wartest du noch, Johann? Beeil dich! Otto, du bleibst da! Wir sind noch nicht fertig.«

Während Otto in einen Strom von Tränen ausbrach, rannte Johann hinaus. Wenig später kam er zurück, japste und krallte die Rechte in die Seite, während er Thaddäus das Säckchen mit der Linken entgegenstreckte.

»Gut. Für heute ist der Unterricht beendet. Ihr werdet jetzt einen Rosenkranz in der Kapelle beten und bei der nächsten Beichte bereuen, dann wird euch diese Sünde vergeben. Ich werde das Frau Irmgard und Herrn Eike nicht melden. Leg das Säckchen auf den Tisch, Johann. Und jetzt hinaus!«

Die beiden Kinder verschwanden, so schnell sie konnten. Vater Thaddäus ließ sich auf einen Hocker fallen und starrte das Säckchen an. Das Zimmer begann sich um ihn zu drehen.

»Hab' ich dich.«

Thaddäus fühlte sich, wie wenn er über Wolken wandelte, als er auf den Hof des Gutes hinaustrat. Unter seiner Kutte spürte er die beruhigende Rundung des Säckchens.

»Vater Thaddäus!«

Ein Bediensteter, der ein abgerissenes Mädchen hinter sich herzerrte, kam mit einem Bauern im Gefolge auf ihn zu. Das Mädchen humpelte stark. Thaddäus steckte die Hände in die Ärmel und setzte sein sanftmütigstes Gesicht auf.

»Entschuldigt, Vater Thaddäus, aber vielleicht wißt Ihr Rat. Dieser Bauer hier sagt, er habe ein Mädchen aus dem Dorf gefunden.«

»Und?«

»Nun … es ist ein Mädchen, das wohl in letzter Zeit für einiges Aufsehen gesorgt hat. Berichte, Bauer!«

Der Mann drehte seine Filzkappe in den Händen, starrte zu

Boden und begann stockend zu erzählen. »Im Wirtshaus habe ich gehört ... es wird dort erzählt ... der Herr Ludger von Repgow sei bei der Familie gewesen, zusammen mit einem jungen Herrn, und sie hätten ... sie hätten die Ethlind gesucht, weil sie wohl irgendwo Feuer gelegt hätte. Aber da sei sie schon fortgerannt. Sie war verschwunden, bis ich sie heute am Rand vom Haselpfad gefunden habe. Sie hat versucht wegzulaufen, aber ihr Bein ist verletzt. Da habe ich sie hergeschafft.«

»Herr Eike hat bisher nichts von einem Vergehen eines Mädchens gesagt«, ergänzte der Bedienstete. »Herr Ludger hat sie offenbar bei seiner Abreise von Repgow in dieser Sache aufgesucht.«

Ethlind bäumte sich auf und versuchte sich mit aller Kraft loszureißen, aber der Griff des Bediensteten war eisern. »Da Herr Ludger nicht da ist – vielleicht könnt Ihr sie ins Gebet nehmen und herausfinden, wessen Ludger von Repgow sie beschuldigt!«

Vater Thaddäus wollte sagen, er habe keine Zeit, er müsse sich um Wichtigeres kümmern als um ein bockiges Bauernweib. Wenn Ludger sie aber zu Beginn seines Auftrages gesucht hatte, dann stand sie möglicherweise mit dem Drachensamen in Verbindung.

»Gut. Ich werde mich um sie kümmern; doch erst muß ich fort. Setzt sie fest bis zu meiner Rückkehr, oder bis ich Anweisung gebe, wie mit ihr zu verfahren sei. Und hört«, er sah dem Bediensteten in die Augen, »niemand hat sie ohne meine Erlaubnis freizugeben oder anders über sie zu verfügen. Ich spreche im Namen des Grafen von Anhalt. Habt Ihr verstanden?«

»Sie wird hier auf Euch warten«, versicherte der Mann.

»Das hoffe ich. Gebt acht, daß sie Euch nicht entwischt – Ihr persönlich seid mir für sie verantwortlich.«

Der Bedienstete zwinkerte verwirrt. Ihn, der er nicht einmal

Ritter war, persönlich für das Mädchen verantwortlich zu machen war recht ungewöhnlich. Er nickte und packte Ethlind fester.

»Ach, und falls Herr Ludger während meiner Abwesenheit hier eintrifft: Für ihn gilt das gleiche. Ich möchte von ihm hören, was diesem Weib vorgeworfen wird, bevor weiteres entschieden wird.«

Damit brach Thaddäus von Hildesheim nach Burg Anhalt auf.

Auf dem Weg von Schmöckwitz nach Repgow, Juni 1223

Ludger stand vor den Toren einer Burg und hielt einen Spieß in der Hand. Die Spitze reichte bis hinauf zum Dach des Torturmes. Er sah einen Schemen auf sich zukommen und verstellte ihm den Weg. Aus dem Dunkel schälte sich Konrad. Der Junge nahm ihm den Spieß aus der Hand, lachte leise und ließ die Waffe in einem Säckchen am Gürtel verschwinden. Sodann reichte er ihm seine Rechte und führte ihn in das Torhäuschen. Ludger wollte fragen, was Konrad vorhatte. Aber es war gar nicht Konrad. Es war Irmgard, die sich nur als Konrad verkleidet hatte. Verdutzt wollte er sie fragen, was das solle, aber da war Irmgard schon wieder hinaus. Ludger eilte ihr hinterher. Als er das Torhaus verließ, stand er nicht im Freien, sondern in einem gewundenen Gang. Gerade noch sah er Irmgard hinter einer Biegung verschwinden und setzte ihr nach. Der Gang verästelte sich. Er hatte keine Decke, nur den Himmel über sich. Seine Wände bestanden aus einem seltsamen, bröckeligen Sandstein, der ihnen den Anschein gab, als wären sie aus natürlichem Fels. Hinter Ludger erklang Waffengeklirr. Die Slawen verfolgen mich, schoß es ihm durch den Kopf. Ich muß Irmgard warnen, daß sie ihr albernes Versteckspiel aufgibt! Ohnehin reichlich unziemlich für eine Gräfin … Immer schneller rannte er, aber das Scheppern von Rüstungen und Waffen kam immer näher. Gleich bin ich verloren und Irmgard mit mir, dachte er. Er spürte den Luftzug eines Pfeiles an seinem Ohr und sah ihn vor sich in die Sandwand schlagen. Der Schaft blieb zitternd stecken. Er hetzte um die nächste Ecke – und stand in der sternenklaren Nacht. Vor ihm lag Irmgard. Sie verfolgen uns, komm rasch! wollte er rufen. Als Irmgard sich nicht rührte, beugte er sich über sie und sah in das blutverschmierte Gesicht Petrissas. Ihre Augen waren eingefallen und kreisrund.

Ludger fuhr aus dem Schlaf. Von einem Ast schräg über ihm blickte ihn ein Uhu an. Der Vogel streckte seinen massigen Körper und flog davon. Es war nur ein Traum, dachte Ludger und wischte sich übers Gesicht. Doch die Eule war ein böses Omen. Sie konnte sich nur in der Zeit geirrt haben, es war bereits genug Böses geschehen. Petrissas zerfetztes Gesicht, dieses wunderschöne Gesicht, zerstört ... das Bild wollte ihm nicht aus dem Kopf gehen.

Am Horizont zeigte sich das erste Lichtflimmern des neuen Morgens. Ein Wächter stand reglos zwischen den Bäumen.

Petrissa ermordet. Sie hätten sie nicht umbringen müssen. Sie hätten Ludger einfach befreien und das Weite suchen können. Herrgott, dachte er, die eine Frau, die ich begehre, ist eine Gräfin, die andere eine Heidin, und die stirbt dann auch gleich weg. Was Konrad betraf ... da dachte er lieber wieder – an Petrissa. Die Erinnerung an ihre Ermordung war immer noch besser als die an die seltsame Anziehungskraft, die dieser Konrad ausstrahlte.

Während er mit sich haderte, wurde es heller. Es war kein dramatischer Sonnenaufgang, wie es den Geschehnissen vom Vortag angemessen wäre, kein Blutrot war zu sehen, noch nicht einmal ein gelber Streif.

»Ihr seid wach. Gut.«

Ritter Ulrich machte seine Runde und rüttelte Mann für

Mann an der Schulter. Vor Ludger blieb er in respektvollem Abstand stehen.

»Wir sollten unverzüglich aufbrechen.« Ulrichs Augen wanderten unruhig hin und her. »Hier sind wir noch nicht sicher. Zu nahe am Spreegebiet.«

»Ihr meint wirklich, daß sie uns verfolgen? Obwohl wir ihren Anführer getötet haben? Sind die Heiden nicht kopflos ohne ihren Häuptling?«

»Wer versteht schon die Slawen. Zudem, ehrlich gesagt ...«, Ulrich senkte den Kopf, »ich fürchte, Pribislaw ist uns entkommen. Wahrscheinlich hat er bereits ganz Köpenick alarmiert. Wir ziehen besser so schnell wie möglich weiter.«

Ludger seufzte und bereitete sich zum Aufbruch vor. Die Männer schenkten ihm kaum Beachtung. Es war die Stunde der schweigsamen Selbstbeschäftigung: Kratzen, Gähnen, Spucken, gelegentliches Fluchen, das mehr oder weniger dezente Erleichtern.

Eine feine Gesellschaft, dachte Ludger. Unter dieser Bande aus Halsabschneidern fühlte er sich nicht gerade wohl. Ritter Ulrich war der einzige Mann von Stand, und auch er war ihm als zwielichtige Gestalt bekannt. Ludger ahnte, daß sich die Männer hinter seinem Rücken über ihn lustig machten. Im Vergleich zu ihnen, Heinrichs Männern fürs Grobe, war er ein schmächtiges Kerlchen, das keiner Fliege etwas zuleide tun konnte. Allerdings mußte er sich eingestehen, daß er derzeit vermutlich noch abgerissener aussah als alle anderen hier. Da hatte es auch wenig genützt, daß man ihm eine Gugelkapuze und einen kratzenden Schurwollmantel gegeben hatte. Für den war er aber sehr dankbar. Obwohl es bereits Anfang Juni war, war es am Morgen bitterkalt.

Ludger streichelte das Pferd, das er bekommen hatte. »Wenigstens du siehst ordentlich aus«, seufzte er. Nach dem Aufsteigen zog er den Mantel enger um sich. So gut es ging, schob er die Hände mit den Zügeln in die Ärmel. Langsam setzte sich der Trupp in Bewegung. Ulrich ritt an der Spitze, Ludger in der Mitte. Auf ihrem Weg sprachen sie kein Wort.

Langsam wurde der Himmel dunkelblau, glitt ins Türkisfarbene und wurde schließlich himmelblau, im Morgennebel fast weiß. Es war Tag.

Die Landschaft wurde abwechslungsreicher. Sie hatten den großen Wald hinter sich gelassen und kamen durch eine karstige Steppenlandschaft. Hätten ihn nicht so große Sorgen gequält, hätte Ludger diesen Tag genossen, denn es war ein frischer und angenehmer Frühling, wie man ihn sich nach einem harten Winter sehnlichst herbeiwünschte.

Gerade plagten ihn wieder seine verwirrenden Gedanken an Irmgard, Konrad und die tote Petrissa, als Hufschläge hinter ihnen erklangen. Ein vielleicht zehnjähriger Junge kam herangeprescht. Aus dem Maul seines Pferdes flockte Schaum, und er selbst klammerte sich verzweifelt am Hals des Tiers fest, das er ohne Sattel ritt. Er wurde nicht etwa aufgehalten oder als lebende Zielscheibe für erbauliche Schießübungen benutzt, wie Ludger es der erlesenen Gesellschaft am ehesten zugetraut hätte. Vielmehr bildeten die Männer eine Gasse, um ihn hindurchzulassen. Ludger war bis zuletzt überzeugt davon, daß der Knabe weiterpreschen würde. Er sah sogar, wie er dem Pferd noch einmal einen kräftigen Tritt mit den Hacken gab, als er an ihm vorbeijagte. Kurz vor Ulrich jedoch riß der kleine Reiter so heftig an den Zügeln seines Tieres, daß es aus dem Galopp auf die Hinterbeine stieg und, umgeworfen vom eigenen Schwung, einen Satz machte und bockte. Das war zuviel für den Jungen. Er flog in hohem Bogen von seinem Tier und rollte durchs Gras. Eine gewaltige Staubwolke schwebte an Ludger vorbei.

»Nun? Weshalb die Eile, Albrecht?« fragte Ulrich und grinste.

»Hinter uns her! Viele! Gleich da!« krächzte der Junge, rappelte sich auf und klopfte sich Gras aus dem Kittel.

»Was heißt *viele*? Wie viele? – Ihr beiden, fangt sein Pferd ein, das ist ja ganz wild.«

»Viele! Viel mehr als wir! Haben Spieße und Bögen und Äxte, und ihre Pferde sind schnell!«

»Wie weit sind sie entfernt?«

Albrecht trat von einem Bein aufs andere, und man sah ihm an, daß ihm die Furcht im Nacken saß. »Kaum noch weit! Sind gleich da! Sie haben auf mich geschossen!«

»*So* nah also? Wohl kaum. Aber gleichviel. Ludger, Ihr reitet mit Hermann dort weiter, so schnell Ihr könnt. Wir werden versuchen, sie aufzuhalten. – Zeit für Heldentaten, Leute! Geht in Deckung, wir werden denen eine heiße Überraschung bereiten! Pribislaw dürfte in so kurzer Zeit ohnehin nur einen kleinen Haufen zusammengerufen haben können, und der Burgherr von Köpenick braucht seine Leute anderswo. Daß Pribislaw überlebt hat, ist damit wohl bewiesen.«

Ludger sah unsicher zu dem Ritter hinüber. Wollten sie sich wirklich für ihn opfern? Sein Blick fiel auf den Jungen, der vor Erschöpfung am ganzen Körper zitterte.

»Er kann doch nicht hierbleiben«, rief er.

»Was? Wieso nicht? Er hat eine Schleuder, und er ist gut damit, glaubt mir. Bei Gott, macht nicht so ein Gesicht. Dann nehmt ihn eben mit! Nur kann sein Pferd ja kaum noch stehen.«

»Dann steigt er bei mir auf«, erklärte Ludger.

»Ihr seid ...« Ulrich runzelte die Stirne. »Na, Ihr seid gar nicht so dumm. Er ist immerhin leicht, und wir haben einen Mann und ein Pferd mehr. Hermann, Ihr bleibt hier und helft uns. Albrecht, du kennst den Weg nach Repgow. Führ Ludger hin. Und jetzt Beeilung!«

Ludger war von dieser Wendung derart überrascht, daß er

erst den Mund zum Protest öffnete, als Ulrich bereits auf einen der Büsche am Waldrand zusteuerte. Er zuckte mit den Achseln. Albrecht kletterte geschickt auf sein Pferd, und falls Ludger befürchtet hatte, daß der Junge eine zusätzliche Belastung für das Tier darstellen könnte, sah er sich darin getäuscht. Er war ein wahrhaftiges Fliegengewicht.

»Es geht los«, brummte Ludger, wendete sein Pferd und setzte es in Trab. Bald darauf hörte er hinter sich erstaunte Rufe und wenig später Schreie. Der Kampf hatte begonnen. Ludger war viel zu sehr mit seinem Roß beschäftigt, um weiter darauf zu achten. Nicht nur mußte er es antreiben, zwischen seinen Armen saß Albrecht, der jetzt, wo er seine Aufgabe erfüllt hatte, wie ein nasser Sack zusammengesunken war. Ludger hoffte inständig, daß der Junge ihm auch tatsächlich den Weg nach Repgow weisen konnte, wenigstens so lange, bis sie sich in bekanntem Gebiet befanden. Hinter ihm verklangen die Kampfgeräusche in der Ferne.

»Hier ab«, brachte Albrecht nach einer Weile hervor.

»Junge, da ist kein Weg! Da geht's ins Dickicht! Das ist nur ein Trampelpfad!«

»Dahinter kommt eine Straße. Müssen die Verfolger abhängen, hat der Herr Ulrich gesagt. Biegt ab.«

»Aber … ach je.« Ludger zuckte mit den Schultern, sandte ein Stoßgebet gen Himmel und wurde von Zweigen durchgepeitscht. Gleich darauf war es an der Zeit für einen Dank an den Herrgott. Eine einfache Lehmstraße führte in einer Kurve vom Dickicht weg. Wenn dies der einzige Berührungspunkt der beiden Wege ist, haben wir unsere Gegner vielleicht wirklich abgehängt, dachte Ludger. Falls nicht – dann können wir nur hoffen, daß die andere Straße nicht kürzer ist. Ihm blieb nichts anders übrig, als seinem Führer zu vertrauen. Allerdings konnte er sich vertrauenswürdigere Menschen vorstellen als ein zerlumptes und völlig erschöpftes Kind.

»Die Männer sollten inzwischen auf dem Rückweg sein«, erklärte der Vertraute des Grafen. Selbst er, der er Graf Heinrich des öfteren zu vertreten hatte, konnte sich der Aura des Thaddäus von Hildesheim nicht ganz entziehen.

»Bruder Markus?«

»Ist bereits wieder nach Repgow unterwegs, um Herrn Eike davon zu unterrichten.«

»Gut. Gut.«

Vater Thaddäus dankte dem Vertrauten und eilte durch die Backsteinburg. Abseits der täglich benutzten Räume gab es ein Zimmer, das einst einem Alchimisten zugedacht worden war. Der Alchimist war vor langer Zeit schon verstoßen, der Raum seither nicht mehr betreten worden. Die Diener der Burg trauten sich nicht hinein, und der Graf hatte ihn wohl längst vergessen. Thaddäus schlug das Kreuz und schob mit der einen Hand die Tür auf, während er mit der anderen eine Laterne hielt.

Die Luft war abgestanden. Außer der Tür gab es nur noch zwei Öffnungen: einen Kaminabzug in der Decke, der längst mit Vogelnestern verstopft war, und ein spinnwebentrübes Oberlicht. Eine Staubschicht bedeckte den Boden. Hier und da lagen die Überreste verwester Mäuse. Entlang der Wände standen Tische, auf denen sich Tiegelchen, allerlei Werkzeug und Tongefäße stapelten. Einige grau vertrocknete Kräuter hingen neben ausgestopften Tieren von der Decke.

Thaddäus wischte den Staub von einem Tisch mit steinerner Platte, stellte die Laterne darauf ab und ergriff ein irdenes Tiegelchen. Aus seinem Gewand holte er das Säckchen hervor und stellte es daneben, stützte sich auf seine Fäuste und starrte es eine ganze Weile lang an. Schließlich öffnete er den Knoten und die Naht, die es fest verschlossen gehalten hatte, entfernte ein Siegel, hielt den Atem an und ließ eine kleine Menge vom

Inhalt in das Tonschälchen rieseln. Die Beschreibung stimmte: Es war ein gräuliches Pulver, das ganz und gar nicht gefährlich aussah. Thaddäus berührte es kurz mit einem Holzspatel. Nichts geschah. Feuer sollte den Drachen wecken, soviel wußte Thaddäus. Er warf einen Blick zur Laterne. Vorsicht war geboten. Den Drachen wollte er nicht versehentlich in Heinrichs Mauern wecken, dazu war er nicht gedacht. Also widerstand er der Versuchung des Flämmchens, das ruhig in der Laterne vor sich hin brannte. Er führte den Holzspatel an seine Nase und schnupperte. Nichts. Er hätte sich am liebsten selbst geohrfeigt, daß er sich nicht mehr mit der Kunst der Alchimie befaßt hatte. So sehr war er damit beschäftigt gewesen, den Drachensamen zu bekommen, daß er sich gar nicht darum gekümmert hatte, was er damit anstellen mußte. In einem Anflug von Wagemut berührte er den grauen Film auf dem Spatel mit der Zungenspitze. Sofort spuckte er aus: Das Zeug brannte im Mund. Schon befürchtete er, es könne um ihn geschehen sein. Als er nach einiger Zeit weder tot noch vom Leibhaftigen geholt worden war, kehrte sein berechnender Gleichmut zurück. Der Geschmack würde ihm immer in Erinnerung bleiben. Für ihn war es der Geschmack von Macht.

Thaddäus zögerte. Wie weiter? Er beugte sich tiefer über die Schale, aber im Halbdunkel des Raumes konnte er den Drachensamen nur als schwarze Masse erkennen. Selbst als er die Laterne näher heranrückte, spendete sie nicht genügend Licht. Zögernd nahm er einen Kienspan vom Vorrat, der am Ende des Tisches aufgehäuft war, und entzündete ihn. Für einen Augenblick erwog er, das Experiment abzubrechen. Wäre seine Ungeduld weniger groß gewesen, er hätte sich den nächstbesten Landstreicher gegriffen und ihn das Pulver ausprobieren lassen. So aber wagte er es. Vater Thaddäus brachte Drachensamen und Feuer zusammen.

Das war also der Drachensamen. Vater Thaddäus schüttelte den Kopf. Erst am Abend hatte er gewagt, die Kammer zu verlassen. Nachdem er seine Gemächer ungesehen erreicht hatte, hatte er einem Pagen durch einen Türspalt befohlen, ihm Wasser zu bringen, viel Wasser, und hinzugefügt: Auch einen Kamm! Und seine Bartschere! Die Dinge hatte er sich durch die Türe reichen lassen. Thaddäus seufzte, als er sein Spiegelbild im Wasserbecken sah. Der Bart stand ihm um den Mund herum in alle Himmelsrichtungen ab, über der Stirne hatte sich das Haar zu Spiralen verdreht, seine Augenbrauen waren Geschichte, und sein Gesicht war so schwarz, als wäre er geradewegs aus der Hölle gestiegen. Vielleicht hätte er sich nicht gar so tief über das Schälchen beugen sollen, dachte er. Andererseits: Wenn der Drachensamen wirklich so mächtig gewesen wäre, wie er es gedacht hatte, dann wäre von ihm wohl nur noch ein Rauchfähnchen übrig. So war er zwar noch einmal davongekommen, aber recht glücklich war er darüber auch nicht. Ein schwarzes Gesicht mochte gut sein für eine kleine Narretei, ein Erzbischof ließ sich davon nicht vom Thron reißen. Solange der Drachensamen nur mächtig qualmte und ein unanständiges Geräusch von sich gab, war er nicht von Nutzen. Sollte es das wirklich gewesen sein? Ein Zischen und Rauch? Zwar hatte dieses kleine bißchen Pulver ihn seine verborgene Macht recht deutlich spüren lassen. Aber diese Macht war gleichsam nutzlos verpufft. Die Feuerwerke, von denen er damals auf einem Kreuzzug erfahren hatte, sollten aus bunten Sternen und Flammen bestanden haben. Was er heute erlebt hatte, war nicht sehr bunt gewesen. Wichtiger noch, er hatte selbst gehört, wie maurische Fürsten befürchteten, daß Bagdad binnen Tagen fallen würde, würde man erst einmal *Chinapfeile* verwenden. Pfeile, die mit dem Drachensamen gefüllt waren. Thaddäus hatte genug Erfahrung auf Kreuzzügen sammeln können, um zu wissen, daß sich Araber nicht wegen ein paar schwarzer Gesichter und verbrannter Haare geschlagen gaben. Zweifellos gab es ein Geheimnis, wie man die Macht des Drachen locken mußte.

Nachdem sein Gesicht wieder halbwegs gesäubert und seine Bartfülle beträchtlich ausgedünnt war, legte er sich auf seiner Pritsche nieder und ließ nachdenklich einen Rosenkranz durch die Finger gleiten. Es gab einen Menschen, der wußte, wie man den Drachen hervorlockte. Er mußte ihn nur fragen. Und das Beste war, daß dieser Mensch sich ganz in der Nähe befand. Morgen früh würde er losreiten. Vater Thaddäus betete das Abendgebet mit ungewöhnlicher Hingabe und dankte dem Herrn für die glückliche Fügung. Der Geruch nach verbranntem Haar hing im Raum.

16. Kapitel

Auf der Straße nach Repgow, Juni 1223

Als sie weit genug gekommen waren, um sich vor ihren Verfolgern sicher zu fühlen, saßen ein erleichterter Ludger und ein todmüder Albrecht ab und bereiteten sich ein Lager für die Nacht. Das Glücksgefühl über die Aussicht, endlich wieder nach Hause zurückzukehren, endlich wieder ruhig schlafen zu können, in einem Bett, ohne Angst haben zu müssen, war unbeschreiblich. Doch in Ludgers Erleichterung mischte sich ein seltsamer Beigeschmack. Wenn er die ganze Sache mit dem Säckchen hinter sich hatte, würde er wieder der verträumte Minnesänger sein. Da würde er wieder Irmgard besingen oder andere Frauen, die er niemals gewinnen konnte. War das alles? Fehlte da nicht etwas in seinem Leben? Die Laute zu schlagen war ja schön, aber Ludger hatte erlebt, was es hieß, nicht nur von Abenteuern zu erzählen, sondern sie selbst zu erleben. Vielleicht war es nun an der Zeit, nicht nur von Frauen zu singen, sondern auch eine zu finden. Und dann einen eigenen Sohn zu haben, einen wie den kleinen, mutigen Albrecht, mit dem er in die Welt hinausziehen und dem er Vorbild sein konnte. Nicht nur von edlen Rittern zu berichten, sondern selber ein edler Ritter zu sein. Andererseits war eine Familie nun das letzte, was er sich bislang gewünscht hatte. Es schien so gar nicht zu seinem Leben als Minnesänger zu passen. Daß er sich nun danach zu sehnen begann, verwirrte ihn zutiefst. Es gab doch, bei genauerer Betrachtung, nichts Schlimmeres als eine Schar bläkender Bälger, die einem ständig am Rockzipfel hingen – und doch …

»Komm, wir müssen weiter«, murmelte Ludger leise. Nicht viel mehr als Albrechts Schopf schaute aus der Decke, in die er sich gewickelt hatte. Ludger streckte sich und gähnte. Sie hatten zwischen den Kiefern, in sicherer Entfernung zur Straße, Rast gemacht. Erste Helligkeit ließ die Umgebung in einem schummrigen Licht erscheinen, das mehr verbarg als offenbarte. Hinter sich hörte er Albrecht aufstehen und zum Pferd wanken. Mein eigener Sohn wird nie und nimmer so folgsam sein, dachte Ludger und seufzte. Er erkannte, daß er sich das Leben wohl auf kurz oder lang unnötig erschweren würde. Dabei war das Junggesellendasein doch so angenehm!

Wenig später befanden sie sich wieder auf der Straße in Richtung Repgow.

»Wir haben Kloster Nienburg passiert«, sagte Ludger. »Bis hierher werden die Slawen sich nicht wagen! Wir sind in Sicherheit, Albrecht!« Der Junge ließ nicht erkennen, ob er Ludgers Zuversicht teilte. »Wenn wir in Repgow sind, wirst du erst einmal ein Festmahl bekommen, das schwöre ich. Unsere Köche können einen ausgezeichneten Schweinsbraten zubereiten ...«

»Da kommt jemand«, unterbrach Albrecht ihn.

»Und dann bekommst du anständige Kleider und ... wie? Vor uns? Du hast scharfe Augen ... ein Reiter ... vielleicht sogar aus Repgow?«

Der Gedanke an Repgow rief wieder das unbestimmte Glücksgefühl in ihm wach. Wie lange war er nun schon fort! Andererseits hatte er seinen Auftrag nicht erfüllt. Vater Thaddäus würde ihn in der Luft zerreißen. Er würde Graf Heinrich in Kenntnis setzen über den Fehltritt eines gewissen Lautenspielers. Und dann werde ich mir keine Sorgen mehr machen müssen, daß ich mir das Leben mit einer Familie einengen könnte, dachte Ludger düster.

»Wenn ich nur wüßte, wo Vater Thaddäus jetzt ist«, dachte er laut.

»Vor uns, Herr«, erwiderte Albrecht.

Ludger riß die Augen auf und zuckte so heftig zusammen, daß sein Roß einen Satz machte. Auf sie beide hielt kein anderer zu als der Benediktiner persönlich.

Thaddäus war nicht weniger überrascht. Er zügelte sein Pferd neben Ludgers und starrte ihn an, als wäre er ein Wesen aus den Tiefen der Hölle – das er gleich höchstpersönlich exorzieren würde. Ludger hielt seinem Blick nur einen Herzschlag lang stand und bemerkte eine Veränderung in Thaddäus' Gesicht, die er nicht näher benennen konnte, senkte gleich darauf das Haupt und starrte auf die Zügel.

»Wie kommt es, daß Ihr Euch bei Köpenick herumtreibt?«

»Euer Auftrag ...«

»... hat nichts mit Köpenick zu tun. Noch weniger mit den Heiden, die, Gott weiß wie, Euch in ihre Finger bekamen. Man könnte den Eindruck gewinnen, Ihr hättet versucht, Euch davonzustehlen.«

Ludger verschlug es die Sprache. Er brachte nur ein Krächzen heraus.

Thaddäus' Blick fiel auf den Jungen. »Ah, Albrecht, einer von Ritter Ulrichs Leuten. Da Ihr, Herr Ludger, mit ihm allein kommt, habt Ihr wohl seine Männer den Heiden geopfert. Unglücksrabe!«

»Ich ... sie ... wir wurden verfolgt«, brachte Ludger hervor, als er seine Sprache wiedergefunden hatte. »Sie wollten die Slawen aufhalten.«

»So habt Ihr den Grafen auch noch vorzügliche Männer gekostet. Gratuliere. He, Junge! Steig ab und laufe nach Repgow, um Ludgers Kommen anzukündigen. Richte aus, daß ich nachkommen werde.«

Albrecht sprang vom Pferd und lief trotz seiner Erschöpfung ohne ein Wort des Protestes los. Thaddäus hielt seinen

Blick auf Ludger gerichtet und sagte nach einer Weile: »Wenigstens werdet Ihr haben, wonach ich suche.«

Ludger schüttelte den Kopf.

»Wißt Ihr, wo es sich befindet?«

Wieder konnte Ludger nur den Kopf schütteln.

»Seht Ihr, ich hatte mir das schon gedacht. Wie konnte ich nur einem Minnesänger vertrauen. Aber für Euch besteht die Welt ja nur aus Leichtigkeit und schönen Frauen. Ihr werdet lernen müssen, daß das Leben hart ist.«

Ludger sah mit einem Ruck auf. »Gebt mir noch eine Woche! Ich war meinem Ziel schon nahe! Ich bringe Euch das Säckchen! Herr, bitte!«

»Dummkopf! Eine Woche! Glaubt Ihr etwa, daß Graf Heinrich alle Zeit der Welt hat? Ihr habt ihn betrogen und mein Vertrauen in Euch enttäuscht! Statt das Säckchen zu finden, reist Ihr zu den Sprewanen, oder trieb es Euch zu den Christen weiter im Osten? Ich hätte wissen müssen, daß Ihr ein Springinsfeld seid, bei dem, was ich über Euch weiß. Ich hoffe nur, Ihr konntet wenigstens Schweigen über Euren Auftrag bewahren!«

»Niemand weiß etwas davon, glaubt mir.«

»Erstaunlicherweise habe ich Gegenteiliges gehört. Säckchen sind gerade große Mode bei jedem Gespräch, will mir scheinen! Ich hätte gedacht, Ihr wüßtet, was gut für Euch ist! Kommt nicht auf die Idee, die Sache Graf Heinrich gegenüber zu erwähnen. Er hat mir sehr deutlich gemacht, daß er auf keinen Fall damit in Verbindung gebracht werden möchte. Euch wird er so schon genug zürnen. Ludger von Repgow, Ihr habt versagt.«

Thaddäus warf ihm einen Blick zu, der Ludger durch Mark und Bein fuhr, und schlug seinem Pferd die Hacken in die Weichen. Ludger starrte ihm nach, bis er aus seinem Sichtfeld verschwunden war. Seine Freude über die Rückkehr in seine

Heimat war hinweggefegt. Ein leeres Gefühl blieb im Magen zurück. Jetzt, dachte Ludger, jetzt habe ich ein Problem. Dagegen war selbst die Geiselnahme ein Kinderspiel. So schnell ihm der Gedanke an den Reiz einer eigenen Familie gekommen war, so schnell konnte er ihn wieder vergessen. Und das war noch das geringste. Ludger überkam das Verlangen, sich vom Pferd in den Straßenstaub zu werfen. Wenn der Allmächtige mir gnädig ist, breche ich mir dabei vielleicht das Genick. Er seufzte. Natürlich werde ich das nicht tun. Ich bin ein kleiner Minnesänger. Mir fehlt der Mut.

Kloster Nienburg, Juni 1223

»Der Herr Abt steht nicht zur Verfügung.«

»Habt Ihr ihm gesagt, daß Thaddäus von Hildesheim ihn in einer dringenden Sache sprechen will?«

Der Torwächter machte ein unglückliches Gesicht. »Der Herr Abt betet. Er hat erklärt, daß er bis zum Pfingstfest in Einkehr verharren will.«

»Woher dieser Entschluß?« fragte Bruder Thaddäus. Das Gesicht des jungen Mönchs wirkte plötzlich verschlossen.

»Er betet um göttliche Gnade.«

»Nun gut«, seufzte Thaddäus. »Man sagt, Ihr pflegt einen Fremden hier gesund? Einen rätselhaften Reisenden?«

»Nun, das ist eigentlich auch ...« Der Torwächter räusperte sich, als er Thaddäus' Blick auffing. »Aber wozu so geheimnisvoll gegenüber einem ehrwürdigen Vater. Ihr meint vermutlich einen gewissen Matteo. Er wird im Siechhaus gepflegt.«

»Ja, das könnte er sein. Erzählt mir, wie kam er her?«

Der Torwächter druckste herum. Anstatt Thaddäus' Frage zu beantworten, sagte er düster: »Der Fremde hat nur Unglück über uns gebracht. Nehmt Euch vor ihm in acht. Ich weiß, man soll nicht schlecht über seine Mitmenschen reden. Aber der Abt hat ihn wohl nicht umsonst eine Weile in Verwahrung gehalten. Da ist tatsächlich ein junges Weib mit ihm aufgetaucht. Eine Teufelin, wenn Ihr mich fragt.«

»Nun, übertreibt Ihr da nicht, Bruder? Sehe ich Aberglauben in diesen Mauern? Das Bauersvolk glaubt an Hexerei.«

»Verzeiht, aber sie war wirklich unheimlich. Sie hat einen der Unseren beinahe erschlagen. Dann hat sie sich in Luft aufgelöst!«

»Was Ihr nicht sagt.«

»Aber so ist es! Sie war hinter Schloß und Riegel, und mit Hilfe des Teufels ist sie ihrem Gefängnis entflohen und verschwunden! Als wir dann diesen Matteo ins Hospital gebracht haben, sind gleich mehrere Mitbrüder erkrankt. Dieses blonde Mädchen hat einen Fluch gesprochen, da bin ich mir sicher.«

»Bruder, lest die Bibel aufmerksam, und glaubt nicht an das, was die Bauern sich erzählen, das möchte ich Euch raten. Blond und jung war sie, sagt Ihr? Kennt Ihr ihren Namen?«

»Ethlind hieß sie, glaube ich.«

»Ethlind! Schau an. – Gut. Ich finde den Weg, bemüht Euch nicht.«

Der Torwächter öffnete den Mund, aber Vater Thaddäus eilte bereits über den Klosterhof.

Er kannte Siechhäuser. Gegen jene, die er aus seiner Kreuzzugszeit gewohnt war, war dies hier eine Verkörperung des Paradieses. Anstelle des Gestanks von Eiter lag nur ein feiner Geruch von Schweiß und Urin in der Luft.

»Der Kranke Matteo?« fragte er einen Bruder, der mit einem schmutzigen Tuch und einer Schale an ihm vorbeiging. Wortlos wies der Mann auf eine Liegestatt zu seiner Rechten. Darin schlief ein Mann, dessen Antlitz Thaddäus unwillkürlich an das jener Kreuzfahrer erinnerte, die den Mauren in die Hände gefallen waren, sich befreien konnten und sich nach Tagen des

Hungers und Dürstens halbtot und mit Gelbsucht zu den Ihren durchschlugen. Dieser Mann hatte also das Säckchen bringen sollen.

»Seid Ihr wach, Herr Matteo?«

Der Kranke schlug die Augen auf. Mit dem ersten Blick, den er Thaddäus schenkte, wurde dem Mönch klar, daß er ein schweres Spiel haben würde. Er seufzte.

»Ich bin Vater Thaddäus«, erklärte er wahrheitsgemäß. »Ich bin kein Mann dieses Klosters und nicht im Auftrag des Herrn Abtes hier. Der Herr Abt hat sich zur Einkehr zurückgezogen. Habt keine Furcht.«

»Schert Euch fort«, murmelte Matteo.

»Ein Mädchen hat Euch gepflegt, bevor Ihr hierherkamt«, fuhr Thaddäus unbeirrt fort. Matteo zuckte zusammen, hatte sich aber sogleich wieder in der Gewalt. »Es hat Euch sogar hier im Kloster besucht, wie ich gehört habe.«

»Ihr seid sicher nicht gekommen, um mir von ihr zu erzählen«, flüsterte Matteo bitter.

»Vielleicht vermag ich Euch zu helfen.« Thaddäus senkte die Stimme. »Was hieltet Ihr davon, wenn ich Euch hier herausbrächte – und zu Eurer Ethlind?«

Matteo gab ein rasselndes Lachen von sich. »Sicher. Und dafür wollt Ihr jetzt etwas von mir wissen, nehme ich an. Vergeßt es. Ich traue schon lange keinem Schwur mehr.«

Thaddäus lächelte. Er hatte genug Erfahrung, um zu wissen, daß körperliche Schwäche nicht unbedingt mit geistiger einherging.

»Ihr würdet Euer Geheimnis mit in den Tod nehmen, wenn es sein muß, das weiß ich. Vielleicht vermag Euch das Leben zu überzeugen. Ich bringe Euch in Sicherheit. Mit Frau Ethlind.«

»Ein Junge ist hier«, rief ihm ein Knappe schon von weitem zu, als Vater Thaddäus zurück nach Repgow kam. »Er sagt, Ihr hättet Herrn Ludger auf der Straße getroffen! Aber Herr Ludger ist noch nicht wieder da!«

»Erstaunlich«, sagte Thaddäus. »Nun, er wird wissen, was er tut. Ich bin in Eile. Bitte richte Frau Irmgard aus, daß ich pünktlich vor dem Ruf des Herrn Erzbischofs wieder hier sein werde. Albrecht kann ihr berichten, daß Ludger wohlauf ist, er hat das ja sicher schon getan. Jetzt führe mich zu dem Mädchen Ethlind, rasch!«

Ethlind gab sich störrisch, was in Anbetracht ihres Zustandes nicht gerade verwunderlich war. Das Pech, nach ihrer gefahrvollen Flucht aus Nienburg von einem gewöhnlichen Bauern aufgegriffen worden zu sein, noch dazu von dem böswilligen Alfred, faßte sie geradezu als persönliche Beleidigung auf. Die Behandlung ihrer Verletzung hatte nicht zu ihrer Aufmunterung beigetragen, hatte man angesichts des dick angeschwollenen Knies doch ganz auf ein bewährtes Hausmittel vertraut: das Öffnen der Wunde. Daß nun Vater Thaddäus bei ihr erschien, setzte ihre Pechsträhne fort. Sie drehte sich auf ihrer Liegestatt zur Seite und preßte Augen und Lippen zusammen.

»Ihr mögt ihn sehr, nicht wahr?« hörte sie Thaddäus' sanfte Stimme hinter sich. Es war nicht die Stimme eines bösen Menschen; vielmehr versprach sie Schutz und Geborgenheit. Beides Wünsche, deren Bedeutung Ethlind seit dem Auftauchen des Fremden fast vergessen hatte. Die Worte riefen die tiefe Sehnsucht danach in ihr wach, stärker und brennender, als sie sie selbst während ihrer Gefangenschaft verspürt hatte. Mit größter Mühe widerstand sie der Versuchung, dem Mönch mit der angenehmen Stimme einfach zu vertrauen.

»Er ist sehr krank.« Sie hörte, wie der Vater sich auf einen Schemel setzte. »Sie haben ihn ins Siechhaus gebracht. Oh, er leidet, der Arme!«

Ein Zucken lief durch Ethlinds Körper. Betören will er

mich, Lügengeschichten erzählt er, redete sie sich ein. Vater Thaddäus sprach weiter, immer noch in diesem Tonfall, der Trost versprach.

»Matteo ist sein Name, habe ich erfahren. Er ist dem Tode näher als dem Leben, Frau Ethlind. Es ist an der Zeit, daß Ihr ihn holt.«

Ethlind konnte nicht anders, sie hob den Kopf und warf Thaddäus einen verwirrten Blick zu. Der Mönch erhob sich und trat einen Schritt zurück. Der Weg zur Tür war frei. Mit etwas Glück … Aber nicht mit einem kaputten Bein, dachte sie.

»Ich sehe, es zieht Euch hinaus. Ihr könnt gehen, wann es Euch beliebt. Es gibt keinen Grund für mich, Euch hier festzuhalten – Herr Ludger von Repgow hatte zweifellos unrecht, ein stolzes Mädchen wie Euch zu verdächtigen. Hier meine Hand, ich helfe Euch auf.«

Ethlind musterte den Benediktiner voller Mißtrauen. Ohnehin befand sie sich in seiner Gewalt. Wenn er ein Spiel mit ihr spielen wollte, dann konnte sie ihn nicht daran hindern. Ächzend richtete sie sich auf.

»Ich werde Euch zu einem kundigen Heiler bringen, und bald werdet Ihr wieder laufen können. Kommt, gehen wir.«

Als sie behutsam auf die Tür zuhumpelte, Thaddäus ihr sogar einen Stock als Krücke reichte, spürte sie, wie ihre Anspannung wuchs. Das ist eine Falle, ging es ihr durch den Kopf. Und ich kann nichts dagegen tun.

Kurz vor der Tür blieb der Mönch stehen. Sein Griff war plötzlich hart. Ethlinds Herz tat einen Sprung.

»Ihr könnt aber auch diesen Matteo mitnehmen, in die Freiheit. Ich kann ihn aus dem Siechhaus holen und euch beide in die Obhut eines Kundigen geben, der ihm das Leben retten wird. Wünscht Ihr das?«

Das Nicken kam, bevor Ethlind Zeit für Zweifel an der Redlichkeit seiner Worte hatte.

»Gut. Es wird nicht einfach werden, schließlich muß ich dem Kloster Nienburg einen seiner Pfleglinge abschwatzen. Dafür muß ich leider etwas verlangen, mein Täubchen.«

Ethlind sackte zusammen. Sie hatte es geahnt. »Ich habe es nicht«, flüsterte sie. »Ich habe keine Ahnung, wo es ist. Das ist die Wahrheit, ich schwöre es. Ich will nur seine Freiheit.«

Ein Grinsen huschte über Thaddäus' Gesicht.

»Nein, Ihr versteht mich falsch. Keine Bezahlung will ich. Auch sonst nichts. Nur etwas wissen. Eine kleine Beschreibung. Und die kann mir allein Euer Matteo geben. Wenn Ihr ihn überzeugt, geht er mit Euch. Das gelobe ich bei Gott, unserem Herrn.«

Thaddäus stieß die Tür auf. Das Sonnenlicht blendete Ethlind. »Entscheidet Euch: Der eine Weg führt zum Heiler, der Euch kurieren wird, und dann seid Ihr wieder das Bauernmädchen, das Ihr früher gewesen seid – vielleicht nicht ganz, gebe ich zu. Der andere Weg führt nach Kloster Nienburg, das Ihr mit Matteo gemeinsam verlassen werdet.«

»Schwört auf die Bibel«, erwiderte Ethlind.

»Das werde ich nicht tun.« Matteo drehte den Kopf zur Seite.

»Ihr wollt tatsächlich hier dahinsiechen, in diesem Kloster, das Euch so viel angetan hat?« Vater Thaddäus seufzte. Sie waren allein im Krankensaal, abgesehen von einigen schlafenden Kranken. Bis die Tür aufflog.

»Blut! Ja, da seht Ihr es, das hat man davon, einen See von Blut! Und Gebein obendrein!«

»Bleibst du da! Kaspar, dageblieben! Bitte, Herr, entschuldigt, er ist mal wieder … hierher!«

Mit Mühe bewahrte Vater Thaddäus Fassung, während ein sabbernder Alter ihm mit einem Hühnerknochen vor der Nase herumfuchtelte. Als der entsetzte Bruder Ezechiel auf Kaspar zueilte, flüchtete sich Kaspar zwischen die Betten. Das Fangen schien ihm größtes Vergnügen zu bereiten. Nicht einmal Thaddäus' gestrenger Blick vermochte ihn zu bezähmen. Es dauerte eine ganze Weile, bis Ezechiel Kaspar aus dem Siechhaus gescheucht hatte und Ruhe einkehrte. Thaddäus wandte sich wieder Matteo zu.

»Also. Noch einmal. Ich habe, was Ihr beschaffen solltet, und es wird eher verbrennen als in andere Hände fallen. Ihr habt also ohnehin versagt. Nun könnt Ihr noch Euer Leben retten oder sterben, einen Unterschied macht das für Euren Auftrag jedenfalls nicht.«

Matteo blieb ihm die Antwort schuldig. Thaddäus hatte schon eine ganze Weile auf ihn eingeredet, ohne Erfolg, wie zu erwarten gewesen war, aber nun war das Feld bereitet.

»Wenn Ihr mir verraten würdet, wie man den Zorn des Drachen reizt, dann könntet Ihr nicht nur Euer Leben, sondern auch das einer geliebten Person retten. Zudem: Ich würde früher oder später selber herausfinden, wie man den Drachen ruft.«

Er machte eine Geste zur Tür, wo Ethlind gewartet hatte. Sie hinkte herbei.

»Sagt mir nur, wie man es einsetzt, und ihr beide könnt gehen.« Thaddäus zog sich zur Tür zurück.

Tränenüberströmt beugte sich Ethlind über Matteo. Damals hätte sie es nicht für möglich gehalten, aber sein Gesicht sah nach Wochen des Leids und des Hungers noch ausgemergelter aus als zu jener Zeit, da sie ihn gepflegt hatte. Trotzdem hatte es nichts von jener seltsamen Anziehungskraft verloren, der Ethlind damals schon auf den ersten Blick erlegen war.

»Wer seid Ihr«, stöhnte er. Seine Worte versetzten Ethlind einen Stich. Dummerchen, schalt sie sich, er hat mich doch kaum gesehen.

»Kennt Ihr mich nicht mehr? Ich bin Ethlind, Eure Ethlind,

die Euch damals gepflegt hat! Oh, Matteo, wie hat man Euch nur mitgespielt!«

Matteo hob die Lider und musterte sie. »Bist du ein Trugbild, oder erinnere ich mich wirklich an dein Gesicht?«

»Ich bin es wirklich! Ihr hattet mir befohlen, das Futter Eures Mantels zu öffnen, weil darin ein Säckchen eingenäht war, erinnert Ihr Euch, unter dem Ärmel!«

»Und du hast es nicht versteckt, sondern zu diesem Pfaffen gebracht.« Verbittert schloß Matteo wieder die Augen.

»Aber nein! Mein Versteck war gut, Ihr müßt mir glauben!«

»Dann warst du ungeschickt!« ächzte Matteo böse. Ethlind senkte den Kopf und kämpfte vergeblich gegen neue Tränen an.

»Alles kann noch gut werden«, stieß sie hervor. »Vater Thaddäus ... er hat versprochen ... den Drachensamen hat er sowieso ...«

Matteo seufzte tief. Man sah es ihm an, wie sehr er sich danach sehnte, endlich in Ruhe gelassen zu werden. »Ich kann meinen Herrn nicht verraten.«

»Und er? Er hat Euch verraten, daß er Euch hier so sitzenläßt!«

»Sage nichts gegen meinen Herrn!« Matteo bäumte sich auf. In seinen Augen blitzte es. Aber Ethlind ließ sich davon nicht abschrecken. Sie spürte kalte Wut in sich aufsteigen.

»Ich«, schrie sie und wischte sich die verklebten Haare aus dem Gesicht, »ich habe alles getan, um Euch zu retten! Vom ersten Augenblick an, in dem ich Euch im Graben gefunden habe, zerschlagen und halbtot! Gegen den Willen meines Vaters habe ich Euch in unsere Hütte gebracht. Gott im Himmel, ich hätte Euer Säcklein gleich zum Schultheiß bringen können, was wäre mir da erspart geblieben! Statt dessen pflegte ich Euch, statt dessen habe ich es verborgen, wie Ihr befohlen habt, daran erinnert Ihr Euch doch wohl noch, und als man Euch geholt hat, da habe ich versucht, Euch zu befreien, und glaubt mir, dabei habe ich mein Leben, ja, mein Leben aufs Spiel gesetzt und nicht nur einmal! Und jetzt kommt Ihr mir mit Eurem Herren, der hat sich nicht blicken lassen, ich kenne noch nicht einmal seinen Namen! Ihr könnt hier ja gern verrecken, aber ich würde lieber mit Euch hinausgehen aus dieser Tür dort, und bei Gott wäre das für uns beide besser, als wie es uns gerade geht! Sagt Vater Thaddäus doch einfach, was er wissen will!«

»Ich kann meinen Herrn nicht verraten«, wiederholte Matteo stur.

»Holzkopf, Ihr würdet ihn nicht einmal verraten! Ihr solltet ihm doch wohl nur das Säcklein bringen, oder? Das hat der Vater aber schon!«

Matteo quittierte die dargebotene Ausrede nur mit einem abfälligen Lächeln.

»Ist das denn so schwer?« heulte Ethlind auf. »Nun sprecht mit dem Vater! Herrgott, versteht doch, wir könnten frei sein, alle beide, und ich werde eine treue Begleiterin sein, treuer als Euer ach so geliebter Herr allemal!«

»Du würdest also mitkommen.«

»Glaubt Ihr im Ernst, daß ich Euch noch einmal aus den Augen lasse? Selbst wenn Ihr schweigt, bleibe ich bei Euch, ganz gleich, was dann mit Euch geschehen wird!« Sie machte eine Pause und holte Luft. Als sie fortfuhr, sprach sie mit langsamer und weicher Stimme. »Bedenkt doch, wir werden über blühende Felder fahren, weit weg von all den Herren hier, vielleicht könntet Ihr sogar ein Handelskontor irgendwo eröffnen, nein, lacht nicht, mit Eurer Erfahrung! Und wenn nicht, wir werden etwas finden, das Leben steht uns offen! Denkt doch nur an die Sonne, Ihr müßt ja schon vergessen haben, wie sie das Gesicht wärmt und wie der Frühlingswind duftet! Herrlich wird es sein! Hat man sie Euch ausgeprügelt, die Erinnerung an all die Wunder aus fremden Ländern ausgelöscht, von denen Ihr im Fieber erzählt habt? Stoff, der glänzt wie Libellenflügel? Die Pracht dieses Cathay? Hat man Euch also kleingekriegt?« Sie packte Matteo an den Schultern und zwang ihn, sich aufzurichten. »Jetzt sprecht endlich!«

Deutlich war in Matteos ausgezehrtem Gesicht zu sehen, wie er mit sich kämpfte. Sah er zunächst so aus, als wolle er Ethlind von sich stoßen, erweckte er gleich darauf den Eindruck eines kleinen Jungen, der gleich in Tränen ausbricht. Schließlich wirkte er wie ein alter, müder Mann. Ohne aufzusehen, nickte er.

»Hole diesen Mönch herbei.«

Alles Weitere bereitete keine Schwierigkeiten mehr. Es überraschte selbst Thaddäus, wie leicht er den Kranken ausgehändigt bekam. Der Greif betete in einem fort und ließ niemanden zu sich. Seine Anweisungen bezüglich des Fremden waren derart unklar gewesen, daß der den Abt vertretende Prior sie auf die eine oder andere Art auslegen konnte. Ohnehin wurde der Fremde als Wurzel des Übels betrachtet, das sich in letzter Zeit im Kloster breitgemacht hatte, denn mit seinem Auftauchen waren rätselhafte Unglücksfälle und jetzt auch das Erkranken mehrerer Brüder einhergegangen. Gar nicht zu reden vom zwischenzeitlichen Einquartieren des Fremden im Klosterkeller, was bei nicht wenigen Mönchen für Mißstimmung und Argwohn gesorgt hatte. Daher brauchte Vater Thaddäus nur noch seinen Einfluß geltend zu machen, um dem erleichterten Prior diese Bürde abzunehmen.

So holperte am gleichen Tag ein Karren aus den Toren des Klosters und fuhr gen Osten, wo Ethlind und Matteo tatsächlich bei einem kundigen Heiler untergebracht wurden – weit genug entfernt, um Vater Thaddäus nicht mehr in den Weg kommen zu können.

Thaddäus von Hildesheim aber wußte nun, was er tun mußte, um den Drachen in seiner ganzen Macht heraufzubeschwören. Jetzt hieß es noch einige Vorbereitungen gemäß den Angaben des Matteo zu treffen, und dann mußte er nur noch warten, bis man ihm mitteilte, wann der Erzbischof seine beiden Mündel Johann und Otto empfangen wolle.

17. Kapitel

Auf der Straße nach Aken, Juni 1223

Der alte Lurias hatte sich wahrhaftig nicht getäuscht. Die Herberge, die er auf seinen Handelsreisen zur Burg Aken so oft passiert hatte, gab es immer noch. Von außen wirkte das gesamte Anwesen schäbig und wenig einladend, doch wie Lurias wußte, verfügte es über abgeschiedene Kammern auf der gegenüberliegenden Seite des Hofes. Diese würden ihm und seinem Begleiter Schutz und Obdach gewähren, bis sie ihren Weg zur Burg bei Tageslicht fortsetzen konnten.

Gelöst schnalzte der grauhaarige Mann mit der Zunge und gab seinem jungen Weggefährten mit den Augen ein Zeichen, die staubige Landstraße zu verlassen und dem Karren zum nahen Weiler hinüber zu folgen.

Roswitha zog die Zügel ihres Pferdes straff und brummte mißmutig. Sie hatte kein Verlangen danach, die Nacht in einer weiteren Herberge zwischen betrunkenen Wilddieben, rußigen Köhlern und schwitzenden Holzhändlern zu verbringen. Aber noch steckte sie in Männerkleidern und durfte sich folglich auch nicht beschweren, von dem Krämer wie ein Mann behandelt zu werden. Während Roswitha argwöhnisch die waldreiche Umgebung nach möglichen Gefahren absuchte, wanderten ihre Gedanken nach Nienburg zurück. Lurias war ihr nahe dem Klostertor über den Weg gelaufen, dort, wo sie Ethlind vor Übermüdung endgültig aus den Augen verloren hatte. Im Schatten des Klosters hatte der alte Mann, der seit vielen Jahren mit seinem Karren durch die östlichen Reichsteile reiste, um Heilkräuter und Wundsalben zu verkaufen, unerwartet kleinlaut und ängstlich auf sie gewirkt. Mit furchtsamem Blick und gequälter Stimme hatte er Roswitha angefleht, ihm auf seinem Weg durch die sächsische Einöde Schutz zu gewähren. Roswitha war zunächst alles andere als begeistert gewesen, hatte sich aber zu guter Letzt überreden lassen, dem Alten behilflich zu sein. Sein Unbehagen war ihr nicht unverständlich, denn die bösen Blicke der Mönche, bei denen sie sich nach Ethlinds Verbleib erkundigt hatte, schienen ihr noch immer wie schwarze Pocken auf der Haut zu brennen. Doch es war müßig, sich über die ungefälligen Brüder und ihren tückischen Abt den Kopf zu zerbrechen. Roswitha jedenfalls sah sich wichtigeren Aufgaben gegenüber. Es gab Spuren eines Wagens im aufgewühlten Schlamm der Landstraße; Spuren, die nicht von Lurias' Karren stammen konnten, da sie in östliche Richtung wiesen. Mehr hatte Roswitha Bernhard von Aken trotz aller Anstrengungen im Augenblick nicht zu berichten. Wahrscheinlich würde ihr Geliebter vor Wut toben und ihr Dummheit und Versagen vorwerfen. Sie konnte es ihm nicht einmal verdenken.

»Darf ich Euch bitten, ein wenig schneller zu reiten, edler Herr«, holte Lurias Roswitha aus ihren Gedanken. »Es ist Freitag, und über den Wipfeln der Bäume wird es bereits dämmrig!«

Roswitha warf dem alten Mann einen gereizten Blick zu. Er hatte es zwar nicht ausgesprochen, aber sie ahnte, daß Lurias' plötzliche Eile mit seinen verschrobenen Gewohnheiten zu tun hatte. Dabei war er es gewesen, der den ganzen Tag über getrödelt und sie mit seinen Schrullen mehr als einmal aufgehalten hatte. Noch bevor sie von Nienburg aufgebrochen waren, hatte der Händler sich Lederschnüre um den Arm und eine schwarze Kapsel vor die Stirn gebunden. Danach war er mit einem langen Leintuch im Wald verschwunden, um weinerliche Gesänge in einer fremden Sprache anzustimmen.

Roswitha seufzte tief, als sie ihr Pferd zu dem heruntergekommenen Verschlag aus notdürftig zusammengenagelten Brettern führte, welcher als Stallung für die Reisenden herhalten mußte. Die Hälfte des Strohdaches war bereits eingebrochen; zwei Schweine äugten neugierig zwischen den Verstrebungen eines Zaunes hervor. Ein Knecht, der ihr den Rappen abnehmen, tränken und füttern konnte, war weit und breit nicht auszumachen, also band sie die Zügel eigenhändig um einen Balken und raffte rasch ein Bündel Heu zusammen. Da sie nirgendwo einen Brunnen entdeckte, würde sie den Herbergswirt später um Wasser bitten müssen.

»Alles in Ordnung, Herr Konrad?« hörte sie die heisere Stimme des Händlers rufen und nickte, ohne sich dabei umzudrehen. Wovor zum Teufel hatte Lurias jetzt noch Angst? Und überhaupt: Hätte er ihr nicht ein wenig helfen können? Zum wiederholten Mal nahm sie sich vor, den verrückten Sonderling bei der nächsten Gelegenheit zu verlassen und alleine nach Aken zu reiten, um Bernhard Bericht zu erstatten. Gleichzeitig war sie sich bewußt, daß sie es nicht übers Herz bringen würde, sich ohne jede Erklärung aus dem Staub zu machen. Sie hatte in den vergangenen Wochen so viele Fehler begangen, so viele Menschen ausgenutzt und verletzt. Vor allem Ludger, an den zu denken ihr zu dieser Stunde am meisten Kummer bereitete.

Bernhard würde sich vor Lachen ausschütten, wenn er mich so sähe, dachte sie müde. Er hatte ihr beigebracht, daß die höchste Qualität einer Dirne darin lag, zum eigenen Vorteil Herzen zu stehlen. Ihr Ziel sollte es sein, Macht über unwissende Männer zu erlangen. Bernhard von Aken war indes kein Unwissender; sein Verstand funktionierte stets tadellos. Selbst wenn er sie auf einem kalten, öden Waldboden nahm, trieb ihn weniger Gier als vielmehr Berechnung an. Ob er sie jemals zur Frau nehmen würde? Seine wiederholten Andeutungen waren weder Fisch noch Fleisch. Im Gegenteil: Roswitha fand, daß seine Pläne in Anbetracht ihrer Erlebnisse mit Ludger und seinen Widersachern einen zunehmend schalen Beigeschmack annahmen.

Sie biß die Zähne zusammen und beeilte sich, zu dem ungeduldig wartenden Kräuterhändler zurückzukehren. Der Alte nestelte nervös an seinem ledernen Geldtäschchen herum, das er an einem Gürtelband um die Hüfte trug, und zog ein Gesicht, als entlüden sich Gewitterwolken über seinem Haupt.

Roswitha räusperte sich betreten. Möglicherweise rechnete Gott es ihr als frommes Werk an, wenn sie sich wenigstens dem ängstlichen Krämer gegenüber großmütig zeigte. Es kostete sie nichts; Aken würde sie in dieser Nacht ohnehin nicht mehr erreichen, und wenn Lurias auch nur ein Angehöriger jenes merkwürdigen Volkes war, vor dem zu warnen die Kirche nicht müde wurde, so spürte sie doch einen Hauch von Verantwortung für ihn und sein Schicksal. Soweit Roswitha sich der Worte ihres ehemaligen Hauskaplans erinnerte, mußten die Juden im Reich seit den Beschlüssen des acht Jahre zurückliegenden Laterankonzils gelbe Hüte mit einem spitz zulaufenden Horn sowie einen Ring am Mantel tragen, um sich von ihren christlichen Nachbarn zu unterscheiden. Lurias besaß einen Hut der vorgeschriebenen Art; Roswitha hatte ihn gesehen, als sie gegen Mittag im Karren des Händlers nach einer Korbflasche und ein paar Tonbechern gesucht hatte. Doch der Alte ließ das verräterische Zeichen seiner Abkunft zumeist unbeachtet in einer Kiste liegen. Seinen Kopf bedeckte er lediglich mit einer winzigen Kappe aus schwarzem Samt.

»Also schön«, rief Roswitha nach einer kurzen Weile und bedachte den dünnen Rauchfaden, der aus dem Kamin des Schankraums in den wolkenverhangenen Himmel glitt, mit einem abschätzigen Stirnrunzeln. »Ich werde vorausgehen und dem Wirt ein paar Münzen zustecken, damit er uns eine eigene Kammer überläßt. Ihr bleibt besser bei mir. Mißtrauische Blicke und neugierige Fragen sind im Augenblick das letzte, was ich gebrauchen kann.« Aus dem Innern des Hauses drangen wie zur Bestätigung ihrer Worte derbes Gelächter und unflätige Beschimpfungen. Die Bauern, Waldarbeiter und Reisenden schienen sich bestens zu amüsieren. Roswitha schnupperte gedankenverloren und überlegte, ob sie vielleicht einen Feiertag vergessen hatte. Der Geruch von Zwiebeln, geräuchertem Fisch und ausgelassenem Fett stieg ihr in die Nase.

Lurias deutete ein unverbindliches Lächeln an und neigte höflich den Kopf. Er spürte in jedem Knochen, daß der junge Konrad von Rietzmeck ein Geheimnis mit sich herumschleppte. Warum er den Lärm des Schankraumes mied und die Nacht statt dessen in Gesellschaft eines verachteten Juden verbringen wollte, wußte er sich nicht zu erklären. Die scharfen Blicke, die der Bursche ihm zuwarf, gaben ihm aber zu erkennen, daß Konrad nicht gewillt war, ihm, Lurias, weitere Auskünfte zu geben. Also machte er sich daran, seinen staubigen Kaftan abzuklopfen, den Karren zu entladen und die beiden Kisten mit Arzneien und Gewürzen in den dunklen Flur der Herberge zu schaffen.

Ludger fuhr erschrocken von seinem Strohlager in die Höhe. Verwirrt starrte er in das schwache Licht einer einsamen Tonlampe, die schräg über seinem Kopf an einer rostigen Kette vom Deckenbalken herabhing. Die Geräusche von schweren Stiefeln, von knirschendem Sand und ein dumpfes Gepolter vor der Tür seines Unterschlupfs hatten ihn unsanft aus dem Schlaf gerissen. Benommen kniff er die Augen zusammen, weil das Licht, das auf sein Kissen fiel, ihn blendete und seine Schläfen mit wütenden Stichen traktierte. Noch ehe er wußte, wo er sich befand, fiel ihm der Krug mit gewürztem Wein ein, den er dem Wirt um die Mittagsstunde abgeschwatzt hatte. Ungelenk begann er, mit der Hand den Fußboden abzusuchen. Dabei brummte sein Schädel so heftig, als trügen zwei Ritter einen Schwertkampf auf Leben und Tod in ihm aus.

Es war zwecklos. Ludger hielt inne, um sich zu sammeln; schon wieder hatte er geträumt, aber es war kein angenehmer Traum gewesen. Sein von zahlreichen Weinflecken beschmutzter Kittel war durchgeschwitzt und zudem an Hals und Armbeuge eingerissen. Außerdem hatte er einen bitteren Geschmack im Mund.

Das Knirschen auf dem Korridor wurde lauter.

Ludger fluchte, während er sich noch einmal dem Stroh auf dem Boden widmete. Was, bei allen Heiligen, hatte dieser Lärm zu bedeuten? Nicht einmal in Frieden vollaufen lassen durfte man sich in dem Rattenloch. Und dafür hatte er diesem Lump von Wirt seine letzten Münzen in den Rachen geworfen!

Schwerfällig ließ Ludger seine verspannten Schultern kreisen, dann stützte er sich mit den Ellenbogen auf das schmutzige Polster und kreuzte die wackeligen Beine wie ein Schneider auf dem Nähtisch. In dieser Stellung verharrte er einige Augenblicke, bis sein Kopf wieder etwas klarer war und die Erinnerung an die letzten, verlorenen Stunden allmählich in sein Hirn zurückkehrte. Zu seinem grenzenlosen Bedauern mußte er feststellen, daß der Wein tatsächlich zur Neige gegangen war; die letzten Tropfen sickerten aus dem Tonbecher, den er selber umgestoßen haben mußte, und färbten den festgestampften Lehmboden dunkelbraun. Ludger stöhnte gequält. Er taugte wahrhaftig zu gar nichts mehr; als Minnesänger und Liebhaber fühlte er sich gescheitert, den Auftrag des finsteren Thaddäus hatte er verpatzt, und selbst in der Rolle des verzweifelten Trunkenbolds gab er eine lächerliche Figur ab.

Als Ludgers Augen sich an das fahle Licht gewöhnt hatten

und er sich in dem Raum umsehen konnte, bemerkte er, daß er die zugige Absteige offensichtlich nicht allein bewohnte. Die Kammer war rechteckig, besaß weiß gekalkte Wände, an denen Lederschläuche, Dreschflegel und ein Halfter hingen. Ein durchdringender Geruch von Schweiß, Pferdemist und faulendem Stroh hing über dem kärglichen Mobiliar. Hinter einer Konstruktion grober Stützpfeiler, die seine Nische vom Rest des Raumes trennten, standen einfache Kastenbetten mit fadenscheinigen Webdecken, auf denen ihm unbekannte Reisende zwei verschnürte Bündel abgelegt hatten. Aus dem größeren von beiden ragte der Griff eines Musikinstruments heraus.

Neugierig quälte sich Ludger auf die Füße. Er schwankte bei jedem Schritt, doch immerhin fand er noch genügend Kraft, um Vater Thaddäus, den er für seinen Zustand verantwortlich machte, voller Inbrunst zu verwünschen. Die Erinnerung an die kurze Begegnung traf ihn wie ein Pfeil. Der intrigante Pfaffe hatte ihn auf der Landstraße mit wenigen Worten zum Heimatlosen gemacht. Vermutlich hatte er sein Gift bereits bei Ludgers Onkel auf Gut Repgow versprüht und befand sich nun auf dem Weg nach Anhalt, um auch noch dem Grafen Heinrich von Ludgers Abenteuer mit Irmgard zu berichten.

Ludger konnte nicht zurückkehren, ohne seinem Onkel Schande zu bereiten. Nie wieder. Der Graf würde Thaddäus glauben, ihn selber aber in Ketten schmieden lassen. Demzufolge war ihm das Beil des Henkers schon recht gewiß, und daran änderte auch die Tatsache wenig, daß er für Irmgard seit langem schon weder Leidenschaft noch Zuneigung empfand. Sie, die kühle Schönheit, war wie ein Gespenst durch sein Leben gegeistert. Ein Trugbild von Glück und Minne, das sich als unhaltbar und völlig lebensfern erwiesen hatte.

Aber da war noch eine andere Leidenschaft, die in seinem

Innern glühte: ein Gefühl, das ihn nicht minder erschreckte, weil es ihm absurd und widernatürlich vorkam. In all den Jahren hatte er stets nur Frauen verehrt. Zwang er sich nun aber zuzugeben, wer ihn in seinen Träumen so oft heimsuchte, war es vielleicht sogar besser, dem Zorn des Grafen nicht länger auszuweichen.

Langsam ließ Ludger sich auf dem wackeligen Lager des unbekannten Reisenden nieder und nahm zögernd dessen Bündel in die Hand. Die Habseligkeiten seines Zimmernachbarn steckten in einer Decke aus sauber aneinandergehefteten Kaninchenfellen. Diese rochen ein wenig streng: nach ranzigem Öl, vermischt mit Tonerde und irgendwelchen Kräutern. Einen schmerzlichen Moment lang erinnerte ihn der Geruch an Petrissas Stube und die Arzneien, mit denen sie seine Wunde behandelt hatte. Ludger zwang sich, auch diese Gedanken zu verscheuchen, statt dessen wandte er sich vorsichtig dem Griff des Instruments zu. Wie er an den Kerben und Verzierungen zu erkennen glaubte, war das gute Stück weder sächsischen noch slawischen Ursprungs. Es gehörte unzweifelhaft zu den Instrumenten, welche französische Minnesänger als »still« bezeichneten und in den Hallen und Sälen von Burgen erklingen ließen, um ausdrucksvollen Gesang zu begleiten. Trompeten, Schalmeien, Sackpfeifen und Trommeln galten demgegenüber als »stark«; mit ihrer Hilfe spielte man im Freien zum Tanz auf. Ludger überkam plötzlich der unbändige Drang, das fremde Bündel zu öffnen. Unbeherrscht zerrte er an den Schnüren, als habe er die Büchse der Pandora vor sich auf dem Schoß. Zu lange schon hatte er keine Laute mehr in der Hand gehalten. Auch auf die Gefahr hin, daß man ihn hier überraschte und als vermeintlichen Dieb aus dem Haus prügelte – er mußte dem Instrument ein paar Töne entlocken.

Als er schließlich das kühle Holz der Laute streichelte und

die Saiten mit seinen Fingerkuppen berührte, spürte er unvermittelt, wie Gefühle von Trauer, Verzweiflung, Wärme und Glückseligkeit in seiner Brust anschwollen. Er drehte an den kleinen Wirbeln, um die Töne melodischer zu gestalten. Es war wie ein Zauber. Eine Sehnsucht. Ein Rausch gar, der stärker auf ihn wirkte als der billige Wein des Schankwirts und dem er sich weder entziehen konnte noch wollte. Ein Mann, der nicht mehr wußte, wer er war, mußte sich entscheiden, was er in Zukunft sein wollte. Er, Ludger, war ein Minnesänger und würde bis zum letzten Herzschlag eine Melodie auf den Lippen tragen.

Während Ludger noch einzelne Töne anschlug und sich bemühte, einen Vers zu formen, der zu seiner Stimmung paßte, fiel sein Blick wie zufällig auf die wenigen Gegenstände aus dem Bündel, die verstreut um ihn herumlagen. Er hatte sie achtlos auf die Strohschütte geworfen, nun aber weckten auch sie seine Aufmerksamkeit. Er fand einige mit Wachs verstopfte Tonkapseln, einen Beutel mit vier Münzen, einen bronzenen Kerzenhalter in Form eines gehörnten Kopfes, drei gute Wamse und zwei Frauenröcke aus billiger gefärbter Wolle. Die Kleidungsstücke waren von unterschiedlicher Größe und Qualität und wirkten auf Ludger nicht gerade wie Handelsware. Eher konnte er sich vorstellen, daß sie gestohlen und hier in der Kammer versteckt worden waren.

Ludger ließ die Laute sinken und griff nach einer der sonderbaren länglichen Kapseln. Sie wog schwer in seiner Hand. Mißtrauisch drehte er sie zwischen den Fingern. Er dachte kurz nach, dann nahm er das Gehäuse mit hinüber zu dem Balken, an dem die Tonlampe schaukelte, und schmolz den Wachspfropfen in der kleinen Flamme der Funzel. Wenige Augenblicke später rieselte eine Anzahl kleiner schwarzer Körner in seine offene Hand.

Ludger war so verblüfft, daß er beinahe das Atmen vergaß.

Schlagartig wurde er nüchtern. Auf seiner Stirn bildeten sich Schweißperlen, und seine Kehle verengte sich, als hätte er einen Pflaumenkern verschluckt. Ob dieses schwarze Zeug wohl der berüchtigte Drachensamen war, hinter dem die ganze Welt herjagte? Nein, dies war unmöglich. Vater Thaddäus hatte stets nur von einem Säckchen gesprochen, nicht von einer Kapsel aus Ton. Glaubte man den Worten des Pfaffen, so waren inzwischen sogar mehrere Säckchen im Spiel. Ludgers Hand begann leicht zu zittern, als er sich die kleinen Körner näher betrachtete. Mit klopfendem Herzen hielt er sie ins Licht und schnupperte an ihnen. Die Körner sahen tatsächlich aus wie Samen, und sie strömten einen kräftigen, beinahe harzigen Duft aus. Allmählich dämmerte es Ludger, womit er es zu tun hatte. Ähnliche Körner hatte er schon einmal gesehen. Es war vor einigen Jahren am Hof zu Meißen gewesen, als Gräfin Jutta die starken Krämpfe im Unterleib verspürt und befürchtet hatte, an ihnen sterben zu müssen.

»Gift«, preßte er zwischen den Zähnen hervor. Ein abruptes Kichern löste den Krampf in seiner Kehle. »Ich habe das Bündel eines verdammten Giftmischers geöffnet!«

Noch ehe Ludger einen klaren Gedanken fassen konnte, erscholl plötzlich auf der gegenüberliegenden Seite des Korridors ein kurzer, spitzer Schrei. Ludger fuhr zusammen, seine Hand schloß sich krampfhaft um die giftigen Samenkörner. Hastig blickte er sich nach einem Versteck oder einer Waffe um, mit der er sich gegebenenfalls zur Wehr setzen konnte. Eine weitere Gefangenschaft würde er nicht überstehen, das wußte er. Doch der erwartete Angriff auf seine Kammer blieb aus. Ludger wollte den Schrei soeben seiner Einbildung zuschreiben, als weiterer Lärm an sein Ohr drang. Er vernahm das Geräusch splitternden Holzes und ein Wimmern, das offensichtlich von einer Frau herrührte.

Auf Zehenspitzen schlich er zur Tür, öffnete sie und steckte seinen Kopf in den kleinen, dunklen Flur. Dort starrte er auf halbvolle Hafersäcke, die Überreste eines bemalten Zubers, wie er in Badestuben verwendet wurde, und eine zerbrochene Heugabel, die wenige Schritte vor einer brüchigen Treppe mit vier Stufen lag. Lautes Gepolter übertönte die Stimme der Frau, und für einen Augenblick war Ludger versucht, an den Beginn einer Schlägerei zu denken, wie sie in heruntergekommenen Schenken an der Tagesordnung waren. Merkwürdig war nur, daß der Schankraum nicht in diesem Teil des Gebäudes lag. Soweit Ludger sich erinnerte ... Nein, er hatte keine Ahnung mehr, wie er hinauf in die Kammer und auf sein Strohlager gekommen war. Wahrscheinlich handelte es sich hier um den Streit zwischen einer Hure und ihrem Buhlen, der den Hurenlohn herunterhandeln wollte.

Grimmig und beruhigt zugleich, warf Ludger die Körner in die tönerne Kapsel zurück, dann ging er zu dem Kastenbett des Giftmischers und stopfte das Gehäuse zusammen mit all den anderen Gegenständen in das Bündel aus Kaninchenfell. Einen Herzschlag lang überlegte er, ob er die hübsche Laute mitgehen lassen sollte. Der Kerl, der die Sachen hier in dieser Räuberhöhle abgelegt hatte, war weder Kaufmann noch Pilger, sondern ein Strauchdieb. Vielleicht sogar ein Mörder, und es war gewiß kein Verbrechen, einen Räuber zu bestehlen. Er entschied sich dagegen. Wahrscheinlich würde er auf einem gestohlenen Instrument ohnehin nur trübe Töne zustande bringen und sein eigenes Unglück noch vermehren. Wer schnitzte sich schon freiwillig eine Pfeife aus der Schaufel eines Totengräbers?

Ludger atmete tief durch. Er mußte auf der Stelle von hier verschwinden. Ein Nachtlager im Wald war zwar unbequem, doch unter den gegebenen Umständen sicherer als in Gesellschaft zwielichtiger Gauner und Halsabschneider. Er konnte von Glück reden, daß sie ihn bislang für harmlos erachtet und unbehelligt gelassen hatten.

Eilig suchte er seine wenigen Habseligkeiten zusammen und verließ kurz darauf die Kammer. Mochte sich ein anderer mit dem Giftmischer herumschlagen, Ludger wollte nur noch fort, und je mehr Pferdelängen im Morgengrauen zwischen ihm und Repgow lagen, desto besser würde er sich fühlen. Wenn es ihm gelang, sich über Aken nach Meißen durchzuschlagen, konnte er Gräfin Jutta um Hilfe bitten, ohne daß sein Onkel oder Thaddäus davon erfahren mußten.

Langsam durchquerte er den schmalen Gang, wobei er mehrere Male über zerbrochenes Geschirr und Unrat steigen mußte. Der beißende Geruch von saurer Milch und Exkrementen reizte seinen Magen so sehr, daß er dagegen ankämpfen mußte, sich an Ort und Stelle über die schmutzigen Strohbündel zu erbrechen. Als er an einer der Pforten vorbeikam, die zu einer weiteren Kammer führen mußte, blieb er unwillkürlich stehen und spitzte die Ohren. Hinter der nur angelehnten Tür hörte er die Stimmen mehrerer Personen, die miteinander zu streiten schienen. Offenkundig gehörte die Hure, deren Schrei durch die Wände seiner Kammer gedrungen war, zu ihnen. Ludger wollte sich soeben auf die Treppe zum Hof zubewegen, als er plötzlich erstarrte. War es möglich, daß sein Verstand ihn wiederum narrte? Oder hatte er soeben wirklich einen Mann den Namen Konrad rufen hören?

Ludger sah sich gehetzt um. Die Heugabel mit dem herausgebrochenen Zinken war das einzige Gerät, das sich als Waffe gebrauchen ließ. Rasch bückte er sich, um sie aufzuheben. Danach schob er seine Fingerspitzen zwischen den Türspalt und lugte vorsichtig in den kleinen Raum.

Konrad von Rietzmeck stand stumm, und wie zur Salzsäule erstarrt, neben der Fensterluke. Er war es, daran gab es keinen Zweifel. Trotz der schlechten Lichtverhältnisse und der Filzkappe, die tief in seiner Stirn saß, hätte Ludger die magere Gestalt des Burschen unter Hunderten wiedererkannt. Sein helles, bartloses Gesicht trug den Ausdruck einnehmender Hilflosigkeit; ein Zug, der Ludger wider Willen erregte. Beschämt umklammerte er die Heugabel in seiner Rechten und bemühte sich, die anderen Gestalten auszumachen, die sich um den Jüngling scharten. Eine Frau war darunter, genauer gesagt, ein dralles junges Ding, das respektlos die Faust gegen Konrad erhob. Wenige Schritte entfernt kauerte ein alter Mann in einem knöchellangen Mantel. Er war über einer gewaltsam geöffneten Kiste zusammengesunken, die er trotz seines kläglichen Zustands mit dem Körper abzuschirmen versuchte. Die widerspenstigen, vom Schädel abstehenden Haare des Mannes erinnerten an die gespreizten Flügel eines Raben. Ludger konnte nicht erkennen, wer der Fremde war, doch er bemerkte, daß der Alte aus einer klaffenden Wunde am Kopf blutete. Das junge Weib und ein vierschrötiger Kerl, der ein zerlumptes Wams trug, bedrohten ihn und Konrad mit Dolchen. Die Frau war so wütend, daß ihre Stimme sich beim Keifen überschlug. Ohne Unterlaß bedachte sie den blutenden Alten mit ordinären Flüchen.

»Wo beim Gehörnten hast du es versteckt, du dreckiger Ganev?« zischte sie. »Sag es, oder mein Freund bringt dir bei, was ein Schächterschnitt ist!«

Erschöpft neigte der Alte den Kopf und deutete mit einer schwachen Geste auf eine zweite Kiste, die neben dem einfachen Strohlager stand.

»Deinen Kräutermischmasch kannst du behalten«, höhnte der Vierschrötige. »Bertha meinte etwas anderes.« Um seinen Worten Nachdruck zu verleihen, beugte er sich flink herunter, packte den Mann beim Kragen und schlitzte mit einer einzigen Bewegung dessen weiten schwarzen Überwurf bis zu den Achselhöhlen auf.

»Was soll das?« erscholl Konrads fassungsloser Protestruf. Die Stimme des Jünglings klang vor Aufregung noch heller, als Ludger sie in Erinnerung hatte. »Lurias ist kein reicher Mann, das kann ich bezeugen. Die wenigen Münzen, die er besitzt, befinden sich in seiner Gürteltasche. Und die habt ihr ihm ja schließlich bereits …«

»Halt's Maul«, fauchte Bertha feindselig. Sie schien sich einen Augenblick lang zu besinnen, ehe ein schmieriges Lächeln über ihr breites Gesicht wanderte. Ludger beobachtete voller Widerwillen, wie sie das Messer auf einen Schemel legte, ihren zerlumpten Rock wie eine Gauklerin anhob und in dieser schamlosen Pose gemächlich auf Konrad zuhielt. Nun erkannte er sie wieder. Sie war dieselbe Bauernmagd, die er und Konrad in Repgow nach dem Verbleib des Fremden aus Cathay befragt hatten. Die Frau, die ihm das Spielzeugpferd übergeben hatte.

»Ihr müßt einen üblen Eindruck von mir gewonnen haben, mein Herr«, säuselte Bertha, während sie sich vor Konrad aufbaute. Offensichtlich hatte sie ihre Vorgehensweise überdacht und befunden, daß es besser war, ihn für sich einzunehmen. Sie streichelte ein paarmal sachte über sein bartloses Kinn. Dabei gurrte sie wie eine Taube, die einen Leckerbissen witterte. »Wißt Ihr, es ist noch nicht lange her, da erwartete ich ein Kind, ein unschuldiges Lämmlein. Der alte Lurias empfahl mir einen Mann, der mir … äh … besondere Arzneien zur Stärkung verkaufen sollte. Nur zur Stärkung, versteht Ihr? Aber was gab mir der Schuft statt dessen?« Sie zögerte und schlug so kokett, wie sie nur konnte, die Augen nieder. Konrad schien davon wenig beeindruckt. Ludger bemerkte, wie die Mundwinkel seines einstigen Gefährten angewidert zu zucken begannen.

»Giftsamen gab er mir! Sadebaum, Raute oder Haselwurz. Und so verlor ich mein armes, ungeborenes Kind auf einem stinkenden Abtritt.«

»Aber Bertha«, brummte der Vierschrötige mit vorgeschobener Unterlippe. Seinem dummen Gesichtsausdruck war zu entnehmen, daß er ihre Geschichte zum erstenmal hörte und ihr nicht folgen konnte. »Mir und meinem Bruder hast du doch erzählt, du müßtest Huberts Balg loswerden. Haben wir dem Kerl nicht kürzlich erst die Bude ausgeräumt, weil er dich ...«

»Dämlicher Baldower, was soll der Mist?« Bertha drehte sich mit zornrotem Kopf nach ihrem Helfer um. »Ich muß verrückt gewesen sein, mich ausgerechnet mit einem Schwätzer wie dir einzulassen. Auf alle Fälle werde ich diese Kammer nicht verlassen, bevor mir der Jude nicht den Schaden bezahlt hat. Wenn *er* kein Geld rausrückt, wird vielleicht der junge Herr in die Bresche springen, nicht wahr?« Wiederum streckte sie ihre Hand nach Konrads Gesicht aus. Dieses Mal aber stieß der Jüngling sie brüsk zurück.

»Du scheinst zu träumen, Frau!«

»Oh, gewiß nicht, mein feiner junger Herr«, sagte Bertha. »Auf Burg Aken interessiert man sich brennend für Euch und den Neffen von Ritter Eike. Mir hat man sogar eine Stellung dort angeboten. Aber weiß ich, ob die hohen Herren es sich morgen früh nicht schon wieder anders überlegt haben? Ich verdiene etwas Besseres, als in einer stickigen Burgküche Krüge zu spülen oder den Bratspieß zu drehen.«

»Und das wäre?«

Bertha warf den Kopf in den Nacken und kicherte schrill. »Nun, wenn der Herr von Aken seinen Knecht aussendet, um nach Euch und diesem Drachenfirlefanz zu forschen, so müßt Ihr ihm doch einige Münzen wert sein.«

Der Vierschrötige gluckste zufrieden vor sich hin. Offensichtlich hatte er trotz seines beschränkten Horizonts begriffen, worauf Bertha hinauswollte. Hämisch grinsend rammte er die schartige Schneide seines Dolches ins Holz des Stützbalkens, neben dem er Aufstellung bezogen hatte. Er schien sich seiner Sache ebenso sicher zu sein wie die ehemalige

Magd. »Vielleicht sollten wir dem Burschen einen Finger abschneiden und ihn auf die Burg schicken«, meinte er. »Dann zahlt das hochnäsige Pack dort bestimmt schneller!«

Bertha lächelte süffisant. Sie schien den Vorschlag ihres Kumpanen zumindest in Erwägung zu ziehen, denn für eine bange Weile beäugte sie die Finger ihres Opfers mit einem beinahe zärtlichen Blick. »Ja, warum eigentlich nicht«, sagte sie leise. »Zuerst einen Finger, und sollten sie ihn dann immer noch nicht auslösen ...« Mit einer raschen Bewegung schob sie ihre Hand zwischen Konrads Beine – und schrak gleich darauf zusammen. Das Lächeln erstarb auf ihrem Gesicht. Mit einem ärgerlichen Aufschrei zog sie die Hand zurück und schüttelte den Kopf. Ihre dünnen Lippen zitterten.

»Was zum Teufel ist denn los, Bertha?« wollte der Vierschrötige wissen. Verblüfft ließ er seine Blicke von dem jungen Burschen mit der Kappe hinüber zu seiner Komplizin wandern. Diese schäumte vor Wut.

»Du ... du ... Miststück! Betrügerischer Satansbraten! Ich werde dich abstechen wie ein Ferkel. Auf der Stelle werde ich ...« Bertha fand keine Zeit mehr, nach dem abgelegten Messer zu greifen. Im nächsten Moment wurde Ludger Zeuge, wie Konrad das Mädchen an der Schulter packte, es blitzschnell um die eigene Achse drehte und ihm einen heftigen Faustschlag mitten ins Gesicht versetzte. Bertha wurde gegen die Fensterluke geschleudert, schlug mit dem Kopf gegen das Holz des Rahmens und ging zu Boden, wo sie regungslos liegenblieb.

Ludger selbst nutzte die allgemeine Schrecksekunde, um mit einem wilden Schrei die Tür aufzustoßen und in die Kammer zu jagen. Unbesonnen und ohne jede ritterliche Eleganz hieb er auf den Vierschrötigen ein, während der alte Lurias vorsorglich hinter seiner Kiste in Deckung ging. Für Berthas Handlanger kam der Angriff völlig überraschend. Er schien vergessen zu haben, daß sein Messer im Balken steckte, denn während er noch versuchte, den Stößen auszuweichen, fuhr seine Hand hinab zur leeren Schlaufe an seiner Hüfte.

»Verdammt, ich werde dich in Stücke hauen«, brüllte der feiste Mann wutschnaubend. Es gelang ihm, Ludger hart vor die Brust zu stoßen, so daß dieser strauchelte und gegen die gekalkte Wand donnerte. Ludger schrie vor Schmerz auf, als ein weiterer Faustschlag seine Lippe traf. Er biß sich auf die Zunge, schmeckte das Blut, das sich zwischen seinen Zähnen sammelte. Atemlos vor Entsetzen sah er, wie der Vierschrötige sich nach der Heugabel bückte, die ihm entglitten war.

Lähmende Stille kehrte in der Kammer ein. Der Vierschrötige stach nicht zu. Er stand einfach nur da, geduckt und keine fünf Schritte von Ludger entfernt; verständnislos glotzte er auf die Gabel mit dem fehlenden Zinken, während ein dünner Blutfaden aus seinem Mundwinkel rann. Dann aber bäumte er sich plötzlich auf, ein pfeifender Laut entwich seiner Kehle, als er mit der Gabel auf Ludgers Herz zielte. Von einem Reflex gesteuert, warf sich Ludger zur Seite und versetzte dem Koloß dabei einen Tritt in den Unterleib. Im nächsten Moment brach der Mann zusammen, sein massiger Körper schlug geräuschvoll auf den Lehmboden. Ludger reckte zitternd den Hals; eine Ewigkeit verging, bevor er den roten, sich schnell ausbreitenden Fleck auf dem Rücken des Mannes bemerkte. Er konnte nicht glauben, daß der Gauner ihn nicht getötet hatte. Und wo zur Hölle war Konrad schon wieder abgeblieben?

»Ludger von Repgow ... Ihr?« Aus dem Schatten der Kammer schälte sich Roswithas Silhouette wie ein Nebelgespinst. Ihre Hand umklammerte den Dolch des Vierschrötigen. Sie mußte ihn gerade noch rechtzeitig aus dem Holz herausgezogen und zugestoßen haben. »Seid Ihr es wirklich?«

»Jawohl«, murmelte Ludger mit schwacher Stimme. »Endlich habe ich dich gefunden, du kleiner Verräter. Wie es aussieht, hast du mir soeben das Leben gerettet, aber glaub nicht, daß ich dich deswegen schonender behandeln werde als dieses Diebespack, Konrad von Rietzmeck!«

Roswitha nickte ernst, während sie mit einem einzigen Schritt über den ausgestreckten Leichnam des Gesetzlosen stieg. Sie half dem schwer atmenden Lurias auf die Füße und flüsterte ihm zu: »Wir müssen dem Weib Fesseln anlegen und ihren Handlanger im Wald verschwinden lassen, ehe der Wirt hier auftaucht. Also kommt mir jetzt bloß nicht damit, daß Ihr heute nacht nicht mehr arbeiten dürft ...«

Lurias schüttelte nur flüchtig den Kopf. »Aber nein, edler Herr«, krächzte er. »Es ist keine Arbeit für mich, dieses Gesindel fortzuschaffen. Der Allmächtige, gepriesen sei Sein Name, wird mir verzeihen, daß ich an Seinem heiligen Tag meine Hände beflecke. Ich werde mich sogleich draußen nach ein paar Stricken umsehen.« Er wühlte kurz in seiner Kiste, bis er einen Streifen sauberen Verbandstoffs für seine Wunde gefunden hatte. Anschließend überzeugte er sich davon, daß die überwältigte Bertha noch immer bewußtlos unter dem Fenster lag, und lief dann mit geschäftiger Miene auf den Flur hinaus.

Als die Tür ins Schloß fiel, drehte sich Roswitha langsam zu Ludger um. Einen Atemzug lang musterte sie seinen abgemagerten Körper von den Füßen bis zu den dunklen Haaren, die sich glänzend vom Schweiß in seiner Stirn ringelten. Erst als sie befürchten mußte, Ludger könnte ihre Blicke mißverstehen, tat sie einen Schritt zurück und zupfte verlegen an ihrem braunen Surkot. »Lurias muß geahnt haben, daß diese Gauner hinter ihm her waren«, sagte sie. »Sie müssen seinen Reiseweg ausgekundschaftet haben.«

»Was du nicht sagst!«

»Auf jeden Fall danke ich Gott, daß Ihr Hagatheo und den

aufständischen Slawen entkommen seid, Ludger von Repgow«, sagte sie leise. »Glaubt mir bitte, ich habe mehr als einmal bereut, daß ich Euch damals nicht vor den Männern des Abtes warnen konnte.«

Ludger warf ihr einen entgeisterten Blick zu. Sein Herz begann zu rasen, als die Bedeutung ihrer Worte seinen umnebelten Verstand erreichte.

»Du ... du wußtest von meiner Gefangenschaft?« schrie er sie an. »Natürlich wußtest du davon. Wahrscheinlich bist du nicht nur ein Kastrat und Lustknabe, sondern ein Teufel, den die Hölle ausgespien hat, um mich ins Unglück zu stürzen. Selbst die Magd wurde bleich wie der Tod, als sie dich nur berührte.«

»Vielleicht lag es ja daran, wo und wie sie mich berührte. Euch wäre es vermutlich nicht anders ergangen.«

»Du unverschämter ...« Von seinen Gefühlen überwältigt, stürmte Ludger auf Roswitha zu und holte aus, um ihr ins Gesicht zu schlagen. Sie wich nicht vor ihm zurück, taxierte ihn lediglich mit einem halb bekümmerten, halb abwesenden Blick, der Ludgers verbotenen Sehnsüchten neue Nahrung gab. Bebend ließ er die bereits geballte Faust sinken und stieß Roswitha von sich, nur um im nächsten Moment nach ihrer Hand zu greifen. Er fühlte sich wie ein Ertrinkender, der die rettende Holzplanke zwar erreicht hatte, nun jedoch feststellen mußte, daß er mit ihr auf einen gefährlichen Strudel zutrieb.

»Ludger, was auch immer Ihr von mir halten mögt: Vergeßt nicht, daß wir beide dieselben Ziele haben!« Roswitha versuchte verzweifelt, sich aus dem harten Griff des jungen Mannes zu befreien. Er tat ihr weh, aber sonderbarerweise war sie davon überzeugt, daß er ein Recht darauf hatte, sie festzuhalten. Ein weitaus größeres Recht, als sie es Bernhard jemals zugestanden hatte.

»Wir haben weiß Gott nicht dieselben Ziele«, zischte Ludger sarkastisch. »Ihr könnt Euch freuen, Bürschchen, denn Euer Plan, mich auszuschalten, war erfolgreich. Thaddäus von Hildesheim hat mich davongejagt wie einen räudigen Hund. Folglich habe ich keinen Auftrag mehr. Ich bin vogelfrei und kann fliegen, wohin auch immer ich will.« Er ließ ihr Handgelenk so abrupt los, als müßte er befürchten, sich an ihm zu verbrennen.

Roswitha blickte schweigend auf die geröteten Abdrücke, die seine Finger auf ihrer Haut hinterlassen hatten. In ihrem Kopf arbeitete es fieberhaft. Ludger von Repgow stellte keine Gefahr mehr für sie und Bernhards Pläne dar. Dies war gut, aber auf der anderen Seite konnte sie auch nicht länger verleugnen, daß sie sich in den jungen Ritter verliebt hatte.

Eine schöne Bescherung, überlegte sie verunsichert. Und was nun: Bernhard oder Ludger? Eine warme Kemenate auf Burg Aken oder der Staub der Landstraßen? Nein, sie konnte sich nicht entscheiden. Nicht in diesem Augenblick. Und doch gab es eine Sache, die sie tun konnte.

Ludger mochte ihr Widerstreben gespürt haben, aber mit dem, was nun geschah, hatte er nicht gerechnet. Stirnrunzelnd verfolgte er, wie Konrad von Rietzmeck langsam die Filzkappe vom Kopf nahm und mit beiden Händen zierliche bronzene Nadeln aus dem straff nach hinten gekämmten Haar zog.

»Was zum Teufel führst du nun schon wieder im Schilde? Willst du mich von neuem verspotten?«

»Ich möchte nur, daß du mir verzeihst, Ludger von Repgow«, antwortete Roswitha gedehnt. Sie warf den Kopf vor und zurück, bis ihr langes blondes Haar in gleichmäßigen Wellen über ihre Schultern rauschte. Danach erst öffnete sie das Band ihres Surkots.

»Und ich möchte, daß du meinen wahren Namen erfährst. Ich heiße Roswitha von Eichholz. Meinem Gemahl gehörte einst ein kleines Gut bei Dessau, das nach seinem Tod an Bernhard von Aken fiel.«

Einen Herzschlag lang glaubte Ludger, der Boden würde ihm unter den Füßen weggerissen. Vor ihm stand ein Mädchen, genauer gesagt, eine wunderschöne junge Frau. Aufgewühlt und erleichtert zugleich, fuhr Ludger mit den Fingerknöcheln über seine stoppeligen Wangen und bemühte sich dabei, nicht an einen verrückten Traum zu glauben. Wie blind war er doch all die Wochen und Monate gewesen, dieses zarte Geschöpf für einen Mann zu halten. Nun konnte er sich auch die sonderbare Anziehungskraft erklären, die der vermeintliche Knabe Konrad auf ihn ausgeübt hatte. Scharf sog er die Luft der stickigen Kammer ein. Das Mädchen war raffiniert, soviel stand fest. Sie verfügte über den Mut und die Tatkraft eines Edelmannes; ohne sich eine Blöße zu geben, hatte sie ihre Rolle gespielt – bis zuletzt. Als Ludger einfiel, daß er Roswitha bei Nienburg ja schon einmal in Frauenkleidern gesehen, und dennoch nichts bemerkt hatte, stieg ein rauhes Gelächter in seiner Kehle hoch, das er erst bezwingen konnte, als er ihren flehentlichen Blick auf sich gerichtet fand.

»Darf ich dir erzählen, wie alles begonnen hat?« fragte Roswitha leise. »Ich meine, später, sobald wir die Schenke hinter uns gelassen haben?«

Ludger zögerte kurz, dann aber nickte er befreit. Diese Geschichte durfte er um keinen Preis der Welt versäumen.

18. Kapitel

Kloster Nienburg, Juni 1223

Es war nicht länger auszuhalten.

Bernhard griff mit einer Hand unter die Mönchskutte und kratzte sich wie wild zwischen den Beinen ... aaaah. Er schloß verzückt die Augen, als das Jucken nachließ. Die Brüder um ihn herum, deren wispernde Gebete in die Abendluft dieser Vespermesse stiegen, beobachteten ihn argwöhnisch. Bernhard hätte ihnen gern das Grinsen gezeigt, das er für gewöhnlich denjenigen Leuten schenkte, zwischen deren Rippen sich das vordere Drittel seiner Klinge verfangen hatte, aber er hielt sich zurück. Nicht auffallen war die Losung; nicht auffallen, den beschränkten Klosterbruder aus einem anderen Konvent spielen, in Ruhe gelassen werden, alle Neuigkeiten aufsaugen, die er erhaschen konnte, und diese Rolle durchhalten, bis ihm klargeworden war, wo zum Teufel Roswitha geblieben war (wenn man ihre Verkleidung nicht durchschaut und sie eingekerkert hatte) und ob Matteo, dieser italienische Tor, ebenfalls hier war (und ebenfalls eingekerkert); und wo um alles in der Welt sich das Säckchen mit dem Drachensamen befand.

Das Durchhalten war das Problem.

Und da fing das Jucken auch schon wieder an.

Als Bernhard sich gestern mittag hinter dem Busch aufgerichtet, dem Mönch, der arglos an seinem Versteck vorbeischlenderte, den Schwertknauf über den Schädel gezogen und sich seine Beute dann genauer angesehen hatte, hätte er sich am liebsten selbst in den Hintern gebissen. Eine Heerschar von Betbrüdern stahl dort hinter den Mauern Nienburgs dem Herrn den Tag, und er hatte den einen erwischt, in dessen Kutte mehr Viehzeug hauste als in der Wolle einer ganzen Hammelherde. Sein sprichwörtliches Pech. Wann immer er etwas anfaßte, irgendeine ärgerliche Kleinigkeit ging garantiert schief, und dann wunderten die Leute sich, wenn er in regelmäßigen Abständen aus der Haut fuhr.

Auf dem Besitz Konrads von Eichholz war es nicht anders gewesen. Statt das kleine Gut an sich zu bringen, einen seiner Männer dort zu postieren, durch regelmäßige Kontrollen dafür zu sorgen, daß dieser die Abgaben der Pächter nicht veruntreute, und ansonsten auf neue Abenteuer auszuziehen, war er auf Roswitha gestoßen; und statt, wie es ursprünglich der Plan gewesen war, die appetitliche junge Witwe ein paar Tage zur eigenen Befriedigung zu gebrauchen und sie dann ins Kloster abzuschieben, teilte sie nun schon seit zwei Jahren sein Bett. Mehr als das Bett, wenn man ehrlich war – ein Teil seiner Seele gehörte ihr mittlerweile ebenfalls. Irgendwie hatte sich das kleine Täubchen an ihn herangeschlichen in diesen zwei Jahren, und Bernhard ertappte sich in den letzten Tagen immer wieder dabei, daß er sie vermißte. Wenn er irgendwo eine Stalldirne rammelte, dachte er an Roswitha und wie leidenschaftlich sie sich im Bett gebärdete und wie sie seine Liebeskünste genoß, während die Kuh, die er sich vornahm, noch nicht einmal stöhnte (es sei denn, er kniff sie in den Hintern – doch dann quiekte sie in der Regel und fuhr auf, und es bestand die Gefahr, daß ihm abgerissen wurde, wovon er sich bis unter ihren Rock hatte leiten lassen).

Bernhard kratzte sich erneut unter der Kutte. Zum Teufel damit, mochten die anderen denken, er spielte während der Messe mit seinem kleinen Freund, das Jucken war einfach zu stark. Er hoffte, daß er den Mönch, den er nackt und gefesselt im Wald zurückgelassen hatte, versehentlich in einem Ameisenhaufen niedergelegt hatte. Er hatte einmal die Geschichte des Benedikt von Aniane gehört, der die Unsauberkeit als willkommene Prüfung betrachtet und so lange nichts gegen die Läuse unternommen hatte, bis sie ihn auffraßen. Er hatte die Geschichte nicht geglaubt – damals.

Die Stelle hier war besonders schlimm … Bernhard spürte die Feuchtigkeit von Blut, aber er konnte nicht aufhören. Herrlich – jeder Schmerz war willkommener als das Jucken.

»Ite, missa est!« rief der Vorbeter. Die Mönche richteten sich von den Knien auf. Bernhard folgte ihnen nach einer Schrecksekunde und schlurfte mit ihnen hinaus. Der Verrückte namens Kaspar begann herumzubrüllen und seinen Hühnerknochen zu schwenken, bis man ihn zum Schweigen brachte. Bernhard schloß die Augen. Das war alles, was er zustande gebracht hatte, seit er gestern des Wartens auf Roswithas Rückkehr überdrüssig geworden war und sich ins Kloster geschmuggelt hatte: Er hatte herausgefunden, wie der Verrückte hieß, und sich die bissigsten Filzläuse seit Johannes dem Täufer eingefangen.

Er hörte die Mönche besorgt flüstern. Abt Gernot war auch zu dieser Messe nicht erschienen. Das Kloster war ohne Führung; der Greif hockte in seinem Horst und hatte das Interesse an der Gemeinschaft verloren. Der Prior war ratlos und die niederen Brüder von allen möglichen Gerüchten in Beschlag genommen. Bernhard seinerseits hatte eine Befürchtung, was die Abwesenheit des Abts anging: Der ehrwürdige Gernot versuchte herauszufinden, wie der Drachensamen einzusetzen war, den er Matteo abgenommen hatte.

O Herr, warum habe ich nicht zwei schlagkräftige Männer mitgenommen? Zu dritt hätten wir uns den Weg zum Abt sogar mit Holzlöffeln freigekämpft und den alten Burschen dann am Hals zum obersten Fenster seines Klosters hinausgehängt, bis er das letzte Körnchen Drachensamen herausgerückt hätte.

Aber leider ... Er hatte Roswitha ins Kloster geschickt, weil er gedacht hatte, das würde reichen. Er war allein unterwegs, weil er nicht wollte, daß allzu viele Leute von seiner Mission erfuhren. Roswitha war nirgends zu finden. Er war also auf sich selbst angewiesen.

Bernhard ertappte sich dabei, wie er in den Schatten seiner Kapuze hinein grinste. Im Grunde genommen war es ihm so am liebsten; wenn er ein Schwert gehabt hätte, hätte er die Situation womöglich sogar genossen. Und wenn er nicht das dringende Gefühl gehabt hätte, daß ihm die Zeit davonlief und es vielleicht schon zu spät war ... und wenn das Jucken nicht gewesen wäre ... hier war noch so eine Stelle ... aaaaaah ...!

Von jenseits der Mauer, dort, wo die Mönche ihre weltlichen Besucher beherbergten, drang der Lärm einer ganzen Reisegruppe herüber. Die Mönche, auf dem Weg zum Refektorium, sahen desinteressiert auf. Bernhard ließ sich von ihnen mitschieben. Er hörte laute Stimmen; der Prior scherte mit zögernden Schritten aus der Herde aus und stapfte zum Tor hinüber. Wahrscheinlich reichten die Schlafplätze nicht aus für die Neuankömmlinge, und jetzt gab es Streit. Der lahmarschige Vertreter des Abtes war genau der richtige für die Aufgabe, die Diskussion so in die Länge zu ziehen, daß sie die ganze Nacht dauerte und damit gar keine Schlafplätze vonnöten waren ... und dann schrak Bernhard zusammen und zuckte zurück. Heilige Magdalena! Er zog den Kopf ein und die Kapuze tief über die Augen. Von hinten wurde er angerempelt, einer der Mönche murmelte eine Entschuldigung. Sie wichen ihm aus, er war ein Hindernis im Vorwärtsdrang zur Abendfütterung ... nicht auffallen, jetzt auf keinen Fall! Er atmete aus und begann langsam weiterzugehen, ließ sich zurückfallen, versuchte ans Ende des Haufens zu gelangen und spähte vorsichtig zum halb offenen Tor hinüber.

Pferde, Bewaffnete, matt blinkende Topfhelme, die die Gesichter darunter unkenntlich machten, an ihren Standarten flappende Banner, schwarze Balken auf goldenem Grund, schwarz-goldene Waffenröcke. Es waren nicht irgendwelche Reisenden, die hier angekommen waren, was sowohl die einheitlichen Farben als auch die gepflegte Ausrüstung der Männer bezeugten; diese Schar stand in Sold und Lehen bei einem Askanierfürsten, einem Nachkommen Albrechts des Bären – und nur der Umstand, daß Bernhard nie spontan handelte, hatte ihn davon abgehalten, nach dem ersten Schreck hinüberzueilen und einen noch größeren Fehler zu begehen. Dem Wappen der Ankömmlinge fehlte die grüne Raute. Es war nicht Herzog Albrecht, es war sein älterer Bruder, Graf Heinrich von Anhalt. Bernhard wäre um ein Haar seinen Feinden in die Hände gefallen. Er spürte sein Herz klopfen.

Einer der Männer trug einen schwarz-goldenen Federbusch am Helm. Als er den Helm abnahm, pfiff Bernhard leise durch die Zähne: Graf Heinrich höchstpersönlich. Die große Anzahl an Bewaffneten war unter diesen Umständen verständlich. Heinrich besaß keinerlei Freunde hier im Kloster, am wenigsten war ihm der Abt zugetan, dessen Verstümmlung er zu verantworten hatte. Entsprechend benahm er sich wie ein Besatzer: Seine Männer drangen ohne zu zögern in den heiligen Teil des Klosters vor, musterten die Mauern und Verteidigungsmöglichkeiten, faßten die Gruppe der Mönche ins Auge und begannen sie einzukesseln.

Bernhard sah sich um. Wenn er der Anführer der Männer gewesen wäre, hätte er die Mönche im Refektorium zusammengetrieben und den Saal von außen verschlossen. Er mußte verhindern, daß man ihm die Freiheit nahm, aber in seiner Verkleidung … Er sah Kaspar ein paar Schritte weiter vorn, in eine seiner trübsinnigen Phasen verfallen und mechanisch vorwärts schlurfend. Das konnte die Rettung sein. Er drängte sich rasch an ihn heran, zupfte ihm den Hühnerknochen aus den reglosen Fingern und verbarg ihn in der Faust. Kaspar sah auf, stierte blödsinnig um sich und verfiel wieder in Trübsinn.

»Geht das nicht schneller, ihr Klageweiber?« rief der Anführer der Bewaffneten. »Hopp, hopp, rein ins Haus, sonst machen wir euch Beine!«

Die ersten Mönche stolperten in den Eingang des Kapitelhauses. Der Prior stand linkisch vor Graf Heinrich und versuchte einen Einwand vorzubringen. Heinrich ignorierte ihn. Er hörte einem anderen Mönch zu, dessen Bart zerzaust war und dessen Gesicht aussah wie ein nackter geröteter Arsch. Bernhard kniff die Augen zusammen und stellte fest, daß die Augenbrauen und Stirnhaare des Mannes versengt waren und von seinem Bart nur mehr ein Flaum übrig war. Unwillkürlich fuhr Bernhard mit der Hand in sein eigenes, ungewohnt nacktes Gesicht. Der Kerl unterschied sich in der Kleidung von den Mönchen, also war auch er nicht von hier. Ein Spion Graf Heinrichs? Aber was war hier für den Anhaltiner noch zu holen, nach seinem Übergriff auf den Abt? Ganz klar: der Drachensamen! Roswitha hatte doch gesagt, daß noch eine Partei hinter dem Schatz her war – doch daß es nicht nur der vertrottelte alte Repgow, sondern dessen mächtiger Freund und Gönner war, machte die Sache nicht einfacher. Heilige …!

»Was ist mir dir, du Einfaltspinsel?« brüllte jemand Bernhard an. »Brauchst du eine Aufmunterung?«

Bernhard spürte einen Tritt in seinen Hintern. Er fuhr herum, die Fäuste erhoben, der Bewaffnete hinter ihm zuckte erschrocken zurück … und Bernhard schrie: »Blut, Blut, o BLUUUUUUUUT!« und begann wild über den Hof zu springen.

Die drei Männer beim Tor starrten zu ihm herüber. Spieße hoben sich, und einer der Anhaltiner, der tatsächlich eine verteufelte Armbrust trug, senkte sie und stellte den Fuß in die

Gabel, um das Ding zu spannen. Der Prior begann mit Händen und Füßen zu erklären. Bernhard schwenkte den Hühnerknochen und kreischte, was das Zeug hielt. Er sah Graf Heinrich lächeln und den Kopf schütteln. Die Männer entspannten sich; ein paar machten sich lachend daran, ihn einzufangen. Nur der versengte Mönch machte ein mißtrauisches Gesicht und ließ Bernhard nicht aus den Augen.

Verdammter Bastard, dachte Bernhard und schlug unvermutete Haken, als einer der Verfolger nach ihm griff. Er wäre in seinem Leben nicht so lange unversehrt geblieben, wenn er nicht stets sehr schnell erkannt hätte, wo ein ernst zu nehmender Gegner war.

Graf Heinrich nahm den Versengten am Arm und führte ihn zum Eingang des Kapitelhauses. Es galt, sie nicht aus den Augen zu verlieren.

Bernhard blieb stehen und hob den Knochen hoch über seinen Kopf.

»BLUUUUUUUT ...!« schrie er, dann packten sie ihn.

Er durfte den Knochen behalten und mußte nur ein paar harmlose Knüffe ertragen, für die er sich bedankte. Schließlich griff ihn einer am Vorderteil der Kutte und zerrte ihn grinsend hinter sich her, während die anderen ihre Plätze auf dem Hof einnahmen. Bernhard begann etwas zu murmeln, was sich in seinen Ohren wie Latein anhörte und was er den Priestern während langer leidvoller Meßbesuche abgelauscht hatte. Zwei Männer in Schwarz-Gold liefen an ihnen vorbei zum Tor, und er hörte sie schon von weitem rufen: »Holt sie rein, der Herr braucht sie!«. Dann war er mit seinem Begleiter im dunklen Eingang des Kapitelhauses verschwunden.

Die Vorhalle war leer. Der Bewaffnete zog ihn zu einer offenstehenden Pforte, die gegenüber dem Eingang lag. Eine große Halle schloß sich an, mit Steinbänken und wuchtigen Säulen – der Konversenchor, wenn Bernhard sich richtig an die Architektur der Benediktiner erinnerte. Von rechts, durch eine weitere offene Pforte, waren die Stimmen Graf Heinrichs und des versengten Mönchs zu hören. Bernhard hatte eine vage Ahnung, daß dort der Kreuzgang lag. Er pflanzte die Füße auf den Boden, als sein Führer ihn durch die Halle davonzerren wollte.

»Na, wirst du wohl ...« , begann der Bewaffnete und drehte sich grinsend zu Bernhard um. Bernhard trat zu.

Gerade hatte er den Bewußtlosen hinter eine der Steinbänke geschleift, als mehr als ein halbes Dutzend Leute in die Vorhalle platzte. Bernhard zerdrückte einen Fluch zwischen den Zähnen und duckte sich. Die Gruppe kam in den Saal und sah sich um. Stimmen hallten vom Gewölbe wider.

»Der Kreuzgang ist da drüben, ihr Trottel«, sagte einer. Sie wandten sich nach rechts. Bernhard spähte um sein Versteck herum.

Acht Männer, sechs davon in den Farben Graf Heinrichs; die anderen beiden in Lumpen, wie sie fahrendes Volk oder Bauersleute trugen. Einer davon war ein dürrer Hering mit langen schwarzen Locken. Überrascht erkannte Bernhard, daß er gefesselt war. Der zweite Unbewaffnete war kleiner, schmaler und ebenfalls gefesselt, ein Blondschopf, der versuchte, Haltung zu bewahren, als er vorwärts gestoßen wurde. Dic Bewegungen des Kerls kamen Bernhard merkwürdig bekannt vor. Er bemühte sich, im Halbdunkel der Halle mehr zu erkennen.

Die Bewaffneten führten ihre Gefangenen durch die Pforte. Der Blonde wurde von einem Bewacher zurückgehalten, um seinen Leidensgefährten vorzulassen. Er drehte das Gesicht zur Seite.

Bernhard glaubte seinen Augen nicht zu trauen. Er gaffte wie versteinert, bis die Gruppe durch die Pforte verschwunden war.

Der Bewußtlose stöhnte. Bernhard trat ihm mit dem Fuß gegen den Kopf, ohne hinzusehen.

Heilige Magdalena! Wie war denn das zu verstehen?

Ein dumpfer Knall war vom Kreuzgang her zu hören, als wenn eine schwere Tür mit aller Wucht zugeworfen worden wäre. Bernhard duckte sich wieder hinter seine Deckung. Er kniff die Augen zusammen und fühlte sich zum erstenmal von den Entwicklungen einer Geschichte, in der er eine Rolle spielte, überrollt. Langsam schüttelte er den Kopf und fluchte durch die geschlossenen Zähne.

Der blonde Kerl war Roswitha.

Ludger versuchte langsamer zu atmen, doch das Herz klopfte ihm bis zum Hals. Roswithas geraden Rücken vor sich zu sehen hatte ihm über den Hof und in den Eingang des großen Gebäudes geholfen. Nun ging er voran, und in ihm war nicht das kleinste Quentchen der Wut, die Roswitha bis hierher bewahrt zu haben schien und die sie kreischen und um sich hatte treten lassen, als man sie ergriffen hatte. Er mußte der Wahrheit ins Gesicht sehen: Alles, was er hatte, war erbärmliche Angst. Als er und Roswitha der schwarz-goldenen Truppe in die Arme gelaufen waren, hatte ihn Furcht ergriffen, unter den Männern die massige Gestalt seines Herrn, Graf Heinrichs, zu erblicken; die Furcht war Entsetzen gewichen, als er erfahren hatte, wohin man sie bringen würde: nach Nienburg, zu Vater Thaddäus. Er fürchtete den Mönch mehr als den Grafen, seinen Auftraggeber.

Die Männer hatten ihnen nicht verboten zu reden. Er reckte den Kopf über die Schulter nach hinten, um mit Roswitha zu sprechen. Sein Herz setzte aus, und er fühlte kalten Schweiß ausbrechen. Roswitha war fort. Einen Augenblick lang hallte der Schreck in ihm nach. Wohin hatten sie sie gebracht? Und was würden sie ihr jetzt antun?

»He, fall nicht über deine eigenen Füße!«

Der Mann, der ihn führte, riß ihn hoch. Ludger keuchte wegen der Grobheit des Burschen. Roswitha! Dann fiel ihm ein, daß sie sich wieder als Konrad von Rietzmeck verkleidet hatte, und für einen Augenblick war er auf unsinnige Weise erleichtert. Roswitha – Konrad für die Männer! – war unwichtig, er war es, hinter dem Vater Thaddäus her war. Die Erleichterung wich der Angst um sich selbst. Er hatte den Drachensamen nicht gefunden, er hatte seine Aufgabe nicht erledigt, seinen Teil der Abmachung – und nun würde Thaddäus ihrem gemeinsamen Herrn genüßlich berichten, was zwischen Ludger und Gräfin Irmgard vorgefallen war. Kein Zweifel, daß Graf Heinrich das Urteil sofort vollstrecken würde. Ehebrecher wurden manchmal mit Holzpflöcken aufeinandergenagelt und gemeinsam begraben, ob sie die Prozedur überlebt hatten oder nicht. Manchmal verschonte der Ehemann seine Gattin, weil er sie aus erbrechtlichen oder dynastischen Gründen noch brauchte … aber niemals denjenigen, der ihn gehörnt hatte. Statt zusammen mit Irmgard würde man ihn wohl mit einer läufigen Hündin durchbohren und irgendwo verscharren. O Jesus Christus, erbarme dich meiner; o heiliger Genesius, Beschützer aller Spielleute, rette mich!

Ludger taumelte die gewundene Treppe am anderen Ende dieses Kreuzgangflügels hoch, seine Beine wie Werg, seine Eingeweide rumorten. Er wußte jetzt, wie der Recke Roland sich gefühlt haben mußte, als er die Übermacht der Heiden auf sich zustürmen sah, und er ahnte, daß er die Ballade anders hätte erzählen sollen. Roland hatte nicht aus Eigensinn auf den Hornstoß mit dem Olifant verzichtet – er hatte vor Angst keinen Atem gehabt.

Als der Knall die Treppe herunterschallte, schrak er zusammen. Seine Bewacher lachten ihn aus.

Ludger von Repgow, auf dem Weg in den sicheren Tod … er machte keine gute Figur dabei.

»Sollen wir die Suche nach dem Abt fortsetzen, Herr?«

Der kleine Raum stank nach den Ausdünstungen des Teufels. Beißender Rauch waberte über den Holzboden. Graf Heinrich stand breitbeinig und groß neben einem schlichten Tisch und einem umgefallenen Hocker, der die Beine in die Luft reckte wie ein getötetes Tier. Sein Kopf schien an die Deckenbalken zu stoßen. Er wedelte mit der Hand vor seinem Gesicht herum und hustete.

»Nein«, brummte er. »Es spielt keine Rolle, wo der Bastard steckt. Ich kann ihn nicht noch mal blenden.« Er trat mit dem Fuß gegen ein Holzkästchen, das halb zersplittert auf dem Boden lag und dessen Verkleidung aus dunklem Samt zerfetzt war und heraushing wie das Gedärm aus einem Leichnam. Das Kästchen sprang davon. Es war leer. »Und das einzige, was ich ihm noch ausreißen könnte, gebraucht er sowieso nicht.« Graf Heinrich griff sich in den Schritt und bleckte die Zähne. Der Bewaffnete nickte und polterte an Ludger und seinen Bewachern vorbei die Treppe hinab.

Der Graf bückte sich und pochte mit einem Finger gegen das ruinierte Kästchen. Bei näherem Hinsehen erkannte man, daß es verbrannt war, als hätte man es über eine Fackel gehalten. »Beeindruckend«, murmelte er. »Und wie groß, sagtet Ihr, war die Portion?«

Die Stimme von Vater Thaddäus kam aus den Schatten im hinteren Teil des Raums. »Ein Daumennagel, Herr. Es kommt nur auf die richtige Mischung an – und den Preßdruck, unter dem sie steht.«

»Teufelszeug.«

»Herr, wegen Abt Gernot …«

Graf Heinrich sah aus seiner gebückten Position zu Ludger

auf. Ludger versuchte vergeblich, die Knie durchzudrücken und dem Blick standzuhalten. Er holte tief Atem und mußte husten; der Gestank stach in seiner Kehle.

Heinrich richtete sich mit einer geschmeidigen Bewegung auf. »Also nun zu dir, Vögelchen«, knurrte er. »Vater Thaddäus?«

Ludger schluckte, als der Mönch sich aus den Schatten im Hintergrund des Raums löste und heranschlenderte. Er sah die Sorgenfalten auf der seit neuestem so merkwürdig dunkel gefärbten Stirn.

»Ich weiß wirklich nicht, ob wir es so leicht nehmen sollten, daß der Abt verschwunden ist, Herr«, sagte Thaddäus. »Immerhin ist seine Wachmannschaft ebenfalls weg und ...«

»... und wen immer er unten im Loch an die Wand gekettet hatte, hat er mitgenommen. Ja, ja«, sagte Graf Heinrich. »Scheiß drauf. Ich habe ihn schon mal zurechtgestutzt, ich kann es wieder tun. Wenn er Fersengeld wegen unserer Ankunft gegeben hat, ist es mir auch recht, und das Arschloch, das er da unten hielt, kann froh sein, weil meine Männer ihn sonst ohnehin erschlagen hätten.« Er lachte freudlos. »Immerhin muß man ihm zugestehen, daß er genügend Augen entlang der Straße postiert hat, mit denen er weiter sieht als mit denen, die ich ihm ausgestochen habe.«

»Wie Ihr meint, Herr.« Thaddäus kniff die Lippen zusammen.

»Komm her«, sagte der Graf zu Ludger. »Weißt du, welche Botschaft ich von Vater Thaddäus erhalten habe?«

Ludger ballte hinter dem Rücken die Fäuste. Wie es schien, kannte der Graf die Wahrheit und wollte sie nur noch einmal aus Ludgers eigenem Mund hören. Was ergab es für einen Sinn zu leugnen? Er konnte nur eines tun – stolz und mannhaft die Schuld auf sich nehmen und dafür sorgen, daß die Gräfin so leicht wie möglich davonkam. In ihm war keine Liebe mehr für Irmgard übrig, aber die Helden in seinen Liedern hätten ebenso gehandelt, und wenn er es schon nicht ihr schuldig war, dann seiner eigenen Moral – und Roswitha. Wenigstens für sie wollte er wie ein Edelmann in den Tod gehen ... o mein Herz, Roswitha ... für dich hätte es sich gelohnt zu leben, nicht zu sterben.

Die Angst schlug über ihm zusammen. Er erinnerte sich plötzlich an den kleinen Johann, der vor dem fetten Sohn des Mannes, der da jetzt vor ihm in die Höhe ragte, nicht klein beigegeben hatte. Da hatte er, Ludger, vermittelnd eingegriffen ... pah, was für eine Heldentat ... ihm war klar, daß er, wäre er an Johanns Statt gewesen, nicht so tapfer gekämpft hätte. Von den Abenteuern, die ihm widerfahren waren, seit Thaddäus ihn ausgeschickt hatte, war ihm keines willkommen gewesen, und er war an keinem gewachsen – im Gegenteil: Er fühlte sich ausgelaugt, ein Wäschestück, das tausendmal untergetaucht und geklopft worden war. Tapferkeit im Angesicht einer schrecklichen Strafe – wo sollte er sie hernehmen?

»Ich kann nichts dafür«, jammerte er.

»Natürlich nicht«, sagte Graf Heinrich.

»Ich wollte ... ich war gar nicht darauf vorbereitet ... und plötzlich ...«

»Niemand ist auf so etwas vorbereitet«, erklärte der Graf. »Wenn der Ruf kommt, erwischt es uns alle mit runtergelassenen Hosen.«

»Ich hätte nie geglaubt, daß ausgerechnet ich ...«

»Ja, nicht jeder ist für so ein Abenteuer geeignet.«

Ludger kam ins Stottern. »Ich dachte zuerst, es sei ein elegantes Spiel ... aber dann zog sie mich in das Wachhaus, und ...«

»Hä?« machte der Graf.

»*Ich* nahm Euren jungen Freund beiseite«, sagte Vater Thaddäus schnell. »Es stimmt, ich glaube, ich zog ihn in das

Wachhaus. Es sollte ja nicht jeder hören, was ich ihm auftrug, nicht wahr?«

»Hä?« machte jetzt Ludger und gaffte den Mönch fassungslos an.

»Er sagte: ›*Sie* zog mich in das Wachhaus‹ ...«

»*Er* zog mich in das Wachhaus. *Er*. Habe ich jedenfalls gehört. *Was* habt Ihr gesagt, Ludger von Repgow?«

Ludger sah von einem zum anderen. Seine Gedanken rasten. Er brachte kein Wort hervor.

»Scheiß drauf«, brummte Graf Heinrich. »Jedenfalls stimmt es: Nicht jeder ist für ein Abenteuer geeignet, und er hier schon gar nicht. Es war Euer Fehler, ihn auszuwählen, Vater Thaddäus.«

»Verzeiht mir, Herr«, sagte Vater Thaddäus.

Graf Heinrich zog ein Messer und schritt auf Ludger zu. Ludger machte ein entsetztes Geräusch. Sein Herz begann hektisch zu schlagen. Er versuchte einen Schritt rückwärts zu tun; der Gedanke blitzte auf, an seinen Bewachern vorbeizuspringen und die Treppe hinunterzurennen ... sie würden ihn am Ende kriegen, aber jeder Augenblick Leben war kostbar ... er stolperte und stellte überrascht fest, daß er sich mit Thaddäus und dem Grafen allein im Raum befand. Graf Heinrich hielt ihn an der Schulter fest und wirbelte ihn mühelos herum.

»O Herr, in deine Hände ...«, keuchte Ludger und schloß die Augen.

Er spürte die Kälte der Klinge und hörte den Schnitt. Seine Hände sanken kraftlos herab. Graf Heinrich drehte ihn wieder zurück und grinste. Er steckte das Messer weg.

»Dein Oheim muß ja nicht erfahren, daß ich dich habe fesseln lassen«, sagte er. »Er würde sich sonst unnötig Gedanken um dich machen, und das will ich ihm ersparen. Der alte Bursche hat genügend am Hals.«

Ludger blinzelte und stellte fest, daß er noch lebte. Das Blut kehrte prickelnd in seine Finger zurück. Eine der zerschnittenen Handfesseln fiel zu Boden. Es klang laut in seinen Ohren.

»Ich hätte dich nicht binden lassen, aber dein Freund, der Kastrat, hat ja um sich getreten wie ein Weib.« Graf Heinrich schaffte es, ein verlegenes Gesicht zu machen.

»Ich habe dem Herrn eine Botschaft geschickt, in der ich ihn bat, Euch wegen Eures Versagens bezüglich des Drachensamens zu verzeihen«, sagte Vater Thaddäus.

»Und ich bin geneigt, es zu tun«, vollendete der Graf. Es hörte sich geschwollen und gekünstelt an aus seinem Mund. Für Ludger war es dennoch der Gesang von Engeln, ohne daß er vollends verstanden hatte, was die beiden Männer gesagt hatten. Er wußte nur, daß die Sache mit Gräfin Irmgard vorerst immer noch ein Geheimnis war und daß der Graf keinen Groll gegen ihn hegte. Beinahe fühlte er Dankbarkeit gegenüber Vater Thaddäus. Er starrte Graf Heinrich an. Dieser starrte zurück. Ludger sank in die Knie und hob dem Grafen die gefalteten Hände entgegen. »Euer Diener, Herr«, flüsterte er.

Heinrich umfing Ludgers Hände, heiße, harte Pranken, die seine klammen Finger zusammendrückten. »Und einen Dienst bist du mir schuldig, Ludger von Repgow«, sagte er. Er zog ihn auf die Füße. »Einen einzigen letzten kleinen Dienst für deinen Herrn.«

Bernhard prallte auf halber Höhe der Treppe zurück, aber sie hatten ihn schon erspäht. Warum zum Teufel drückten sich die Kerle vor der geschlossenen Tür herum?

»Was ist los?« rief einer von ihnen zu ihm herunter.

Die Männer waren draußen vor der Tür postiert, weil der Graf – und wer immer bei ihm war – über den Drachensamen brüteten und keine Mitwisser benötigten … dafür aber

Aufpasser, daß niemand Unbefugter herankam. Er hatte gedacht, er könnte sich zur Tür schleichen und lauschen. Er war unvorsichtig gewesen. Verdammt! Er drückte den Topfhelm mit dem Nasenschützer tiefer ins Gesicht.

»Nichts. Ich wollte nur nachsehen, ob ...«

»Bleib auf deinem Posten, Volltrottel. Der Herr wird dich prügeln lassen.«

Schimpfnamen, ein Tritt in den Hintern ... Bernhard biß die Zähne zusammen und umklammerte die neu gewonnene Waffe, den kurzen Spieß des Mannes, den er überwältigt hatte. Die Kerle waren nur Gemeine, keine Herausforderung für einen Mann mit seiner Ausbildung. Gib mir mein Schwert, und ich wirble durch sie hindurch wie der Schnitter durch das Getreide, und sie werden erst merken, daß sie tot sind, wenn sie in Einzelteilen zu Boden fallen. Bernhard funkelte unter dem Helm zu ihnen hinauf.

»Tut mir leid«, sagte er mit belegter Stimme. Einer der Männer winkte nachlässig. Bernhard drehte sich um und stapfte die Treppe wieder hinab. Sie hatten keinen Posten an die Tür gestellt, die vom Konversenchor zum Kreuzgang führte. Anfänger! Bernhard teilte sich selbst dafür ein, stellte sich breitbeinig hin und hielt den Spieß quer vor den Leib, für den Fall, daß jemand ihn beobachtete. Dann begann er nachzudenken.

Sechs Männer in Schwarz-Gold waren es gewesen, die Roswitha und den Hungerhaken in den Kreuzgang gebracht hatten. Einen davon hatte Bernhard vor einiger Zeit zurückkommen sehen, während er dem Bewußtlosen die Mönchskutte angezogen und dann dessen Kettenhemd, Waffenrock, Helm und Stiefel angelegt hatte. Er empfand Häme, daß sein Opfer nun etwas von den Läusen abbekam, bis ihm aufging, daß er sich mit der neuen Ausrüstung nicht mehr kratzen konnte. Heilige Pest! Außerdem waren die Stiefel zu eng.

Wenn er eins und eins zusammenzählen konnte, mußten

oben also mindestens fünf Bewaffnete sein; *mindestens*, da er nicht ahnen konnte, ob schon zuvor welche von Graf Heinrichs Männern dort gewesen waren. Tatsächlich waren es nur vier. Was war daraus zu schließen? Daß einer von ihnen einen der Gefangenen weggebracht hatte. Wen?

Roswitha. Der magere Kerl war nicht einzuschätzen; er mochte Feind, abtrünniger Verbündeter, Spion oder ganz einfach ein des Lösegelds wegen Gefangener sein. Im Zweifelsfall war er ein Spion, den man zum Schein gefesselt hatte. Wie auch immer, Roswitha war im Gegensatz dazu sehr genau einzuschätzen – sie gehörte zur Gegenseite. Sie würde keinesfalls bei Graf Heinrich und seinem angesengten Mönch sein. Wohin hatte man sie gebracht?

Und weshalb war das von Interesse? Allem Dafürhalten nach war der Drachensamen in der Hand des Gegners. Roswitha war von keinerlei Wert mehr – ob sie in irgendeinem Verlies des Klosters verschimmelte, war Bernhard vollkommen egal. Außer, daß es ihm nicht egal war. Irgend etwas heckte der alte Askanier dort oben aus; und was immer es war, Bernhards Herrn, Herzog Albrecht, würde es schaden. Wenn er jetzt auf die Suche nach Roswitha ging, würde er vermutlich die Gelegenheit verpassen, die Beute an sich zu bringen oder ihr wenigstens zu folgen. Ein dummer Mann war der, der sich nicht von seinem Verstand leiten ließ, sondern von seinem Herzen.

Augenblick mal! Was hatte Roswitha mit seinem Herzen zu tun? Bislang war er überzeugt gewesen, ihr lediglich durch ein ganz bestimmtes Körperteil zwei Handspannen weiter unten verbunden zu sein! Bernhard schüttelte den Kopf und schnaubte. Wieso hatte sie überhaupt in das Kloster *zurück*gebracht werden müssen, wenn er sie das letzte Mal gesehen hatte, wie sie versuchte, dort einzudringen? Hatte sie ihn hereingelegt? Oder hatte sie sich wieder einmal selbständig gemacht, das aufsässige Stück? Bernhard merkte, daß er schmunzelte, und es machte ihn wütend auf sich selbst. Schätzte er sie nicht genau deswegen? Daß sie nicht nur zwischen den Beinen Qualitäten besaß, sondern auch noch an der entgegengesetzten Stelle, unter ihrem hübschen Blondhaar?

Was sollte er tun? Wie lange würden sie da oben noch brauchen? So ein Verlies mußte rasch zu finden sein – zur Not konnte er im Schutz seiner Verkleidung ins Refektorium platzen und dort einen der Mönche so lange herumschubsen, bis er es ihm verriet. Seinen »Kameraden«, die die Mönche bewachten, würde er erzählen, Graf Heinrich habe ihn wegen dieser Auskunft hergeschickt. Alles nur eine Frage von einigen Augenblicken. Doch genau die Zeit, in der sich hier Entscheidendes tun konnte.

Bernhard stand wie erstarrt. Es war in seinem Leben nicht oft vorgekommen, daß er mehr als ein paar Augenblicke für eine Entscheidung benötigte, und noch nie war das Schicksal einer Frau an seiner Unschlüssigkeit schuld gewesen. Heilige Magdalena! Heiliger Nikolaus! Heilige Maria! Heilige … Scheiße. Die Schutzpatrone seiner Heimatstadt konnten ihm auch nicht helfen.

Was *sollte* er tun?

Doch er erfuhr nie, wofür er sich letztlich entschieden hätte. Er hörte das Schlagen einer Tür von der Treppe her und dann die Tritte von vielen Stiefeln, darüber die gequetschte Stimme des angebrannten Mönchs. Sie kamen in seine Richtung. Er riß sich zusammen, nahm eine straffe Haltung an und stellte sich breit in die Türöffnung. Langsam hob er den Spieß quer vor die Brust.

»Vater Thaddäus, ich danke Euch«, stammelte der magere Dunkelhaarige. Aus der Nähe wirkte er wie einer, dem bis vor kurzem das Dichten eines Liedes als das größte Abenteuer der Christenheit erschienen war und den das Leben nun eines Besseren belehrt hatte. So sah ein Schaf aus, wenn man es mit dem Schlegel zwischen die Augen traf, um es für das Schlachtermesser zu betäuben. Was hatte Roswitha in seiner Begleitung getan? Schutz konnte sie bei diesem Burschen schwerlich gesucht haben, den hätte höchstens *sie* beschützen müssen. Er und der versengte Mönch kamen vorneweg. »Ich dachte schon, Ihr hättet mich ...«

»Ich war wütend, als ich Euch auf der Straße traf. Ich habe Dinge gesagt, die ich nicht hätte sagen sollen. Ich hoffe, Gott der Herr vergibt mir meine ungerechten Worte.«

»Aber dieser Auftrag ...«

»Na, mein Sohn, ein bißchen Dankbarkeit gegen die Großzügigkeit Eures Herrn sollte Euch eine Herzensangelegenheit sein.«

»Das ist es nicht. Ich meine ... ich will nicht, daß irgend etwas passiert, und ...«

»Was soll denn passieren? Es ist nur eine Botschaft, nichts weiter.«

»Ja, aber sie ist schon recht ... äh ... gewagt.«

»Ihr seid doch im Auftrag Eures Herrn unterwegs. Ihr steht unter dem Schutz des Emissärs. Und außerdem – wer sagt denn, daß der Erzbischof nicht herzhaft darüber lacht?«

»Aber ...«

»Es ist jedenfalls ungefährlicher, als sich von gewissen Frauen verführen zu lassen.«

Der Dunkelhaarige schluckte und sah elend drein. Der Mönch – Vater Thaddäus – schüttelte mit dick aufgetragener Betrübnis den Kopf.

»Armes Kind Gottes. Es gibt Sünden, die lassen einen nur nach langer Sühne in Frieden, und Ihr... laß uns durch, beim heiligen Petrus.« Vater Thaddäus prallte ungläubig zurück, als er auf Bernhards unbeweglichen Körper auflief. »Ich lasse nur meinen Herrn durch«, sagte Bernhard.

»Das ist doch ... ich bin der Beichtvater des Herrn, du Büffel.«

»Ich habe meine Befehle.«

Vater Thaddäus mahlte mit den Kiefern, dann drehte er sich ruckartig um. »Herr!« rief er nach hinten. »Bitte ... hier steht einer Eurer Männer und versperrt den Weg.«

»Warum kann mich Konrad nicht begleiten?«

»Ludger von Repgow, schützt Eure unsterbliche Seele!« rief Vater Thaddäus. »Und schützt auch Euren verderblichen Leib vor dem Zorn unseres Herrn Heinrich. Begnügt Euch mit seiner Gnade, anstatt von ihm zu fordern. Der Kastr... Euer Gefährte wird hier ... nun ... die Gastfreundschaft des Herrn genießen, bis Ihr wieder zurück seid.«

»Ich würde mich nur wohler fühlen, wenn er und ich ...«

Vater Thaddäus hielt sich die Ohren zu. »Die Sünde mit der Gräfin liegt noch auf Eurer Seele«, zischte er. »Ich will nicht hören, daß Ihr auch noch die Sünde der Sodomie ...«

»Er ist nur ein guter Gefährte, das ist alles!« rief Ludger mit einem Unterton der Verzweiflung.

»Und es wird ihm hier an nichts mangeln«, sagte Graf Heinrich, der sich durch seine Männer geschoben hatte, gemütlich. »Schon gar nicht in Abt Gernots wohlgefülltem Weinkeller. Was ist hier los, Vater Thaddäus?«

»Dieser Ochse will uns nicht durchlassen.«

Bernhard riß den Spieß hoch und trat beiseite, um Graf Heinrich den Weg frei zu machen. In seinen Ohren klingelte, was er gerade gehört hatte. Er war wieder im Spiel, und es hatte nichts weiter bedurft, als sich frech hierherzustellen. Der Kastrat – Konrad –, das war Roswitha. Er wußte nicht, was sie so wertvoll machte, daß sowohl Ludger über ihre Freilassung verhandelte, als auch Graf Heinrich sie zurückbehielt, aber er würde es herausbekommen. Und sie als Pfand verwenden. Teufel, Teufel, Bernhard! Gut gemacht, alter Junge. Wenn er jetzt auch noch herausbekam, was mit Matteo geschehen war … er war zwar nicht mehr wichtig, aber er gehörte zu seinen Gefolgsleuten, und Bernhard von Aken ließ seine Männer nicht im Stich, wenn es irgendwie ging – ebensowenig seine Frauen. Er versuchte die Erleichterung darüber zu unterdrücken, daß ihn nun die Umstände dazu nötigten, sich um Roswitha zu kümmern.

»Keine besonderen Vorkommnisse, Herr!« trompetete er, um nicht grinsen zu müssen.

Graf Heinrich klopfte ihm auf die Schulter. »Braver Mann«, sagte er abwesend. Er machte eine Kopfbewegung zu Vater Thaddäus und Ludger hin. »Folgt mir in den Hof hinaus. Ich will sichergehen, daß Ludger alles richtig verstanden hat – nicht wahr, mein Junge?« Er packte den dürren, dunkelhaarigen Mann im Genick und schob ihn scheinbar freundschaftlich vor sich her. Graf Heinrichs Männer trotteten hinter dem Dreiergespann drein. Sie warfen Bernhard scheele Blicke zu, die dieser hochmütig erwiderte, als wäre er tatsächlich ein von seinem Herrn gelobter Knecht. Die Männer verschwanden durch die Öffnung in die Vorhalle. Bernhard ließ ihnen genügend Zeit, dann packte er den Spieß fester und eilte dorthin, wo er den Weinkeller des Klosters vermutete.

Roswitha … Roswitha …

Ludger schaffte es nur mit äußerster Beherrschung, sich nicht umzudrehen, als er mit einem frischen Pferd aus dem Kloster ritt. Sie in den Fängen seines Herrn und Vater Thaddäus zurückzulassen brach ihm das Herz. All den schönen Worten zum Trotz war ihm vollkommen klar, daß sie nichts weiter war als eine Geisel, das Unterpfand dafür, daß er tun würde, was man von ihm verlangte. Mit ihr in Gefangenschaft hatten sie ihn sicher in der Hand. »Sich einen Spaß mit dem Erzbischof erlauben«, hatte Graf Heinrich gesagt und dröhnend gelacht. Nicht ganz ungefährlich, wenn man sich das cholerische Gemüt des genannten Herrn vor Augen hielt, aber das war Ludger von Repgow seinem Herrn einfach schuldig. Die beiden Jungs würden sich vor Lachen auf dem Boden wälzen. Und die Welt würde erfahren, was Heinrich der Askanier, Fürst und Graf von Anhalt-Askanien-Aschersleben und Enkel Albrechts des Bären, für einen ausgeprägten Sinn für Humor hatte.

Buntes Feuer, blitzende Sterne und ein unheiliger Gestank. Das war es also, was hinter dem Drachensamen steckte. Ein guter Witz. Ein böser Witz. »Damit sich der Aufwand wenigstens lohnt«, hatte Graf Heinrich gesagt, »wollen wir das wenige, was wir errungen haben, auch nutzen. Und dem Erzbischof ein bißchen Schwefelgestank um die Nase knallen, daß er denkt, der Teufel holt ihn schon vor seiner Zeit, nicht wahr? HahahaHAAAA ...!«

Die Geschichte hatte einen Haken, aber welchen? Vater Thaddäus war der lebende Beweis, daß der Drachensamen nichts Schlimmeres anstellte, als einem die Haare zu versengen. Hoffte Graf Heinrich, daß der Erzbischof vor Schreck tot umfiel? Oder daß Johannes und Otto das Ganze so spaßig fanden, daß sie Graf Heinrich, den Oberspaßvogel, zum Verwalter ihrer Ländereien machten? Welchen Vorteil gedachte der Graf aus dieser Sache zu ziehen?

Und wenn sie gelogen hatten – was würde passieren? Welche magischen Eigenschaften besaß der Drachensamen, die er, der die Zauberformeln nicht kannte, würde hervorrufen können? Er hatte nicht die blasseste Ahnung von seinem Gebrauch, aber er wußte, daß selbst das einfachste Musikinstrument vieler Übung bedurfte, damit man es spielen konnte. Was immer an geheimer Kraft in dem Drachensamen stecken mochte – wie sollte er sie wecken können?

Ludger schlug einen leichten Trab ein. Ganz egal, wie träge

das Pferd auch sein würde, es würde ihm immer noch zu schnell gehen – und gleichzeitig zu langsam, wenn er daran dachte, daß er Roswitha erst nach dem Ende dieses »letzten Dienstes« wiedersehen würde. Das Kästchen mit dem Drachensamen war wohlverstaut, eingewickelt in mehrere dicke Tuchstreifen, in einer Deckenrolle hinter seiner Sattellehne. Alles, was er zu tun hatte, war, Johannes und Otto zu überreden, es dem Erzbischof in seine Kammer zu bringen ... ihn mitzunehmen, damit er seinen Satz loswerden konnte (»Lacht, Ehrwürden, im Namen von Graf Heinrich dem Askanier!«) ... das kleine Stück Schnur anzuzünden, das aus dem Kästchen ragte ... es zu dritt dem Erzbischof zu überreichen ... und ... puff!

Es war so einfach, daß etwas daran faul sein *mußte*.

Ludgers Herz gebärdete sich wie ein wildes Tier, während er auf dem Rücken des Pferdes seinem Ziel entgegenschaukelte.

19. Kapitel

Kloster Nienburg, Juni 1223

Die Tür zum Keller war niedrig, wuchtig und mit Eisen beschlagen. Das merkwürdige daran war, daß sie nicht verschlossen war. Bernhard, der mit dem Spieß dagegengetippt hatte, schnellte zur Seite, um einem Armbrustschützen, der möglicherweise die Treppe heraufzielte, kein Ziel abzugeben. Doch nichts geschah. Er sah sich um. Der Keller lag außerhalb des inneren Klosterbereichs – niemand hatte ihn beobachtet. Von der Richtung, in der das Außentor des Klosters lag, vernahm er Stimmen und das Hufgetrappel eines einzelnen Pferdes, das von seinem Reiter ohne große Hast durch den Tordurchgang ins Freie getrieben wurde. Er grinste böse in sich hinein. Den Abgang des dürren Schlappschwanzes hatte er eben noch mitbekommen; es war klar, daß Graf Heinrich jemanden hinter ihm hergeschickt hatte, um darauf zu achten, daß er seine Botschaft auch an den Mann brachte. Es war kein Vertrauen mehr in der Welt.

Bernhard wartete ab, bis sich der Trubel beim Tor wieder gelegt hatte, dann packte er den Spieß und schob die Pforte weiter auf. Es war dunkel dahinter, und in die warme Frühsommerluft mischte sich ein Hauch von Moder, Feuchtigkeit und Kälte, der stärker wurde, als er den Kopf um den gemauerten Türrahmen herumschob und in die Finsternis hinunterstarrte. Es war still. Zu still.

Bernhard zögerte, wie jeder vernünftige Mann zögert, der aus dem hellen Sonnenlicht in ein dunkles Verlies hinabsteigen soll und nicht weiß, was ihn dort erwartet. In seinem Herzen ahnte er bereits, daß etwas schiefgegangen war. Schließlich schlüpfte er so schnell hinein und schlug die Pforte so geschwind hinter sich zu, daß ein Schütze, der auf den Trick mit der angetippten Tür nicht hereingefallen wäre, zu lange gebraucht hätte, um auf die im gleißenden Rechteck der Öffnung kurz sichtbare Gestalt zu zielen.

Bernhard kauerte sich ein paar Treppenstufen weiter unten an die Wand und atmete leise durch den Mund. Noch immer war nichts zu hören. Auch jetzt, als seine Augen sich langsam an die Dunkelheit gewöhnt hatten, sah er keinen Fackelschein. Es war kaum vorstellbar, daß Graf Heinrichs Knecht dort unten ohne Licht ausharrte. Hatte er Roswitha allein zurückgelassen, auf eine zweite Tür vertrauend, die es dort vielleicht gab, und hatte sich zu seinen Kameraden gesellt? Und die äußere Tür offengelassen? Sie waren Anfänger, aber bestimmt keine so erbärmlichen.

Bernhard glitt die Stufen hinunter. Ein Gang schloß sich an, der scharf um die Ecke führte. Er horchte hinüber. Kein menschlicher Laut. Er schnüffelte. Kellergestank, etwas vergorener Wein, der brandige Harzgestank von Fackeln und noch etwas anderes, das er nicht einordnen konnte. Exkremente? Wasser tropfte langsam auf den Boden ... plick ... plick ... plick ... Zugluft stöhnte leise und unregelmäßig. Bernhard machte einen Schritt nach vorn, den Spieß ausgestreckt. Er trat auf etwas Dünnes, Längliches, das davonrollte und ihn straucheln ließ.

»Schei...!« Bernhard verschluckte den Rest und hielt den Atem an. Keine Reaktion. Er kauerte sich auf den Boden und tastete im Dunkeln herum, bis er das Hindernis fand. Eine Fackel, noch warm an ihrem dicken Ende und nicht so weit heruntergebrannt, daß sie lange in Gebrauch gewesen sein konnte. Er dachte einen Augenblick lang nach. Mittlerweile war er sicher, daß ihm niemand auflauerte. Wenn es einen

Wächter gegeben hatte, war er verschwunden. Er fummelte in den Taschen seiner Verkleidung herum, bis er Feuersteine fand, dann begann er, Funken in den Kopf der Fackel zu schlagen. Sie begann schnell zu brennen – wenn sie vor mehr als einer Stunde gelöscht worden war, wollte er nie wieder einen Bart tragen. Er hob die Fackel und streckte sie nach vorn. Ein Messer flog aus der Dunkelheit auf ihn zu.

Der Kerl trug ein Lederwams und lederne Beinlinge. Das einzige metallene Ausrüstungsstück an ihm war ein flacher, runder Helm, und der hatte ihn nicht schützen können. Mit der Öffnung nach oben lag er neben ihm. Bernhard hob das Messer auf, das vor seine Füße gekollert war, ohne irgendwelchen Schaden anzurichten.

Nicht weit neben dem Lederbewamsten lag ein zweiter Mann auf dem Gesicht. Sein Waffenrock leuchtete schwarzgold im Fackellicht. Er regte sich nicht. Der Spieß an seiner Seite war fast bis zum Handgriff schwarz von Blut. Der Mann mit dem Lederwams starrte Bernhard mit weit aufgerissenen Augen entgegen. Sein Atem ging flach und stoßweise und kaum hörbar. Bernhard deutete zu dem Knecht Graf Heinrichs hinüber.

»Tot?«

Der Mann mit dem Lederwams nickte abgehackt, ohne ein Auge von Bernhard zu lassen. Seine rechte Hand fuhr ziellos über den Boden, auf der Suche nach einer Waffe. Die Linke hielt sein Lederwams und seine Bauchdecke zusammen und versuchte, das hervorquellende Gedärm festzuhalten. Von der Decke tropfte Wasser in die Blutlache, in der er saß.

»Was ist passiert?«

Der Mann starrte ihn an. Sein Mund bewegte sich wie der eines Fisches auf dem Trockenen. Bernhard trat vor ihn hin und leuchtete ihn mit der Fackel an. Das Licht spiegelte sich in den Augen des Verletzten und ließ sie riesengroß erscheinen. Um seinen Hals hing ein grobes, hölzernes Kruzifix an einem Lederband.

»Mann, der Teufel siedet bereits das Öl für deinen Arsch«, sagte Bernhard. »Was ist hier passiert, verdammt noch mal?«

Der Sterbende sah ihn an. Sein Mund bewegte sich immer noch. Jetzt konnte Bernhard seinen Atem vor Panik pfeifen hören. Wovor fürchtete sich der Trottel noch? Ein Mann sollte sich damit abfinden, wenn er hinüber war. Bernhard betrachtete die Wunde, die der Spieß gerissen hatte. Er seufzte und drückte die Spitze seines Spießes in das zuckende Gedärm.

»Rede«, sagte er.

»Und was glaubst du, wohin *du* gehst?« fragte der Anhaltiner beim Außentor des Klosters. Er starrte unter Bernhards Helm und zuckte zurück, als er die dunkle Wut darin erkannte. Dann weiteten sich seine Augen. »Wer zum Henker bist du überh...?«

Bernhard schlug mit der Faust auf die Kehle des Mannes. Die Helmbrünne fing den Schlag nur ungenügend ab. Der Anhaltiner japste nach Luft. »Ich wollte ins Kloster eintreten ...«, Bernhard setzte ein Knie in die Weichteile des Mannes, »... aber bei näherem Hinsehen ...«, der Mann knickte nach vorn ein, »... sind mir hier doch zu viele ...«, der Helm fiel zu Boden, und Bernhard riß den Kopf des Mannes an den Haaren nach oben und schlug ihm die Faust mit aller Kraft zwischen die Augen, »... anhaltinische Schmeißfliegen!« Der Mann kippte nach hinten um und blieb auf dem Rücken liegen. Bernhard stieg über ihn hinweg, öffnete die Pforte und ging hinaus, ohne sich noch einmal umzusehen. Wenn sich ihm ein weiterer Mann in den Weg gestellt hätte, hätte er ihn in Stücke gerissen.

Graf Heinrich, dieser Narr, war nicht einmal in der Lage, seine Gefangene ordentlich zu bewachen! Während er sich mit dem schweinsgesichtigen Mönch und dem dürren Klappergestell beraten hatte, hatten ihm der blinde Abt und dessen Knechte Roswitha quasi unter dem Hintern weggeholt. Natürlich hatte Abt Gernot seine Spione noch im Kloster, auch wenn er sich im Wald versteckt hatte. Und einen Gefangenen des Feindes zu befreien war immer von Vorteil – entweder man gewann einen Verbündeten, oder man konnte ihn aushorchen, bis man genug wußte. Die Befreiung hatte einen von Gernots Knechten das Leben gekostet, aber Bernhard war sicher, daß der Abt diesen Verlust verschmerzte. Immerhin hatte der Sterbende noch genügend Atem gefunden, Bernhard ins Bild zu setzen, bevor er den Geist endgültig aufgegeben hatte.

Wütend stapfte Bernhard an der Klostermauer entlang, bis er eine Stelle fand, an der der Wald nicht fern lag. Ohne sich um Deckung zu kümmern, marschierte er über die Lichtung und drängte sich dann ins Unterholz.

Heilige Magdalena! Und die Warzen am Arsch des Teufels dazu! Er trat gegen einen jungen Baum, der sich schüttelte. Er hätte jetzt mit Roswitha hier sein können, sie befragen, sich ein Bild von der Lage machen, Pläne fassen, die Hand unter Roswithas Rock schieben, ihre Lust befriedigen, wie nur er es konnte, und seine eigene dazu, um dann – zum Teufel, ja! –, dann ganz beiläufig zu sagen: Den nächstbesten Boten, den ich finde, schicke ich nach Magdeburg und lasse ihn bei Herzog Albrecht bitten, daß er dich mir zur Frau gibt. Er trat gegen einen weiteren Baum. Verdammt! Und wußte genau, daß er es wirklich gesagt hätte.

Der Mönch lag noch an der Stelle, an der er ihn niedergelegt hatte. Leider war kein Ameisenhaufen dort. Bernhard holte mit dem Fuß aus, um ihn in die Seite zu treten, dann beherrschte er sich. Der Kerl zitterte in seiner Nacktheit wie Espenlaub, und seine Augen waren so weit nach hinten gerollt, daß nur das Weiße zu sehen war. Eine Nacht und ein halber Tag im Wald, und der Kerl machte schlapp. Bernhard zerrte ihn ein wenig tiefer ins Gebüsch, wo er seine Bauernkleidung versteckt hatte, und begann sich umzuziehen. Als er Kaspars Hühnerknochen in einer Tasche des Waffenrocks fand, grinste er. Er konnte sich nicht erinnern, ihn eingesteckt zu haben. Er hob die Faust, um ihn wegzuwerfen, doch dann besann er sich eines anderen.

Der Mönch kam zu sich und begann heftig gegen den Knebel in seinem Mund anzustammeln, bis Bernhard den Fuß hob und so tat, als wolle er tatsächlich zutreten. Der Mönch erschlaffte und begann zu weinen.

»Heilige Magdalena!« Bernhard breitete den Waffenrock des Anhaltiners über ihn und schob ihm das Kettenhemd unter den Kopf. Dann löste er so viele von den Knoten seiner Fesseln, daß der Kerl einige Zeit brauchen würde, bis er sich selbst vollkommen befreit hatte. Er holte sein Schwert unter einem Laubhaufen hervor und zog es aus der Scheide. Der Mönch riß die Augen auf. Bernhard schwang das Schwert um seine Schulter, daß die Klinge schwirrte. Der Mönch ächzte. Bernhard schob es wieder zurück in die Scheide und wickelte es in eine zerfetzte Decke. Er sah auf den gefesselten Mönch hinunter. Der Juckreiz zwischen seinen Beinen begann aufs neue.

»Wasch dich, du Wildsau!« brüllte er, dann brach er durchs Gebüsch und machte sich auf, Abt Gernot und seine Leute im Wald zu besuchen.

Roswitha wünschte sich weit weg von diesem Landstrich, von diesem Wald, von Abt Gernot und seinen Leuten, am meisten aber weit weg von Tezlaw.

Der Smurde schrie nun schon seit einer halben Stunde seine Pein in den Knebel hinein. Die Tränen, die aus seinen Augen liefen, zeigten mehr als deutlich, daß Schmerz und Angst echt waren. Gut, er hatte sie in den Brunnen fallen und dort im Stich gelassen, und in den langen Stunden, die sie dort verbracht hatte, hatte sie ihm nichts Besseres an den Hals gewünscht als das, was ihm nun widerfuhr. Doch es war ein Unterschied, sich etwas vorzustellen oder Zeuge zu werden, wie die Vorstellung Wirklichkeit wurde. Der Gestank nach verbranntem Fleisch verursachte Brechreiz. Nur mit Mühe konnte sie verhindern, daß auch sie weinte. Es war nicht nur Mitleid; sie wußte, daß sie nicht mehr Gnade zu erwarten hatte, wenn sich der Abt mir ihr befaßte. Es war ihm ursprünglich nur um Tezlaw gegangen, das hatte sie aus der Überraschung der Männer geschlossen, als sie sie angekettet neben dem Smurden entdeckten; doch der Abt war nicht der Mann, der sich eine Chance entgehen ließ. Eine Frau, als Mann verkleidet, die Gefangene Graf Heinrichs war, würde er nicht zurücklassen. Einmal mehr war sie Figur in einem Spiel, das sie nicht zur Gänze verstand, und Erbarmen gehörte nicht zu den Regeln dieses Spiels.

»Hier ist nichts mehr zu holen«, sagte der Mann mit der Fackel.

»Er hat noch einen zweiten Fuß, oder?« Die Worte des Abtes waren ein mühsames Stammeln ohne jede Gefühlsregung.

Abt Gernots Knecht zuckte mit den Schultern und führte die Fackel an Tezlaws unverletzten Fuß. Der Smurde bäumte sich auf.

»Vielleicht«, stieß der der Abt hervor, »sollten wir ihm jetzt noch einmal die Gelegenheit geben, seine Sünde zu bereuen. Nehmt ihm den Knebel heraus.«

Tezlaw schrie in den stillen Wald hinein, als sie ihm den Tuchfetzen aus dem Mund nahmen. Nach ein paar Augenblicken erkannte Roswitha, deren Herzschlag in ihren Ohren hämmerte, daß er etwas zu sagen versuchte.

»OooooomeinGottundalleGerechtenbitteehrwürdigerVaterichfleheEuchanhabtErbarmenhabtErbarmenichhabEuch-nichtbetrogen …!«

Der Schrei hallte in dem kleinen, kahlen Gemäuer wider. Die Mauern waren mit verfilzten Ranken bewachsen und von Moos überzogen. Der klösterliche Unterschlupf hier im dichtesten Teil des Waldes war alt und kaum auffindbar, wenn man nicht wußte, wo man nachschauen mußte. Wenn Abt Gernot hierher geflüchtet wäre, als Graf Heinrich ihn das letzte Mal aufgesucht hatte, besäße er wahrscheinlich Augenlicht und Zunge noch. Roswitha bemühte sich, ruhig zu atmen. Bernhard hatte sie gelehrt, wie man sein Herzklopfen verlangsamte und den Atem still machte und so die Angst in Schach hielt. Es gelang ihr nur unvollkommen; zu der Furcht, was mit ihr geschehen mochte, gesellte sich die Sorge um Ludger.

»Es wirkt nicht«, mühte sich der Abt ab. »Du *hast* mich betrogen, du Aas.«

»NeiiiinbeiallenHeiligenbitteehrwürdigerVaterichhabe-Euchnicht …«

»Still!« schrie Abt Gernot. »Ich bin auf den Knien gelegen, bis sie blutig waren. Ich habe mir den Rücken gegeißelt. Ich habe Staub geschluckt und Brackwasser getrunken und meine Stirn auf den Boden geschlagen, und ES HAT NICHT GEWIRKT! Die Pilger, die den Schrein des heiligen Vitus nur berührt haben, wurden gesund! Und ich soll von so viel Inbrunst nicht genesen? Du hast mich BETROGEN!«

Der Abt schleuderte Tezlaw etwas ins Gesicht. Es prallte von Tezlaw ab und fiel neben Roswitha auf den Boden: ein paar Knöchelchen in einem goldenen Netz. Ohne genauer hinzusehen, wußte sie, daß das die Beute war, die sie aus dem Brunnen geholt hatte.

»WO HAST DU SIE?« brüllte der Abt. »WO SIND DIE RELIQUIEN, DIE MICH GESUND MACHEN?«

»Obittebittebitteeeeee …«, heulte Tezlaw.

»Weitermachen«, befahl Abt Gernot. »Dieser Menschenschlag ist zäh.«

Roswitha schloß die Augen und wünschte sich, auch die Ohren schließen zu können. Ihr Herz schlug so hart, daß es weh tat. Bernhards weise Ratschläge halfen kein bißchen. Sie ertappte sich dabei, daß sie sich plötzlich und unsinnig wünschte, Bernhard wäre in der Nähe und plante ihre Befreiung. Unsinnig war dieser Wunsch auf jeden Fall; Bernhard war vermutlich nicht in der Nähe, sondern versuchte gerade unter irgendeinen Rock zu kommen (oder er plante irgendeine neue Gemeinheit, die seinen Ruhm und den Reichtum seines Herrn mehrte); oder wenn das nicht zutraf, dann würde er auf alle Fälle keine Zeit damit verschwenden, nach ihr zu suchen. Sie war auch in seinem Spiel nur eine Figur, da machte sie sich keine Illusionen – und schöner als auf diese Weise (in einem abgelegenen Winkel des Waldes von einem blinden Verrückten ohne Zunge zu Tode gequält) konnte er sein Versprechen, sie zu heiraten, gar nicht loswerden. Bei aller Angst und Hoffnungslosigkeit fühlte sie etwas wie Enttäuschung, daß Bernhard sich so verhielt, wie sie es von ihm erwartete; manchmal hatte er geradezu menschliche Regungen gezeigt, und wenn er auch ein übler Bursche war, war er doch nicht viel übler als die meisten und auf jeden Fall besser als die Herren, deren Spiel sie alle zu spielen hatten.

Tezlaw schrie und schwor und verfluchte Dobresit und den heiligen Vitus und jeden Tag seines eigenen Hierseins auf Erden, bettelte und flennte und weinte und spuckte und wand sich. Die Hand des Knechts arbeitete stetig. Abt Gernot hatte sein Gesicht nach oben gerichtet, als warte er darauf, daß eine höhere Macht Tezlaw befahl, seinen Widerstand aufzugeben. Roswitha stellte fest, daß die Gedanken an Bernhard sie ein wenig beruhigt hatten. Was hatte er ihr einmal erzählt? Er hatte geholfen, einen Vetter von Herzog Albrecht aus einer Lösegeldaffäre zu befreien; die Aktion war glatt und vollkommen ohne Blutvergießen abgelaufen, weil der Gefangene ein gut ausgebildeter Ritter war und sich alles und jedes um ihn herum eingeprägt hatte, so daß er seinen Befreiern eine wertvolle Hilfe war statt eine Last.

Roswitha hatte dies ebenfalls getan – und es hatte zu ihrer Hoffnungslosigkeit beigetragen. Der Abt mochte seine Schäflein in der Hand seines Feindes zurückgelassen haben, aber die Wachhunde, die seine Herde bewachten, hatte er samt und sonders in Sicherheit gebracht (bis auf den einen, der bei der Gefangenenbefreiung tödlich verletzt worden war). Mehr als ein Dutzend kampfbereiter Männer, die strategisch im Unterholz postiert waren, zum Teil gut versteckt; Bernhard wäre gut beraten gewesen, ebenfalls ein Dutzend Männer zur Hand zu haben, um einen Überfall zu riskieren, ganz gleich, wie gut er als Kämpfer war (und er *war* gut, sie hatte ihn üben gesehen). Aber Bernhard war allein unterwegs. Sie hatte keine Chance.

»AaaaaaaGnadeGnadeGnadeeeee ...«

»Ehrwürdiger Vater?«

»Hör auf.« Der Abt befahl seinem Knecht mit einer Handbewegung, die Fackel beiseite zu tun. Tezlaw schrie weiter. Der Knecht richtete sich auf und trat ihm in die Seite. Tezlaw schloß den Mund und stöhnte in sich hinein.

Gernot wandte sich in Richtung des Mannes, der hereingekommen war. »Was ist?«

»Wir haben einen Gefangenen gemacht, ehrwürdiger Vater. Er sagte, er wolle zu Euch. Er habe etwas, was Euch gehöre.«

Gernot überlegte kurz. »Ist er bewaffnet?«

»Er ist ein großer Bursche mit dicken Armen, aber abgesehen davon: nein.«

»Bringt ihn herein.«

»Fesseln?«

Der Abt lächelte dünn. »Einen unbewaffneten Mann inmitten meiner besten Leute soll ich fesseln lassen?«

Der Knecht drehte sich um und stapfte hinaus. Wenige Augenblicke später brachten er und noch ein Mann einen Bauern mit schmutzigem Gesicht herein, der sich offenbar unbeeindruckt umsah und dann Gernot zuwandte. Unter dem Schmutz in seinem Gesicht war ein Lächeln zu sehen. Eine Hand war zur Faust geballt.

»Knie nieder«, flüsterte der Abt.

»Das hab ich gar nicht nötig, ehrwürdiger Vater«, sagte der Bauer mit fröhlicher Stimme. »Ich besitze etwas, das Ihr dringend haben wollt, ich bin bereit zu verhandeln, und beim Verhandeln kniet man nicht.«

Die Männer um den Abt herum hielten in ihrer Fassungslosigkeit die Luft an. Der Abt holte tief und lange Atem. Roswitha vermochte nur mit äußerster Willensanstrengung einen Aufschrei zu unterdrücken.

Der Bauer war Bernhard von Aken.

Überrascht stellte Bernhard fest, wie schön Roswitha war. Und daß er sich freute, sie am Leben und offenbar unverletzt zu sehen. Der Geruch des verbrannten Fleisches war eher in seinen Nüstern angekommen als die Schreie in seinen Ohren, und bis dahin hatte er sich mit der Sorge durchs Unterholz gewunden, daß es Roswitha sein mochte, die Bekanntschaft mit dem Feuer machte. Er hatte sich davon nicht verleiten lassen, unvorsichtig zu werden, doch es war ihm schwergefallen. Daß er gefangen wurde, war auf seinen Willen hin geschehen; wenn es ihm genutzt hätte, hätte er ohne Anstrengung zwei oder drei von Gernots versteckten Männern in aller Stille unschädlich machen können. Er warf dem Gefolterten neben Roswitha einen kurzen Blick zu. Kein schöner Anblick. Es hatte Bernhard noch nie etwas ausgemacht, einen Sterbenden zu betrachten, der bei einem Kampf in Stücke gehackt worden war, aber Folteropfer drehten ihm den Magen um.

»Worüber sollten wir verhandeln?« fragte der Abt nach einer Weile.

Bernhard deutete statt einer Erwiderung auf seine Augen und auf seinen Mund. Der Abt wartete auf die Antwort. Die Knechte sahen sich unsicher an. Bernhard schwieg.

»Er hat gedeutet ... äh ... auf seine ...«, begann einer der Knechte.

»Ich kann es mir denken«, flüsterte der Abt. »Wie?«

»Ihr habt die falschen Götzen angebetet«, sagte Bernhard.

Diesmal schwieg der Abt. Bernhard versuchte, in dem zerstörten Gesicht eine Regung auszumachen, aber bis auf ein langsames Mahlen der Wangenmuskulatur konnte er nichts feststellen – und das mochte daher rühren, daß dem Mann ein guter Teil der Zunge fehlte.

»Der Kerl da, dem ihr die Füße geröstet habt – er hat mir vor einigen Tagen eine Reliquie verkauft.«

»NEEEIIIIN!« schrie Tezlaw. »Bei meiner Seele, ich kenne den Mann nicht!«

»Sprich weiter«, sagte der Abt.

»Er verriet mir, daß sie aus dem Veitsdom zu Prag gestohlen worden sei.«

»GOOOOTT!« kreischte Tezlaw. »Er lügt, ehrwürdiger Vater, er lügt, bei allem, was mir heilig ist und ...« Einer von Gernots Männern trat ihm in die Rippen.

Gernot nickte.

»Du bist kein Bauer.«

Bernhard schüttelte den Kopf.

»Was bist du?«

»Ein Reliquienhändler.«

Der Abt holte tief Luft. »Du und deinesgleichen, ihr seid ...«

»… heute für Euch unentbehrlich.« Bernhard sorgte dafür, daß sein breites Grinsen in seiner Stimme hörbar wurde.

»Wo hast du es?«

»Hier in meiner Faust.«

Der Abt machte eine Kopfbewegung. Seine Männer taten einen Schritt nach vorn.

»Worin ich es zerquetschen werde, wenn Eure Männer noch näher kommen.«

»Das tust du nicht. Du wärst innerhalb von Augenblicken ein toter Mann.«

»Mag schon sein«, antwortete Bernhard. »Ich wäre in ein paar Augenblicken tot, aber Ihr bleibt ein Leben lang ein blinder Maulwurf.«

»Halt's Maul«, schrie einer der Männer des Abts und hob die Faust. Er tat einen weiteren Schritt auf Bernhard zu, der den ungeschickten Angriff mühelos abwehrte, das Handgelenk packte, es ruckartig herumdrehte, den Burschen zu Boden zwang, ihm den Fuß auf den Nacken stellte und das Gesicht in den matschigen Waldboden drückte – ohne den Arm loszulassen, der in einem schmerzhaften Winkel aus dem verdrehten Schultergelenk nach oben ragte. Die Schreie des Mannes wurden durch die Laubschicht auf dem Boden gedämpft. Bernhard hatte die andere Hand, in der er den Hühnerknochen versteckt hielt, nicht einmal bewegt.

»Du bist kein Reliquienhändler«, sagte der Abt.

»Heute schon.«

»Willst du ihn ersticken?«

»Habe ich Grund zur Gnade?«

»Ich bitte dich um Gnade für ihn.«

Bernhard hob den Fuß und ließ das Handgelenk los. Hustend und würgend kroch der Mann aus Bernhards Reichweite und rieb sich die schmerzende Schulter. Er blickte böse zu Bernhard hinüber, der ihm grinsend zuzwinkerte. Bernhard fühlte sich großartig; sein Herz schlug langsam und kräftig, die Kraft pochte in seinen Armen, und er wußte, daß er das Spiel schon gewonnen hatte. Was der Abt ihm bot, waren Rückzugsgefechte. Es machte tatsächlich noch mehr Spaß, einen würdigen Gegner wie den Abt mit seinen eigenen Fallstricken zu fangen, anstatt ihn und seine Helfer einfach nur aufzuspießen. Bernhard hatte das Gefühl, daß er in diesem Moment beinahe verstand, was Männer wie seinen Herrn oder Graf Heinrich antrieb.

»Was willst du dafür haben?« fragte der Abt.

Bernhard zögerte nicht. »Sie«, sagte er und deutete an Gernot vorbei auf Roswitha.

»Das Weib?« Zum erstenmal verlor der Abt die Fassung. »Das *Weib* willst du haben?«

»Sie gehört zu mir«, sagte Bernhard.

»Sie … WAS?«

»Kommt schon, ehrwürdiger Vater, Ihr könnt Euch doch denken, wozu sie im Kloster war. Ich hatte sie hineingeschickt, um herauszufinden, was das dumme Schwein dort Euch statt der echten Knochen angedreht hatte. Die Männer von Graf Heinrich haben sie entdeckt und eingesperrt. Ihr habt sie rausgeholt – ich erweise Euch meinen Dank für diese Tat dadurch, daß ich nicht noch zusätzlich Erstattung für meine Auslagen verlange.« Bernhard grinste noch breiter.

Der Abt überlegte so lange, daß es Bernhard schwerzufallen begann, sein Grinsen aufrechtzuerhalten. Schließlich sagte er: »Ich glaube, du lügst.«

»Nun«, sagte Bernhard, »aber Ihr habt nicht genügend Zeit, herauszufinden, ob Ihr recht habt.«

»Ich will Beweise.«

Bernhard streckte die Hand aus, in der er den Hühnerknochen hielt, ohne die Faust zu öffnen. »Laßt Eure Männer ein paar Schritte zurücktreten. Ich mag keine nervösen

Trottel in meiner Nähe, wenn sich ein Geschäft zum Abschluß neigt.«

Gernot machte eine ungeduldige Bewegung; seine Knechte wichen von Bernhards Seite. Dann tastete er vorwärts. Bernhard packte die suchende Hand, öffnete die Faust und legte Gernots Hand darauf. Die Finger des Abts krallten sich sofort um den kleinen Knochen. Bernhard war noch schneller; seine Faust schloß sich um den Knochen und die kalte Hand des Abtes und drückte zu. Ein kurzes Zucken lief über Gernots Gesicht.

»Nicht so vorwitzig«, sagte Bernhard.

»Ich muß ihn fühlen, um ihn zu erkennen«, knurrte Gernot.

»Bedient Euch.« Bernhard ließ ein wenig lockerer. Der Atem des Abtes ging schneller, als er den Knochen betastete.

»Es ist nur ein einziges Stück.«

»Was habt Ihr denn erwartet?«

»Ein blanker Knochen ... wo sind die goldenen Einfassungen?«

»Also«, sagte Bernhard, »ich weiß ja nicht, wie dämlich der Mann war, den Ihr ausgeschickt habt, um den Knochen zu stehlen; ich jedenfalls hätte den Reliquienschmuck nicht mitgehen lassen. Ich hätte ihn im Gegenteil irgendwelchen anderen Knochen übergezogen, so daß niemand den Diebstahl zu früh bemerkt.«

»Die Stücke, die Tezlaw mir gab, trugen ein goldenes Netz.«

Bernhard lachte. »Daran hättet Ihr schon erkennen sollen, daß er Euch prellte. Seid Ihr immer so gutgläubig?«

»Gib ihn mir.«

»Zuerst das Mädchen.«

Die Hände der beiden Männer lagen immer noch ineinander. Bernhard fühlte das Flattern der Finger, als der Abt den Knochen erneut abtastete. Er drückte ein wenig fester zu. Der

Abt warf den Kopf mit einer herrischen Geste über die Schulter zurück in Richtung der Gefangenen. Zwei der Knechte stolperten zu Roswitha hinüber und lösten ihre Fesseln. Tezlaw betrachtete die Szene mit riesigen Augen. »Mich auch«, kreischte er, »macht mich los, macht mich los!«

Sie beachteten ihn nicht. Bernhard sah zu seinem Vergnügen, daß Roswitha sofort aufzustehen versuchte, vom langen Liegen ein wenig taumelte und sich am Boden abstützen mußte, dann aber ohne fremde Hilfe hochkam und sofort zu ihm herübersprang. Sie nickte ihm zu, ohne die Miene zu verziehen. Er schenkte ihr ein leises Lächeln und empfand Stolz auf sie.

»Gib ihn mir ... jetzt.«

»Wir beide«, sagte Bernhard zu dem blinden Abt, »wissen natürlich, daß die Wirkung von Reliquien zunichte wird, wenn sie mit dem Blut Unschuldiger erkauft werden.«

»Was soll das heißen?«

»Ich sage das nur für den Fall, daß sich unter Euren Männern ein Heißsporn befindet, der meint, uns Pfeile in den Rücken schießen zu müssen, wenn wir hier weggehen.«

»Wir beide«, sagte der Abt, »wissen, daß viele Reliquien mit dem Blut Unschuldiger erkauft werden, wenn man sie transloziert, und sie büßen ihre Wunderkraft keineswegs ein.«

»Die Frage ist: Könnt Ihr das Wagnis eingehen?«

»Laß los.«

»Viel Glück.«

Bernhard öffnete die Faust und trat zurück. Der Abt stand reglos da und wog den Knochen in der Hand, ehe er die Finger darum schloß. Niemand sagte einen Ton, selbst Tezlaw war still. Dies war die einzige Stelle in Bernhards Plan, die er nicht hatte berechnen können. Was würde nun geschehen? Die Knechte des Abts blickten von ihrem Herrn zu Bernhard und Roswitha und zurück. Roswitha rückte ein winziges Stück näher an Bernhard heran, nur so viel, daß ihre Schulter seinen Oberarm leicht berührte.

»Geh hin in Frieden, mein Sohn«, sagte der Abt schließlich.

»Amen«, sagte Bernhard und drehte sich mit äußerster Lässigkeit um. Er zwinkerte Roswitha zu. »Komm schon, Weib; ich will dich lieber vögeln als dich wie ein Vöglein aus dem Käfig holen.«

Ein paar von Gernots Knechten grinsten, einer prustete. Bernhard schritt durch ihre Reihen. Wenn ihm ein Baum in den Weg gekommen wäre, hätte er ihn ausgerissen und in die Luft geworfen. Sein Herz pochte immer noch ruhig und gleichmäßig, obwohl ein Triumphgefühl sich seiner bemächtigte. Ein Meisterstück hatte er da vollbracht! Fast wünschte er sich, noch eine Spitze daraufsetzen zu können, dann fiel ihm ein, was er zu tun hatte.

»Graf Heinrich ist mit den meisten seiner Leute wieder aus dem Kloster abgezogen«, sagte er über die Schulter in Richtung Gernot. »Er hat vier oder fünf zurückgelassen, Schwächlinge allesamt. Ich meine nur, falls Euch das Domizil hier auf Dauer zu eng wird.«

Sie nahmen den Durchgang, der in das Gebüsch getrampelt worden war. Niemand folgte ihnen. Roswitha versuchte etwas zu sagen. Bernhard schüttelte den Kopf. Sie gingen weiter. Sie hörten Tezlaw plötzlich kreischen und brüllen, dann war ein dumpfes Geräusch zu vernehmen, wie wenn bei einem Wettkampf ein Spieß durch einen prallgestopften Zielsack ging, und Tezlaws Kreischen erstarb in einem Röcheln. Roswitha schüttelte sich. Bernhard nahm sie am Oberarm, und eine Weile stolperte sie neben ihm her, bis sie sich losmachte.

Bernhard lief auf dem Weg, den er gekommen war, zurück; dann schlug er sich plötzlich seitlich durchs Unterholz und umkreiste das Versteck des Abtes in weitem Bogen. Er hielt erst an, als er sicher war, daß niemand sie verfolgte. Eine kleine Senke zwischen den Bäumen war schließlich der Ort, an dem er sich ganz unzeremoniell auf den Boden hockte und zu Roswitha hochblickte. Sie starrte zu ihm herunter. Er begann zu grinsen.

»Na, mein Täubchen?« sagte er.

Roswitha sagte das erste, das ihr in den Sinn kam: »Ist der Graf wirklich abgezogen?«

»Natürlich nicht. Der Abt wird das Kloster stürmen wollen und dabei eine unliebsame Überraschung erleben.«

»Du hast ihn und seine Leute in den Tod geschickt.«

»Ich wollte ihm nicht genügend Zeit geben, seine Beute genauer zu untersuchen und festzustellen, daß der heilige Vitus ein Huhn gewesen sein muß.«

Roswitha hob wortlos eine Faust und öffnete die Finger. Die Knöchelchen, die Abt Gernot Tezlaw ins Gesicht geworfen hatte, lagen darin, von ihrem feinen Goldnetz zusammengehalten. Sie hatte sie an sich genommen, als sie beim Aufstehen die Hand darauf gestützt hatte, ohne zu wissen, warum; vielleicht, weil sie um ihretwillen drei Tage auf dem Grund eines Brunnens gehockt und geglaubt hatte, dort sterben zu müssen. Etwas in ihrem Herzen regte sich und stupste gegen die Mauer aus Taubheit, die sie in sich fühlte, seit sie Bernhard unter seiner Verkleidung erkannt hatte.

Bernhard nahm ihr die Knöchelchen vorsichtig aus der Hand und betrachtete sie. Er hielt sie gegen das Licht; das goldene Netz schimmerte. »Ah ja«, sagte er. »Gernots Beauftragter war wirklich dämlich.« Er wiegte die Reliquie achtlos in einer Hand. »In Prag suchen sie vermutlich wie verrückt danach. Mal sehen, wieviel sie dafür springen lassen.«

»Du hast gewußt, daß das die echte Reliquie ist?«

»Ich war mir sicher, daß das arme Schwein, dem der Abt die

Sohlen versengt hat, ihn nicht über den Tisch gezogen hätte. Dazu sah er nicht schlau genug aus.«

»Dann hast du Tezlaw bewußt geopfert ...«

»Hieß er so, dein Gefährte im Leid?« Bernhard zuckte mit den Schultern. »Ich bin untröstlich. Wenn er ein wenig hübscher gewesen wäre, hätte ich ihn mitgenommen und dich dort gelassen.« Er faßte nach oben und ergriff ihre Handgelenke. Sie hatte nicht die Kraft, Widerstand zu leisten. Er zog sie zu sich herunter auf seinen Schoß und umarmte sie. Sie erschauerte, aber nicht wegen seiner Berührung. Etwas aus ihrem Herzen stieg ihre Kehle empor. Sie erkannte, daß die Taubheit geschwunden war, und versuchte es drinnen zu halten, aber es ging nicht. Plötzlich begann sie zu schluchzen.

»O Gott!« heulte sie und vergrub ihr Gesicht in seiner Schulter. »Ich hatte solche Angst, und ich dachte ... o mein Gott ...!«

»Na, na«, brummte Bernhard und begann sie zu wiegen. »Hör schon auf. Sonst muß ich mich am Ende noch dafür schämen, daß mein bester Mann mir das Wams vollrotzt.« Er klopfte ihr auf die Schulter und sagte halb lachend, halb im Ernst: »Reiß dich zusammen, Täubchen – du bist doch ein ganzer Kerl!«

Unter Tränen zeigte sie ihm ein Lachen. Sie stemmte sich an seinen Oberarmen hoch und sah ihm ins Gesicht. Er erwiderte den Blick mit solcher Offenheit, daß sie die Augen niederschlagen mußte.

»Danke«, flüsterte sie.

Bernhard faßte sie um den Nacken und wollte ihr Gesicht zu dem seinen ziehen, aber es war nicht nötig. Sie beugte sich nach vorn und küßte ihn auf die Lippen. Als sie seine Zungenspitze fühlte, zog sie sich zurück, aber es ließ sich dennoch nicht leugnen, daß dies der erste Kuß Bernhards von Aken war, der ihr geschmeckt hatte – und den sie ihm aus völlig freien

Stücken gegeben hatte. Bernhard entließ sie zu ihrem eigenen Erstaunen aus seinem Griff. Seine Augen waren schmale Schlitze, als er sie musterte. Sie atmete durch. Sie war gerettet. Von dem Mann, dem sie es am ehesten zugetraut und von dem sie es am wenigsten erwartet hatte. Zum zweiten Mal hatte Bernhard von Aken sie vor einem schlimmen Schicksal bewahrt (das erste Mal hatte er sie den lüsternen Händen seiner eigenen Männer entrissen, eine eher ungefährliche Unternehmung); bei diesem zweiten Mal hatte er sein Leben gewagt.

»Warum hast du mich dort herausgeholt?« fragte sie, während er gleichzeitig sagte: »Ich muß dir was erzählen, Täubchen.« Keiner hatte den anderen verstanden. Sie sahen sich an.

»Wie bitte?« fragten sie gleichzeitig.

Roswitha lachte erneut. Sie merkte, wie überspannt es sich anhörte, aber sie konnte nicht aufhören. Bernhard betrachtete sie grinsend, dann legte er ihr eine Hand auf den Mund und setzte sie gleichzeitig so auf seinem Schoß zurecht, daß er sie besser ansehen konnte. Sein Grinsen erlosch.

»Ich habe dir mal was versprochen«, sagte er ernst.

Roswitha hörte auf zu kichern. Sie nahm seine Hand von ihrem Mund, und er ließ sie an ihrem Hals nach unten gleiten und legte sie auf eine ihrer Brüste. Unter den dünnen Fetzen ihrer Männerverkleidung spürte sie die Berührung stärker als sonst. Sie duldete sie, aber sie war ihr nicht willkommen.

»Was meinst du damit?« fragte sie, obwohl sie es wußte. Sie räusperte sich und konnte ihren Herzschlag aufs neue in ihren Ohren hören. Konnte es sein, daß er plötzlich bereit war, sie tatsächlich zur Frau zu nehmen? Jetzt? Wo sie es nicht mehr wünschte? In der Schenke hatte sie es noch nicht gewußt, aber mittlerweile war die Entscheidung getroffen: daß ihr ein Leben auf der Straße an der Seite Ludgers von Repgow lieber war, als am Hof Herzog Albrechts ein und aus zu gehen als das Weib seines wichtigsten Kastellans …

»Du hast dir immer so sehr gewünscht, daß ich eine ehrbare Frau aus dir mache – obwohl du mir als mein bester Kämpfer natürlich lieber bist …« Bernhard brach ab und studierte ihr Gesicht. Seine Augen wurden noch schmaler, und ein Schatten lief über seine Züge, der sie zuerst erschreckte und dann beschämt machte. »Hm …«, brummte er. Er schien seine Hand auf ihrer Brust jetzt selbst erst zu bemerken; nach einem Moment des Zögerns nahm er sie weg. Er öffnete und schloß sie, als wüßte er nicht, was er mit ihr anfangen sollte. »Hm …«, machte er ein zweites Mal. Er musterte die Reliquie mit einem kurzen Seitenblick. »Blinde werden sehend, wie?«

»Wo ist Ludger?« hörte sie sich fragen.

Bernhard kniff ein Auge zusammen. Was immer sie soeben an Gefühlen zu erkennen geglaubt hatte, war plötzlich wieder in seinen groben Gesichtszügen verborgen.

»Ludger?« fragte er. »Ein dürres Elend mit Haaren, als hätte ein englischer Höfling seine Brennschere zu lange in der Hand gehalten?«

»Er heißt Ludger von Repgow. Herr Eike ist sein Oheim.«

»Das ist mal was, worauf man stolz sein kann.«

»Bernhard«, sagte sie. »Hast du ihn gesehen – im Kloster?«

Bernhard umfaßte ihre Oberarme, hob sie hoch und setzte sie neben sich auf den Waldboden. Roswitha war überrascht. Sie hatte einen Augenblick lang geglaubt, er würde sie näher zu sich heranziehen, mit seinen Händen unter ihrem Gewand herumfummeln, um sie dort unten für ein aufgezwungenes Liebesspiel freizumachen. Sie hatte die Verkleidung nicht so weit getrieben, ihren Schoß mit einer Bruche zu bedecken; sie war froh, daß er darauf verzichtet hatte, zu ihrer Blöße vorzudringen. Bernhard lehnte sich zurück und sah in die Baumwipfel hinauf.

»Wie hat dich Graf Heinrich überhaupt geschnappt?«

»Wir waren in der Schenke an der Straße, gar nicht weit von Aken entfernt. Du kennst sie … ›Das Wildschwein‹ oder so ähnlich.«

»Der Glückliche Keiler?« Bernhard sah immer noch zu den Baumwipfeln auf. Seine Stimme gewann die Schärfe zurück, die sie gewöhnt war.

»Was zum Teufel hattest du dort verloren? Ich hab dich ins Kloster geschickt, oder?«

»Dort war nichts mehr zu wollen, Bernhard. Ethlind war nicht mehr da, der Fremde aus Cathay, von dem sie den Drachensamen hatte, nicht; der Abt war in Gebeten versunken …«

»… und küßte sich die Lippen wund an diesem Dreck.« Bernhard schüttelte die Reliquie und ließ sie dann achtlos auf seinen Bauch fallen.

»Ich …«

»Du hättest sofort zu mir zurückkommen müssen.«

»Ich dachte, ich versuche dem Drachensamen auf der Spur zu bleiben, anstatt dir mitteilen zu müssen, daß ich leider gar nichts herausgefunden hatte.«

»Und die Spur führte dich zum ›Glücklichen Keiler‹?«

Sein Spott brachte Roswitha aus dem Tritt und weckte gleichzeitig ihren Zorn. »Die Suche war ein dauerndes Wettrennen!« zischte sie. »Zwischen mir und Ludger von Repgow. Die hohen Herren haben ihre Handlanger bemüht – Herzog Albrecht dich und Graf Heinrich einen Mönch namens Thaddäus – und ihr habt euch die Knechte gesucht, die ihr am leichtesten entbehren konntet – mich und Ludger.«

»Was? Dieser Schlappschwanz war hinter dem Drachensamen her?« Bernhard richtete sich steil auf. Die Reliquie des heiligen Vitus fiel auf den Waldboden. Er raffte sie auf, ohne hinzusehen. »Hat er Matteo überfallen?«

»Matteo?«

»Matteo brachte den Drachensamen in meinem Auftrag von Cathay zu uns!« brüllte Bernhard. »Hast du denn gar nichts kapiert?«

»Du hast mir ja nichts erklärt!« schrie sie zurück.

»Matteo hätte sich von diesem halben Hemd nicht fast totschlagen lassen«, brummte Bernhard.

»Ludger war es auch nicht. Soweit ich erfahren habe, schloß sich dein Matteo auf der Heimreise einem Mönch an, den Abt Gernot nach Prag geschickt hatte, um dort diese ...«, Roswitha deutete auf die Knöchelchen in Bernhards Pranke, »... dieses Gebein zu stehlen. Aber Tezlaw und sein Dorfältester überfielen die beiden. Matteo wurde ihr zufälliges Opfer; sie hatten es auf den Mönch abgesehen, weil sie wußten, was er bei sich hatte und daß es dem Abt teuer war.«

»Dann habt ihr, dieser Ludger von Repgow und du, euch die ganze Zeit über bekämpft. Braves Mädchen!«

»Nein, Bernhard«, sagte sie. »Nein. Im Gegenteil. Ich habe mich als Junker verkleidet und mich ihm angeschlossen. Es war die beste Lösung, um ihn unter Aufsicht zu halten.«

Bernhard begann plötzlich zu lachen. »Sieh an, Täubchen, sieh an. Ich hatte doch recht – du bist mein bester Mann!« Er hörte zu lachen auf. »Bis du auf die blöde Idee gekommen bist, im ›Glücklichen Keiler‹ zu rasten. Jede Reisegruppe, die von Aken her in Richtung Nienburg unterwegs ist, würde dort rasten. Und so bist du Graf Heinrich in die Hände gefallen!«

»Woher hätte ich denn wissen sollen, daß er unterwegs zum Kloster war? Dieser Thaddäus hatte ihn dorthin gebeten, soviel wurde mir aus den Unterhaltungen klar, die ich aufschnappen konnte.«

»Graf Heinrich wäre nicht gekommen, wenn sein Mönch nicht etwas sehr Wichtiges für ihn gehabt hätte.«

»Den Drachensamen«, sagte Roswitha.

»Genau.«

»Bernhard, was ist so wichtig an diesem Teufelszeug? Was bewirkt es? Ist es ein Gift, oder kann man damit den Teufel aus der Hölle heraufbeschwören, oder ...«

»Es zerbricht Mauern«, sagte Bernhard gelassen. »Es ist eine Mischung aus mehreren geheimen Dingen; Matteo müßte es wissen und auch das richtige Verhältnis kennen. Herzog Albrecht wollte es als Geschenk für Kaiser Frederico; er hätte sich damit unsterblich gemacht.«

»Es zerbricht Mauern?«

»Roswitha«, rief Bernhard, »stell dich doch nicht dümmer, als du bist. Wie es heißt, kann eine geringe Menge von dem Zeug, fest verpackt und an der richtigen Stelle angebracht, eine Mauer zum Einsturz bringen. Man muß es nur mit dem Feuer zusammenbringen.« Er schlug sich an die Stirn. »Der fette Mönch hat damit herumexperimentiert. Deshalb war seine Fresse so versengt.«

»Graf Heinrich hat Ludger und mich ins Kloster gebracht und uns dann voneinander getrennt«, sagte Roswitha. »Bernhard, bitte: Wo ist er? Hast du ihn gesehen?«

»Was heulst du ihm nach? Er ist der Verbündete meiner Feinde. *Deiner* Feinde.«

»Nein, ist er nicht! Vater Thaddäus hat ihn entlassen. Er ist vogelfrei.«

»Sie haben ihn mit einer Botschaft zum Erzbischof geschickt. Hört sich das an wie vogelfrei? Das Knäblein hat dich reingelegt. Hast du dich in ihn verguckt, Täubchen? Da hätte ich dich für klüger gehalten.«

»Eine *Botschaft* für den Erzbischof?«

»Ich hab's doch gehört. Der fette Mönch ...« Bernhard brach ab.

»Was?«

»Halt den Mund, Täubchen. Ich muß nachdenken.« Er

starrte in die Ferne. Langsam begann sich sein Gesicht zu verdüstern. Dann weiteten sich seine Augen.

»GOTTVERDAMMT!« brüllte er. Roswitha zuckte zusammen. Sie erschrak noch mehr, als Bernhard aufsprang und sie grob auf die Füße riß.

»Au, Bernhard ... was ist denn los ...?«

»Die Jungs!« schrie Bernhard. »Mir war die ganze Zeit über klar, daß der fette Mönch deinen Ludger einseift. Eine *Botschaft*, pah! Und noch dazu eine, über die der Erzbischof lachen würde! Johannes und Otto sind doch beim Erzbischof wegen der jährlichen Pachtzinsabrechnung. Was passiert, wenn alle drei dort der Teufel holt?«

»Aber wie ...?«

»Der Drachensamen!« Bernhard schlug sich noch einmal vor die Stirn. »Wenn er eine Festungsmauer zum Einsturz bringen kann, dann auch die Mauern des Bischofspalastes! Verdammt, ich war so nah dran ... statt dessen habe ich mich auf die Suche nach *dir* gemacht!«

»Wenn es dir jetzt leid tut, daß du mich ...«

»Ach, halt den Mund, Roswitha. Graf Heinrich und der fette Mönch haben Ludger von Repgow zum Erzbischof geschickt. Und er hat den Drachensamen bei sich – fertig zum Einsatz. Ich wette, er hat den Auftrag, zusammen mit den Jungs beim Bischof vorzusprechen: Schaut doch mal, Ehrwürden, was ich Euch im Auftrag von Graf Heinrich zeigen möchte. Es kommt aus Cathay und bringt die Leute zum Lachen. Mein Herr hat keine Mühen gescheut ...« Bernhard ballte die Fäuste und hieb gegen den Baum, an den er sich eben noch gelehnt hatte. »... keine Mühen, ja, weiß Gott, du Bastard ... also jedenfalls, Ehrwürden, kommt nur ganz nahe ran, es besteht keine Gefahr; ich muß nur ein paar Funken hineinschlagen, und ...«

»Was und ...?« fragte Roswitha mit tauben Lippen.

Bernhard warf die Arme in die Luft. »Was weiß ich? Knallt es? Fliegen Sterne umher? Frißt es sich durch den Boden? Jedenfalls werden die Mauern des Bischofspalastes über dieser witzigen Vorstellung einstürzen, und was man danach noch von den Jungs, dem Erzbischof und Ludger von Repgow finden wird, paßt in eine Satteltasche. Und Graf Heinrich als trauernder Vormund bekommt die Ländereien und alle Rechte der beiden kleinen Burschen und ist der mächtigste Mann zwischen der Küste im Norden und den Bergen im Süden.«

»O mein Gott«, sagte Roswitha. Sie ergriff Bernhards Arm. »Wir müssen das verhindern! Wo ist dein Pferd?« Sie zerrte an ihm. Ludger ... erneut wurde er mißbraucht: als Bote des Todes diesmal, und er hatte keine Ahnung ...

Bernhard packte sie grob. »Wir werden es verhindern«, sagte er. »Der Drachensamen gehört Herzog Albrecht, und ich werde ihn wiederbeschaffen. Was mit dem Erzbischof und den beiden Jungs passiert, ist mir scheißegal; aber ich werde nicht zulassen, daß wegen etwas, das ich angefangen habe, Herzog Albrechts gottverdammter Bruder der größte Frosch im Teich des Deutschen Reichs wird. Wir müssen den Erzbischof warnen. Und wenn mir dein famoser Ludger in die Quere kommt, haue ich ihm den Schädel mit einem Schlag runter, darauf kannst du dich verlassen!«

Sie wurde mitgerissen, als wäre sie ein störrischer Gaul, aus der Senke heraus und in den Wald hinein. Die Zeit drängte. Er würde sie wahrscheinlich nicht mit auf den Rücken seines Pferdes lassen, weil ihn das verlangsamte ... egal, sie würde zur Not mit blutenden Füßen hinterherlaufen, um Ludger zu beschützen. Sie machte sich los und begann neben ihm herzulaufen.

»Wie willst du denn zu Erzbischof Albrecht vorgelassen werden?« keuchte sie.

Bernhard öffnete halb seine zur Faust geballte Hand. Darin

sah sie das goldene Netz, das die kleinen Handknöchelchen zusammenhielt.

»Damit«, rief er. »Wofür ein Abt sich interessiert, das dürfte einen Bischof auch nicht kalt lassen – schon gar nicht, wenn er es günstig erwerben kann.« Plötzlich lachte er laut und klatschte ihr aufs Hinterteil. Sie fuhr herum, aber seine echte Fröhlichkeit löschte ihren Ärger über seine Grobschlächtigkeit aus. »Wenn das noch mal klappt, gehe ich wirklich unter die Reliquienhändler!«

Die ersten Meilen hätte Ludger schwören können, daß ihn jemand verfolgte; das Gefühl war so stark geworden, daß er angehalten und die stille Straße entlang geschrien hatte, wer immer dort sei, solle sich zeigen. Seine eigene Stimme hatte schrill geklungen. Ein paar Vögel waren aus einem Gebüsch gestoben, sonst hatte sich nichts geregt. Schließlich hatte er sich umgewandt und war weitergeritten. Nach einer gewissen Wegstrecke war das Gefühl vergangen; oder seine steigende Beklommenheit hatte es überdeckt.

Als Ludger am »Glücklichen Keiler« vorüberkam, trieb er sein Pferd schneller an. Nichts, was er dort erlebt hatte, lud ihn zu einer nochmaligen Rast ein; noch nicht einmal die Erinnerung, wie Konrad von Rietzmeck sich ausgezogen hatte und zu Roswitha von Eichholz geworden war ... Nein, diese Enthüllung trieb ihn nur um so schneller weiter, denn am Ende seines Auftrags lag die Möglichkeit, in Frieden nach Nienburg zurückzukehren, die Gnade Graf Heinrichs für sich zu erflehen und mit Roswitha ... und Roswitha zu fragen ... und festzustellen, ob sie für ihn ...

Er schlug dem Pferd die Fersen in die Weichen. Vater Thaddäus hatte gesagt, seine Fracht solle vorsichtshalber nicht zu stark geschaukelt werden, aber ein paar Stöße würde sie schon aushalten. Ein einziger lästiger Auftrag trennte ihn von einem

Menschen, der in den vergangenen Wochen sein ganzes Fühlen eingenommen hatte, und ob dieser Auftrag ihm nun faul erschien oder nicht – er würde ihn zu Roswitha zurückbringen.

Ludger brachte das Pferd zum Galoppieren. Das Bündel hinter seinem Sattel hüpfte auf der Pferdekruppe auf und ab. Die Zeit drängte.

Der rote Drache war auf dem Weg zum Ziel.

20. Kapitel

Erzbischöflicher Sitz in Magdeburg, Juni 1223

Er hatte noch vor Anbruch der Dunkelheit den Bischofssitz erreicht. Nun stand er an der schmalen Dachluke und starrte in die sternenklare Nacht. Sich als Bote des Grafen auszuweisen hatte ihm problemlos den Zugang ermöglicht, warme Brühe mit frischem Brot als spätes Abendmahl gesichert und eine einsame Kammer unter dem Dach verschafft.

Er ließ seinen Blick über den Hof tief unter sich schweifen, erkannte Fackeln und einige dienstbare Geister, die schattengleich über das Pflaster huschten, vielleicht einen Abendtrunk oder ein spätes Mahl für den Erzbischof von den Küchengebäuden zum Großen Saal trugen oder ein Stelldichein hinter Säulen und in Torbögen suchten. Einfache Menschen, die ihren einfachen Ansinnen nachgingen. Keiner von ihnen hatte eine Bürde zu tragen wie er.

Sein Blick schweifte zu dem Kästchen, das auf seiner Bettstatt lag. Unscheinbar, harmlos und nicht sehr groß. Was barg es in sich? Eine Überraschung für den Bischof? Wirklich und wahrhaftig? Warum war *er* dann als Bote für diese Überraschung ausersehen worden? Um zu beweisen, daß er ein treuer Diener des Grafen war?

Nein, das konnte nicht sein. Ludger lachte heiser auf. Irgend etwas war nicht stimmig an der ganzen Geschichte, aber immer, wenn er darüber nachdachte, konnte er keine sinnvollen Zusammenhänge herstellen, die Licht in die Angelegenheit gebracht hätten.

War es eine freudige Überraschung, ein wunderbarer Moment der Glückseligkeit, der die Augen und das Herz des Bischofs entzücken sollte, dann, ja – dann hätte Vater Thaddäus es sich niemals nehmen lassen, das Kästchen selbst zu überbringen. Aber Vater Thaddäus war nicht hier, sondern er, Ludger, der Bote, der keine Ahnung davon hatte, was er wirklich in Gang setzen würde.

Das eiserne Kästchen gab keine Auskunft. Kalt schimmerte das Metall im Licht des einfallenden Mondes. Eine Schnur, vielleicht eine Handspanne lang, wand sich harmlos aus einem kleinen Loch in dem Kästchen. Ludger nahm sie behutsam zwischen die Fingerspitzen.

Diese Schnur sollte er entzünden und damit der Überraschung Leben einhauchen, so lautete die Anweisung von Vater Thaddäus. Und genau das war es aber auch, was Ludger sehr nachdenklich stimmte. Feuer brachte nicht nur Wärme. Feuer konnte ganze Städte zerstören. Was, wenn er, Ludger, die Überraschung verdarb? Wenn er die Schnur falsch entzündete und damit den Bischof selbst dem Feuer überantwortete? Und mit ihm die Kinder?

Ludger wies den Gedanken, der ihm beinahe wie Häresie erschien, erschrocken von sich und begann in der kleinen Kammer auf und ab zu gehen. Ihn fröstelte, und er hatte das Gefühl, daß sich aus jeder Ecke Schatten zwängen und ihn bedrängen würden. Er fingerte den Zündstein aus seiner ledernen Gürteltasche und entzündete die Kerze, die neben dem Lager stand. Ihre ruhige Flamme brachte ihn wieder zu sich. Er mußte Ruhe bewahren. Für Roswitha. Und natürlich auch, um sich selbst zu retten.

Der üble Geschmack der Verbitterung hatte sich bereits auf dem Weg hierher in ihm festgesetzt, sich auf seiner Seele niedergelassen und war in sein Herz geschlüpft. Und nun trat er aus allen Poren hervor. Am liebsten hätte er das Kästchen zum

Fenster hinausgeschleudert, es der Nacht überantwortet und sich einfach aus dem Staub gemacht. Was würde geschehen, wenn er das Kästchen in die Dunkelheit warf?

Nun, die Überraschung – wie immer sie auch geartet sein mochte – würde sein Leben mit sich in die Tiefe reißen und gleichsam auf den Steinplatten des Hofes zerschellen. Sie würden ihn zum Vogelfreien erklären oder vielleicht sogar hinrichten. Auch eine lebenslange Gefangenschaft war nicht ausgeschlossen. Seine kurze Begegnung mit Irmgard, der Trumpf, den ausgerechnet Vater Thaddäus im Ärmel seiner Kutte hatte, konnte jederzeit gegen ihn ausgespielt werden. Vater Thaddäus, der das Glücksspiel so haßte, die Karten »das Bilderbuch des Teufels« nannte – er hatte ihn in ein ebensolches gezwungen. Ja, ein Glücksspiel. Genauso erschien es ihm, und er hatte keine Lust auf dieses Spiel, wollte sich ihm entziehen. Sein Herz flüsterte ihm zu, einfach wegzulaufen, irgendwohin in die Fremde, wo ihn niemand kannte, jedoch sagte ihm sein Verstand, daß man niemals auf sein Herz hören sollte, wollte man nicht in Schwierigkeiten geraten.

Ludger seufzte. Aber da war Roswitha. Er konnte, er durfte sie nicht im Stich lassen. Die Erinnerung an sie war so schmerzhaft, daß er sich auf sein Lager setzte, reglos in die Nacht starrte und auf den nächsten Morgen wartete.

Als die Kirchenglocken zu den Laudes riefen, war er immer noch nicht eingeschlafen, und als der erste Hahnenschrei den neuen Tag verkündete, haßte er sein Leben noch mehr als zuvor. Was, wenn der Scherz übel endete? Was, wenn der Erzbischof keinerlei Sinn für Humor zeigte und das, was immer in dem Kästchen verborgen sein mochte, für ein übles Zeichen hielt? Was, wenn er, der Bote, der Überbringer, für den mißglückten Scherz verantwortlich gemacht wurde? Ludgers Zweifel wuchsen ins unermeßliche, und als die schweren Glocken zur Prim einen weiteren geschäftigen Tag im Leben des Erzbischofs begrüßten, war er ohne jegliche Zuversicht.

Ihm mußte etwas einfallen. Er durfte nicht untätig bleiben, sich nicht zum willfährigen Spielzeug des Grafen machen lassen. Aber war es denn so schlimm, dem Erzbischof einen kleinen Scherz zu spielen?

»Ja, er ist da! Sieh nur – er ist es!«

Die Tür zu seiner Kammer schwang zur Seite. Johann und Otto stolperten herein, übermütig, laut und lärmend.

Ludger lachte ihnen schief entgegen, brachte nur einen heiseren Gruß hervor, hatte aber nichts dagegen, sich die Stunden mit den beiden zu vertreiben, bis ihm eingefallen war, wie er der Situation entkommen mochte – oder bis ihn der Erzbischof zu sich rufen ließ, damit er das Geschenk überreichte und damit sein Schicksal besiegelte.

Die Kammer schien viel zu eng für die Jungen zu sein. Sie tollten herum wie übermütige Welpen. Otto mimte einen Ritter, hielt ein kleines Holzpferd in der Hand und wieherte dazu.

»Sieh mal – wir haben unser Pferd wiederbekommen.«

»Ja, ohne Lösegeld dafür bezahlen zu müssen. Wir haben's einfach wiedergefunden«, fügte Johann hinzu und fragte ihm dann Löcher über Lösegeldzahlungen in den Bauch. Sie fegten die Bitterkeit aus der Kammer und brachten ihn schließlich dazu, einen Blick aus dem Fenster zu werfen, einen tiefen Atemzug frischer Luft zu nehmen und das Leben gelassener zu betrachten.

Der Schreck fuhr ihm durch alle Glieder, als er bemerkte, daß Johann und Otto Gefallen an dem Kästchen gefunden hatten. Denn es lag nicht mehr auf dem Schaffell, sondern schwankte auf Ottos spitzen Jungenknien – und er hatte es bereits geöffnet. Ein Päckchen, mit Stoff umhüllt, lag in dem

Kästchen. Die Schnur führte in das Päckchen, und um die Stoffhülle herum hatte sich Pulver angesammelt. Johann tippte mit dem Holzpferd hinein.

Heiliger Genesius, die Jungen zerstören die Überraschung! »Nicht doch«, murmelte Ludger. Mit einem großen Schritt trat er zu ihnen und streckte gleichzeitig seine Hand aus, um das Kästchen wieder an sich zu bringen.

Otto fuhr zusammen. Das Kästchen wackelte bedrohlich, geriet gefährlich nah an die Kerze. Ludger riß sich zusammen. Kinder und Tiere sollte man nie erschrecken – das gab nur ein Unglück. Er räusperte sich und setzte eine gespielt fröhliche Miene auf.

»Gib es mir. Das ist kein Spielzeug«, forderte er den Jungen freundlich auf und hoffte zugleich, er möge das nervöse Schwanken in seiner Stimme und das Zittern seiner Finger nicht bemerken.

Otto sah ihn mit großen Augen an. Johann betrachtete das Holzpferd, auf dem graue Spuren schimmerten.

»Ist nur dunkles, schlechtes Mehl. Das ist langweilig«, plapperte Otto vor sich hin, verschloß den Deckel des Kästchens wieder und reichte es Ludger, der so schnell, aber gleichzeitig behutsam danach griff, als müßte er glühende Kohlen aus dem Feuer holen.

»Warum hütest du es wie einen Schatz, wenn es langweilig ist?« fragte Otto mit geneigtem Kopf.

»Nun … es …« Ludger suchte angestrengt nach einer Ausrede, die keine weiteren Fragen mehr aufwerfen würde, und da fiel ihm nur eine Antwort ein, die sie in Angst und Schrecken versetzen mußte. Sie schloß neuerliches kindliches Nachbohren aus, und sie kam einem Verbot für alle Zeiten gleich. »Nun, es gehört mir nicht. … Es gehört Vater Thaddäus.«

Aus dem Augenwinkel nahm er wahr, daß die Jungen erschrocken innehielten. Johann, der Pferd und Kerze in Händen hielt, ließ beides sinken. Die Flamme züngelte gen Pferdemähne; darin hatte sich ein wenig Pulver verfangen.

Würden sie rechtzeitig ankommen? Würden sie den Sitz des Erzbischofs erreichen, bevor der Drachen losgelassen wurde? Oder würden sie nur noch Trümmer vorfinden und Rauchsäulen, die sich in den Himmel schraubten? Vielleicht würden die Klauen des Drachen nur den Erzbischof mit sich in die Hölle reißen und die anderen verschonen? Die anderen. Ludger war es, um den sie sich Sorgen machte. Nur er und kein anderer. Nicht der Erzbischof, nicht die beiden Jungen.

Die Hufe der Pferde donnerten über die staubige Straße, hämmerten seinen Namen in ihr Herz. Ludger. Ludger.

Sie mußten noch schneller sein. Roswitha drückte dem Pferd ihre Fersen in die Flanken. Das Tier fügte sich ihrem Willen. Die Pferde waren noch ausgeruht, konnten das Tempo halten und trugen sie dem Erzbischof entgegen. Und damit Ludger.

Am Morgen hatten sie die Pferde in einem Gasthof gemietet. Anfangs hatte Bernhard beinahe amüsiert beobachtet, wie Roswitha sich im Herrensitz in den Sattel schwang, wie sie das Tier beherrschte und mühelos dazu brachte, noch schneller zu galoppieren. Doch mit der Zeit hatte sich sein Blick geändert. Die alte Lust, die unersättliche Gier waren wieder zu erkennen gewesen. Seltsamerweise vermengt mit dem Ausdruck erstaunter Bewunderung und Anerkennung.

Konnte es sein, daß sich Bernhards Gefühle ihr gegenüber zu wandeln begannen? Für einen Augenblick erinnerte Roswitha sich wieder an den Kuß im Wald, und das erregte sie und ließ gleichwohl heiße Scham und kalte Wut in ihr aufsteigen. Verärgert fegte sie die Gedanken, die sich ihrer bemächtigt hatten, beiseite. Es war jetzt nicht die Zeit, daran zu denken, wie

Bernhards Lenden auf sie reagierten und was sie im Gegenzug für ihn empfand. – Ludger war wichtig. Er war in Gefahr, und sie mußte ihn retten. Und möglicherweise konnten sie den Drachensamen an sich bringen!

»Werden wir es schaffen?« rief sie Bernhard zu.

»Das will ich hoffen!« brüllte Bernhard in den lauen Vormittag.

Als die Sonne höher stieg, machten sie Rast an einem Bachlauf und tränkten die Pferde. Roswitha beugte sich über das klare Wasser, schöpfte das Naß mit beiden Händen, um ihr Gesicht darin einzutauchen.

Bernhards Schatten fiel über sie. Sie blinzelte zu ihm hoch. »Wir müssen weiter.«

Bernhard nickte nur stumm, betrachtete sie lange und eingehend, faßte sie schließlich an den Schultern und zog sie hoch, dicht an sich heran. Sie fühlte seine Muskeln, seinen warmen Atem dicht bei ihrem Gesicht, wagte es aber nicht, ihn direkt anzusehen. Sein Griff um ihre Oberarme war fest, aber nicht fordernd. Merkwürdig neu und unbekannt hielt er sie, sprach kein Wort, drang nicht mit fordernden Fingern unter ihren Mantel.

Er roch nach einer Mischung aus Schweiß und Pferdefell; es war der Geruch des Abenteuers, das sie gemeinsam bestritten, in dem er sie gerettet hatte, wie es Minnesänger in heroischen Liedern besangen.

Doch umgehend schalt sie sich für ihre Schwäche: Dummes Weib, Roswitha. Du mußt Ludger erreichen, ihn retten. *Er* ist der Minnesänger, nicht Bernhard.

»Was, wenn wir zu spät kommen?« flüsterte sie, um der prickelnden Stille ihren aufwühlenden Moment zu nehmen.

Bernhard löste seinen Griff, trat zurück, beugte sich über den Bach und goß sich mit der hohlen Hand Wasser über Gesicht, Stirn und Haare.

»Das darf einfach nicht sein«, knurrte er, während er sich wieder aufrichtete, seine Hände an den Beinlingen abwischte und nach den Zügeln des Pferdes griff.

Er haßte diese vielsagenden und gleichzeitig fragenden Blicke, das amüsierte Flüstern in seinem Rücken, das unterdrückte Kichern hinter vorgehaltenen Händen.

Nun denn, der Drachensamen hatte *ihm* lediglich die Augenbrauen geraubt und sein Gesicht rot gefärbt, aber die unliebsamen Buben würde er an Leib und Seele mit sich reißen, mitsamt dem Erzbischof. Und er, der ehrwürdige Thaddäus, würde zuletzt lachen. Und wie er lachen würde, dachte er grimmig, während er einem Pagen in die ihm zugedachte Unterkunft im Bischofssitz folgte und mit den Augen Blitze aussandte in alle Richtungen, aus denen er Spott und Hohn über sein Aussehen zu hören glaubte.

Er legte seinen Mantel ab, ließ ihn achtlos über den Scherenstuhl gleiten, wusch seine Hände in der dargereichten Schüssel und sog den Duft von Rosenblüten und Lavendel ein. Der Bischofssitz entfaltete erstaunliche Pracht. Ein kostbarer Teppich schmückte die Wand, in einer geschnitzten Truhe konnte der Gast seine Habseligkeiten aufbewahren. Das Bett war über und über mit Kissen belegt, die weich und duftig aussahen und ihn beinahe dazu verführten, sein Haupt für einen kurzen Augenblick der Ruhe und Glückseligkeit einfach darauf zu betten und seine Sinne einem köstlichen Traum hinzugeben.

Aber wozu mit geschlossenen Augen träumen, wenn die Träume Wirklichkeit werden konnten? Thaddäus lachte auf, schickte den Höfling mit einer harschen Handbewegung nach draußen und griff nach dem Becher mit gewürztem Wein, der eilig für ihn bereitgestellt worden war.

Er nippte daran, ließ sich den edlen Tropfen auf der Zunge

zergehen, verwehrte es sich, abermals nachzugießen, und ging statt dessen noch einmal seinen Plan durch. Er mußte einen kühlen Kopf bewahren, durfte sich nicht mit zuviel Wein außer Gefecht setzen. Oh, was litt er in Fastenzeiten! Aber diesmal versagte er sich gerne den Genuß.

Zuerst galt es herauszufinden, wo sich Ludger herumtrieb. Dann mußte er dem Schwächling Beine machen. Innig hatte er gehofft, Ludger hätte bereits am Vormittag beim Erzbischof vorgesprochen und seine zündende Überraschung präsentiert. Aber dem war wohl nicht so. Die hektische Betriebsamkeit draußen auf dem Hof und drinnen in den Gängen kündete von einem normalen Tagesablauf, nicht von Chaos und Unglück.

Seine eigene Anwesenheit konnte er mit der schlichten Tatsache begründen, die beiden Jungen nicht zu lange aus seiner religiösen Obhut geben zu wollen. Ihre Seelen könnten Schaden nehmen, und der Erzbischof wäre wohl der letzte, der sich an diesem Umstand erfreuen könnte. Und Ludger mußte er nur das Zauberwort »Irmgard« entgegenschleudern, um ihm Feuer unter dem Hintern zu machen. Ja, das würde ihn antreiben, den romantischen Minnesänger, der so unglückselig in die Sache hineingestolpert war, daß er einem beinahe schon leid tun konnte.

Thaddäus schüttelte spöttisch lächelnd den Kopf, während er an Ludger dachte. Doch gleich darauf verdüsterte sich seine Miene wieder. Es lag an ihm, alles in die Wege zu leiten. Den Besuch Ludgers vorzubereiten, darauf hinzuweisen, nein, zu drängen, daß die Kinder der Unterredung folgen durften.

Er mußte zur Tat schreiten. Jeder Augenblick, der verstrich, ohne daß der Drache seine sieben Häupter nach dem Erzbischof und den Kindern reckte, war vergeudet.

Mit großen Schritten eilte er aus seinem Zimmer, stellte sich grimmig auf die Blicke der Bediensteten ein und winkte mit einer herrischen Bewegung den ersten Pagen zu sich, dessen er habhaft werden konnte.

»Ich möchte Johann und Otto von Brandenburg sprechen. Sofort. Ich bin Vater Thaddäus.«

Der Page zuckte zusammen, verneigte sich leicht, deutete dann mit einer Handbewegung an, ihm zu folgen.

Gut so, sein Name zeigte also auch hier Wirkung, ungeachtet der Tatsache, daß sein Gesicht entstellt war. Nun, es war nicht ungefährlich, dem Drachen zu begegnen, aber ein Mann seiner Größe verlor dabei nur ein paar Haare, nicht sein Ansehen und schon gar nicht das Leben.

Er lächelte finster in sich hinein, folgte dem Höfling eine breite steinerne Treppe in den bischöflichen Garten hinunter, nahm aus den Augenwinkeln wahr, daß sich bemerkenswert viel Weibsvolk am Brunnen tummelte, verschloß seine Ohren vor ihrem lauten, viel zu hohen Lachen und Geschwätz und richtete sein Augenmerk auf die beiden Jungen, die hemmungslos um einen Wacholderbusch tobten. So sah es also aus, wenn er nicht über sie wachte!

»Ist es das, womit ihr eure Tage verbringt? Mit Gebrüll und Toben wie Bauernlümmel?« donnerte er ihnen entgegen, während er wie das Jüngste Gericht auf sie zuhielt.

Johann und Otto fuhren herum. Ottos hölzernes Spielzeugschwert fiel ins Gras, Johann starrte ihm nur mit offenem Mund entgegen.

»Schließ deinen Mund, damit der Teufel nicht in dich einfährt.«

Johann klappte gehorsam die Kiefer zusammen. Thaddäus trat näher an die steifen Figuren heran. Johanns blondes Haar leuchtete in der Sonne, strahlte wie pures Gold. Doch irgendwie … Thaddäus trat noch näher an ihn heran. Sein Atem stockte für einen kurzen Moment. Er riß Johann zu sich, fuhr ihm durch das Haar. Johann wehrte sich keuchend.

»Was ist das in deinem Haar? Dieses schwarze Etwas – was ist das?«

Thaddäus konnte vor Zorn kaum an sich halten, brüllte so laut, daß einige Mägde zusammenliefen und dabei flüsternd auf sie deuteten.

Er durfte die Aufmerksamkeit nicht derart auf sich lenken. Thaddäus schnaubte wie ein wütender Stier, ließ aber Johann los.

Thaddäus räusperte sich, drängte die beiden etwas abseits an den Stamm einer mächtigen Eiche und gab sich Mühe, betont freundlich und leise zu sprechen.

»Nun, Johann, so sag mir doch einfach, wer dir das Haar angesengt hat. Dann ist alles gut.«

»Ludger«, flüsterte Otto kaum hörbar.

»Nein, nicht Ludger ...« Johann rang nach Atem und gleichzeitig um Fassung, fing sich aber langsam wieder. Die Angst in seinen Augen wich dem Ausdruck, den sie immer annahmen, wenn er von ritterlichen Tugenden hörte. Also ging es hier um die Wahrheit, stellte Thaddäus befriedigt fest, verschränkte die Arme vor seinem spitzen Bauch, wippte auf den Fußspitzen hin und her und erwartete erschreckende Neuigkeiten.

Er mußte ruhig bleiben und durfte sich jetzt keine Blöße geben. Hatte der Trottel den Drachen bereits losgelassen, und es war nichts geschehen? War die Überraschung völlig verpufft? Hatte der Drache seine Klauen nicht ausgetreckt, seine mächtigen Häupter noch nicht gezeigt, während er ihm ... Ach, es war müßig, darüber nachzudenken. Er brauchte Antworten, und zwar sofort. »Nun, mein Lieber«, säuselte er.

»Nicht Ludger. Das, was Euch gehört, hat mir das Haar versengt.«

Johanns Stimme gewann etwas an Kraft zurück, war nicht mehr nur ein Wispern in der lauen Luft des Sommertages.

Aber warum senkte der Junge seine Augen? Warum knuffte er seinem Bruder in die Rippen?

Thaddäus schüttelte verärgert den Kopf. Mit den beiden würde er sich später ausgiebig beschäftigen. Nun galt es, Klarheit in die Angelegenheit mit Ludger zu bringen.

»Hat er dem Erzbischof die Überraschung gezeigt, die er für ihn geplant hat?«

Johann verneinte die Frage wortlos, Otto sah ihn groß an.

So. Dann war etwas schiefgegangen. Er konnte sich bei allen Heiligen nicht vorstellen, was das sein mochte. Die Haare des Jungen waren angesengt, aber der Erzbischof war wohlauf, ebenso die Kinder. Ludger hatte versagt. Schon wieder!

»Und wo ist Ludger von Repgow jetzt?«

»Wahrscheinlich in seiner Kammer.«

Thaddäus nickte entschlossen, strich Johann über den Kopf, wollte Otto den gleichen Beweis seiner unendlichen Zuneigung angedeihen lassen, aber der Kleine tauchte mit einer geschickten Bewegung hinter den Stamm der Eiche ab.

Während Vater Thaddäus durch den Garten eilte, jagten unzählige, schwer zu entwirrende Gedanken durch seinen Kopf. Wo war Ludger? Warum hatte Johann bereits Bekanntschaft mit dem Drachen gemacht? Wo war das Kästchen? Und wie brachte er Ludger dazu, dem Erzbischof sofort die Überraschung zu überbringen – im Beisein der Jungen?

Die Fragen wirbelten durch seinen Kopf, stürzten ihn in tiefste Besorgnis, während er durch die Gänge hastete auf der Suche nach dem verfluchten Minnesänger.

Mit einem großen Schritt trat er schließlich an die Tür der Dachkammer und riß sie auf. Die Kammer war leer. Die Sonne fiel durch das Fenster und tauchte den Raum in gelbes Licht. Thaddäus war für einen Moment wie geblendet, legte die Hand schützend über seine Augen.

»Ludger? Ludger von Repgow?«

Nichts. Keine Antwort. Wo war der Lump? Und wo war das Kästchen? Thaddäus durchsuchte die Kammer sorgfältig, wendete das Schaffell, durchwühlte das Stroh.

Der Drache war verschwunden.

Für die Dauer eines Wimpernschlages war es Ludger erschienen, als sei die Welt untergegangen. Es waren kurze, straffe Augenblicke in einzelnen Bildern, die sich in sein Gedächtnis gebrannt hatten: Das Holzpferd in Johanns Hand. Das Pulver, das auf der geschnitzten Mähne des Pferdes schimmerte. Die Flamme der Kerze. Johann, der Pferd und Flamme unbedacht zusammenbrachte. Der Junge, der zusammenzuckte, als er Vater Thaddäus erwähnte.

Und dann der grelle Blitz. Das Zischen. Rauch und Dampf und Ruß.

Ein paar versengte Haare, ein erschrockener Aufschrei Ottos, ein stotternder, völlig verdutzter Johann, aber nichts weiter. Er hatte den Buben das heilige Versprechen abgenommen, kein Sterbenswort über den Vorfall zu verlieren, und sie dann nach unten geschickt, in die Waschstube, bevor er sich mit Argusaugen und spitzen Fingern um den Drachen kümmerte.

War das sein ganzes Geheimnis? Ein bißchen Rauch und Dampf? Und ein lautes Geräusch? Zuerst hatte er sich mit dieser beruhigenden Erkenntnis abgefunden, hatte sich ihr hingegeben wie einer Geliebten, die ihn umschmeichelte. Aber dann hatte das Mißtrauen wieder Oberhand gewonnen. Johann hatte nur wenig Pulver mit der Flamme in Berührung gebracht. Und das Pulver war nicht in diesem Kästchen gewesen. Was, wenn es eine Rolle spielte, wieviel Pulver es war? Und worin es lagerte?

Es mochte sein oder auch nicht. Aber die Unkenntnis über

die wahre Natur des Drachen, dieses nagende Mißtrauen, in ein Komplott ungeahnten Ausmaßes verwickelt zu sein, nicht nur sich selbst, sondern auch Roswitha in den sicheren Tod zu reißen, sollte er noch einmal mit der Gewalt des Drachen spielen, ließen in ihm den Entschluß reifen, daß es Zeit wurde, in sich zu gehen.

Am liebsten wäre er einfach hier in seiner Kammer auf die Knie gesunken und hätte Gott und alle Heiligen um Beistand angefleht, aber eine Kapelle schien ihm sicherer. Gedankenverloren versteckte er das Kästchen unter dem Schaffell auf seinem Bett, verließ seine Kammer und suchte die Hauskapelle auf.

Der kühle Ort umfing ihn mit geheiligter Stille und dem Duft von Weihrauch. Ludger beugte seine Knie und sein Haupt, faltete die Hände, fühlte den kalten Stein und wollte im Gebet versinken, aber es gelang nicht. Er hörte das Wispern der betenden Mönche in seinem Rücken und warf einen flehentlichen Blick auf das Kreuz vor sich, das im schräg einfallenden Licht der Sonne aus sich heraus zu leuchten schien, ihm aber keine Antworten geben wollte. Dabei trug er so viele Fragen in sich.

Was genau war in dem Kästchen verborgen? Enthielt es nur Rauch und Dampf und Ruß? Nein, es mußte teuflischerer Natur sein. Es hatte nach Schwefel gestunken, als Johann die Pulverspuren entzündet hatte.

Ludger schloß die Augen, versuchte seine Fragen genauer zu formulieren, doch er konnte die eigenen Gedanken nicht entwirren.

Vor allem der dämonische Gestank wollte ihm nicht aus dem Kopf. Ein Dämon der Hölle. So einfach war das. Und der Erzbischof würde den üblen Unterweltsodem mit Sicherheit nicht mit einer netten Überraschung verwechseln. Nein, es hatte durchaus seine Berechtigung, daß sie ihn, Ludger, geschickt hatten. Vater Thaddäus wollte ihn opfern. Er war der Bauer im Spiel. Das war er: nichts weiter als der Bauer.

Ludger lachte heiser auf, schnaubte und öffnete die Augen. Mit einemmal sah er klar: Er hatte sich selbst in diese unmögliche Lage manöviert. Er selbst. Sein Techtelmechtel mit Irmgard, sein jungenhaftes Wesen, wenn es um Schönheit und weiche Rundungen ging, sein romantisches Gemüt. Das alles zusammengenommen hatte ihn zu einer Schachfigur im teuflischen Spiel von Vater Thaddäus und Graf Heinrich werden lassen.

Und dann war da noch Roswitha. Geliebtes, fernes Wesen. Er mußte sie befreien. Um ihretwillen mußte er einen Ausweg finden. Er schlug das Kreuzzeichen über seiner Brust und verließ die Kapelle.

Das beste war, sich erst einmal unsichtbar zu machen, in der Menge einzutauchen, die den Bischofssitz bevölkerte, einfach nicht greifbar zu sein.

Und im Laufe des Tages mußte ihm einfach ein Ausweg einfallen. Irgendwie mußte er sich von der Last der Überraschung lösen können und dann noch Roswitha befreien, und irgendwie würde es eine Zukunft für sie geben. Er gestand sich ein, daß es mehr die Hoffnung war denn die Gewißheit, die ihm Kraft gab. Er rempelte gegen einen Fuhrkutscher, der Heu auf seinem Karren geladen hatte, achtete nicht auf die derben Worte des Mannes, lief einfach weiter. Ziellos irrte er umher, hielt auf den Brunnen zu, dann auf das Backhaus, die Kapelle und wieder auf die Pferdeställe. Ihm war, als gäbe es für ihn keinen Ausweg.

War nicht jede große Liebe ausweglos? Was war mit Tristan und Isolde? Heloïse und Abälard? Lancelot und Guinevere? Tragische Figuren auf einem unerbittlichen, unabänderlichen Lebensweg. Und die ganze Welt trauerte mit ihnen, beweinte eben diese Schicksale. Warum also nicht seines erfüllen, die Bestimmung über den Erzbischof kommen lassen und abwarten, was geschah? Um seine Liebe zu Roswitha für ewig Zeiten unsterblich zu machen?

Dann hätte er sie vorher niederschreiben müssen, dachte er zornig und trat einen Wassereimer um, der ihm im Weg stand.

21. Kapitel

Erzbischöflicher Sitz in Magdeburg, Juni 1223

»O mein Gott, wie sollen wir ihn hier nur finden?« flüsterte Roswitha, während ihr Blick über den Hof schweifte. Bittsteller und Boten, Knechte, Mägde, Bedienstete, Wachen und Arbeiter bildeten ein buntes Durcheinander, in dem sie sich nun wiederfand, nachdem ihnen der Torwächter den Weg freigegeben hatte und sie auf dem Rücken ihrer Pferde auf den Hof geschwappt worden waren.

»Wie sollen wir ihn nur finden?« wiederholte sie fassungslos.

»Nicht *ihn*, Weib. *Es*«, zischte Bernhard und zog die Augenbrauen ärgerlich zusammen. »Du scheinst eines immer wieder zu vergessen. Der dürre Sänger ist mir egal. Das Kästchen wird meine Zukunft verändern.«

Ja, deine. Aber meine Zukunft wird von ihm bestimmt, und deshalb ist er mir wichtiger als die Drachenbrut, dachte Roswitha und sandte Bernhard einen strafenden und zugleich beleidigten Blick.

Stumm hielten sie auf die Ställe zu, lenkten ihre Pferde durch die geschäftigen Menschen, bis sie das Tor erreichten. Bernhard schwang sich vom Pferd, nahm es bei den Zügeln, sah gleichzeitig suchend um sich. Roswitha verharrte auf dem Rücken ihres Pferdes, die Augen aufmerksam umherschweifen lassend.

»Na, das glaube ich ja nicht! He du – hiergeblieben!«

Bernhards Stimme ließ sie herumfahren. Er drängte seinen massigen Körper durch die Menschen, stieß eine Magd mit dem Ellenbogen rüde zur Seite und faßte mit der schnellen Bewegung des Jägers nach den Schultern eines Mannes, der ihnen den Rücken zugewandt hatte. Der Dunkelhaarige zuckte zusammen, sah aufgeschreckt und gleichzeitig verärgert zu Bernhard und wollte sich losreißen, aber Bernhard hielt ihn fest im Griff.

»Ludger!« platzte es aus Roswitha heraus.

Ludger sah über die Schulter zu ihr. In dem Moment, als er sie erkannte, formte er mit seinen Lippen lautlos ihren Namen und starrte sie an, als sei sie eine Erscheinung. Mein Gott, er wirkte so schwach, aber seine glasigen, blutunterlaufenen Augen blitzten für einen Moment auf, als er sie sah.

Sie sprang vom Pferd und bahnte sich behende einen Weg durch die Leute, achtete überhaupt nicht auf das Waschweib, das sich lauthals darüber beschwerte, daß sie ihr auf die Füße getreten war. Ihre Sinne waren vollkommen auf Ludger gerichtet.

Bernhard zog ihn mit seinen groben Händen aus der Menge unter einen Torbogen. Ludger ließ es beinahe willenlos geschehen, starrte einfach nur weiter zu ihr.

»Roswitha«, flüsterte er.

»Für dieses Geschwätz ist jetzt keine Zeit.«

Ludger achtete nicht auf Bernhard, der verächtlich dreinblickte.

»Du bist nicht mehr in Gefangenschaft. Das ist gut«, fuhr Ludger unbeirrt fort.

»Nun, er … Bernhard hat mich befreit.«

»Aber bestimmt nicht, um mir dieses sinnlose Gewäsch anzuhören«, knurrte Bernhard. Er packte Ludger am Arm, zog ihn dicht zu sich und zischte ihm ins Ohr: »Wo ist der Drachensamen?«

Ludger sah ihn so erstaunt an, als würde er ihn erst jetzt wahrnehmen.

»Das Kästchen, das du im Auftrag des Grafen hierherbringen solltest. Wo ist es? Der Drachensamen befindet sich darin.«

Der Drachen. Der Teufel selbst. Der gefallene Engel, der auf sie alle losgelassen werden sollte. Roswitha schauderte bei dem Gedanken.

Bernhard schüttelte Ludger erneut an den Schultern. »Hör zu – der Drachensamen ist gefährlich. Und er gehört mir. Ich will ihn zurück.«

Er war so dicht an Ludger herangetreten, daß es beinahe aussah, als würde er ihn in eines seiner groben Liebesspiele zerren wollen. Während Ludgers Gesicht von nackter Angst erobert wurde, erfaßte Roswitha ein heftiger Beschützerinstinkt. Er sah so erschreckend hilfsbedürftig aus! Ganz anders Bernhard, der den Drachen begehrte, ihn nicht fürchtete, ihn nur besitzen und wahrscheinlich auch beherrschen wollte.

»Wo ist der Drachensamen? Ludger, du mußt es uns sagen, damit wir ein Unglück verhindern können.« Die Worte sprudelten aus ihr heraus, und irgendwo tief in sich nahm sie wahr, daß sie unbewußt den Ton einer Mutter angeschlagen hatte, die ihr Kind vor Schaden bewahren will. Sie ging noch näher an Ludger heran. Mit den Fingerspitzen fuhr sie ihm über die Wange, verharrte an seinem Kinn, ließ dann die Hand wieder sinken. Irgend etwas hatte sich geändert, war anders geworden. Und sie konnte nicht dagegen ankämpfen, sie konnte es nur geschehen lassen und hinnehmen.

»Nun sprich endlich«, brummte Bernhard.

Ludger warf Roswitha einen flehenden Blick zu. Er erkannte wohl, daß ihr viel an dem Drachensamen lag. »In meiner Kammer.«

»Na, dann los – führ uns hin.«

Während sie Ludger über den Hof folgten und mit ihm

durch das Labyrinth aus Gängen und Fluren, Treppen und Arkaden eilten, versagte sich Roswitha jeden Blick auf Ludger. Sie war viel zu verwirrt und fühlte sich, als wäre sie in einen tosenden Strudel geraten.

Die Tür zur Kammer stand sperrangelweit offen. Ein Lichtkegel fiel schräg durch die Dachluke bis auf den schmalen Flur. Es roch stickig und muffig in dem kleinen Raum. Ludger ging zu seiner Schlafstatt und begann diese zu durchsuchen. Seine Bewegungen wurden immer fahriger, er lüftete das Schaffell, grub seine Hände in das Stroh, wandte verwirrt den Kopf und sah sehr unschlüssig aus.

Bernhard trat mit einem großen Schritt zu ihm. »Was ist los? Wo ist der Drachensamen?«

Ludger zuckte mit den Achseln. »Ich weiß es nicht. Er ist verschwunden.«

»Das kann nicht sein!« brüllte Bernhard. Seine Stimme überschlug sich, füllte den kleinen Raum völlig aus, schien ihn fast zum Beben zu bringen. »Wo? Wo ist er?«

Ludger dachte, sichtlich angestrengt, nach, ließ seinen Blick über den mit Stroh ausgelegten Boden schweifen, bis er an der niedergebrannten Talgkerze haftenblieb, die neben dem Lager stand. Es war nur ein kurzer Moment der Erleuchtung, aber die Erkenntnis stand ihm deutlich ins Gesicht geschrieben.

Nicht nur Roswitha hatte es bemerkt, auch Bernhard, der Ludger grob an den Schultern packte und schüttelte. »Du weißt etwas – los, spuck's aus!«

Ludger sah hoch und flüsterte: »Die Kinder …«

Es war nur noch eine Frage der Zeit, bis Bernhard aus der Haut fahren und den verkappten Minnesänger einfach aus einem der Fenster schleudern würde. Sie waren so weit gekommen, befanden sich im Bischofssitz. Die Reliquie baumelte in einem kleinen Säckchen wohlbehalten um seinen Hals. Und nun konnte er sie nicht mehr unbemerkt gegen den Drachensamen vertauschen, weil dieser spindeldürre Versager den Drachen hatte entwischen lassen.

Die Reliquie gegen den Drachensamen. Heimlich entwendet und vertauscht. Der Erzbischof wäre angetan gewesen, kein Ärger wäre entstanden, und einer hätte sich noch mehr gefreut: der Herzog von Sachsen und damit auch er selbst.

Was – was genau hinderte ihn eigentlich daran, den hageren Burschen, den Roswitha so anhimmelte, aus Versehen eine Treppe hinunterzustoßen? Oder ihn einfach mit bloßen Händen zu erwürgen? Die Wachen würden dies nicht zulassen. Ebensowenig Roswitha.

Dieses Teufelsweib hatte ihn völlig in ihren Fängen, und er kam nicht mehr von ihr los.

Sein Zorn wuchs mit jedem Schritt, den sie durch die Gänge der Burg hetzten. Ihre Schritte hallten dumpf in seinen Ohren. Irgendwann konnte er nicht mehr. Er blieb stehen, donnerte seine Faust gegen die nackte Steinwand und brüllte: »Wo sind die Bengel?«

»Ich weiß es nicht. Aber wir werden sie finden.«

»Gnade dir Gott, wenn es nicht so ist.« Aber der kann dir auch nicht mehr helfen, Bürschchen, fügte er in Gedanken hinzu und heftete sich dann wieder an die Fersen Ludgers, der immer wieder stehenblieb, Höflinge, Knechte und Mägde befragte und irgendwann endlich einen Wachmann auftat, der ihnen weiterhelfen konnte.

In ihrer Kammer waren sie also. Warum hatten sie da nicht schon lange nachgesehen? Weil Ludger meinte, sie wären bestimmt im Garten. Oder in der Küche. Oder in den Stallungen. Dieser Ludger tappte mit zielsicherer Genauigkeit von einem Mißlingen in das nächste. Am liebsten würde er diesem jämmerlichen Dasein ein Ende setzen. Später, Bernhard, später. Erst mußte der Drachensamen wieder her.

Sie erreichten die Kammer der Kinder. Ludger klopfte höflich an die Tür und brachte Bernhards Blut damit beinahe zum Kochen. Diese Förmlichkeiten waren vollkommen fehl am Platz und verschwendeten Zeit. Bernhard schob ihn einfach beiseite, riß die Tür auf und platzte in den Raum.

Für einen Augenblick stutzte er. Das Bild, das sich seinen Augen bot, war zu merkwürdig, zu erstaunlich, um es sofort und gänzlich zu erfassen.

Ein feister Benediktiner mit gerötetem Gesicht, dem zudem die Augenbrauen fehlten, hielt den zappelnden und schreienden Otto von Brandenburg über ein eisernes Becken, in dem glühende Kohlen zischten, während sich Johann an die Kutte des Benediktiners klammerte und um Gnade für den Bruder bettelte.

Der Benediktiner fuhr herum. Er hielt das Kind weiter über das Kohlebecken. »Was macht Ihr hier? Der Zutritt ist Euch nicht erlaubt.«

Bernhard grinste breit, trat näher heran, neigte beinahe belustigt den Kopf. Er hatte alles erwartet, aber nicht das. »Stören wir?«

»Das kann man so sagen«, knurrte der Benediktiner. Er ließ Otto frei, stieß ihn auf den Boden und trat mit einem Fuß nach Johann. Die Kinder huschten hinter einen der schweren Vorhänge. »Ich sage es nur einmal ... Raus hier!« Der Benediktiner erhob seine Hand mit ausgestrecktem Zeigefinger und erinnerte an einen zornigen Propheten. Seine Kutte schwang bei der heftigen Bewegung um seine Beine, seine Sandalen waren kurz zu sehen und belustigten Bernhard so sehr, daß er heiser auflachte.

Ludger und Roswitha schoben sich ins Zimmer. Der Mönch erkannte Ludger, stieß einen keuchenden Ton der Überraschung aus. »Du!«

»Vater Thaddäus«, stammelte Ludger, während er mit steifem Kreuz eine Verbeugung andeutete.

Der Benediktiner wollte sich auf ihn stürzen, aber Bernhard war schneller. Was bildete sich dieser Mönch nur ein? dachte er verärgert. Mit einer geschickten Bewegung stellte er sich vor den Angreifer, faßte gleichzeitig nach dessen Arm, drehte ihn am Handgelenk und bog es nach hinten. Der Mönch schrie auf. Bernhard neigte sich der gekrümmten Gestalt zu und sagte mit Belustigung in der Stimme: »Soso – hier finde ich also den religiösen Beistand der beiden Erben. Geht man so mit seinen Zöglingen um? Macht man das?«

»Es ist mir erlaubt, wenn es nötig ist«, würgte der Mönch hervor.

»Wolltet Ihr sie wie Schweine über dem Feuer rösten? … He, du, paß auf die Kinder auf!«

Bernhard hatte aus dem Augenwinkel eine Bewegung hinter dem Vorhang wahrgenommen und bedeutete Roswitha mit dem Kinn, sich vor die Tür zu stellen. Roswitha folgte wortlos seinem Befehl.

Bernhard wandte sich wieder dem Mönch zu. »Laßt uns mit den Kindern allein – sie haben wohl etwas, das uns gehört.«

Der Mönch schnappte nach Luft wie ein fetter Karpfen, der an Land gespült worden war. Mit einer plötzlichen Bewegung trat er nach dem Kohlenbecken. Es kippte um. Seine glühenden Innereien schlitterten über den Steinboden.

Bernhard sprang zur Seite. Teufel! Für einen Moment hatte er seinen Griff gelockert, um den glühenden Kohlen ausweichen zu können, und schon hatte sich der Bursche befreit. Der Mönch wollte zur Tür, schrie gleichzeitig nach den Wachen.

Bernhard bekam ihn an der Kutte zu fassen, riß ihn herum. Der Mönch versetzte ihm einen gezielten Faustschlag in die Magengrube. Bernhard grunzte überrascht.

Seine Wut kam altvertraut, beinahe wohltuend über ihn. Gerade als er den Mönch zu Boden schlagen wollte, wurden die Türen aufgerissen. Er hörte das Klirren von Waffen. Lederstiefel, die über den Steinboden klackten. Derbe Hände rissen ihn von dem Benediktiner los.

Dieser starrte ihn an, ein Rinnsal sickerte ihm aus dem Mundwinkel. Er stand vornübergebeugt und wischte sich mit dem Ärmel der Kutte über die Lippen. »Führt diesen Mann ab«, keuchte er.

War das das vielbesungene Schicksal? War das die Laune des Schicksalsrads? Oder war es eigene Schuld? Hatte er selbst am Rad gedreht? Ludger wußte es nicht. Er hörte das Raunen und Wispern im Großen Saal, das sich mit den Lauten gedämpfter Schritte mischte. Er versuchte den Erzbischof nicht zu sehr anzustarren und lenkte seinen Blick wieder auf die Spitzen seiner Schuhe.

Otto schniefte, und Vater Thaddäus schimpfte leise vor sich hin. Der Erzbischof trommelte mit den Fingern auf ein in rotes Leder gebundenes Buch, das vor ihm auf dem Tisch lag, während sie vor ihm standen, stumm und angeklagt, wobei der Grund der Anklage erst noch gefunden werden mußte.

Die Wachen hatten sie allesamt mitgenommen. Sicherheitshalber. Und vor allem, weil Bernhard von Aken Thaddäus lauthals beschuldigt hatte, ein Komplott gegen ihren Herrn ausgeheckt zu haben. Der Erzbischof war nicht sonderlich erbaut gewesen über diese unliebsame Unterbrechung seines Tagewerkes und hatte mit einem leichten Zucken der Augenbrauen zur Kenntnis genommen, daß auch Vater Thaddäus auf sehr merkwürdige Weise in diesen Unfug verstrickt war. Nun waren sie hier versammelt und warteten auf Johann, der die Ursache für all den Ärger bringen mußte.

Ludger dachte an das unscheinbare Kästchen mit dem Drachensamen. Es mußte Schicksal sein. Er hatte es verhindern wollen, und gerade dadurch war es genauso gekommen, wie es ursprünglich geplant war. Vielleicht nicht genauso, aber Kleinigkeiten spielten in diesem teuflischen Plan keine Rolle mehr. Der Erzbischof, die Kinder – und der Drachensamen. Das Schicksal würde sich erfüllen. So oder so. Und er hatte keine Macht, dies zu verhindern.

Die Sonne verkroch sich langsam hinter den Horizont, die Zimmer wurden dunkler, Schatten schienen wieder aus den Mauern zu kriechen. Pagen hatten die Kerzen in den Leuchtern entzündet. Nun warfen sie ihr unruhiges Licht gegen das Mauerwerk, auf das Gesicht von Vater Thaddäus, der neben ihm stand und vor sich hin murmelte. Sollten es Gebete sein, dann waren es zornige Worte an Gott.

Dazwischen mischte sich der unruhige Atem Roswithas. Sie stand so dicht neben ihm, daß er glaubte, ihre Wärme zu spüren, den Duft ihres Haares einsaugen zu können. Er löste seinen Blick von den Schuhspitzen, heftete ihn auf Roswitha. Sie war so schön. Auch als Knabe, als Jüngling, der irrtümlich für einen Kastraten gehalten wurde. So ein wunderbares Wesen.

O heiliger Genesius, hilf uns in dieser Stunde der Not!

Er sandte sein kindliches, aber inbrünstiges Stoßgebet gegen die Holzbalken der Decke und hoffte, es würde sich nicht einfach ungehört verlieren.

Gott hilft dem, der sich selbst hilft, flüsterte eine leise Stimme in seinem Inneren. Ja, aber er hatte mit seinem kleinen Gebet der Not nicht Gott selbst behelligt. Wieder sah er zu Roswitha, versank im Blond ihrer Haare, in ihren feinen Gesichtszügen, ihren vor dem Schoß gefalteten Händen.

Ein wahrer Held rettete seine Geliebte. Ein wahrer Held war bereit, für sie sterben. Was machte es schon, wenn er diese Geschichte nicht niedergeschrieben hatte? Die Nachwelt würde es für ihn erledigen.

Ein mächtiges, viel besungenes, aber noch nicht gekanntes Gefühl von Heldentum durchströmte ihn.

Er hörte, wie die Türen geöffnet wurden. Kindliche Schritte tapsten über den Holzboden. Der Erzbischof lehnte sich in seinem Stuhl zurück, formte seine Hände wie zum Gebet, tippte mit den Fingerspitzen gegen die Lippen und sah versonnen auf das Kästchen, das Johann vor ihm auf den Tisch stellte. Der Knabe trat zurück, an die Seite seines Bruders, der sich direkt vor dem Tisch aufgebaut hatte, um besser sehen zu können. Seine Neugierde schien seine Angst zu besiegen.

Im Saal war es still geworden. Und Ludgers Gedanken waren nun auf das Ende der Welt gerichtet, denn wenn sich die Bestimmung erfüllte, dann stand jetzt das Ende der Welt bevor. Zumindest *ihrer* Welt.

»Wenn ich euch erklären dürfte ...« Vater Thaddäus war näher an den Tisch herangetreten, strich seine Kutte glatt, ging einen Schritt auf den Erzbischof zu, der seine Augen nur zögernd von dem Kästchen löste und dann zu Thaddäus sah.

»Ich bitte darum.«

Vater Thaddäus räusperte sich, buckelte untertänigst vor dem Erzbischof und schob seine Hände in die Ärmel seiner Kutte. »Es sollte eine Überraschung für Euch werden. Eine wundersame Überraschung, die übel vereitelt wurde durch diese Halunken!« Er drehte sich halb um, nahm die rechte Hand wieder aus dem Ärmel, deutete damit anklagend und reihum auf sie alle.

Bernhard von Aken lachte hart auf.

»Sollte es eine lustige Überraschung werden? Oder wie soll ich Euer Lachen deuten?« Der Erzbischof zog eine Augenbraue hoch.

»Nun, Vater Thaddäus wird mehr darüber erzählen können …«

»Genug! Es ist genug!« Der Erzbischof stand schnell auf, brachte sie mit einer Handbewegung zum Schweigen und ging um den Tisch herum. Seine knöchellange schwarze Tunika schwang um seine Beine. Am Saum seiner weißen Albe blitzten wertvolle Stickereien auf. Mit funkelnden Augen sah er Vater Thaddäus an.

Seltsam, dachte Ludger, diese Kleinigkeiten stechen mir ins Auge. Aber ein Ausweg aus der Situation will mir nicht einfallen.

»So. Nun heraus mit der Sprache. Klar und ohne Umschweife – was ist in dem Kästchen?«

»Ein Engel!« platzte es aus Johann heraus.

Der Erzbischof sah ihn erstaunt an. »In diesem kleinen Kästchen?«

»Ja, es gehört Vater Thaddäus. Er hat uns gesagt, daß darin ein Engel wohnt, den er Euch zeigen will, aber wir haben ihm die Überraschung verdorben, dabei wollten wir das Kästchen für ihn aufbewahren und es ihm geben, sobald wir ihn wiedersehen. Denn er hat gesagt, daß man immer zurückgeben mußte, was einem nicht gehört. Wir wußten ja nicht, daß er hier ist!«

Die Worte sprudelten aus Johann heraus. Seine Wangen färbten sich rosig, während er endlich zu erklären suchte, was Vater Thaddäus augenscheinlich vorher verhindert hatte. Ludger lächelte ihn müde an.

»Nur eine kleine Spielerei, die Euch erfreuen sollte«, unterbrach Vater Thaddäus den Jungen.

»Ein Engel, soso«, murmelte der Erzbischof.

»Nun, hehe.« Erneut buckelte der Mönch, sprach dann verlegen lächelnd und eine Spur zu hastig weiter: »Das habe ich meinen Schützlingen erzählt, um ihrer Fragen Herr zu werden. Es handelt sich nur um eine kleine Überraschung, die Euer Herz und Eure Augen erfreuen soll, Euren Tag verschönern sozusagen.«

»Vielleicht wäre es das beste, wenn Ihr uns die Überraschung zeigt? Soviel ich weiß, wird sie mit Feuer gerufen.« Ludger hörte seine eigene Stimme wie einen fernen Hall. Er war aufgestanden und sah unverwandt zu Vater Thaddäus, der ihn fassungslos anglotzte. Ludger ging zum Tisch, nahm den silbernen Kerzenleuchter zur Hand und reichte ihn Vater Thaddäus. »Wollt Ihr diese Aufgabe nicht übernehmen, Vater Thaddäus?« Ludger lächelte Thaddäus zu.

»Warum sollte ich?« krächzte Vater Thaddäus, der aschfahl geworden war.

»Nun, die Überraschung gilt einem Mann Gottes. Dann sollte diese geheiligte Freude auch von einem Mann der Kirche gerufen werden.« Ludger wandte sich ehrerbietig dem Erzbischof zu, verneigte sich leicht und fügte hinzu: »Nicht wahr?«

Der Erzbischof nickte leicht. In seinem Gesicht spiegelte sich deutlich, daß er zwischen berechtigtem Mißtrauen und kindlicher Neugier schwankte. Johann und Otto drückten sich an die Seite des Bischofs, um die Überraschung nicht zu verpassen. Aus dem Augenwinkel nahm Ludger wahr, daß Roswitha wie erstarrt zu ihnen sah, während Bernhard von Aken seine Hand an die leere Schwertscheide an seinem Gurt legte.

»Aber vielleicht ist in dem Kästchen doch eine mächtige Erscheinung, so daß wir etwas Abstand zwischen uns und die Überraschung ...«

Weiter kam Ludger nicht. Vater Thaddäus packte den

Silberleuchter, sah mit einem ungeduldigen, gleichzeitig listigen Blick zu Ludger, war dann mit einem Schritt beim Tisch, riß das Kästchen an sich und entzündete die Schnur mit einer Kerze. Die Schnur brannte.

Fasziniert betrachtete Vater Thaddäus die sprühende Flamme, die sich die Schnur entlangfraß. Thaddäus stellte das Kästchen auf den Boden und stieß es mit dem Fuß in Richtung des Erzbischofes.

»Was …?« Der Erzbischof zuckte zurück, stolperte über seine Albe und damit auch über die Kinder, die schräg hinter ihm standen. Im gleichen Augenblick wollte sich Ludger vor Roswitha stürzen, sie mit seinem Körper bedecken, ihr den einzigen Schutz angedeihen lassen, den er noch anbieten konnte in dieser letzten Stunde der Welt. Dabei riß er den Erzbischof, der ihm in die Quere kam, und die beiden Kinder mit sich zu Boden.

»Nein!« Vater Thaddäus schrie auf, wollte das Kästchen aufnehmen, es auf den Erzbischof werfen.

Doch der Drache war losgelassen.

Ein gewaltiger Donnerschlag ließ den Boden erzittern. Die Hölle öffnete ihre Pforten. Der Drache entstieg mit dem Gestank von Schwefel und hüllte sich in eine gewaltige Wolke aus Ruß. Ein schwerer Körper hatte Roswitha zu Boden gerissen. Sie bekam keine Luft, hustete und würgte. Staub brannte in ihren Augen. Ihre Kehle war wie zugeschnürt.

Dann packten sie Männerhände, zogen sie hoch, rüttelten sie. Sie japste, rang nach Atem, schlug die Augen auf und konnte kaum etwas sehen. Schatten taumelten durch dichten Rauch.

Roswitha zitterte am ganzen Körper, nicht fähig, sich selbst unter Kontrolle zu bringen. Der Drache. Wo war der Drache? Wo waren die anderen? Die Stimme von Bernhard drang zu ihr. Bernhard, der sie festhielt. Bernhard, der sich auf sie gestürzt und mit seinem Körper vor den sieben Häuptern des Drachens beschützt hatte.

Langsam nahm die Welt wieder Gestalt an. Wachen liefen hektisch herum, Waffen klirrten, Männer schrien Befehle, ein Kind weinte. Jemand taumelte an ihr vorbei. Sie konnte ihn nicht erkennen. War das Ludger? Ludger! Wo war er?

Sie versuchte sich aus Bernhards Griff zu befreien, taumelte benommen einen Schritt zurück. Ihr Fuß glitt in einer blutroten Pfütze aus. Sie konnte eine zerfetzte Kutte erkennen, dann erblickte sie ein Bündel blutendes Fleisch. Zerrissen von den wütenden Klauen des Drachen.

Wachmänner zerrten den Erzbischof vom Boden hoch. Er hustete, klopfte sich Ruß und Staub von der Tunika. Johann zitterte stumm, während Otto von Schluchzern geschüttelt wurde. Der Erzbischof beugte sich zu ihm, tastete ihn ab, flüsterte Worte, die Roswitha nur halb verstehen konnte: »Der Teufel … Teufelswerk … Was war das …?«

Ein Wächter schob sich zwischen sie und Bernhard. Seine Hand hielt einen Dolch umklammert. Er stellte sich neben den Erzbischof, warf einen verunsicherten Blick um sich, sah dann wieder zum Erzbischof. »Bitte, laßt uns diesen Raum verlassen!«

Der Erzbischof nickte nur, deutete auf die Kinder und murmelte: »Bringt sie in Sicherheit«, bevor er selbst aus dem Raum wankte.

Roswithas Augen fanden Bernhard. Sein Haar war von Rußflocken bedeckt, in seinem Blick spiegelte sich Begeisterung, vermengt mit Verwunderung und Unglauben, wider. Bernhard – er hatte sie gerettet. Ihr Leben beschützt. Aber wo war Ludger?

Und dann sah sie ihn. Er lag merkwürdig verkrümmt am Boden, war halb herumgedreht. In seinem Hinterkopf steckte ein Etwas, das metallisch glänzte. Eine große Blutlache vergrößerte sich unaufhörlich unter seinem Kopf.

Sie flüsterte seinen Namen.

Er würde immer der Mann ihrer Träume sein. Selbst ein Träumer und deshalb nicht für dieses Leben geeignet. Er hatte sein Grab in Magdeburg gefunden, hinter der kleinen Kapelle, dicht an der Elbe. Für immer war er von ihr gegangen. So blieb ihr nun nichts anderes übrig, als von ihm zu träumen und seine Seele damit unsterblich zu machen. Vielleicht sollte sie auch einen Sänger damit beauftragen, ein Lied auf ihn zu dichten? Möglicherweise eine Ballade? Die Zeit würde es weisen. Irgendwann, ja, irgendwann würden Ludgers Taten niedergeschrieben werden. Damit er nicht vergessen wurde.

Roswitha wurde es wieder schwer ums Herz. Am Morgen hatten sie Magdeburg verlassen, waren im leichten Trab der Heimat entgegengeritten. Sie trug immer noch die Männerkleider. Es wäre zuviel gewesen, dem Erzbischof auch noch erklären zu müssen, warum eine Frau verbotenerweise in Männerkleidern durch seine Ländereien zog. Nein, so war es einfacher – und vor allem sicherer. Möglicherweise hätte sie einen strengen Richter gefunden und doch noch ihren Kopf verloren. Aber ihren Kopf brauchte sie. Für Bernhard. Damit dieser sein Versprechen einlösen und sie zur ehrbaren Frau machen konnte. Und er würde es tun. Sie wußte es.

Armer Ludger. Nun mußte sie keine schwere Wahl mehr treffen. Er hatte ihr diese Wahl abgenommen und sie freigegeben. Und ganz tief in ihrem Inneren wußte sie, daß es Bernhards Stärke war, die sie anzog. Eine Frau durfte nicht träumen, wollte sie nicht verhungern oder auf anderem Wege vor die Hunde gehen. Eine Frau brauchte einen Mann, der sie beschützte. Der sie vor dem heiligen Zorn des Erzbischofs rettete, indem er die Fingerknochen des heiligen Veit aus dem

Beutel an seinem Hals zieht, sich tief vor dem Mann der Kirche verbeugt und mit großer Inbrunst erklärt, dies wäre der einzige Grund für ihr Hiersein.

»Und daß die Reliquie Wunder wirkt, hat sie bereits bewiesen. Nicht nur Ihr, auch Eure Mündel haben diese üble Überraschung überstanden. So nehmt sie denn, und tragt sie immer bei Euch. Auch im Gedenken daran, wer Eure wahren Freunde sind.«

Das hatte er gesagt. Bernhard. Bernhard von Aken, der starke Mann an ihrer Seite, der ihr mehr als einmal das Leben gerettet hatte. Sie zügelte ihr Pferd, brachte es dazu, stehenzubleiben. Das Pferd ließ es willig geschehen, senkte den Kopf, zupfte mit sanftem Maul Gras aus der Erde.

Roswitha sah zu Bernhard, der erst jetzt bemerkt hatte, daß sie nicht mehr an seiner Seite ritt, und zu ihr zurückkehrte.

»Was ist los, Weib? Wir haben einen weiten Weg vor uns. Trödeln ist nicht angebracht.«

Die Sonne blendete sie. Sie legte ihre Hand schützend gegen die Stirn, neigte den Kopf leicht und lächelte. »Du hast mir dreimal das Leben gerettet.«

Bernhard grinste, zuckte mit den Schultern, während sein Pferd unruhig tänzelte. »Und nun gehört es mir auch dreimal.«

Roswitha lachte auf. »Nein, du bist dreimal dafür verantwortlich. Ist das zuviel für die Schultern eines Mannes?«

»Für die Schultern eines normalen Mannes ... vielleicht. Nicht für meine.«

Epilog

Burg Anhalt, Juli 1223

»Dies also war Ludgers Ende«, schloß Roswitha und ließ die Frau, mit der sie sprach, nicht aus dem Auge. Irmgard von Thüringen hatte ihr den Rücken zugewandt. Ihre Gestalt, jene makellose Erscheinung, die von den Sängern gepriesen wurde, sackte in sich zusammen, und zum erstenmal konnte Roswitha glauben, daß diese Frau sechs Kinder geboren hatte. In dem gebeugten Nacken, den herabgesunkenen Händen lauerte das Alter. Dann straffte sich die Gräfin wieder. Noch immer mied sie es, Roswitha anzublicken. Ihre Stimme klang belegt, als sie sagte: »Ich verstehe nicht, warum Ihr mir das erzählt. Sollte nicht Eike von Repgow diese Geschichte hören oder mein Gemahl, der Ludgers Dienstherr war?«

»Das halte ich nicht für angebracht«, erwiderte Roswitha langsam. »Sie könnten mir die Frage stellen, was Vater Thaddäus gegen Ludger in der Hand hatte.«

Mit einem Ruck drehte Irmgard sich zu ihr um. In ihren Augen stand die alte Feindseligkeit, doch abgenutzt und verblichen wie ein Stück Stoff, das zu lange der Sonne ausgesetzt gewesen war. Die Unerbittlichkeit, mit der die Trauer sich in ihr Gesicht eingegraben hatte, schien alle anderen Gefühle zu unterdrücken.

Bei allen Heiligen, dachte Roswitha und spürte zu ihrer eigenen Verblüffung Mitleid, sie hat ihn tatsächlich geliebt. Es hätte sie nicht überraschen sollen. Eine Frau von Irmgards Stellung fing nicht aus einer Laune heraus eine Tändelei mit einem Minnesänger an, die ihr so leicht nicht nur Schmach und Schande, sondern auch den Tod bringen konnte. Um eines kurzen Anflugs von Lust willen folgte niemand dem Namen des Geliebten, wenn er von einer fremden Stimme gerufen wurde.

Roswithas innere Stimme, die kein Mitleid und keine Scham kannte, teilte ihr gleichzeitig mit, daß Ludger noch am Leben sein könnte, wenn Irmgard sich ein wenig mehr beherrscht oder doch so viel gesunden Menschenverstand gezeigt hätte, niemandem von ihrer Sünde zu erzählen. Sie dachte daran, daß Irmgard sie vermutlich sofort hinauswerfen oder einkerkern lassen würde, wenn sie allein gekommen wäre statt an Bernhards Seite.

»Was wollt Ihr?« fragte Irmgard kalt.

Roswitha verschränkte die Arme ineinander. »Nicht viel. Nichts, was einer Dame wie Euch schwerfiele. Überzeugt Euren Gemahl, Ethlind und Matteo in seine Dienste zu nehmen.«

Ihre Schuld Ethlind gegenüber lag Roswitha auf der Seele, und sie wußte sehr gut, daß weder Herzog Albrecht noch Bernhard Matteo verzeihen würden, daß er Thaddäus das Geheimnis des Drachens verraten hatte. Es mochte ungerecht sein, daß Irmgard für ihre Gewissensbisse die Zeche bezahlen sollte, doch Roswithas Mitleid mit Irmgard ging nicht so weit wie das Gefühl, bei Ethlind etwas wiedergutmachen zu müssen.

Irmgard musterte sie, sichtlich um Beherrschung ringend. »Und weiter?«

»Ludger hätte es verdient, in einem Lied besungen zu werden«, murmelte Roswitha. »Ich bin sicher, einer Eurer Sänger hier wäre bereit, ein solches Lied zu verfassen.«

Der Mund der anderen bewegte sich, ohne einen Laut von sich zu geben. Sie blinzelte. Dann erkannte Roswitha zu ihrer

Bestürzung, daß Irmgard weinte, lautlos; die Tränen einer Frau, die gelernt hatte, nicht gehört zu werden. So zu weinen war Roswitha nur allzusehr vertraut.

Ihre eigenen Tränen um Ludger waren versiegt. Sie würde sein Bild immer mit sich tragen und die Erinnerung an die kurzen Wochen, die sie gemeinsam verbracht hatten. Aber je mehr Zeit verging, desto fester wurde ihre Gewißheit, daß ein Leben an ihrer Seite ihn nicht glücklich gemacht hätte. Wenn er sie jetzt sehen könnte, wäre er entsetzt. Ludger hatte die Menschen in hehr und schurkisch, gut und böse, edel und gemein eingeteilt; eine Frau mit ihrer verlorenen Liebe zu erpressen wäre ihm durch und durch verdammenswert erschienen, gerade weil Thaddäus das gleiche bei ihm getan hatte.

»Man darf Euch wohl nun bald Roswitha von Aken nennen«, sagte Irmgard, und das Salz, das auf ihren Wangen brannte, war nicht so beißend wie ihre Stimme. »Das wird Eike von Repgow überraschen, wo er in Euch doch schon die Gemahlin seines Neffen gesehen hat. Weiß Euer zukünftiger Gatte von Euren … früheren Heiratsabsichten?«

Unter anderen Umständen wäre Roswitha wütend geworden, aber so, wie die Dinge lagen, spürte sie, daß ihre Achtung vor der Gräfin stieg. Sie hatte Irmgard von Thüringen, die in ihrem Leben nie unter Not und Angst hatte leiden müssen, keine große Widerstandskraft zugetraut; darauf, daß die Frau inmitten ihres aufrichtigen Kummers noch in der Lage war, auf die gleiche Art zurückzuschlagen, statt sich der Mittel ihres Standes zu bedienen, war sie nicht gefaßt gewesen. Zum Glück hatte Irmgard die falsche Vermutung angestellt. Roswitha lächelte sie an.

»Es gibt keine Geheimnisse zwischen uns«, erwiderte sie.

Über Irmgards Gesicht lief ein Zucken. Ihre Tränen waren inzwischen versiegt, aber ihre wunden Augen schauten nur noch leerer drein. »Dann beneide ich Euch«, sagte sie leise.

Auch Irmgard wußte, was es bedeutete, im Bett eines Mannes zu liegen, der sich nicht darum kümmerte, was in einem vorging. Doch Bernhard hatte sich verändert. Er war nicht über Nacht zum Heiligen geworden, genausowenig wie Roswitha über Nacht entdeckt hatte, daß sie mehr für ihn empfand als Dankbarkeit. Bernhard und sie kannten einander, und so verlor er über ihre Gefühle für Ludger kein Wort mehr, und sie fand sich damit ab, daß auf Burg Aken die Magd weilte. Was neu zwischen ihnen war und ihre Hoffnung auf die Zukunft festigte, war, daß Bernhard keinen weiteren Blick auf Bertha verschwendet und es ihr überlassen hatte, über die Zukunft der Magd zu entscheiden. Neu war, daß er sie zum Lächeln brachte, daß sie begonnen hatte, auf sein Herz zu vertrauen, statt nur auf seine Lust zu bauen. Neu war, daß sie in der letzten Nacht zum erstenmal von ihm geträumt hatte.

Für Irmgard würde es dergleichen Veränderungen nicht geben. Die kurze Zeit als Graf Heinrichs Gefangene hatte Roswitha genügt, um zur Überzeugung zu gelangen, daß Herzog Albrecht allen Grund hatte, seinen Bruder zu verabscheuen. Ganz zu schweigen davon, daß Heinrich zumindest stillschweigend damit einverstanden gewesen sein mußte, Ludger und die Jungen seinem Haß auf den Erzbischof zu opfern, auch wenn er jetzt vorgab, von Vater Thaddäus getäuscht worden zu sein.

Und das war der Mann, mit dem Irmgard den Rest ihres Lebens verbringen würde. Sollte ihn eine Krankheit oder das Alter dahinraffen, was in Anbetracht der Jahre, die zwischen Irmgard und Heinrich lagen, nicht unwahrscheinlich war, dann liefe das für Irmgard wohl auf ein Witwendasein im Kloster hinaus. Nach allem, was Ludger über Heinrichs abscheulichen Sohn Henner erzählt hatte, bestand keine Ursache, auf dessen kindliche Liebe zur Mutter zu zählen.

All das war Irmgard mit Sicherheit schon seit langem klar. Roswitha erinnerte sich daran, wie sie Ethlind in einem Anflug von Bitterkeit gesagt hatte, in dieser Welt dürfe man kein Weib sein. Ethlind hatte es nicht glauben wollen. Irmgard dagegen brauchte es wohl gar nicht erst zu hören; sie wußte es schon längst.

»Kommt«, sagte Roswitha, einem plötzlichen Impuls nachgebend. »Laßt uns zur Kapelle gehen.«

»Warum?« fragte Irmgard und klang erstmals verwirrt und mißtrauisch zugleich.

»Um eine Kerze zu stiften«, entgegnete Roswitha. »Für Ludger. Für Eure Zukunft. Für meine.«

Irmgard erwiderte nichts. Doch sie nickte schweigend. Der Damast ihres Kleides raschelte, als sie Roswitha voranging.

In der Burgkapelle roch es nach altem Weihrauch und Staub. Offenbar hatte der Graf noch keinen Ersatz für Vater Thaddäus gefunden. Der Haß, der in Roswitha bei der Erinnerung an den Mönch aufquoll, drohte sie für einen Moment zu überwältigen. Dann sammelte sie sich. Thaddäus war tot und schmorte in der Hölle für seine Taten. Er war es nicht wert, daß man auch nur einen weiteren Gedanken an ihn verschwendete.

Der Geruch von Bienenwachs stieg ihr in die Nase und vertrieb die Befürchtung, die Spuren des Drachen selbst hier zu finden. Roswitha starrte auf die Flamme der Kerze, während sie neben Irmgard niederkniete. Die Zukunft war niemals gewiß. Aber wenn Bernhard starke Schultern hatte, um sich ihr entgegenzustemmen, so besaß Roswitha genügend Witz, um alle Tücken zu meistern, die Fortuna für sie bereithalten mochte.

Während sie Irmgard leise für Ludgers Seele beten hörte, erfaßte Roswitha ein seltsames Gefühl. Es war neu und ihr so unbekannt, als wäre sie ein kleines Kind.

Sie brauchte eine Weile, um zu erkennen, daß es Frieden war.

Finis

Nachwort der Herausgeber

Sie wollen wissen, wie dieser Roman entstanden ist?

Beim Jahrestreffen des Autorenkreises Historischer Roman QUO VADIS kam die Idee auf, sich für eine Anthologie zusammenzutun. Wir vereinbarten einen Termin mit dem Aufbau-Verlag, es war Dezember 2002, in einem kleinen Büro im Verlagshaus saßen wir zusammen und grübelten. Unser Lektor Gunnar Cynybulk brachte die Idee ins Spiel, anstelle einer Anthologie einen Gemeinschaftsroman zu schreiben. Wir einigten uns darauf, daß zwölf Autoren jeweils zwei Kapitel verfassen sollten und daß es um etwas Explosives gehen sollte: um Schießpulver.

Es war ein Abenteuer mit ungewissem Ausgang. In nur einem Jahr sollte der Roman geschrieben werden. Würden sich Kollegen finden, die sich auf dieses Wagnis einließen?

Tatsächlich sagte im Laufe der folgenden Wochen ein Autor nach dem anderen zu. Schließlich saßen wir, die Herausgeber, auf einer Parkbank auf dem Berliner Kreuzberg in der Märzsonne und feilten an der Geschichte. Sollte der Roman auf ein historisches Ereignis Bezug nehmen? Wie waren die Protagonisten in eine fesselnde Handlung zu verstricken?

Den einzelnen Autoren sollte inhaltlich und stilistisch viel Freiraum gewährt werden. Wir wollten nichts vorgeben als einen weiten Handlungsrahmen, einige Protagonisten und die wichtigsten historischen Personen. Eine der bekanntesten erscheint nur am Rande: Eike von Repgow, der 1223 am *Sachsenspiegel* arbeitete, einem der bedeutendsten Rechtsbücher des Mittelalters. Auch der Konflikt zwischen Graf Heinrich und Herzog Albrecht bezieht sich auf historische Gegebenheiten, und der Abt des Klosters Nienburg ist tatsächlich geblendet worden. Ein Schießpulverrezept wurde rund zwanzig Jahre nach unserer Romanzeit von Roger Bacon niedergeschrieben; auch der Kirchenlehrer und Naturforscher Albertus Magnus nannte Knallkörper und Raketen in seinen Schriften. Die Handlung ist also unmittelbar vor beziehungsweise während dem schleichenden Bekanntwerden des Pulvers in Europa angesiedelt und bietet die erzählerischen Freiheiten, die eine solche gemeinsame Unternehmung besonders reizvoll machen, weil ein jeder der Beiträger seine eigenen Schwerpunkte setzen kann. Ein Diskussionsforum bot die Gelegenheit, sich ständig und intensiv über Ideen, Vorschläge und historische Fragen auszutauschen.

Und das Abenteuer gelang. Immer wieder bereitete es den Autoren Schmerzen, den Staffelstab weiterzureichen – man habe die Figuren liebgewonnen, hieß es, man wolle am liebsten einen ganzen Roman mit ihnen verfassen.

Was Sie, verehrte Leser, heute in den Händen halten, ist an zwölf verschiedenen Orten geschrieben worden, von zwölf verschiedenen Autoren, die sich allein für diese Geschichte zusammengefunden haben. Einer hat die Ideen des anderen aufgegriffen, einer hat gefragt, ein anderer hat geantwortet, einer hat versteckt, ein anderer hat ans Licht gebracht. Von allen Seiten wurde am Teppich gewoben, und daß ein so farbenreiches und stimmiges Bild entstand – es ist nicht zuletzt für uns Herausgeber eine große Freude.

Ruben Wickenhäuser und Titus Müller,
Berlin, im März 2004

Die Autoren

MANI BECKMANN, 1965 in Alstätte/Westfalen geboren, studierte Film- und Fernsehwissenschaft und Publizistik. Er ist Filmjournalist und Drehbuchlektor sowie Autor von historischen Romanen und Krimis (»Sodom und Gomera«). Seit 2009 veröffentlicht er seine historischen Romane unter dem Pseudonym Tom Finnek (»Unter der Asche«). Mani Beckmann ist verheiratet und Vater von zwei Söhnen, er lebt in Berlin-Schöneberg.
Weitere Informationen unter www.manibeckmann.de und www.tomfinnek.de.
KAPITEL 11 UND KAPITEL 12

-KY (Dr. Horst Bosetzky), 1938 in Berlin geboren. Emeritierter Professor für Soziologie. Mitbegründer des »Neuen deutschen Kriminalromans« und »Erfinder« des »Sozio-Krimis«. Seit 1971 an die 50 (z. T. verfilmte) Kriminalromane und eine neun Bände umfassende Familiensaga um »Brennholz für Kartoffelschalen«. 1980 Preis für den besten deutschsprachigen Kriminalroman, 1988 Prix Mystère de la Critique für den besten ausländischen Kriminalroman in französischer Sprache, 1992 Ehren-Glauser des SYNDIKATS für das Gesamtwerk und die Verdienste um den deutschsprachigen Kriminalroman. 2005 Verdienstorden der Bundesrepublik Deutschland. 1991 bis 2001 Sprecher des SYNDIKATS, seit Mai 2000 Berliner VS-Vorsitzender. Neueste Veröffentlichungen: »Kempinski erobert Berlin«, »Promijagd«, »Bücherwahn«, »Rumbalotte« und

(zusammen mit Jan Eik) »Am Tag, als Walter Ulbricht starb« (alle 2010).
Kapitel 7 und Kapitel 8

Guido Dieckmann, geboren 1969 in Heidelberg, arbeitete nach dem Studium der Geschichte und Anglistik in Mannheim und Jerusalem zunächst als Wirtschaftshistoriker für ein Versicherungsunternehmen. Heute ist er als freier Schriftsteller erfolgreich. Von ihm stammen die Bestseller »Luther« und »Albert Schweitzer. Ein Leben für Afrika«, die beide große Kinofilmproduktionen begleiteten. Außerdem »Die Meisterin der schwarzen Kunst« und »Die Königin der Gaukler«. Guido Dieckmann lebt mit Frau und Tochter in Haßloch in der Pfalz.
Prolog und Kapitel 17

Richard Dübell, geboren 1962, lebt mit seiner Frau und zwei Söhnen bei Landshut. Nach dem erfolgreichen literarischen Einstieg mit seinen beiden Historienkrimis »Der Tuchhändler« (1999) und »Der Jahrtausendkaiser« (2000) bescherte ihm sein dritter Roman »Eine Messe für die Medici« (2002) zum ersten Mal den Sprung auf die Bestsellerliste. Zuletzt erschien die »Teufelsbibel«-Trilogie, im März 2011 folgen »Die Pforten der Ewigkeit«. Richard Dübell verbringt seine freie Zeit neben dem Schreiben mit Malerei, Fotografie und Reisen. Er ist Träger des Kulturpreises der Stadt Landshut. Weitere Informationen unter www.duebell.de.
Kapitel 18 und Kapitel 19

Rebecca Gablé, 1964 in einer kleinen Stadt am Niederrhein geboren, studierte Anglistik und Mediävistik in Düsseldorf. Sie wirkte an einem Projekt zur Erforschung anglonormannischer Manuskripte mit. Heute arbeitet sie als freie Autorin

und Literaturübersetzerin. Zuletzt erschienen die Bestseller »Die Hüter der Rose«, »Das Spiel der Könige« und »Hiobs Brüder«. Wenn sie nicht gerade an einem Roman schreibt, reist sie gern und viel, vor allem in die USA und nach England, oft auch zu Recherchezwecken. Neben der Literatur gilt ihr Interesse der (mittelalterlichen) Geschichte, dem Theater und vor allem der Musik, in fast jeder Erscheinungsform. Rebecca Gablé spielt Klavier, Gitarre, Cello und singt seit vielen Jahren in einer Rockband. Mit ihrem Mann lebt sie unweit von Mönchengladbach auf dem Land.
Weitere Informationen unter www.gable.de.
KAPITEL 1 UND KAPITEL 2

HELGA GLAESENER, Jahrgang 1955, wurde in Niedersachsen geboren und studierte in Hannover Mathematik. Im Trubel ihrer fünfköpfigen Kinderschar begann sie 1990 mit dem Schreiben historischer Romane, von denen gleich der erste zum Besteller avancierte. Seitdem veröffentlichte sie in den Genres Historisches, Krimis und vergnügliche Frauenliteratur zahlreiche Bücher. Außerdem arbeitet sie als Tutorin bei der SGD Darmstadt, wo sie angehenden Autoren die Kniffe des Handwerks verrät. Sie lebt seit 2010 in Oldenburg.
Weitere Informationen unter www.helga-glaesener.de.
KAPITEL 5 UND KAPITEL 6

DR. TANJA KINKEL, geboren 1969 in Bamberg. Studium der Germanistik, Theater- und Kommunikationswissenschaft, diverse Literaturpreise, Stipendien in Rom, Los Angeles und an der Drehbuchwerkstatt München. Tanja Kinkel ist PEN-Mitglied. Sie veröffentlichte 13 Romane, unter anderem »Die Puppenspieler«, »Götterdämmerung«, »Venuswurf«, »Säulen der Ewigkeit« und »Im Schatten der Königin«. Ihre Romane werden in mehr als ein Dutzend Sprachen übersetzt. Tanja Kinkel

ist Schirmherrin der Bundesstiftung Kinderhospiz. 1992 gründete sie die Kinderhilfsorganisation »Brot und Bücher e.V.«, www.brotundbuecher.de.
Weitere Informationen unter www.Tanja-Kinkel.de.
EPILOG

TESSA KORBER, 1966 in Grünstadt/Pfalz geboren, ist studierte Historikerin, Katzenliebhaberin und büchersüchtig. Seit 1998 schreibt sie historische Romane und Krimis, jüngst »Das Erbe der Schlange« und »Das Leben ist mörderisch«. Sie lebt mit ihren Kindern bei Nürnberg.
KAPITEL 9 UND KAPITEL 10

Ilka Stitz und Karola Hagemann sind MALACHY HYDE. Ilka Stitz wurde 1960 in Hannover, Karola Hagemann 1961 in Dannenberg geboren. Ilka Stitz studierte Kunstgeschichte, Germanistik und klassische Archäologie in Göttingen und Köln, Karola Hagemann besuchte die Universität Hannover zum Studium der Geschichte, Anglistik und Erwachsenenbildung. Heute arbeitet Ilka Stitz als freie Journalistin und Autorin historischer Romane in Köln (www.ilkastitz.de), Karola Hagemann ist als Diplom-Pädagogin beim Landeskriminalamt Niedersachsen tätig. Seit 2000 schreiben sie unter dem Pseudonym Malachy Hyde Romane, zuletzt erschien »Gewinne der Götter Gunst«. Unter ihren Echtnamen Hagemann & Stitz veröffentlichten sie 2009 den Roman »Jung stirbt, wen die Götter lieben«.
Weitere Informationen unter www.malachy-hyde.de.
KAPITEL 13 UND KAPITEL 14

TITUS MÜLLER (Herausgeber), 1977 in Leipzig geboren, studiert Neuere deutsche Literatur, Mittelalterliche Geschichte und Publizistik in Berlin. Er veröffentlichte mit 24 Jahren sei-

nen ersten historischen Roman, »Der Kalligraph des Bischofs«. Bis heute sind sieben Romane erschienen, zuletzt »Die Jesuitin von Lissabon«. 2005 gewann Titus Müller den C.S. Lewis-Preis und wurde von der Universität Tübingen im Rahmen des Würth-Literaturpreises prämiert, 2008 wurde sein Roman »Das Mysterium« mit dem bronzenen Lorbeer des Sir Walter Scott-Preises als einer der drei besten historischen Romane der letzten zwei Jahre ausgezeichnet. Seine Bücher werden in sechs Sprachen übersetzt, unter anderem ins Niederländische, Spanische und Portugiesische.
Weitere Informationen unter www.titusmueller.de.
KAPITEL 3 UND KAPITEL 4

BELINDA RODIK wurde 1969 in Österreich geboren. Sie arbeitete als Journalistin und Werbetexterin und lebt heute als freie Autorin in der Nähe von München. Seit Ende der 90er Jahre schreibt Belinda Rodik historische Romane, sowie unter dem Namen Bellinda erfolgreiche Kinderbücher. Ihre historischen Romane sind bereits mehrfach übersetzt.
Weitere Informationen unter www.belindarodik.de.
KAPITEL 20 UND KAPITEL 21

DR. RUBEN WICKENHÄUSER, 1973 geboren, absolvierte ein interdisziplinäres Studium der Biologie, Geschichte und physischen Anthropologie und lebt heute als freiberuflicher Schriftsteller in Berlin. Er ist Mitbegründer des Autorenkreises Historischer Roman QUO VADIS. Neben pädagogischen Sachbüchern machte er sich durch zahlreiche historische Romane einen Namen. Zuletzt erschienen »Die Seele des Wolfes« und »Die Magie des Falken«.
Mehr Informationen unter www.uhusnest.de.
KAPITEL 15 UND KAPITEL 16

Der Autorenkreis historischer Roman QUO VADIS ist ein Zusammenschluss von über 100 professionellen Schriftstellerinnen und Schriftstellern, die sich verschiedenen Ansätzen im Bereich des historischen Romans widmen, darunter Rebecca Gablé, Rainer M. Schröder, Ulrike Schweikert, Sabine Weigand, Wolf Serno und viele andere. Höhepunkt ist die Historica, die Lesenacht, die jedes Jahr in einer anderen Stadt von historischer Bedeutung stattfindet. Seit 2006 wird alle zwei Jahre der Sir Walter Scott-Preis für herausragende historische Romane verliehen. Ebenfalls alle zwei Jahre schreibt QUO VADIS einen Kurzgeschichtenpreis aus.
Weitere Informationen unter www.akqv.org.

QUO VADIS